Sie beobachtet Vögel. Sie beobachtet ihre Nachbarn. Aber da ist jemand, der auch sie beobachtet.

Lily Gullick beobachtet leidenschaftlich gerne Vögel mit dem Fernglas, und manchmal späht sie dabei auch in die Fenster ihrer Nachbarn. Aber das Neubaugebiet im Norden von London ist gefährlich, eine Baustelle, anonym. Unter mysteriösen Umständen verschwindet eine Frau, eine andere wird ermordet. Aber nicht nur Lily beobachtet, jemand beobachtet auch sie. Jemand, der nicht entdeckt werden will. Je näher sie der Wahrheit kommt, desto gefährlicher wird es für sie. Was hat Lily gesehen?

Fesselnd und beunruhigend: »The Watcher – Sie sieht dich« von Ross Armstrong ist ein starker psychologischer Thriller mit einer mitreißenden, mysteriösen Erzählerin.

Ross Armstrong ist ein vielbeschäftigter britischer Theater- und Fernseh-Schauspieler. Er absolvierte eine Ausbildung an der Royal Academy of Dramatic Art, in dieser Zeit gewann er den RADA *Poetry Writing Award*. Die Idee zu seinem ersten Roman hatte er, als er in London in ein neues Apartmenthaus einzog. Während er mit dem Fernglas den Mond beobachtete, stellte er fest, dass man auf diese Weise auch prima in die Fenster seiner Nachbarn schauen konnte. Glücklicherweise legte er das Fernglas zur Seite und begann zu schreiben.

Christine Strüh, geboren 1954, lebt in Berlin. Sie ist Übersetzerin von Gillian Flynn, Cecelia Ahern, Judy Blume, Pete Hamill, Laini Taylor und anderen.

Weitere Informationen finden Sie auf www.fischerverlage.de

Ross Armstrong

THE WATCHER
SIE SIEHT DICH

Roman

Aus dem Englischen
von Christine Strüh

FISCHER Taschenbuch

MIX
Papier aus verantwortungsvollen Quellen
FSC® C014496

Erschienen bei FISCHER Taschenbuch
Frankfurt am Main, Oktober 2019

Die englische Originalausgabe erschien 2016
unter dem Titel »The Watcher« bei Harlequin Mira.
An imprint of Harper Collins Publishers

Druck und Bindung: GGP Media GmbH, Pößneck
Printed in Germany
ISBN 978-3-596-29712-2

Für Catherine

Noch 7 Tage.

Ich schaue in ihre Richtung. Zu der Frau, die etwa fünfzig Meter von mir entfernt, im Gebäude gegenüber, hinter der Glasscheibe steht. Sie blickt hinaus zum See. Den Mann habe ich in diesem Haus schon gesehen, sie aber noch nie. Ich beobachte ihn, schon eine Weile. Die Frau hat ungefähr meine Größe, meinen Körperbau. Sie könnte mein Spiegelbild sein. Nein, das stimmt nicht, sie ist ein bisschen dunkler, ein anderer Typ. Irgendwie europäisch. Sie wirkt nachdenklich, ihre Hand liegt locker auf dem Türrahmen. Nein, sie ist besorgt, sie kaut auf der Unterlippe. Sie trägt Lippenstift. Einen fransigen Pony. Ein hellblaues Sommerkleid. Ich korrigiere die Einstellung an meinem Fernglas, um sie deutlicher sehen zu können. Ihre perfekt gezupften Augenbrauen ziehen sich zusammen, sie wirkt unzufrieden. Ihr Gesicht liegt teilweise im Licht der Abendsonne, die durch ihr Fenster strömt. Aber vielleicht ist es gar nicht ihr Fenster. Jedenfalls habe ich sie definitiv noch nie gesehen. Dort drin. Mit ihm. Was mir seltsam vorkommt.

Bedächtig tritt sie einen Schritt zurück. Geschmeidig, fast katzenhaft. Jetzt verschwindet die Sonne, gibt ihr einen Abschiedskuss. Die Dunkelheit des Zimmers legt sich glättend über ihr Gesicht, hüllt sie ein wie ein Tuch. Jetzt ist es schwerer, sie dort auszumachen. Aber ich kann sie noch sehen. Sie ist ganz ruhig. Achtsam. Konzentriert. Nachdenklich. Jeder Muskel straff und energiegeladen. Voller Dynamik.

Nur ein zarter Lichtschimmer erfüllt noch den Raum. Aber nur schwach. Sanft, ganz sanft. Vielleicht der Schein einer einzelnen Lampe. Jetzt wirkt sie wie eine Femme fatale. In Schatten gehüllt. Wie aus einem Film von 1954. Erstaunlich, dass sie sich alle so rasch in Models verwandeln. Zumindest in meinen Augen. All diese Menschen hinter den Fenstern im Gebäude gegenüber. Als posierten sie für mich. Für ein Fotoshooting. Wie gut sie das machen. Wie schön. Beinahe, als wüssten sie Bescheid.

Ohne dass ich weiter darüber nachdenke, verwandelt sich meine Faust in einen Revolver. Ich hebe ihn. Ganz langsam. Bis er genau auf sie zielt. Wenn ich jetzt auf den Abzug drücken würde, würde vermutlich erst meine Fensterscheibe zerspringen, dann auch ihre, und die Kugel würde sie direkt zwischen die Augen treffen, zwei Zentimeter über der Nasenwurzel. Der Schuss würde ihren Schädel zertrümmern. Und sie würde zu Boden stürzen.

Peng. Peng.

O Gott. Jetzt blickt sie auf. Schaut direkt zu mir herüber. Und entdeckt mich. Sie hat mich erwischt. Nimmt mich ins Visier. Ihr Gesicht spannt sich an. Aber in ihrem Körper regt sich kein Muskel. In meinem auch nicht. Ich bin ganz ruhig. Aber nicht erstarrt. Sondern bereit. Im Gleichgewicht. Mit dem Ellbogen aufs Fensterbrett gestützt. In der linken Hand das Fernglas. Die rechte noch immer in Revolverhaltung ausgestreckt. Aus irgendeinem Grund bleibe ich dabei. Ohne jede Scham.

Sie atmet ein. Ihre Brust hebt sich eine Spur, sie fokussiert ihre Augen neu. Und sie zwingt mich, den Blick abzuwenden.

In einer vielsagenden Bewegung, bei der sie mich keine Sekunde aus den Augen lässt, wandern ihre Hände zu ihrem Kleid. Sie hebt es behutsam ein Stück hoch und lässt mich ihren rechten Oberschenkel sehen. Ein violetter Bluterguss. Und darüber, noch ein bisschen weiter oben, eine Brandwunde. Noch immer blickt sie mir direkt ins Gesicht. O Gott. Sie zeigt sich mir. Dann hält sie inne, schaut hinter sich, vermutlich weil sie dort etwas hört, lässt das Kleid wieder fallen. Womöglich ist sie nicht allein. Es ist so still hier.

Dann setzt hinter mir der Baulärm ein. Metall kracht auf Beton. Vielleicht waren die Geräusche schon die ganze Zeit über da, und ich habe sie nur ausgeblendet. Weil mein Fokus anderswo lag. Sie sind immer noch an den letzten paar Gebäuden zwischen hier und dem Park zugange, und während ich die Frau anstarre, geht es weiter. Das Rattern der Maschinen, das Knirschen der Abrissbirne. Hinter meinem Rücken. Mal lauter, mal leiser. Ein bleiernes Dröhnen. Eine Schallwand, die unerbittlich steigt und wieder fällt. Während ich diese Frau anstarre. Und sie mich. Kann sein, dass sie mir etwas zu sagen versucht. Oder spielt sie mir nur etwas vor? Fleht sie um ihr Leben? Will sie mit mir Kontakt aufnehmen? Mir etwas mitteilen, von Frau zu Frau? Ihre Mundwinkel heben sich zu so einer Art Lächeln.

Ich werde sie … Grace nennen.

* * *

Aus dem Nichts legt sich plötzlich eine Hand um ihren Hals und zieht sie zu sich in die Dunkelheit. Grace schlägt mit den Armen um sich, ihr Kleid bauscht sich, sie verschwindet. Erst als ich abrupt ausatme, merke ich, dass ich den Atem angehalten habe.

Im gleichen Moment klingelt mein Telefon. Ich fahre zusammen, kralle die Hände in meinen Pullover und unterdrücke einen Schrei. Das Klingeln wird lauter und lauter, als käme es näher. Als steuerte es direkt auf mich zu.

Seltsam. Dass das Telefon klingelt. Das ist noch nie vorgekommen, seit ich hier eingezogen bin. Ich hatte schon ganz vergessen, dass ich überhaupt einen Festnetzanschluss habe.

Rring, rring. Rring. Rring.

Meine Hand packt meine Jeans, irgendwo muss ich mich festhalten, während ich mich innerlich wappne. Dann drehe ich mich um und schaue zum Telefon.

Rring, rring. Rring, rring.

Das ist wirklich seltsam, verstehst du. Denn niemand hat meine Nummer. Kein Mensch.

Nicht mal du.

Etwas kracht gegen mein Fenster. Ich falle auf den Boden und drücke den Rücken an die zuverlässige weiße Wand. So bin ich außer Sichtweite. Mein Atem geht stoßweise, ich zittere und habe eine dicke Gänsehaut auf den Armen. Mein Herz schlägt, als wollte es zerspringen.

Das Fensterglas hat einen Sprung. Ich wage nicht, den Kopf zu drehen. Aber am Rand meines Sichtfelds kann ich etwas erkennen. An meine jetzt kaputte Fensterscheibe gepresst. Dreh dich nicht um, sage ich zu mir.

Aber ich sehe etwas. Aus dem Augenwinkel.

Nicht umdrehen.

Ich kann etwas sehen. Es rutscht über den Riss in der Scheibe. Langsam. Schrecklich langsam.

Ich atme durch die Nase und beiße mir fest auf die Zunge.

Dann drehe ich den Kopf. Und schaue hin.

TEIL 1:
DER BLICK

Noch 42 Tage.

H – Haussperling *(Passer domesticus)*: Feuchtgebiet · gute Sicht, leichter Wind, 12 °C, selten · zwei leuzistische Flecken, hellgelb, blasser Überaugenstreif · dunkle Streifen im Nacken, weiblich, ca. 16 cm · sozial, dominant

Ich dachte, ich schicke dir meine Beobachtungen einfach mal rüber, weil ich gehofft habe, du könntest etwas damit anfangen. Klar, wir haben uns in letzter Zeit nicht oft gesehen, aber ich habe nachgedacht, und ich möchte gern ein paar Dinge besprechen. Selbst wenn ich sie dir nicht ins Gesicht sagen möchte. Und auch nicht am Telefon. Oder auf Skype oder sonst einer Plattform.

Dazu bin ich nicht bereit. Ich möchte keine Szene, ich bin nicht scharf darauf, »Klartext zu reden«. Von Frau zu Mann.

Eigentlich bin ich auch davon ausgegangen, dass ich mich deutlich genug ausgedrückt und meinen Teil gesagt habe. Heißt es der Teil oder das Teil? Das weiß ich nie. Aber wie dem auch sei – ich dachte jedenfalls, ich hätte alles gesagt, was gesagt werden muss. Und ich dachte, die Sache wäre vom Tisch. Endgültig. Ich war der Meinung, zwischen mir und dir wäre alles geklärt.

Aber jetzt, wo ich noch mal darüber nachdenke, gibt es schon noch ein paar Themen, die ich ansprechen, bei denen ich womöglich sogar etwas in die Tiefe gehen möchte. Ohne dir dabei ins Gesicht sehen und mich schuldig oder gehemmt fühlen zu müssen. Ohne dass du mich unterbrichst oder mir reinredest.

Wahrscheinlich ist alles meine Schuld. Jedenfalls weiß ich, dass du das denkst. Ich weiß, du denkst, dass wir deshalb nicht mehr miteinander sprechen. Aber hör mir erst mal zu, lass mich ausreden, okay? Ich möchte ein paar Dinge sagen, und ich möchte, dass du mir zuhörst. Das ist alles. Ein offenes Ohr, ohne stechende Blicke. Ohne Wertung.

Hoffentlich klingt das nicht zu streng! Das soll es nämlich nicht. Könnte sogar Spaß machen, weißt du. Es könnte dir helfen, dich an manches besser zu erinnern. Vielleicht erfährst du ja auch was Neues, etwas, von dem du bisher keine Ahnung hattest. Ich habe auf einmal den Drang, dir davon zu erzählen. So viel ist passiert, seit ich meine Entscheidung getroffen habe.

Ich weiß, meine Art, die Dinge darzustellen, ist nicht immer richtig, aber sei doch mal ein bisschen tolerant, okay? Das ist eben meine Art, und du weißt ja, wie wichtig es für mich ist, dass ich Dinge auf meine Art tun kann. Außerdem – komm mir jetzt bitte nicht mit deinem »das machst du immer«, wenn ich dir was erzähle, was du schon weißt, von einer kleinen Auffrischung profitiert doch jeder. Aber ich will dir keine Vorwürfe machen, du bist immer so geduldig mit mir, schon seit jeher. Ich brauche nur jemanden, mit dem ich reden kann. Jemanden, der nicht in meiner direkten Nähe ist. Dem ich meine Beobachtungen und Gefühle mitteilen und dann versuchen kann, das Ganze zu verstehen. Gemeinsam, mit vereinten Kräften. Einen vernünftigen, besonnenen Menschen. Mir ist schon klar, dass du kein ausgebildeter Therapeut bist, aber wir beide haben viele gute Gespräche geführt, wenn wir zusammen unterwegs waren. Also: Ich glaube nämlich, ich bin womöglich dabei, in Schwierigkeiten zu geraten.

Ich weiß nicht. Aiden meint, ich sei total festgefahren. Psychisch. So drückt er es aus. Psychisch und emotional. Und finanziell. Und kreativ und beruflich. So was hört man ja immer gern. Ich hatte ihn nicht um seine Meinung gebeten, er hat sie mir absolut freiwillig präsentiert. Ohne den geringsten äußeren Anlass, er war nicht im Blödmann-Modus oder so. Aber es sollte auch kein Witz sein. Und ich fürchte, er hat mit an Sicherheit grenzender Wahrscheinlichkeit recht.

Heute Nachmittag war das. Gott, er ist schon ein Schlaumeier, stimmt's? Es ist, als könnte er in meinen Kopf sehen. Jetzt lehnt er am Fenster, starrt mich an und grinst ein bisschen. Er sieht verdammt gut aus, wenn das Licht so auf ihn fällt. Wir sitzen uns gegenüber und klappern auf unseren Zelluloidtasten. Ein echtes modernes, entfremdetes Paar.

Er tippt auf seinem Laptop, ich auf Mums alter Schreibmaschine. Vielleicht erinnerst du dich noch an den Schrifttyp. Den Font. Die Schreibmaschine habe ich beim Umzug gefunden und dachte, es wäre doch nett, das alte Ding wieder zu aktivieren. Wahnsinnig retro, oder? Ich komme mir vor wie die Frau in *Mord ist ihr Hobby*. Das einzige Problem ist nur, dass ich auf dem Ding keine Fehler machen darf, sonst brauche ich Tipp-Ex, und ich hasse Tipp-Ex. Es stinkt. Deshalb schreibe ich sehr vorsichtig. Und wenn ich Sachen schreibe, die ich bereue, na ja, dann bleiben sie eben trotzdem stehen.

Aiden wirft mir einen Blick zu und ein Lächeln, das sagt:

»Bring mir einen Latte, ja?« Ich soll ihm einen Kaffee machen, denn aus irgendeinem Grund gehört das seit einer Weile zu meiner Jobbeschreibung. Wir haben diese neue Maschine, und man könnte meinen, wir wohnen in einem Coffee-Shop. Inzwischen habe ich sogar Haselnusssirup gekauft, damit der Flat White ein bisschen weniger langweilig schmeckt. Und Streusel, die ich mit leichter Hand über den Cappuccino und den Cortado streue. Hier geht es sehr mittelklassemäßig zu. Wir sind Camerons Kinder, du würdest dich gruseln.

Aber ich rühre mich nicht vom Fleck. Wenn Aiden will, dass ich ihm Kaffee mache, soll er mich darum bitten wie jeder normale Mensch. Er schaut wieder weg. Aber obwohl er die Augen gesenkt hält, weiß er genau, dass ich ihn beobachte. Das sehe ich. Sein Bildschirm leuchtet ihm ins Gesicht, und er grinst so arrogant, dass man es schon fast dämonisch nennen könnte. Genau wie ich hat er die Beine übereinandergeschlagen, es sieht aus, als wären wir Spiegelbilder. Sein ganzes Verhalten ist eine einzige wortlose Provokation.

»Kaffee bitte, mein Schatz«, so lautet die unausgesprochene Botschaft.

Aiden bringt es fertig, mich zu kitzeln, fast ohne einen Muskel zu rühren. Allein durch die Art, wie er dasitzt oder die Augenbraue hochzieht, kann er mich zum Lachen bringen. Manchmal fühlt es sich an wie ein Rippenstoß, wenn er sich räuspert. Ein Summen kann eine sanfte Umarmung sein. So nah sind wir einander. Mit Hilfe kleinster Vibrationen tauschen wir Gedanken aus.

Erst vor kurzem hat er eine neue Methode gefunden, wie er mich zum Lachen bringen kann – er hat eine total alberne Art zu reden einstudiert. Meistens erkenne ich schon vorher, was er vorhat. Ich sehe, wie ihm der Gedanke in den Kopf kommt, dann sehe ich ihn lächeln und weiß, es ist so weit. Ich durchschaue ihn. Jetzt blickt er auf, und mir ist klar, dass mir das volle Programm bevorsteht. Schon geht es los.

»Du tippelst alsso mal wieder fleißig deine kleinen Gedänklein in die Maschine, wass? Dass bringt deine kleinen grauen Zellen richtig auf Trab, wass?«

Obwohl ich es überhaupt nicht will, fange ich an zu grinsen. Dieser unverschämte Mistkerl.

»Ich denke an den braunen Fleck über deinem Ellbogen, hinten auf dem Arm.«

Anscheinend hat er beschlossen, dass es Zeit für eine kleine Pause ist, Zeit für eine unserer Mikro-Plaudereien. Eine winzige Pause, ehe wir uns wieder unseren Sorgen und Ängsten widmen. Ich setze ein sarkastisches Lächeln auf.

»Du meinst mein Muttermal?«

»Jaa. Deinen Leberfleck.«

»Mein … winziges Fleckchen.«

»Deinen Teefleck. Jawoll.«

Jetzt hat er die Stimme gesenkt. Er ist ernst geworden. Jedenfalls soweit ihm das möglich ist.

In dem Schweigen, das folgt, wandert sein Blick träge über mich hinweg.

»Ich dachte gerade daran, dass er aussieht wie ein kleiner Knopf. Fand ich schon immer. Neulich erst habe ich geträumt, dass, wenn ich draufdrücke auf den Knopf, du dein Gedächtnis verlierst. Was sagst du dazu?«

Darauf weiß ich auf Anhieb keine Antwort, also atme ich erst mal tief durch und überlege. »Ich finde, du bist ein sehr seltsamer Mensch.«

»Interessant, dass du das sagst. Sehr interessant«, erwidert er. Nickt, kneift die Augen zusammen und betrachtet mich schelmisch wie ein Buddha-Yoda, der mich mit seinem abstrakten Schwachsinn erleuchtet. Eine Weile streichelt er meinen Knöchel, dann will er wieder an die Arbeit gehen.

»Und hast du?«, frage ich schnell.

»Hab ich was?«, fragt er zurück.

»Hast du draufgedrückt?«

»Es war bloß ein komischer Traum.«

»Natürlich hast du draufgedrückt! Und jetzt weichst du mir aus«, sage ich und werfe meinen Schuh nach ihm. Eigentlich soll es ein Spaß sein, aber ich treffe ihn ziemlich hart.

»Autsch. O Gott. O mein Gott. Mein Auge. Ich glaube, es ist nicht mehr zu retten«, ruft er, schamlos chargierend, um doch noch ein Lachen von mir zu ernten. Das er mir auch tatsächlich abluchst.

»O mein Gott. Erzähl mir, was als Nächstes in deinem blöden alten Traum passiert ist.«

»Das war kein blöder alter Traum, sondern ein sehr hübscher«, protestiert er entrüstet.

Ich summe vor mich hin. Dann hole ich tief und hörbar Luft. Lasse meine Geringschätzung zu ihm rüberrollen wie eine Bowlingkugel.

»Das ist doch kein hübscher Traum. Wie denn auch? Er ist nicht mal nett, oder? Eigentlich ist er ganz schrecklich.«

»Ich finde, ›schrecklich‹ ist schon ein bisschen extrem, Honigbärchen«, säuselt er. Das ist einer aus der Sammlung kreativer Kosenamen, die er sich für mich ausgedacht hat. Er benutzt sie, weil wir eigentlich nicht die Art Menschen sind, die alberne Kosenamen benutzen.

»Naja, ich sage das nur, weil es ein kontrollbesessener, manipulativer und außerdem latent sexistischer Traum ist, in dem ich in erster Linie eine Puppe bin, mit der man nach Lust und Laune machen kann, was man will. Aber jetzt, wo ich es ausspreche – vielleicht hast du ja recht, vielleicht ist das ja vollkommen in Ordnung.«

Nachdenklich verzieht er das Gesicht, zögert und wirft mir dann einen Blick zu, als würde er im nächsten Augenblick unser Gespräch mit einer absolut brillanten Bemerkung krönen. Mit einem echten Showstopper.

»Lass dich niemals von den Träumen eines anderen Menschen kontrollieren, Lily. Denn du selbst bist Herr und Meister deiner Träume«, murmelt er mit einem gewissen Grad an Ernst.

Der Raum erschaudert.

»Wow, das hast du toll ausgedrückt, Aid. Du solltest es auf irgendein Clipart-Bild von einem Sonnenuntergang schreiben und sofort ins Internet stellen. So was ist sehr beliebt.«

»Ja, mach dich ruhig über mich lustig, Lil. Aber deine Reaktion ist sehr aufschlussreich. Du kümmerst dich viel zu sehr darum, wie andere dich sehen, und bist ständig auf der Suche nach irgendwelchen Hinweisen. Dabei bist du alleine Herr und Meister deines Schicksals und deiner …«

»Jepp, das habe ich inzwischen verstanden. Keine Sorge, ich bin in Ordnung, wie ich bin. Aber danke für die Lektion in Pop-Psychologie, Paps.«

Ich ärgere mich, aber der Ärger verwandelt sich bald in einen Flirt. So endet es immer.

»Das ist okay, Honig… dachs«, sagt er.

Er kommt klar mit meinem Spott, und das gehört zu den

vielen Dingen, die ich an ihm mag. Sein Taktgefühl. Sein Einfühlungsvermögen. Er ist gleichzeitig bescheiden und absolut anmaßend. Und irgendwie fasziniert es mich immer noch, wie er das macht. Es ist mir ein Rätsel. Aber so etwas hält eine Beziehung in Schwung. Aiden schaut wieder auf den Bildschirm. Tippt sechs-, acht-, zehnmal auf die Tasten.

»Oh, eins noch. Was ist eigentlich passiert, als du auf den Knopf gedrückt hast?«

»Ah. Hmm«, brummt er. »Weiß ich nicht. Ich bin sofort aufgewacht.«

Ohne dass das Gespräch offiziell zu Ende ist, heftet Aiden den Blick wieder auf seinen Computer. Das heißt, ich soll mir diese Gesprächs-Sackgasse durch den Kopf gehen lassen, während wir nahtlos zurück in unsere jeweils eigene Welt gleiten. Kurz darauf späht er über den Laptop zu mir herüber und lächelt mir eine Sekunde lang zu. Mit voller Strahlkraft. Er ist ganz da, hundertprozentig auf mich konzentriert. Dann verschwindet er wieder hinter dem Bildschirm. Und das Tipp-Tapp geht weiter.

Als ich zu ihm hinüberschaue, sehe ich das Fernglas neben ihm liegen, stehe auf, packe es schnell und mache mich auf den Weg, um nachzusehen, was ich heute erwischen kann. Ich begrenze mich auf zwei Sichtungen am Tag, ich will ja nicht zwanghaft werden. Du weißt ja, wie das bei mir ist. Deshalb schreibe ich ja auch dir und keinem anderen. Weil du mich so gut kennst. Solange es noch ein bisschen hell ist, möchte ich gern noch einen Vogel sehen, wenigstens einen einzigen. Eine Holztaube vielleicht oder einen Distelfink. Nur einen kleinen. Du weißt schon. Nur so zum Spaß.

Noch 35 Tage.

BM – Blaumeise, *(Cyanistes caeruleus)*: Flachland · magisches Abendsonnenlicht, alles still, 18°C, 10er-Schwarm · leuchtend gelbe Brust, schwarzblauer Halsring, männlich · nervös, abgehackte Bewegungen, gelegentlich im Sturzflug auf Blattläusejagd

Ich war nie besonders kreativ, ich bin eher ein Typ für Fakten und Zahlen. Für die Kunstwelt ist mein Werk kein großer Verlust. Ich bin der einzige mir bekannte Mensch, der überhaupt nicht zeichnen kann. Nicht auf einer Leinwand, nicht auf einer Mauer, einfach gar nicht. Vielleicht sagst du jetzt, das ist doch kein Ding. Ist es aber. Als ich angefangen habe, die Wohnung zu streichen und Aiden immer gesagt hat, ich soll »lange, regelmäßige Pinselstriche« machen, habe ich das zwar ehrlich versucht, aber nicht mal das hat geklappt. Am Ende hat er das ganze Zimmer alleine gestrichen und mir gesagt, ich soll ihm einfach zuschauen und witzige Bemerkungen machen, um ihn bei Laune zu halten. Aber weißt du was? Das hier ist kreativ. Aiden, ha! Dieses Projekt wird mir bei Teil-Flauten Auftrieb geben. Es wird mein Herz beschäftigen und nicht nur meinen Gitterpapierkopf in Anspruch nehmen.

Aber ich glaube, hauptsächlich will Aiden wissen, wann ich endlich mit meinem Buch weitermache. Das weiß ich, weil er es gerade gestern gesagt hat.

»Wann hast du eigentlich vor, mit deinem Buch weiterzumachen?«, hat er mich gefragt.

Worauf ich zunächst abgrundtief seufzte, dann nachdachte und schließlich antwortete.

»Aid, es haben wirklich schon genug verschwitzte Akademiker irgendwelche Abhandlungen über Hitchcock geschrieben. Ich glaube nicht, dass ich unbedingt auch noch meinen Senf dazugeben muss. Das ist doch alles nur aufgewärmtes Zeug. Das Remake eines Remakes. Die Wiederholung einer Wiederholung.«

Dass er die Augenbrauen hochzog, wusste ich, ohne ihn anzuschauen. Ich konnte es fühlen.

»Na klar. Verdammt richtig. Gib deine Träume ruhig auf. Ich meine, du wusstest von Anfang an, dass man mit Filmbüchern nicht das große Geld machen kann, Schätzchen.«

»Ach, fang jetzt bloß nicht mit den Papa-Witzen an, Aid. Auf die hatte mein Dad schon ein Dauerabo.«

»Um bei Saturday Night Video zu arbeiten, braucht man keinen Hochschulabschluss«, dröhnte er.

»Lass gut sein, danke!«, brüllte ich zurück. Ich hatte seine Gedanken gelesen. Das tue ich immer. So eng ist unsere Beziehung.

»Na ja, sieht ja ganz danach aus, als wärst du dazu verdammt, auf ewig bei Medical Market Research zu bleiben. Klingt nach einem starken Plan. War das der Plan?«

»Nein, glaub mir, das war er nicht.«

Nicht mal der blindeste Berufsberater hätte mir etwas Derartiges vorgeschlagen. Mit einer Ausnahme. Der verrückteste aller verrückten Karriereberater heißt London, die Stadt mit ihren ständig sinkenden Jobchancen und ständig steigenden wirtschaftlichen Ansprüchen. Lass London sausen. Ich würde ja wieder nach Chesterfield ziehen, wenn da nicht die Angst wäre, dass ich dann mit allem Schluss machen würde. Endgültig. Im Ernst. Genau das würde nämlich passieren. Jedenfalls in meiner derzeitigen Gefühlslage. Schon immer haben alle gesagt, ich sei genau wie meine Mum. Ich kann nur hoffen, dass ich ihr nicht *zu* ähnlich bin.

* * *

Ich gehe raus auf den Balkon, und mein Blick wandert über die Bäume hinweg zu einem Starenschwarm, der über den See zieht und sich in den blauen Abendhimmel emporschwingt. Während er höher steigt, versuche ich, ihn besser ins Visier zu bekommen, in der Hoffnung, dass das Mondlicht reicht, um einen Blick auf ihr Gefieder werfen zu können. Stattdessen konzentriere ich mich auf den Mond. Das haben wir beide auch manchmal gemacht, stimmt's? Es ist so klar heute Abend. Wenn man sich anstrengt, sieht der Mond aus wie eine richtige Landschaft, nicht bloß wie ein Stern oder was. Verrückt, wenn man sich vorstellt, dass Menschen schon auf diesem großen, am Himmel schwebenden Felsbrocken umhergewandert sind, oder nicht? Ich weiß, das klingt blöd, aber es ist doch wirklich seltsam, oder etwa nicht? Gedankenverloren lasse ich das Fernglas über den Wohnblock rechter Hand schweifen, Waterway heißt er. Alle Blocks haben diese netten Naturnamen, um den Leuten vorzugaukeln, dass sie in Wirklichkeit gar nicht in einem Schuhkarton in Nordlondon leben und in den Neuen

Medien arbeiten. Wir haben sogar einen Concierge. Frag mich jetzt bloß nicht, was er tut. Auf alle Fälle trägt er eine Uniform. Ich glaube nicht, dass er den Bewohnern Dinner-Reservierungen besorgen kann, wie man das in Filmen über die New Yorker Hotels sieht. Ich denke mal, er quittiert hauptsächlich Postsendungen, die er in Abwesenheit der Adressaten entgegennimmt, und schlichtet Parkplatzstreitereien. Von denen es hier nicht sehr viele gibt. So eine Art Gebäude ist das.

Im Penthouse brennt Licht. Und ich habe mich immer gefragt, wie groß die Wohnung da oben ist, deshalb stehe ich jetzt da und starre hinauf. Ich glotze auf die Habitat-Vorhänge, die ich letzte Woche tatsächlich im Geschäft gesehen habe. Sie sind nicht besonders schick oder so. Dann starre ich auf den Schaukelstuhl, der auf dem Balkon steht und wirklich teuer aussieht. Und dann entdecke ich den Bewohner persönlich. Schau einer an. Da ist er. Der Eine-Million-Pfund-Penthouse-Knabe. Sieht nicht sonderlich beeindruckend aus. Genau genommen wirkt er eher etwas ulkig. Was macht er denn da? Ich schaue genauer hin. Und fange an, ihn zu analysieren.

Sein Rücken hebt sich. Auf und ab bewegt sich der Typ. Sein Rücken glänzt. Er hat nur seine Unterhose an. Dieser blonde (verschwitzte) Mann von durchschnittlicher Körpergröße, mit einem echten Waschbrettbauch, den ich in einer kurzen Reflektion erkennen kann, macht Kniebeugen mit Kurzhanteln in den Händen. Er wendet mir den Rücken zu, also hat er keine Ahnung, dass ich hier bin. Und alles sehe. Und er trägt nur eine Unterhose.

Er gibt ein lächerliches Bild ab, ein echtes Klischee. Mechanisch dreht er sich neunzig Grad nach rechts, so dass ich ihn im Profil bewundern kann, verschwitzt und rot, wie er ist. Er schneidet Grimassen, wie abgefahren, wie kurios. Da Aiden im Schlafzimmer die Anlage aufgedreht hat, aus der jetzt Trip Hop aus den Neunzigern dröhnt, wirkt das Ganze wie ein Musikvideo. Im Rhythmus von Aidens Musik geht der Penthouse-Typ in die Knie und richtet sich wieder auf, es ist zum Schieflachen. Hat der Mann denn überhaupt kein Schamgefühl? Was für seltsame Manöver. Was für eigentümliche Bewegungen. In seinem natürlichen Lebensraum ist ihm anscheinend nichts zu peinlich. Ist ihm denn nicht klar, dass man ihn sehen kann? Jedenfalls, wenn jemand genau genug hinschaut.

Endlich steht er still, dreht sich um und sieht direkt zu mir herüber. Ohne nachzudenken, ducke ich mich und verschwinde kichernd wie ein Schulmädchen aus seinem Blickfeld. Im Handumdrehen. Dann richte ich mich ganz vorsichtig wieder ein Stück weit auf und spähe verstohlen in seine Richtung. Nein, er kann mich nicht sehen. Ich glaube, er ist zu dem Schluss gekommen, dass er sich alles nur eingebildet hat, dass er zwar gedacht hat, er sieht etwas – nämlich mich und mein Fernglas –, aber dass ihm seine Phantasie etwas vorgegaukelt hat, oder … nein, jetzt wagt er sich nach draußen, und das mit teilweise entblößtem Hintern. Er steht auf dem Balkon und hält Ausschau nach mir. Aber ich kaure hinter einem hölzernen Gartenstuhl, ich verstecke mich wie ein Kind. Er kann mich nicht sehen. Ich bin in Sicherheit, ich bin in der Beobachtungshütte.

»Was zum Teufel machst du da eigentlich?«, ruft Aiden von drinnen.

Noch 33 Tage.

B – Buchfink *(Fringilla coelebs)*: Feuchtgebiet · leichter Regen, 16°C, 8er-Schwarm · rostrote Brust, weiblich, 15 cm · zwitschert, macht aber eher einen traurigen Eindruck

O Mist. Jetzt hab ich den Schlamassel. Aiden hat mich beim Spannen erwischt, er will, dass ich zu ihm ins Schlafzimmer komme, damit er mir ernsthaft ins Gewissen reden kann.

»Wir haben uns hier unsere erste Wohnung gekauft, Lily, und wir strengen uns mannhaft … und frauhaft … an, uns zu benehmen wie erwachsene Menschen, und dann seh ich dich da draußen, wie du … äh, wie du diesen Penthouse-Typen lüstern anstarrst …«

»Können wir ihn Gregory nennen?«

»Na gut … dann nennen wir ihn eben Gregory … wie du also Gregory, den Account-Manager, lüstern anstarrst, der dich in seiner hautengen Unterwäsche anmacht, während die Frau von unten aus ihrer Wohnung stürzt und dich auf allen vieren nach drinnen kriechen sieht …«

Aber ich sehe, dass er grinst, die ganze Zeit, als er das sagt. Bloß dieses winzige Lächeln im Mundwinkel, das mich wissen lässt, dass er mich noch liebt. Dass alles okay ist. Dieses

Schmunzeln, in das ich mich verliebt habe. Gefolgt von einem leisen Schnauben und Kichern. Er ist noch da. Der Mann, in den ich mich verliebt habe.

Ich weiß, das klingt schrecklich, aber im Grunde war es auch lustig. Es ist einfach erstaunlich, was Leute tun, wenn sie denken, niemand schaut hin. Nicht die Kniebeugen und die Unterhose an sich, so was verstehe ich ja, sondern sein Gesicht. Dieser Gesichtsausdruck, den der Typ garantiert nur hat, wenn er alleine ist.

Es ist wie bei den Vögeln. Nur dass die Vögel es wissen, wenn sie beobachtet werden, irgendwie sind sie bereit dazu, sie posieren von Natur aus gern, die kleinen Angeber. Das haben wir früher immer gesagt. Aber Menschen sind einfach unglaublich. Sie sind erstaunliche Wesen, voller Energie und Lebenslust, sie sind zu allem Möglichen fähig und können solche Gesichter schneiden. Ich habe keineswegs vor, das Spannen als Allheilmittel gegen Schmerzen und andere Wehwehchen zu empfehlen, aber ich muss schon sagen, dass es etwas für sich hat. Etwas echt Aufregendes.

Ich glaube, wir sind gerade rechtzeitig hierhergezogen. Die ganze Gegend wird umgestaltet, neu belebt, ein auf fünfundzwanzig Jahre angelegtes Projekt. Und ja, das ist nur ein anderes Wort für Gentrifizierung, und nein, ich finde es nicht schrecklich – es ist echt schön hier. Und wir haben das Geld zusammengekratzt, um hier wohnen zu können.

Trotzdem tun mir die Leute im Canada House natürlich leid. Ein paar von ihnen haben hier über dreißig Jahre gewohnt, und jetzt werden sie einfach rausgeschmissen. Die Hälfte des Gebäudes ist schon abgesperrt und verbarrikadiert, und diejenigen, die noch da sind, warten nur darauf, dass sie auch rausgeschmissen werden. Sie werden »umgesiedelt«, heißt es, aber wer weiß. Man hört Geschichten von Leuten, die gezwungen werden, in Neubauten eine Miete zu bezahlen, die sie sich überhaupt nicht leisten können. Man hört Geschichten von Leuten, die obdachlos werden. Oder schlimmer noch, von Leuten, die nach Birmingham abgeschoben werden. Das war ein Witz, ich weiß, dass du in Birmingham geboren bist. Ich war mal auf einer Konferenz in einem der Ausstellungszentren dort, und es war vollkommen okay. Ich meine, es war nett da. Ja, ich weiß, in Birmingham wird pro Quadratmeile mehr Champagner getrunken als sonst irgendwo in Großbritannien, deshalb haben sie bestimmt was zu feiern. Ich weiß. Und sie haben mehr Kanäle als Venedig. Obwohl ich immer dachte, dass die Leute nach Venedig fahren, um die Schönheiten der Stadt zu genießen, nicht die statistische Länge ihrer Kanäle, aber da haben wir's mal wieder. Also, hier ist es echt nett, es würde dir bestimmt gefallen. Nur traurig, wenn man daran denkt, dass Menschen, die hier aufgewachsen sind, nicht bleiben können.

In der Zeitung stand vor kurzem:

»Die Bewohner der neuen Apartmentgebäude neigen meist dazu, den Leuten aus der alten Sozialsiedlung aus dem Weg zu gehen …«

Wenn das stimmt, ist es furchtbar. Aber ich bin sicher, dass es nicht so sein kann. Ich meine, als ich heute aus der U-Bahn kam, bin ich zwar gleich über die Straße auf die Seite der Neubauten gegangen, aber nur, weil auf der Baustelle ständig Wasser gesprüht werden muss – wegen des ganzen Staubs oder was. Schließlich will ich mich nicht mit Dreck und Steinstaub vollspritzen lassen. Den hat man dann im Gesicht und in den Haaren, und ich möchte die Überreste von den Wohnungen dieser armen Leute nicht an mir kleben haben. Ich meine, das sind echt arme Leute. Also nicht »arme Leute«, nicht in finanzieller Hinsicht, sondern arm der Umstände wegen. Sie tun mir echt leid. Ehrlich.

Aber ich erwähne das nur deshalb, weil ich, als ich grade über die Straße ging … Ach, es ist schrecklich. Ich ging also über die Straße, und da hab ich sie gesehen. Ihr direkt in die Augen geblickt. Jean. Sie ist eine von denen, die der *Guardian* als Beispiel angeführt hat. Von ihr stammt auch das Zitat oben. Es gab ein Foto von ihr und einen langen Artikel, unter anderem darüber, wie sie sich fühlt, nämlich:

> *»Als würde ich auf die Guillotine warten, während ich dabei zuschaue, wie überall um mich herum Wohnungen demoliert werden. Wie die Bagger immer näher rücken. Ich warte, bis ich an der Reihe bin und rausgeworfen werde. Das ist so, als warte man auf sein Todesurteil.«*

Schrecklich. Echt. Aber was sollte ich denn tun, als ich aus der U-Bahn kam – auf Jeans Straßenseite bleiben und mich mit Dreck und Staub bombardieren lassen, damit ich sie in den Arm nehmen kann? Oder was? Denn das ist eigentlich das, was ich mir jetzt vorgenommen habe.

Aiden kann ich nichts davon erzählen, er würde sich nur Sorgen machen. Es gibt ja jede Menge Gerüchte darüber, was in den Wohnblocks da drüben abgeht und was für Leute da nachts rumlungern. Aber ich bin sicher, das ist reine Panikmache. Schließlich will ich ja nicht dort rumschlendern und nach Jean suchen. Ich hab sie gesehen. Ich hab gesehen, in welche Wohnung sie gegangen ist. Ich hab sie gesehen und gedacht: *Jetzt weiß ich Bescheid.* Deshalb will ich zu ihr und sie besuchen. Und mich entschuldigen. Dafür, dass ich die Straßenseite gewechselt habe. Und überhaupt, für alles. Dann werde ich ja mit eigenen Augen sehen, wie es ihr geht. Was für ein Mensch sie ist. Das wird bestimmt interessant. Vielleicht bringe ich ihr Suppe mit. Oder wäre das herablassend? Die meisten Leute essen doch gerne Suppe, oder nicht? Vielleicht werden wir Freundinnen.

Als ich heute durch die Siedlung gegangen bin, habe ich ein Vermisstenplakat gesehen, ziemlich unordentlich an einen Laternenpfosten geklebt. Anscheinend ist ein Mädchen, das in einem der Blocks gewohnt hat, verschwunden. Spurlos. Das erzähle ich Aiden auch lieber nicht. Menschen verschwinden ja andauernd, aber er macht sich wegen so was immer gleich Sorgen. Richtig schlimme Sorgen.

Noch eins, und dann mach ich Schluss. Du darfst wirklich keinem erzählen, was ich dir schreibe. Weder Aiden noch sonst jemandem. Vor allem nicht Aiden. Falls ich doch irgendwann meine Meinung ändere und wir uns wieder mal sehen. Falls wir mal zu dir rüberkommen, oder falls wir dich zu uns einladen. Falls das wirklich mal passieren sollte. Dann darfst du kein Wort davon verraten.

Das alles muss für immer unter uns bleiben. Nur wir beide. Du und ich. Für immer. Genau wie unser ganzer Vogelkram. Okay? Ich meine das ernst. Also, ganz egal, was passiert. Ganz egal, wie alt und senil du wirst.

Vergiss das nicht.

Mein Handy piept. *Piep, piep.* Wir wissen beide, von wem diese SMS kommt. Und wir wissen auch, was drinsteht. Aber ich will das nicht. Nein danke.

Ich bin noch nicht bereit zu reden.

Noch 30 Tage.

WWP – Tippi Hedren und Janet Leigh: Waterway Apartments · im Schutz der Dunkelheit, leichte Brise, 19°C · blond und rot, weiß, weiblich, Pärchen, beide etwa 170 cm · entspannt, fröhlich

Ich schalte das Licht aus. Fernglas fest in der Hand. Aiden trinkt ein Bier und kichert, weil alles so lächerlich ist. Ich hab mir den Mond durchs Fernglas angeschaut und dabei ein bisschen Wein genippt. Irgendwann hat er bemerkt, was ich mache, und offensichtlich gedacht, ich hätte Schlimmeres vor. Keine Ahnung, was genau. Vielleicht dass ich mal wieder lüstern zu Gregory rüberstarre. Aber jetzt, wo Aiden weiß, dass ich ihn gerne einbeziehe und dass alles total läppisch und letztlich ein Witz ist, gefällt es ihm. Er hat sogar richtig Spaß dabei. Auf einmal ist ein Spiel daraus geworden. Das ist richtig lustig.

Wir lassen die Jalousie runter, so dass nur ein winziger Spalt zum Durchgucken bleibt. Dann vergewissern wir uns, dass bei uns das Licht aus ist, und ich gehe alles Schritt für Schritt mit ihm durch. Du wärst begeistert. Es ist, als wäre ich wieder in der Beobachtungshütte, nur noch besser. Ich bringe meine Ellbogen auf einer Zeitschrift in Stellung und schaue nach oben, spiele mit dem Fokussierrädchen und suche nach Licht im

Waterway-Gebäude. Über die dunklen Fenster gleite ich hinweg, wahrscheinlich gehören die Wohnungen irgendwelchen Investoren aus Übersee – es gibt sehr viel Leerstand hier. Dann entdecke ich etwas. Hell erleuchtet wie ein Weihnachtsbaum. Ein Pärchen. Voll bei der Sache. Nicht beim Sex, nein, nur bei der Sache. Mitten im Leben. Man sieht den ganzen Raum.

»Okay, hol das Notizbuch, das ich in dem japanischen Laden gekauft habe. Mach schon, los. Was siehst du?«

»Das Waterway-Gebäude?«, fragt er sofort.

»Gut, das ist der Lebensraum. Teil die Seite in acht Spalten auf und schreib ›Waterway Apartments‹ in die dritte. Was noch?«

»Die beiden sehen schick aus, makellos, wie kostümiert. Vielleicht arbeiten sie bei …«

»Warte, nicht so schnell, Cowboy! Halten wir uns an die Fakten. Wie viele siehst du?«

»Okay, Lil … es sind zwei. Eine Blonde und eine Rothaarige.«

»Gut! Ein Zweierschwarm! Schreib das in die fünfte Spalte, und in die vierte kommt die Gefiederfarbe, also blond und rothaarig. Wir kennen ihre Namen nicht, also denken wir uns später welche für sie aus, in Spalte zwei. Jetzt machen wir eine kurze Wetterbeschreibung, die schreibst du in die siebte Spalte. In Spalte sechs wird kurz das Verhalten beschrieben, in der achten die geschätzte Größe vermerkt. Ich bin gut im Schätzen, also lass mich für beide eins siebzig vorschlagen. Zum Schätzen braucht man Talent, und durch Übung wird man noch besser. Das ist mein Partytrick, hab ich dir das noch nicht erzählt? Normalerweise liege ich richtig, bis auf den Zentimeter.«

»Inch.« Er grinst. Er liebt Korrekturen, das gibt ihm ein Gefühl der Überlegenheit. »Ist dass die Methode deines Vaterss? Erzähl mir davon, ja?«, sagt er mit seinem albernen Akzent.

Ich schaue ihn an, wahrscheinlich einen Augenblick zu lange.

»Nein, das ist meine Methode. Also. Für Spalte eins schlage ich vor … WWP. Was meinst du, was das …«

»Weiß … weiblich … Pärchen.«

»Sehr gut! Sehr, sehr gut. Also …«

Ein lesbisches Paar. Die beiden sind ein lesbisches Paar! Wie aufregend! Nicht dass es merkwürdig wäre oder so. Aber wir haben überhaupt keine lesbischen Freundinnen, und ich hätte sehr gern welche. Ich hätte sofort dafür gestimmt, dass sie heiraten dürfen, wenn man mich gefragt hätte. Definitiv. Ich hätte Klinken geputzt – wenn ich in Irland gelebt hätte. Oder so. Ich hab einen Podcast gehört, wie die da drüben tatsächlich von Haus zu Haus gehen und versuchen, die Leute von ihrer Sache zu überzeugen. Klang echt cool. Und ist auch total einleuchtend.

Wenn ich mir die beiden so anschaue, denke ich, wir könnten Freundinnen sein. Wir könnten Brunch für lesbische Frauen veranstalten. Oder eine lesbische Literaturgruppe gründen. Eine lesbische Literaturgruppe – das würde mir gefallen! Und jetzt kenne ich endlich ein paar Lesben.

»Sieh mal, sie haben einen beleuchtbaren Globus. Und einen Plattenspieler. Einen zusammenklappbaren Punching-Bag. Mit Ständer. Ein Bücherregal, Eiche. Eine blaue Lichterkette. Und einen Dualit-Toaster, genau wie wir! Oh, die Country-Life-Butter steht noch auf dem Tisch. Vielleicht denkt die eine ja, sie kriegt in absehbarer Zeit noch mal Hunger und will noch einen Toast. Die Kissen sind von Heal's, und zwar nicht die billigen. Ich hab sie im Netz gesehen. Der Farn in der Fensterecke ist ja riesig. Und sie haben eine rosa Orchidee. Ein Weinregal für zwölf Flaschen. Aber sie sammeln auch Altglas. In der Ecke steht ein Fahrrad, obwohl es vor dem Haus Fahrradständer gibt. Oh. Es ist ja ein Brompton! Zum Zusammenklappen. Da drüben hängt ein gerahmtes Originalplakat, *Die Nächte der Cabiria*, der Fellini-Film, und ich glaube ... ja ... es ist ein limitierter chinesischer Druck!«

»Was meinst du, wie sie es machen?«, fragt Aiden.

»Was? Die Wohnung so ordentlich halten? Vermutlich kümmern sie sich gemeinsam darum.«

»Nein, den Sex. Das Frauen-Sex- ... Ding.«

»Es ist doch mehr oder weniger das Gleiche. Nur beide von derselben Sorte statt von zwei verschiedenen.«

»Ja, aber ...«

»Gott, du hattest anscheinend ein sehr behütetes Leben. Benutz doch mal deine Phantasie. Oder lieber nicht. Nein, lieber keine Phantasie. Sonst machst du womöglich noch alles kaputt.« Manchmal muss man Aiden deutlich die Meinung sagen.

»Ich meine doch nur, ob sie so ein Paar sind, das abends einfach in den Pyjama schlüpft. Ober denkst du, es könnte sein, dass die Blonde sich plötzlich die Rothaarige grapscht, sie auf den Holztisch da drüben wirft und ... es ihr so richtig besorgt?«

»Hätte ich eher nicht gedacht, sie lackieren den Tisch grade und sind damit erst halb fertig.«

»Woran erkennst du das denn?«

»An dem Unterschied in der Holzfarbe. Auf dem einen Ende liegt Zeitungspapier, schau. Und auf der Spüle stehen Pinsel in einem Glasbehälter.«

»Himmel, du bist echt gut.«

»Und wenn ich richtig darüber nachdenke, hab ich die beiden auch schon mal gesehen.«

»Wo denn?«

Er hält meinen Blick fest.

Ich schaue weg.

Scheiße.

»Wow. Du bist wirklich total irre«, meint er.

»Sag so was nicht. Das ist nicht nett«, entgegne ich, fröhlich, aber bestimmt.

Wusch! Ein Flieger dröhnt über uns hinweg. Die Flugzeuge sind hier sehr nah. Und ich habe das Gefühl, sie kommen mit jedem Mal näher. Auch die beiden lesbischen Frauen blicken nach oben. Man sieht ihre blassen, fast weißen Hälse. Janet streicht Tippi über die roten Haare, die bestimmt gefärbt sind. Ganz sicher – bei dem Farbton.

Auf dem Korridor sind jetzt Schritte zu hören. Wir halten inne. Und schauen uns grinsend an.

»Oh-oh. Ich glaube, unser Nachbar ist zu Hausse«, sagt Aiden, und seine Augen funkeln.

Demnächst erzähle ich dir von dem Mann, der neben uns wohnt.

TEIL 2:

DIE NACHT UND DER FOLGENDE TAG

Noch 20 Tage. Nacht. 10 Uhr.

WMS – Cary: Parkway · im Schutz der Dunkelheit, 21 °C, selten · braune Haare, weiß, männlich, singulär, etwa 165 cm · nachdenklich

Cary hat sein Lieblings-Streifen-T-Shirt an. Vor kurzem hat er sich einen dieser neuen Haarschnitte verpassen lassen. Oben angeklatscht, die Seiten rasiert. Die Frisur, die entstehen würde, wenn De Niro aus *Taxi Driver* als drittes Mitglied bei *Wham* anfangen würde. Wahrscheinlich arbeitet Cary in Shoreditch. Dort ist der Haarschnitt möglicherweise normal. Ein Schal / Halstuch in Rot vollendet den Look. Ziemlich kühn. Ich habe das Gefühl, dass er schon seit einer Weile versucht, den Mut dafür zu fassen, und überraschenderweise sieht es sogar ganz okay aus. Er tanzt ein bisschen, vermutlich zu irgendwas Elektronischem. Ich wollte, ich könnte hören, von welcher Band oder welchem DJ. Das wünsche ich mir wirklich. Um es mir besser vorstellen zu können.

Seine Kumpel erscheinen und begrüßen sich mit ironischen Siegesgesten. Wahrscheinlich wollen sie zusammen ausgehen. Kumpel 1 hat ein Hot-Chip-T-Shirt an. Einer von ihnen verschwindet und kneift sich bei seiner Rückkehr mit den Fingern die Nase zusammen. Dann verschwinden auch die anderen und erscheinen mit der gleichen Geste wieder. Dann fangen sie an, auf der Wii zu spielen. Ziemlich auf Konkurrenz. Einer schleudert den Controller mit gebleckten Zähnen nach vorn, lässt ihn los, und das Ding knallt gegen die Fensterscheibe. Es geht los!

Alle lachen, nur Cary findet es nicht komisch. Wahrscheinlich gehört ihm die Wohnung nur zum Teil. Sie ist nicht so schick wie die Waterway-Wohnungen, aber hübsch, mit dem gleichen Grundriss wie unsere. Cary weiß, dass das Fenster nicht kaputt ist, es hat nicht mal einen Riss, aber er gibt trotzdem eine Warnung von sich: »Vorsicht, Alter, die Fenster sind schweineteuer.«

Ja, ich glaube, genau das hat er gesagt. Und ich wette, er hat recht. Die Scheibe zu ersetzen wäre garantiert nicht billig. Er meint wohl, die Scheibe hat einen Kratzer. Da ist irgendwas. Jetzt macht er sich mit einem Lappen an der Stelle zu schaffen. Oh, er ist weg, der Kratzer, anscheinend war es doch bloß ein Fleck.

»Wie geht es mit Tippis Tisch voran?«, fragt Aiden, ohne aufzublicken.

»Äh, nicht schlecht, glaube ich. Sah fast fertig aus vor einer Stunde, bereit zum Trocknen.«

»Meinst du, sie haben das Holz vorher abgeschliffen? Vielleicht mach ich das auch mal.«

Dabei macht er so was nie. Nicht mehr. Er verlässt ja kaum noch das Haus.

»Ich denke schon, dass sie ihn abgeschliffen haben, Aid. Wahrscheinlich war das nicht der erste Tisch, den sie aufgearbeitet haben, meinst du nicht?«, antworte ich mit meiner pseudo-urbanen Mittelschichtstimme.

»O ja, das denke ich auch, Babe. Vermutlich verkaufen sie die Tische im Internet, Babe.« Er liebt dieses Getue.

»Na klar, ganz deiner Meinung. Wahrscheinlich stammt der Tisch aus einem Recyclinghof. Irgendwo aus einem Vorort, von dem wir noch nie was gehört haben, meinst du nicht?«

»Ja, gut möglich. Vermutlich können sich Tippi und Janet gar nicht mehr losreißen, wenn sie erst mal im Recyclinghof sind. Da gibt es doch so viel zu … äh … äh …«

»Zu recyceln, Babe?«

»Ja, genau das hab ich gemeint.«

Ich bin nicht sicher, über wen wir uns eigentlich lustig machen. Über alle vermutlich. Auch über uns.

Oje! O nein. Cary. Du Armer. Du armer kleiner, aufstrebender Hipster, du blutest ja. Autsch.

Kaum haben »die Jungs« die Lappenaffäre überstanden, schlägt das Schicksal auch schon wieder zu. Durch das Fernglas ist es deutlich zu erkennen, ich kann es schon vor ihnen selbst sehen. Die Jungs albern mit ihrer Wii herum, und Cary steht viel zu nahe neben ihnen. Das kann nicht gutgehen, denke ich sofort. Und peng! Kriegt er den Kontroller auch schon mitten ins Gesicht.

Er blutet ziemlich heftig. Hauptsächlich aus der Oberlippe. Der Kumpel mit dem Irokesenschnitt schaut sich um, vielleicht sucht er nach Eiswürfeln, während »Kumpel 1« immer noch den blutverschmierten Controller in der Hand hält, nervös von einem Fuß auf den anderen trippelt und sich überschwänglich entschuldigt.

Ich würde einen Krankenwagen rufen, aber ich glaube, das wäre übergriffig. Außerdem könnte es zu peinlichen Fragen führen. Wie zum Beispiel: »Wer zur Hölle hat den Krankenwagen gerufen?« Oder: »Alter, schickt einer von uns Nachrichten in den Äther, ohne was davon zu merken? Telepathisch vielleicht? Oder mit sonst einem diskreten menschlichen Übertragungsprozess, den wir noch nicht kennen?« Womöglich sogar: »Hey, verflucht, wer ist eigentlich diese Frau, die uns von dort drüben mit dem Fernglas beobachtet?«

Der Krankenwagen wäre wahrscheinlich sowieso ein bisschen extrem. Bestimmt hört Cary gleich auf zu bluten. Trotzdem – ich würde schon gerne helfen. Wenn ich Ärztin wäre, würde ich selbst einen Blick auf die Schramme werfen. Leider bin ich keine. Nein. Ich bin keine Ärztin.

»Du bist besessen«, murmelt Aiden.

»Nein, bin ich nicht. Solche Dinge sagt man viel zu oft über Frauen. Sie ist irre, sie ist übergeschnappt, sie ist besessen. Aber eigentlich solltest du es besser wissen. Wenn du schreibst, denkst du dir jedenfalls meistens gute Frauenfiguren aus.«

»Ich glaube, ich denke mir einfach Menschen aus. Das hoffe ich zumindest. Aber du hast recht. Sorry. Ich nehme das zurück. Das war blöd.«

»Ich interessiere mich doch bloß für die Leute.«

»Ja, und das kannst du richtig gut. Das Talent stammt wahrscheinlich noch aus deiner Vergangenheit als ›passionierte Vogelbeobachterin‹. Kleine Fanatikerin, du.«

»Ich war nie Vogelbeobachterin.«

»Was? Natürlich warst du das. Hast du mir schon bei unserem ersten Date erzählt.«

»So was hab ich bestimmt nie behauptet. Ich erklär dir mal ein paar Sachen. *Birdwatcher* gehen mit ihrem Standardfernglas in den Park um die Ecke und notieren sich all die kleinen Vögelchen, die sie in der Gegend entdecken. *Birder* dagegen reisen manchmal ins Ausland, sei es zur Erholung oder aus professionellen Gründen …«

»Aus professionellen Gründen? Wer bezahlt sie denn dafür?«

»… oder sonst wohin, um gezielt bestimmte Vögel zu suchen, die sie noch nicht gesehen haben, aber auf ihre Lebensliste setzen wollen. Es gibt um die zehntausend Vogelarten, und es ist selbst für den leidenschaftlichsten Birder unwahrscheinlich, dass er in seinem Leben mehr als siebentausend davon zu Gesicht bekommt. Also, diejenigen, die sich dem *Birding* verschrieben haben, besuchen beispielsweise bestimmte Beobachtungshütten und sonstige Stellen, um ganze Nachmittage mit der Vogelbeobachtung zu verbringen, führen aber genau wie die *Birder* ein Buch oder eine Liste über das, was sie gesehen haben. Und zuletzt gibt es dann noch die *Twitcher* …«

»Ah, die *Twitcher*!«, schnaubt Aiden.

»*Twitcher* visieren eine besonders seltene Vogelart an und reisen, um sie zu finden.«

»Na gut – und zu welcher Kategorie gehörst du?«, fragt er.

»Na ja, einen *Twitcher* kann man mich nicht nennen. Übrigens stammt der Name für diese manischen Vogelbeobachter von einem der berühmtesten Vogelbeobachter, Howard Medhurst, der ein ziemlich nervöses Naturell und vielleicht tatsächlich Zuckungen hatte – falls dich das interessiert, mein Freund.«

»Wie du – du hast auch Zuckungen. Also bist du doch ein *Twitcher*.«

»Nein, hab ich nicht. Nein, bin ich nicht …«

»Siehst du, da ist er schon. Ein langes Blinzeln, sogar der Wangenmuskel zuckt!«, behauptet er und grinst schon wieder, der freche Fiesling. Denkt wohl, damit kann er mich ärgern.

»Echt? Ich … ich hab nie gemerkt, dass ich das mache.«

»Isst aber so. Alsso«, sagt mein österreichischer Psychoanalytiker, seine Augen werden schmal, und seine Stimme wird tiefer. Mit einem Lächeln, halb besorgt, halb wie ein Raubtier, mustert er mich und spricht dann weiter, als hätte er lange und gründlich nachgedacht. »Alsso … ich vermute, die eigentliche Frage lautet: Was ssuchst du wirklich?«

Im selben Augenblick klopft jemand an die Tür und rettet mich vor einem weiteren Verhör. Ich gehe öffnen, weil Aiden den Arsch nicht hochkriegt und vermutlich nicht einmal daran denkt aufzustehen. Er sitzt da, passiv wie Plankton, sein übliches Verhalten.

»Dr. Gullick?«

Schlagartig richtet Aiden sich auf und sucht sich hastig eine Position, aus der er mich beobachten kann, ohne dass die Frau, die nun an der Tür erscheint, ihn sieht. Mit weit aufgerissenen Augen und offenem Mund starrt er mich an.

»Ja, die bin ich«, antworte ich.

»Könnten Sie mir bitte helfen? Es ist ein Notfall«, erklärt die Frau.

»Ja. Ja, selbstverständlich«, sage ich, schlucke schwer und greife nach meinem schwarzledernen Kulturbeutel. Los geht's.

Ich hab es dir ja gesagt. Ich bin keine Ärztin. Wie du weißt. Aber so etwas wie das jetzt passiert gelegentlich.

Noch 19 Tage. 11 Uhr vormittags. Im Büro.

WM – Phil: Schreibtisch neben der Tür · sehr selten · Klimaanlage kaputt, verschwitzt, Temperatur nicht bekannt · braune Haare, weiß, männlich, knapp 180 cm · offen, freundlich, vielleicht zu freundlich

In jeder Ecke des Zimmers steht ein großer Farn in einem weißen Porzellantopf, du kennst die Sorte bestimmt. Ein paar nahezu schwarze Bananen gammeln in einer Obstschale aus Emaille vor sich hin. Und inzwischen müssen Leute mit unbequemen Sitzgelegenheiten vorliebnehmen, die sie zu Haltungen zwingen, die man als Kompromiss zwischen »auf dem Hochrad balancieren« und »knien mit einer Pistole im Rücken« definieren könnte. Man sagt, solche Positionen sind gut für den Rücken, aber was man an Haltung gewinnt, verliert man an Würde. Daheim ist es doch am schönsten. Angeblich werden die Menschen in zwanzig Jahren nur noch zu Hause arbeiten. Mit Klienten und Kollegen wird im Netz kommuniziert, die Unternehmen können Millionen am Büroraum sparen. Ich zähle schon die Tage.

Da mein Handy heute schon wieder geklingelt hat, schalte

ich es aus. Ich möchte nicht gestört werden. Sogar eine Voicemail war da. Und wir wissen beide, wer da angerufen hat, richtig? Aber die Antwort ist Nein, nach wie vor. Ich bin noch nicht bereit zu reden. Bitte nimm diesen Wink mit dem Zaunpfahl zur Kenntnis. Den größten Teil meiner Arbeitszeit muss ich telefonieren. Mit Leuten in fernen Ländern. Mit Leuten, die ich nicht kenne. Und auch nicht kennenlernen möchte. Das geht ungefähr folgendermaßen:

»Darf ich fragen, wie Sie das Sitzplatz-Arrangement bei der Konferenz fanden?«

»Gab es genügend Sitzplätze in den Entspannungsbereichen?«

»Welche Art von Sitzgelegenheiten wünschen Sie sich für die Konferenz im nächsten Jahr?«

»Okay. Okay. Mhmm. Richtig. Haben Sie … Haha. Oh, selbstverständlich. Nun, ich … selbstverständlich.«

Hast du schon mal von diesem Gerücht über die Bürotemperatur gehört? Dass im Sommer, wenn die Klimaanlage kaputt ist, ein altes Bürogesetz ins Spiel kommt? Was wahrscheinlich eher vorkommt, wenn die Fenster sich nicht öffnen lassen. Hier bei uns macht man sich anscheinend Sorgen, dass alle spontan rausspringen würden, wenn man die Fenster öffnen könnte. Dass wir uns für den Freitod entscheiden, statt noch eine weitere Tabelle auszufüllen.

Also, dieses Gerücht. Über das Gesetz. Das besagt, wenn jemand beflissen genug ist, um mit einem anerkannten Thermometer eine offizielle Ablesung vorzunehmen, und das Quecksilber im Innern dieses Thermometers die magische Zahl erreicht, dann dürfen alle heimgehen, bei voller Bezahlung? Ja? Hast du je davon gehört? Na ja, anscheinend ist das

Gerücht völliger Schwachsinn. Ich bin so müde von allem, was letzte Nacht passiert ist, ich möchte nur schlafen.

Ich weiß, dass das Gerücht Schwachsinn ist. Denn Phil, der den Schreibtisch neben der Tür hat, wollte dieses mittelalterliche Gesetz soeben ins Feld führen. Mit Hilfe eines Thermometers, das er seltsamerweise zufällig in seiner Schublade gefunden hat. So ein Mensch ist er. Dann ist er losgezogen, um unsere direkte Vorgesetzte damit zu konfrontieren. Das alles hat er übrigens nur deshalb getan, weil ich ihn darum gebeten habe. Phil ist überhaupt der Einzige, mit dem ich spreche. Der Einzige im ganzen Büro, den ich ansatzweise interessant finde. Der Einzige, der potentielle Anzeichen einer Persönlichkeit zeigt, jetzt, wo Lena und Rob zu neuen, besseren Ufern aufgebrochen sind.

In einem Augenblick der Verzweiflung habe ich ihm über Skype einen Hilfeschrei geschickt. Es war ein netter Augenblick. Und hat sich abgespielt wie folgt:

Gull1978: Hol mich hier raus.

KentishPhil: Warum?

Gull1978: Ich schwitze. Sogar mein Schweiß schwitzt. Es ist, als würde ich baden, während ich hier sitze.

KentishPhil: Anschaulich. Du siehst müde aus.

Gull1978: Danke. Konnte heute Nacht nicht schlafen. Schon wieder.

KentishPhil: Verstehe.

Gull1978: Hol mich hier raus. Ich meine es ernst!!!!!

KentishPhil: Okay. Ich habe einen Plan.

Dann hat er es versucht. Hat sein Thermometer rausgeholt. Abgelesen. Dann das Ergebnis höchst kompetent und charmant bei Deborah vorgetragen, ein heroischer Versuch, uns alle zu befreien. Aber Deborah hat gelacht und erwidert: »Das kannst du glatt vergessen, ich habe von so einer Regel noch nie gehört. Tut mir leid, euch alle enttäuschen zu müssen.«

Wir haben gelacht, aber im Innern vor Wut gekocht. Deborah klopfte Phil auf die Schulter und fragte ihn, ob sie den Bericht für Freitag schon Donnerstag kriegen kann.

* * *

»Wenn du eine perfekte Konferenz für Kardiologen entwerfen müsstest, wie würde das aussehen?«

»Na ja, sag einfach irgendwas.«

»Echt?«

»Mehr Toiletten. Okay.«

»Bereitstellung von Hotels näher am Tagungsort, gut.«

»Kostenlose Hotdogs? Okay. Haha. Sehr komisch. Nein, man kann nie wissen.«

»Wie wäre es mit einer Wasserrutsche? Nein, das war ein Witz.«

»Nein, ich weiß, das wäre nicht angemessen.«

»Ja, ich weiß, Herzkrankheiten sind die häufigste Todesursache in Großbritannien.«

»Ja, das weiß ich.«

»Sorry.«

Vor dem Fenster sehe ich ein Flugzeug, das an jeden erdenklichen Ort unterwegs sein könnte. Der Himmel ist so blau. Das Flugzeug hat eine irre Geschwindigkeit. Drinnen hat jeder einen bequemen Sitz, jemand bringt Kaffee und eine einigermaßen anständige Mahlzeit. Sie fliegen nach Barbados oder nach Teneriffa, Ibiza, Honduras, in die Toskana, nach Agadir oder nach Kefalonia.

Ich denke wieder an das Vermisstenposter. Gelegentlich taucht es blitzartig in meinem Kopf auf.

Dann schaue ich auf meine Turnschuhe hinunter. Da ist immer noch das Blut von letzter Nacht.

Zurück zu letzter Nacht.
Noch 20 Tage (Dr. Lily Gullick). 23 Uhr.

WW – ich, Lily: im Spiegel · nachts in meiner Wohnung · verheiratet, absolut einzigartig · hellbraune Haare, weiß, weiblich, etwa 174 cm · könnte Ärztin sein, in einem anderen Leben

Um es kurz zu machen – manchmal funktioniert bei uns das Internet nicht. Diesmal mussten wir jemanden aus der Gegend holen, weil unser Anbieter Ewigkeiten braucht, einen seiner Fachleute zu schicken. Der junge Mann meint, dass es im Haus einfach nicht genügend Anschlüsse für alle gibt und dass der Internet-Mann, der mal wieder von jemandem gerufen worden ist, einfach kurzerhand die Steckplätze wechselt –, das heißt, er zieht nach dem Zufallsprinzip eine der anderen Verbindungskabel raus, damit eine Buchse frei wird für denjenigen, der ihn an diesem Tag für seine Arbeit bezahlt.

Es ist ein bisschen wie in dem Kinderlied, alle drehen sich um und einer fällt raus. Naja, vielleicht ist das keine so gute Analogie. Es gibt zweiundzwanzig Wohnungen, aber nur einundzwanzig Anschlüsse, also ist es eher wie bei der Reise nach Jerusalem. Sagen wir es so. Es haben nie alle zweiundzwanzig Parteien gleichzeitig Telefon- beziehungsweise Internetverbindung. Und wir haben auch kein anständiges Netz, angeblich wohnen wir dafür zu nahe am Wasser, so dass der Transmitter zu weit weg ist oder was. Das Telefonsignal muss mit einer App oder durch die Internetverbindung verstärkt werden, folglich hat man, wenn man kein Netz hat, eigentlich gar nichts. Dann sitzt man komplett auf dem Trockenen.

Also – unser Helfer, Dexter, ein großer junger Mann, ist jetzt auf die Idee gekommen, auf unseren Anschluss einen Sticker mit der Aufschrift »Arzt im Dienst« zu kleben. Er hat das schon öfter gemacht, sagt er. Angeblich funktioniert es hervorragend.

Vor vier Monaten hat das erste Mal jemand an unsere Tür geklopft. Um vier Uhr morgens.

»Bitte, der Concierge hat mir gesagt, es ist ein Arzt hier im Haus, und er hat mir auch die Wohnungsnummer gegeben. Es tut mir so leid, Sie zu stören. Es geht um meinen Mann.«

Aiden war so gut wie bewusstlos, also übernahm ich die Rolle. Dr Gullick. Klingt gut, oder? Irgendwie vertrauenerweckend. Man kann sich eine Ärztin namens Dr Gullick sehr gut vorstellen. Leider kenne ich niemanden von der holländischen Seite meiner Familie. Vielleicht gibt es gar niemanden mehr. Ich weiß, es ist ein holländischer Name, aber ich fühle mich so britisch wie nur möglich. Bestimmt waren die Original-Gullicks gute Menschen, womöglich sogar Mediziner. Wer weiß, vielleicht fängt irgendein Erbe in mir an zu wirken. Sicher, es ist kein besonders hübscher Name, vor allem nicht für eine Frau. Er bedeutet »kleiner kahler Mann ohne Bart«. Wusstest du das? Nicht gerade schmeichelhaft für eine Frau. Aber was soll man machen, so ist es nun mal.

Ich schaute sie an, während mein Gehirn sich langsam daran

gewöhnte, wach zu sein, und irgendwann begriff ich endlich, was sie wollte. Innerhalb weniger Sekunden fügte sich das Puzzle zusammen – irgendwann hatte ein Concierge die Nase an das Paneel mit den Steckplätzen gehalten, den Aufkleber entdeckt und sich im Hinterkopf eine Notiz gemacht, den Leuten zu sagen, dass keiner diesen Stecker jemals rausziehen durfte, um keinen Preis. Was ja unser Plan war. Aber mit dem, was jetzt passierte, hatten wir nicht gerechnet.

Kurz ging mir der Gedanke durch den Kopf, der Frau alles zu erklären, und ich stellte mir ihr Gesicht vor, wenn ich ihr unseren Trick offenbarte. Vielleicht konnte ich ihr ja einfach sagen, dass alles Dexters Idee gewesen sei. Ihm den Schwarzen Peter zuschieben. Er ist ein großer Junge, er hält so was aus. Vielleicht würde er die Geschichte sogar lustig finden. Aber ich verwarf den Gedanken, weil ich mich zu sehr schämte. Nicht dass mir die Alternative so lieb gewesen wäre. Beide Optionen waren beschissen. Vor mir lag eine weniger herzzerreißende, aber äußerst peinliche Version von *Sophies Entscheidung*. Aber wie dem auch sei – am Ende griff ich mir meine lederne Kulturtasche, die mir arttypisch genug erschien, um eine Arzttasche zu sein. Nickte. Und wir gingen los.

Ich unterzog den Ehemann, der schon die ganze Nacht wegen stechender Bauchschmerzen wach gelegen hatte, einer kurzen Untersuchung, legte die Hände auf seinen nackten Bauch. Wie habe ich mich in diesen seltsamen Eindringling verwandelt? Schon komisch, wo eine kleine Lüge manchmal hinführen kann. Die Haut des Mannes fühlte sich feucht und warm an. Keine Ahnung, wonach ich tastete. Vielleicht nach einem Echo. Nach irgendeiner Reaktion. Erst drückte ich sanft, dann fester. Er stöhnte. Haut ist schließlich das freundlichste Gewebe, das es gibt, und die Berührung fühlte sich intimer an als alles, was ich in letzter Zeit erlebt habe. Sein Atem wurde heftiger, meiner ebenfalls. Sein Bauch spannte sich an. Er stöhnte wieder. Es war nicht erregend oder so. Aber immerhin etwas.

Die beiden warteten auf mein Urteil, aber als ich den Mund aufmachte, kam nichts heraus. Nur Luft, ein Zischen. Die Spannung stieg, der Augenblick schien sich zu einer Ewigkeit zu dehnen. Mir fehlten die Worte. Lampenfieber. Wir wechselten Blicke, alle drei, eine abstrakte Dreierkiste. Ich bin verkleidet, sie warten. Und haben keine Ahnung, dass sich ein Eindringling in ihrer Wohnung befindet.

Allmählich deuteten sie mein Schweigen wohl als Vorboten schlechter Neuigkeiten. Diese Macht übt ein Arzt aus, wenn er im Besitz von Untersuchungsergebnissen ist. Einen Moment genoss ich diesen Kitzel. Aber ich musste etwas sagen. Und endlich kam die Standard-Antwort des staatlichen Gesundheitsdiensts über meine Lippen:

»Ohne Röntgenbild ist eine definitive Diagnose schwierig. Sie müssen entscheiden, ob es sich um einen Notfall handelt, dann würde ich an Ihrer Stelle sofort zum Telefon greifen. Wenn Sie aber denken, es hat Zeit bis morgen, dann sollten Sie so früh wie möglich zu Ihrem Hausarzt gehen und dort warten, damit Sie auf jeden Fall drankommen.« Ich hangelte mich durch meine Ansprache wie ein schlechter Schauspieler.

Dann ging ich wieder hinauf in den vierten Stock, kroch zurück in mein Bett und schlief weiter.

* * *

Aber die Frau, die jetzt zitternd vor meiner Tür stand, war ein völlig anderer Fall. Eine typische Neurotikerin. Ihr Problem? Sie konnte nicht schlafen. Man stelle sich mal kurz einen echten Arzt vor, der mitten in der Nacht wegen so etwas geweckt wird und am nächsten Morgen eine doppelte Herzoperation durchzuführen hat. Oder was Ärzte sonst so machen müssen.

Sie nahm mich mit auf ihr Zimmer und erzählte mir dabei von ihrem Stress. Ich glaube, unter anderem ging es auch um einen Ausschlag. Keine Ahnung, ob sie darauf hoffte, dass ich einen geheimen Pillenvorrat gebunkert hatte, oder ob sie wirklich krank war. Egal, ob physisch oder psychisch. Woher soll ich das wissen? Ich bin keine Expertin. Ich bin keine Ärztin.

Wie auch immer, mit dem Concierge war sie wohl nicht ganz so offen und ehrlich. Für so eine Geschichte hätte er meine »Identität« sicher nicht enthüllt. Oder es war ein klassisches Abschiebemanöver.

Ich sagte ihr, sie solle sich hinsetzen, und legte ihr die Hand auf den Kopf. Dann fühlte ich ihren Puls, nickte weise und improvisierte los.

»Ich fürchte, selbst wenn ich etwas hätte, was Ihnen beim Schlafen hilft, würde es Ihnen nicht viel nützen. Ich weiß, dass ist nicht das, was Sie gerne hören möchten, aber Sie brauchen richtigen, natürlichen Schlaf. Atmen Sie durch die Nase ein, zählen Sie dabei bis fünfzehn, und atmen Sie dann durch den Mund wieder aus, während Sie bis zehn zählen. Das ist die beste Medizin, die ich Ihnen empfehlen kann. Versuchen Sie es gleich mal. Ein bis fünfzehn. Gut. Und aus bis zehn.«

Wie ich so neben ihrem Bett kniete, musste ich an Mum denken.

»Danke, Frau Doktor.« Mir wurde ganz warm ums Herz, als sie das sagte.

»Und was den Ausschlag angeht – dagegen kann ich Ihnen etwas geben.« Ich kramte in meinem schwarzen Kulturbeutel nach einer Salbe, die ich manchmal gegen Fußpilz verwende. Was die wohl bei ihr bewirkte? Vielleicht die endgültige Heilung. Aber vielleicht ist auch etwas drin, was sie nicht verträgt. Hoffentlich nicht. Aber ich weiß es natürlich nicht, ich bin ja keine Ärztin.

Ich halte den Beutel so tief, dass sie nicht sieht, dass meine »Arzttasche« statt eines Stethoskops und eines Fieberthermometers nur Tampons und Haarklammern enthält.

»Die Salbe können Sie gern behalten. Jetzt sollten Sie sich erst mal entspannen und ein bisschen ausruhen.«

Damit mache ich mich auf den Rückweg ins Bett, klemme mir meine Tasche unter den Arm und versuche, mich möglichst unauffällig zu benehmen.

Mein Handy piept, und ich drücke den Anruf sofort weg. Dann folgt eine Voicemail. Und noch eine. Auf dem Weg nach oben höre ich sie mir kurz an.

»Wenn du nicht drangehst, komme ich rüber. Wirklich. Ganz egal, wie weit es ist. Weißt du was? Es reicht … Ich komme …« Ich drücke auf Löschen.

Dann sehe ich eine Gestalt auf dem Korridor.

Der Typ von nebenan. Lowell.

Noch 19 Tage. 14 Uhr 30.

Klopf, klopf.

Phil klopft auf meinen Schreibtisch und fragt, ob ich eine Zigarettenpause machen will. Ich brauche einen Moment, um aus meiner Benommenheit zu erwachen. Eigentlich habe ich keine Lust, mit ihm rauszugehen. Aber es ist mir irgendwie peinlich abzulehnen. »Peinlich« ist sowieso das vorherrschende Wort, das ich mit ihm verbinde. Ich schaue ihn an und stelle mir vor, dass es auf seiner Stirn prangt.

Ich rauche nicht, aber er sagt, wenn ich eine Zigarette in der Hand halte, kriege ich eine Zehnminutenpause umsonst, deshalb tue ich es. Draußen scheint die Sonne, und Phil redet. Was nett ist, denn dann muss ich mich selbst nicht anstrengen, Konversation zu machen.

»… bis du denkst, also, hmm, ich kann nicht mehr, weil dir schon der Bauch weh tut. Aber dann wird der Film irgendwie nachdenklich. Und ein bisschen seltsam. Dann irgendwie traurig. Das ist … na, du verstehst schon. Dann wird es wieder lustig, und dann ist Schluss.«

»Sorry, welcher Film war das noch mal?«

»*Klick*, mit Adam Sandler.«

»Ist der Film gut?«

»Ja, klar ist der gut. Er kann die Zeit anhalten und vor- und zurückspulen. Mit einer magischen Fernbedienung, die er gefunden hat. Ist wahrscheinlich mein Lieblingsfilm mit Sandler. Magst du Filme?«

»Ja, tu ich. Aber ich hab ehrlich gesagt noch nie einen mit Adam Sandler gesehen.«

»Du magst Filme, aber du hast noch nie einen mit Adam Sandler gesehen? O mein Gott! Was … was ist dein Lieblingsfilm, was würdest du sagen?«

»*Psycho.*«

»Wow. Das ist … Ich glaube, ich hab *Psycho* nie gesehen. Ist das ein Schwarzweißfilm?«

»Ja.«

»Die schau ich mir eher nicht an.«

Ein unsicheres Schweigen tritt ein.

»Hör mal, nur damit du Bescheid weißt – wir wissen es alle.«

Pause.

»Wir haben davon gehört. Wir wissen es. Also, das wollte ich nur sagen«, sagt er.

»Du … weißt es?«

»Ja. Wir … wir wissen es. Und es wird besser werden. Ganz sicher.«

Wir gehen wieder nach oben. Was wissen sie? Anscheinend habe ich es nicht gut genug versteckt. Ich will weg. Ich muss weg. Bestimmt geht es darum. Alle im Büro haben mich angeglotzt, und sie wissen es. Ich hasse meinen Job. Und nein, Phil, es wird nicht besser werden.

Jetzt kann ich mich auf gar nichts mehr konzentrieren. Einen Augenblick denke ich an Cary und sein armes Gesicht. Hoffentlich ist er in Ordnung. Jeden Abend Punkt sieben ruft er seine Mutter an. Zwar kann ich nicht sonderlich gut Lippenlesen, aber ich bin ziemlich sicher, dass er das Gespräch immer mit einem »Ich liebe dich« beendet.

Phil ist nett, ein lieber Kerl. Ein einfacher Mensch, sicher. Aber daran ist ja nichts auszusetzen. Es beruhigt mich, ihn einfach anzusehen. Er ist wie eine Lavalampe. In dieser Hinsicht ähnelt er Lowell. Ah, Lowell.

Ich mag Lowell. Er wohnt nebenan. Womit wir wieder bei gestern Abend wären.

Noch 20 Tage. Nacht. 23 Uhr 45.

WM – Lowell: Riverview · innen, untypisch in 2er-Schwarm · hell, lockig, weiß, männlich, 189 cm · zuverlässig

Ich glaube, er ist Amerikaner. Genau genommen könnte er seinen Akzent allerdings auch an einer dieser internationalen Schulen erworben haben, was heißt, er könnte von überall herkommen. Aus der Schweiz oder aus Swasiland. Aus Hongkong oder aus Hawaii. Aus Singapur oder aus Kuwait City. Seine Haare werden schon schütter, aber er hat einen guten Kopf für eine Glatze. Er ist dezent gutgebaut, muskulös, und hätte er nicht so ein freundliches Gesicht, würde er respekteinflößend und eindrucksvoll wirken. Das freundliche Gesicht aber rückt alles Übrige in Perspektive. Es sieht erschöpft aus wie bei einem überarbeiteten Geschäftsreisenden, aber gleichzeitig weich, wie man es sich bei einem liebevollen Pflegevater vorstellt. Er wirkt intellektuell, hat aber ein Superhelden-Kinn. Tatsächlich ist er Buchhalter, glaube ich. Aber ein schicker. Ich glaube, er arbeitet für eine große Wohltätigkeitsorganisation. Und gelegentlich auch für einen Biobäcker aus der Gegend. Ich weiß nicht, was er da tut, aber ganz sicher nicht das Brot backen. Management, Finanzberatung, Rechnungsführung, solche Dinge. Man möchte ihn bei *University Challenge* im Team haben. Er ist ein Gewinner. Man würde ihm jederzeit das eigene Baby anvertrauen.

Er gleitet auf dem Korridor an mir vorüber. Inzwischen ist es fast Mitternacht, Lowell trägt legere Khakihosen und dazu ein weißes Hemd. Dem Aussehen nach müsste er irgendwo am Strand sein Boot abschleifen. Am besten barfuß, während ihm ein kleiner Hund um die Beine hüpft. Er erinnert mich an die Anzeigen von *Gap* aus den 90ern, alles soll zeigen, dass er ein Mann ist. Kerngesund. Er ist mit einer Frau zusammen, beide vernünftig angezogen, beide zuverlässig. Auf eine nette, bodenständige Art. Er stützt sie, anscheinend hat sie mehr getrunken als er. Er ist ein extrem maßvoller Mensch. Gern mal ein paar Gin Tonics, aber nie so viele, dass er die Kontrolle verliert. Das stelle ich mir jedenfalls so vor, wir waren noch nie zusammen in einer Kneipe. Er war auch noch nie in unserer Wohnung und ich nicht in seiner. Wir sind nicht eng miteinander. Aber wir wären es gern. Ich glaube, Aiden ist in ihn verknallt – von Hetero zu Hetero natürlich. Er macht Witze, dass er Lowell mal auf dem Fahrrad gesehen hat und darüber regelrecht in Verzückung geraten ist. Wir wären gern mit ihm befreundet, und er ist immer bereit, stehen zu bleiben und einen Moment zu plaudern. Mit einer Frau hab ich ihn noch nie gesehen. Schön für ihn.

»Lily. Wie geht es dir?«

»Hey. Mir geht's gut. Und euch? Noch spät unterwegs, was?«

»Oh, ja, du weißt ja, wie es ist. Das ist übrigens Sarah …«

»Hallo«, sagt die Frau, flüchtig, aber nett.

Sie lächelt. Wetterfee-Zähne. Hoffentlich bleibt sie ein Weilchen. Aber vielleicht ist er unglücklich verliebt. Oder zu anspruchsvoll. Wer weiß? Er ist eher der verlässliche Typ, nicht sonderlich aufregend. Vielleicht ist das der Knackpunkt.

»Tja, wir müssen dann mal los. Wie man so schön sagt.«

»Ach ja, sagt man das?«

»Ja. Ja, schon. Das höre ich andauernd.«

»Das glaube ich dir keine Sekunde. Na, dann gute Nacht.«

Seltsamerweise glaube ich es aber sehr wohl. Lowell hat ein außergewöhnliches Talent: Er wirkt selbst neben einer total netten Frau irgendwie so, als würde er tyrannisiert. Vielleicht kommt es ja nie zu einem zweiten Date. Vielleicht ergreifen ja alle Frauen sofort die Flucht, sobald sie seine Wohnung von innen sehen. Vielleicht stehen da überall grässlich ausgestopfte Tiere rum. Ich frage mich, wie es da so ist. Da drin. In seiner Wohnung. Und in seinem Kopf.

An all das denke ich, während ich ins Bett schlüpfe. Natürlich bemühe ich mich, mir nicht anmerken zu lassen, dass ich an einen anderen Mann denke. Aber ich überlege, was genau er wohl nebenan tut. Und ich wüsste gern, ob Aiden eifersüchtig wäre, wenn er wüsste, woran ich denke. Aber er schläft sowieso, tief und fest. Während ich neben ihm liege und über Lowells vermutlich ziemlich ärmliche Sextechnik nachdenke.

Die Wände hier sind gut isoliert, wenn auch nicht soo gut. Trotzdem hört man nie irgendwelche Lustschreie von den Nachbarn. Nichts rumst von Lowells Seite gegen die Wand. Der arme Lowell. Und die arme Suzanne? Sandra? Simone? Cecily? Sally? Samantha? Sophie? Sarah!

Das war der Name.

Ich will ja nicht angeben, aber ich bin sicher, dass wir schon mehrmals mit den Bettpfosten an die Wand gedonnert sind, die unsere Wohnungen trennt. Ich bin sicher, dass Lowell uns gehört hat. Aber von ihm hören wir nichts, keinen Piep. Ich will ja nicht krass klingen. Aber du erinnerst dich bestimmt noch, wie das so funktioniert. Und du weißt ja auch, dass wir es schon mit einem Baby versucht haben. Jedenfalls bis vor kurzem noch.

Nacht – 0 Uhr 30.

Mitternacht ist längst vorbei.

Ein Uhr kommt und geht. Ich denke an Janets und Tippis Orchidee. Ich denke an Carys blutige Lippe. An Phils Lavalampen-Gesicht. Ich atme ein und zähle dabei bis fünfzehn. Und beim Ausatmen bis zehn. Wie ich es Mum so oft gesagt habe. Aber es funktioniert nicht.

Dann wird es zwei Uhr, und ich bin immer noch im Land der Wachen.

Ich überlege, wie viele andere in diesem Gebäude gerade wie ich an die Zimmerdecke starren. Wie viele schlafen wohl tief und fest? Ich frage mich, wie viele Räume hier überhaupt belegt sind. In so einem Gebäude ist es schwierig, die Übersicht über die Nachbarn zu behalten. Nicht ganz einfach, hier Kontakte zu knüpfen. Heutzutage will das ja kaum jemand mehr. Man will in erster Linie eine Internetverbindung und ein lustiges Video mit Katzen oder einem Pferd.

Die Leute kommen und gehen. Kaum sind sie eingezogen, wollen sie auch schon wieder weg. Ständig steigen die Preise, was irgendwie zu einer wachsenden Unbeständigkeit führt. Die Leute mieten sich irgendwo ein, suchen aber nach etwas, was sie kaufen können. Dann kaufen sie etwas, halten aber Ausschau nach etwas Besserem, möglichst bald. Ich höre, wie

Leute über »Flipping« reden – sie kaufen eine Wohnung oder ein Haus zu Spekulationszwecken und machen in ein, zwei Jahren mit dem Weiterverkauf einen Riesen-Reibach. Ich höre, wie sie sagen: »Vielleicht kaufe ich auch noch was offplan, also in der Planungsphase, und bis das gebaut ist, hab ich es schon weiterverkauft.« Manche wohnen hier zwar unter der Woche, steigen am Wochenende aber ins Auto und machen, dass sie wegkommen. Sie suchen eine Chance, die City endgültig zu verlassen. Anscheinend wollen alle raus hier, auf die eine oder andere Art. Außer mir. Ich bin gekommen, um zu bleiben.

Dann gibt es da noch die Leute in fernen Ländern, die hier Wohnungen kaufen, damit ihre Kinder irgendwann dort einziehen können. Oder nur so als Investition. Sie machen sich nicht mal die Mühe, sie zu vermieten, das ist ihnen zu viel Ärger. Also bleiben die Wohnungen ungenutzt und verkommen zu leeren Hüllen. Als würde es in ihnen spuken. Manchmal frage ich mich, ob an solchen Orten nicht tatsächlich Gespenster umgehen.

Es ist schwierig, in ein Gebäude reinzuschauen, wenn man schon drin ist. Zu sehen, was über einem passiert. Oder unten oder nebenan. Da funktionieren Ferngläser nicht. Wenn die Wände nicht ziemlich gut isoliert wären, würde man Geräusche hören. Manchmal denke ich, ich höre jemanden weinen. Von oben oder von unten. Aber dann sage ich mir, dass ich es mir bloß einbilde. Aber ein Weinen wäre wenigstens *etwas*.

Also weiß ich nie genau, wer hier wohnt. Ich höre oder fühle die Leute nie. Es kann passieren, dass plötzlich ein Typ in Flipflops um die Ecke kommt, mit einem modernen Vollbart und einem australischen Akzent. Ich habe ihn noch nie im Leben gesehen. Vielleicht sehe ich ihn auch nie wieder. Wohnt er wirklich hier? Oder ist er ein Eindringling? Womöglich ein Gespenst?

Vielleicht suchen Gespenster eher Orte als Räume heim. Das denke ich oft. Ich meine damit, dass hier ja auch früher schon jemand gewohnt hat, obwohl die vier Wände um mich herum gerade mal seit zwei Jahren existieren und man uns glauben macht, dass ein Haus – oder eine Wohnung – mindestens zwanzig, besser noch fünfzig Jahre alt sein muss, um sich für einen ordentlichen Spuk zu qualifizieren. An diesem Ort hat damals jemand gelebt. Nur eben in dem alten Gebäude. In dem, das abgerissen wurde, damit das neue gebaut werden konnte.

Das alte wurde in den frühen fünfziger Jahren gebaut. Reichlich Zeit, dass hier alles Mögliche passieren konnte. Wie haben die Menschen damals gelebt? Was haben sie hier drin gemacht? In diesem Raum, in dem ich jetzt liege? Ist jemand hier geboren? Gestorben? Gab es Sex und Streit? An diesem Ort hier. Sind das die Geister?

Heute Morgen bin ich auf dem Weg zur Arbeit stehen geblieben und habe zugeschaut, wie die Abrissbirne ein Loch in ein Gebäude geschlagen hat, als wäre es aus Pappe. Brutal, effizient. Man konnte das Innere von zwei oder drei nebeneinanderliegenden Wohnungen sehen. Eine hatte dunkelblau gestrichene Wände, die nun hinaus ins Freie blickten und dem Wind die Stirn boten. Die Wohnung hatte sich in einen großen Balkon verwandelt.

Die Leute, die hier gelebt haben, sind bestimmt nie auf die Idee gekommen, dass irgendwann so etwas passieren würde. Dass die Decke und die Außenwand einfach verschwinden würden. Bis nur noch ganz hinten ein schmaler Rest des Bodens übrigbleibt.

Die Wohnung daneben war tapeziert. Dem Aussehen nach wahrscheinlich in den siebziger Jahren. Braun- und Beigetöne. Mir fiel auf, dass die Lichtschalter noch da waren, aber ich wusste, dass sie mit dem nächsten Schlag der Abrissbirne verschwinden würden. Sie stürzten fünfzehn Meter in die Tiefe und wurden gleich in einen Container gefegt.

Die dritte Wohnung war leuchtend pink. Wie das Innere eines Körpers. Helle Farben, um alles aus dem engen Raum rauszuholen.

Vor mir lagen drei Wohnungen, die gewaltsam geöffnet worden waren. Damit ich die Überbleibsel und die Verzierungen sehen konnte, die einmal das Leben der Bewohner darin mitgestaltet hatten. Im Querschnitt. Oder wie in einem Puppenhaus. Ein zehnminütiger Einblick für jeden Passanten, der das Glück hat, gerade in der Nähe zu sein. Bis zur elften Minute wird die Stahlkugel alle drei Lebensräume mit zwei entschlossenen Schlägen vernichtet haben.

An der Wand der grellrosa Wohnung hing ein Kruzifix. Es glitzerte im Sonnenlicht, man konnte es mit bloßem Auge erkennen. Ich sah zu, wie die Metallkugel es traf. Und wie es zusammen mit Beton, Staub und Drähten abstürzte. Und ohne eine Sekunde innezuhalten und sich zu überlegen, was sie da zerstört hatten, sausten die Maschinen herbei und sammelten alles ein. Dann kam es in den Container. Dann auf einen Lastwagen. Dann auf die Deponie.

Ja. Ohne einen einzigen Gedanken. Das kleine Kreuz. Vor dem die Bewohner gebetet haben. Begraben unter Tonnen von namenlosem Schutt und Abfall.

Während ich hier so liege und mir diese nächtlichen Gedanken durch den Kopf gehen, frage ich mich, wie viele Menschen genau um diese Zeit wohl genau das Gleiche denken. Menschen, die hellwach sind wie ich. Irgendwo in einem anderen Stadtteil von London. Was, wenn wir uns finden und zusammenschließen könnten? Gerade als mir dieser Gedanke durch den Kopf geht, bemerke ich etwas in der oberen rechten Ecke meines Fensters. Ein einzelnes Licht, das dort noch brennt. In einer Wohnung im Canada House. Wenn ich mich nicht irre, ist es die Nummer einundvierzig. Jeans Wohnung.

Ich stehe auf, ziehe mir einen alten Pullover über und schlüpfe in meine Turnschuhe. Leise, damit ich Aiden nicht dort aufstöre, wo immer er gerade sein mag. Damit ich ihn nicht wecke aus seinen Träumen. Ich kann ihm nicht sagen, wohin ich gehe. Er würde mich wieder »irre« nennen, und das würde mich nur ärgern. Und wie. Ich greife mir meinen Schlüssel. Und mein Handy, für den Fall des Falles. Dann verlasse ich lautlos die Wohnung.

Ich bin noch nie durch die Sozialsiedlung gegangen. Kurz bevor ich die Tür hinter mir schließe, packe ich schnell noch ein handgefertigtes Schnappmesser ein. Das hat Aiden in den Flitterwochen für mich gekauft, in Buenos Aires. Ich stopfe es in meinen schwarzen Waschbeutel. Für den Fall des Falles.

* * *

Mitten in der Nacht wandere ich durch die Siedlung. Es ist warm hier draußen. Eine dieser warmen, ruhelosen Nächte. Aber zu meiner Überraschung sehe ich in keinem der Apartmenthäuser Licht, nirgendwo. Auch nirgends in den Wohnblocks. Anscheinend gibt es im Canada House keine weiteren Nachteulen. Nur in Nummer einundvierzig.

Ich schleiche herum und starre auf das Gebäude. Viele der anderen Wohnungen sind verbarrikadiert, mit stabil vor den Fenstern angebrachten Metallplatten zum Schutz gegen Wetter, Hausbesetzer und Tiere. Die linke Seite des Gebäudes ist fast leer, seine Eingeweide für jeden sichtbar. Fenster ohne Scheiben, staubige nackte Backsteine, Graffiti. Es gab mal das Gerücht, die Häuser hätten in *Schindlers Liste* Warschau gedoubelt, und wenn ich sie mir jetzt so anschaue, kann ich das gut glauben.

Ein gelbes Warnschild verkündet, dass der Abriss des Alaska House, des größten Blocks, am 29. September beginnen soll. Eine der Straßen dahinter wird eine Weile gesperrt sein. Das ist die bisher größte Aktion. Das Meisterstück. Bis dahin haben wir noch ein paar Wochen Gnadenfrist. Und Stille. Dann wird der Lärm von neuem beginnen. Ich komme auch an dem Vermisstenplakat vorbei, das sanft im Wind flappt.

Jean wohnt auf der rechten Seite des Gebäudes. Der noch bewohnten Seite. Und wartet darauf, umgesiedelt zu werden. Hier herrscht definitiv eine gespenstische Atmosphäre. Es ist einfach zu leer. Oder vielleicht nicht leer genug, das kann ich noch nicht entscheiden. In diesem Augenblick höre ich ein Geräusch und bleibe stehen, um zu lauschen. Meine Gedanken gehen auf Wanderschaft. Ich stehe da und horche. Vielleicht bilde ich es mir nur ein. Aber ich glaube, ich höre jemanden atmen.

Ich drehe mich um und sammle meine Kräfte. Nichts passiert. Meine sämtlichen Sinne stehen auf Empfang, und ich versuche zu analysieren, woher das Gefühl kommt, dass hier etwas nicht stimmt. Da höre ich das Geräusch von Schuhen, die durch den Kies knirschen. Scheiße. Wieder drehe ich mich um. Nichts. Vielleicht war es das Echo meiner eigenen Füße. Das von den mich umgebenden Betongebäuden widerhallt.

Die Treppe zu Jeans Wohnung ist nur zwanzig Meter entfernt, aber ich fange an zu laufen. Mein Herz klopft wie wild, es ist echt gruselig hier. Die Straßenlaternen sind aus, entweder von der Stadt abgestellt oder von jemandem mit finstereren Motiven zertrümmert. Diese ganze Unternehmung ist dumm, ich habe so etwas noch nie gemacht. Was suche ich denn hier? Aber jetzt ist keine Zeit zum Nachdenken. Na los. Beweg dich, einen Fuß vor den anderen.

Schweratmend erreiche ich das Treppenhaus. Die Scheinwerfer der Autos, die ungefähr dreißig Meter entfernt auf der Straße vorbeisausen, strahlen mich in unregelmäßigen Abständen an. In ihrem Licht taste ich mich an der Wand entlang und steige behutsam die Betontreppen empor, die zu Jeans Etage führen. Wenn die Scheinwerfer sich zurückziehen, kann ich nicht mal meine Hand vor den Augen sehen. Vorsichtig setze ich einen Fuß vor den anderen. Kein Licht, fünf Sekunden, fünfzehn Sekunden lang. Gleich bin ich am Ziel.

In der Ferne höre ich einen Motor, demnächst wird es wieder hell werden. Dann spüre ich etwas Feuchtes unter meinen Füßen. Ein schmatzendes Geräusch, als ich durchgehe. Ich bemühe mich, nicht nach unten zu schauen. Das Auto kommt, nein, ich will jetzt nicht zurückschauen. Das ist Jeans Heimweg. Jeden Abend. Himmel. Die Scheinwerfer kommen. Blut auf dem Boden. Ich schaue zurück.

Tot. Pelzig. Gerade noch rechtzeitig kann ich mir den Mund zuhalten und einen Aufschrei unterdrücken, denn ich weiß, er wäre lang und meilenweit zu hören. Alles bebt und zittert in meinem Innern. Vor mir liegt eine riesige Ratte. Aufgeschlitzt. Über dreißig Zentimeter lang. Tot. Einen Moment muss ich würgen, ich ekle mich, aber dann seufze ich tief und zumindest teilweise erleichtert – es könnte schlimmer sein. Ich erreiche den Treppenabsatz.

Und wende mich wieder nach vorn. Etwas flattert an meinem Kopf vorbei. Fledermäuse. Weil wir so nah am Wasser sind, gibt es hier ziemlich viele. Irgendwie sind sie ja ganz süß. Aber dann saust ein Metallrohr direkt an meinem Ohr vorbei, und ich springe zur Seite, höre es aber noch durch die Luft zischen, so knapp verpasst es mich. Instinktiv greife ich in meine Tasche und packe das Messer. Ein markerschütternder Schrei gellt in meinen Ohren. Wieder fährt ein Auto vorbei, im Scheinwerferlicht sehe ich das Rohr, es wird von einer behandschuhten Hand gehalten. Ein Albtraum. Aber ich bin definitiv wach.

»Ich bring dich um, verflucht!«

Ich atme tief ein, sauge Luft in meine Lungen und mache mich bereit zum Angriff. Der einzige Vorteil der Dunkelheit ist, dass auch ich für meinen Angreifer unsichtbar bin. Stumm stürze ich wieder nach vorn, um ihm die Stirn zu bieten. Als ich das Messer aufschnappen lasse, umklammere ich es fester, halte es aber bis zum letzten Augenblick versteckt in meiner Tasche. Noch einmal atme ich tief ein.

»Verdammt nochmal …«

Als das nächste Auto kommt, starre ich direkt in ein Frauengesicht. Unsere Herzen pochen wie wild, die kalte, feuchte Nachtluft füllt unsere Nüstern, Jean schwingt ein Metallrohr über dem Kopf. Sie ist ziemlich groß. Vermutlich würde sie mir den Schädel zertrümmern, wenn sie mit voller Kraft zuschlüge. Hoffentlich tut sie es nicht. Andererseits müssen Eindringlinge wie ich mit so etwas rechnen.

»Du dumme Kuh. Was hast du denn hier zu suchen?«, ruft sie und senkt das Rohr.

Ich kriege kaum ein Wort heraus und hebe vorsichtshalber die Hände. »Tut mir leid«, stoße ich mühsam hervor. »Tut mir leid. Bitte tun Sie mir … äh … tun Sie mir nicht weh.«

Jean mustert mich, und ich sehe, dass sie mich erkennt. Ein Stirnrunzeln.

»Gehen Sie rein. Wir müssen ins Haus. Sofort.«

Nacht – 3 Uhr früh.

WW – Jean: Canada House · warmer Abend, europäische Brise, stockfinstere Nacht · graue Dauerwelle, weiß, weiblich, 170 cm · allein, misstrauisch, knallhart im Nehmen und Austeilen

»Leute wie Sie sollten sich hier in der Dunkelheit nicht rumtreiben. Sie dummes Mädchen«, sagt sie und mutiert plötzlich zu einer leibhaftigen Mutter Oberin.

»Leute wie ich?«

»Beehives. So nennt man das. Blöde Beehives. Nach diesem Schickeria-Pub, dem Beehive. Wo alle Yuppies hingehen. Als der hier aufgemacht hat, wusste ich, für uns ist der Anfang vom Ende gekommen.«

»Zu denen gehöre ich aber nicht. Ich bin kein … Yuppie. So bin ich nicht.«

»Na ja, egal, wer und wie Sie sind, hier erkennt man Sie meilenweit. Sie gehören zu einer anderen Spezies. Und wenn Sie hier nachts rumhängen, sind Sie eine bedrohte Spezies. Sie und Ihre Leute sollten lieber auf Ihrer Seite bleiben. Ich bin hier nicht sonderlich beliebt, aber Sie noch viel weniger. Und wenn die Leute hier jemanden nicht mögen, handeln sie entsprechend.«

»Was für Leute meinen Sie denn?«

»Na, die Kids. Für die man keine Unterkunft gefunden hat. Die sind noch hier. Manche sind in ihre eigenen Wohnungen eingebrochen. Hauptsächlich im Alaska House. Schlafen auf Zeitungen, schlagen sich durch, so gut sie können.«

»Aber ich dachte, alle haben neue Wohnungen bekommen«, entgegne ich leise. Mit schlechtem Gewissen.

»Ja. Und wenn Sie das glauben, dann kann man Ihnen alles weismachen. Man hat uns hier rausgelockt, hat uns größere Wohnungen ›bloß ein bisschen weiter draußen‹ versprochen. Ein paar von uns sind geblieben, aber unsere Wohnungen gehen Stück für Stück den Bach runter, weil nichts mehr repariert wird, es kommt einfach keiner, ganz egal, wie oft ich bei der Stadt anrufe und ihnen drohe. Die anderen landen in Käffern wie Ipswich. Ich meine, wo ist Ipswich? Das ist nicht mein Zuhause. Aber ein paar sind zurückgekommen, haben sich irgendwo im Gebäude versteckt und sind geblieben. Weil ihr Leben immer noch hier ist. Ihre Jobs sind hier, wie auch immer die aussehen. Ich sage nicht, dass sie kriminell geworden sind. Jedenfalls waren sie das bisher nicht. Aber wenn man erst mal auf die schiefe Bahn gerät, wenn man die ersten Regeln bricht, dann ergibt sich der Rest vermutlich mehr oder weniger von selbst. Jeden Morgen, wenn ich aufwache, hat jemand vor meine Tür gepisst. Jeden Morgen putz ich die Pisse weg. Ich krieg hier alles mit. Und ich hab schon so einiges erlebt. Angefangen bei Drogen und Alkohol. Blut auf dem Gehweg hab ich gesehen. Und auch mit eigenen Augen, wie es da hingekommen ist. Aber was Leute wie ich sehen, das kümmert keinen. Also hängen Sie hier nicht rum, Sie dumme Gans. Gehen Sie dahin zurück, wo Sie hingehören. Und schließen Sie die Tür hinter sich ab.«

Man kann nicht behaupten, dass sie freundlich ist. Vielleicht war sie es früher mal, aber im Lauf der Jahre ist sie hart geworden. Sie sieht zehn Jahre älter aus als auf dem Foto in der Zeitung. Da waren ihre Haare längst nicht so grau. Aber ihre Wohnung ist immer noch eine Wohnung. Auf Fotos in geblümten Rahmen lächeln Kinder und Enkel zu mir herüber.

»Sie sind gerade in Portugal. Einmal im Monat rufen sie an, höchstens. Ich hätte mitgehen sollen. Hier friert man doch ständig.«

Sie hat recht, es ist kalt in der Wohnung. Ich weiß nicht, warum, denn draußen ist es ziemlich warm, der Sommer hat sich reibungslos in jedes Eckchen von London ausgebreitet. Aber Jeans Wohnung hat anscheinend ihr eigenes arktisches Mikroklima. Als hätten die Wände sich mit Kälte vollgesogen. Sie erklärt mir, dass die Brennstoffpreise mal wieder gestiegen sind und dass sie mit ihrer Rente keine großen Sprünge machen kann, auch nicht beim Heizen. Jeder Penny muss ein paarmal umgedreht werden. Perfekt geplant. Genug Dosennahrung für einen nuklearen Holocaust. Und zusätzlich zu dem Metallrohr, das stets greifbar neben der Tür liegt, dienen auch noch ein Kricketschläger und ein alter Schürhaken zur Selbsterhaltung.

Einen Moment bleibt mein Blick an einer Figur auf der Küchentheke hängen. Ein hellbeiger Affe, der auf einem Stein sitzt. Und mich angrinst. Seine Ohren sind seltsam lindgrün, sein Bauch braun, und auf dem Kopf balanciert er eine Schüssel, in der Jean offenbar ihr Kleingeld sammelt.

Unter der Schüssel hält der Affe sich die Hände vor die Augen.

Ein Geräusch aus dem Nebenraum lässt mich aufspringen.

Ich packe meinen schwarzen Waschbeutel und stelle mich schützend vor Jean, bereit zu wer weiß was.

»Haha, das ist doch bloß Terrence«, ruft Jean amüsiert. Tatsächlich hüpft ein King-Charles-Spaniel ins Zimmer, ein Welpe, noch ganz jung. Jean gibt ihm ein Leckerli und krault ihm den Kopf. Mich will er auch begrüßen. Ich konnte nie gut mit Hunden umgehen, aber zum Glück kann Terrence gut mit mir umgehen. In seiner Gegenwart wirkt Jean gleich viel fröhlicher. Jünger. Auf einmal ist sie ein anderer Mensch, und ich kann sie mir gut im Kreis ihrer Familie vorstellen.

»Ich war noch wach und hab gesehen, dass bei Ihnen Licht brennt. Ich weiß, das klingt seltsam, aber ich wollte bloß sagen ... ich hab den Artikel gelesen, und ich würde niemals die Straßenseite wechseln, um Ihnen aus dem Weg zu gehen. Es tut mir sehr leid, was mit Ihrem Zuhause passiert ist. Mir gefällt es hier in der Gegend. Aber es tut mir leid, dass Sie ... dass Sie meinetwegen hier rausmüssen. Das finde ich schrecklich. Ganz furchtbar. Und irgendwie fühle ich mich dafür verantwortlich. Es tut mir leid. Wirklich.«

»Ach, machen Sie sich unseretwegen keine Sorgen, Liebes. Wir gehen unter, wir warten nur noch, bis wir ganz unten angekommen sind. Und daran kann absolut niemand was ändern.«

Zwar ist es mir peinlich, das auszusprechen, aber ich möchte wiederkommen. Um zu helfen. Falls es irgendetwas gibt, wobei Jean meine Hilfe brauchen könnte. Mein Vorhaben scheint sie nicht zu beglücken, aber sie lehnt mein Angebot auch nicht direkt ab. Ich speichere meine Nummer in ihrem Handy und verspreche noch einmal, nicht im Dunkeln zwischen den Wohnblocks herumzuspazieren. Ein Versprechen, das ich zu halten gedenke.

Ihr Angebot, mir eine ihrer provisorischen Waffen zu leihen, lehne ich dankend ab und sage ihr, dass ich auf schnellstem Weg in meine Wohnung laufen und gleich wieder in Sicherheit sein werde. Dass ich ein Messer dabeihabe, verschweige ich lieber, ebenso wie die Tatsache, dass ich es ihr vorhin um ein Haar in die Rippen gestochen hätte. Aber ich riskiere es trotzdem, sie zu umarmen. Erst macht sie sich steif wie ein Brett, aber ich lasse mich nicht beirren, und schließlich entspannt sie sich ein wenig. Da stehen wir nun, zwei Frauen, die nicht schlafen können, und stützen uns gegenseitig. Stück für Stück wandern Jeans Arme nach oben und schlingen sich um mich. So habe ich seit Mum niemanden mehr umarmt. Als mir dieser Gedanke durch den Kopf geht, drücke ich Jean fester und sie mich ebenfalls. Ihre Tochter ist schon lange weg. Etwas springt zwischen uns über. Ein lautloses Flüstern. Vielleicht ein Geheimnis. Dann höre und fühle ich sie plötzlich atmen, als stiegen lange unterdrückte Gefühle aus ihrer Brust empor und wollten sich einen Weg nach draußen bahnen. Wir alle haben gelegentlich eine Umarmung nötig. Kurz darauf stößt Jean mich gegen die Schulter und beendet unser Treffen mit einem kleinen Schubs, aber als ich aufblicke, sehe ich in ihren wässrigen blauen Augen ein widerwilliges Einverständnis. Ich nicke. Während ich zur Tür schlurfe und die Hand auf den Türgriff lege, vermeiden wir beide weiteren Blickkontakt.

Dann drehe ich mich noch einmal um, weil ich denke, Jean sagt etwas zu mir – was sie wohl gar nicht tut. Aber es gibt mir immerhin die Gelegenheit, ihr richtig zuzulächeln, und sie erwidert das Lächeln seltsam steif, so, als wäre sie ganz aus der Übung. Ich streichle Terrence, verlasse die Wohnung und höre, wie die Tür hinter mir zufällt und abgeschlossen wird, während ich schon die Betontreppe hinuntersause. Uringestank erfüllt die Luft.

Ich renne, meine Wohnung ist schon in Sichtweite, und ich stelle mir vor, wie ich gleich sicher und geborgen neben Aiden im Bett liegen werde. Trotzdem schaue ich mich ständig um, ich bin viel ängstlicher als auf dem Weg hierher, jeden Moment darauf gefasst, dass mir jemand begegnet, der nichts Gutes im Schilde führt, bereit, mich im Notfall entsprechend zu verteidigen. Doch so sehr ich versuche, mich unauffällig zu verhalten, scheint mir mein eigener Atem ohrenbetäubend laut, ich höre sein hartes Echo durch die Siedlung hallen, ich fühle mich wie eine lebende Zielscheibe. Es ist schwierig, nicht paranoid zu werden, wenn man gerade vor der Gefahr gewarnt worden ist. Dann sehe ich aus dem Augenwinkel, wie im vierten Stock des Alaska House ein Fenstergitter aufgezogen wird. In einiger Entfernung rast ein Auto vorüber, wild hupend, und die Scheinwerfer beleuchten für einen Moment die Umrisse eines Gesichts. Vor Schreck über das plötzliche laute Geräusch und das Schattenbild vor mir bleibt mir für einen Moment die Luft weg. Doch ich reiße mich zusammen, zwinge mich, ruhig zu atmen, und sehe noch einmal genauer hin. Im Fenster vor mir funkeln zwei Augen. Ich schaue direkt in sie hinein, und sie erwidern vorwurfsvoll meinen Blick. So schnell ich kann, drehe ich mich um und laufe weg.

Noch 19 Tage. 17 Uhr 32.

Nach Büroschluss laufe ich sofort zur U-Bahn. Ich will nach Hause, ins Bett. Im Büro ist jeder Tag gleich. Ich weiß nicht, wie lange ich das noch aushalte. Vermutlich muss ich einfach gedanklich abschalten und den Dingen ihren Lauf lassen. Sorry. Ich schlafe sogar jetzt ein. Ich muss einfach schlafen.

»Ist das etwa Blut auf deinen Schuhen?«, ruft plötzlich jemand hinter mir.

Es ist Phil. Ziemlich taktlos. Was, wenn ich ein Serienkiller wäre? Dann wäre ich jetzt enttarnt. Ich werfe ihm einen Blick zu. Woher will er wissen, dass ich nicht tatsächlich einer bin? Dann könnte er sich mit seiner Bemerkung eine Menge Ärger einhandeln.

»Sorry – das ist mir irgendwie blöd rausgerutscht, stimmt's?«, wurstelt er sich weiter durch.

»Ja, stimmt«, antworte ich kühl. Ich bin müde.

»Wessen Blut ist das denn?«

»Nicht meines.«

»Okay.«

»Alles in Ordnung?«

»Du machst mich ganz schön nervös.«

Ich gehe schnell, und Phil strengt sich mächtig an, um Schritt zu halten. Aber ich werde seinetwegen nicht langsamer. Wenn er mir unbedingt etwas sagen will, dann wird er es schon schaffen. Aber ich muss nach Hause und mit Aiden sprechen. Ich mache mir Sorgen um ihn. Er hat sich total in sein Buch vergraben und verlässt kaum noch das Haus. Ich habe versprochen, ihn zu unterstützen, während er schreibt, also bin ich diejenige, die die Miete bezahlt. Und die Lebensmittellieferungen. Klar, er hat früher das Gleiche für mich getan, aber das jetzt ist anders. Er geht überhaupt nicht mehr an die frische Luft, setzt keinen Fuß vor die Tür. Er schottet sich total ab. Keine Ausfahrten auf dem Motorrad mehr und auch sonst nichts. Kein Wort mehr über unser geplantes Baby. Er sitzt nur noch am Fenster und tippt wie wild auf seinem Laptop rum. Morgens, mittags, abends. Er lässt sich echt gehen.

»Ich weiß, das ist vielleicht nicht der perfekte Zeitpunkt, aber ich hab mich gefragt, ob du vielleicht irgendwann Lust hast, was trinken zu gehen?«

»Was? Was denn trinken?«, frage ich, als verstünde ich nicht, was »trinken« in diesem Zusammenhang bedeutet.

»Das musst du ja nicht jetzt entscheiden. Ich lade dich ein, bis zu einem Wert von sechs Pfund. Wofür du heutzutage eigentlich alles kriegen kannst. Naja … im Yates. Anderswo nicht. Aber wir können auch woandershin, wenn du willst.«

»Du weißt aber schon, dass ich verheiratet bin, oder?« Jetzt bleibe ich doch stehen und schaue ihm in die Augen.

Phil erwidert meinen Blick. Ich weiß nicht, ob es mir gefällt, wie er mich ansieht. Er ist so eifrig.

»Äh … ja, natürlich«, stammelt er. Hält einen Moment inne und versucht es dann noch einmal. »Ich meine natürlich als Freunde. Nur bisschen plaudern. Zum Zeitvertreib.«

»Oh, ein Freundschaftsdrink also. Vielleicht, ja. Ich sag dir Bescheid.«

»Du hast bestimmt viel zu tun.«

»So ist es.«

Ich bin schon durch die Barriere, und weil er mit einer anderen Linie fahren muss, redet er sehr schnell.

»Aber wenn du mal Frust rauslassen willst, nach der Arbeit. Jemanden zum Reden brauchst …«

»Ich denk drüber nach. Danke«, antworte ich freundlich, während ich in die entgegengesetzte Richtung davongehe. Phil ist nett. Ich bin müde.

»Nicht dass du jemanden brauchst, der … Warte!«

Ich bleibe stehen wie angewurzelt. Das war sehr laut. Ein paar Leute verziehen schon die Gesichter, als sie in Richtung Lift an mir vorbeigehen. Phil zieht eine Schau ab. Also mache ich ein Gesicht, das sagt: *Na dann schieß los. Was willst du?*

»Ich hab dich gesehen. Ich beobachte dich. Bei der Arbeit.«

O Gott. Entweder hat er vor, eine Szene aus einer romantischen Komödie nachzustellen, oder er will mich erdrosseln. Menschen strömen an mir vorüber, auf die Rolltreppe, hinunter zur U-Bahn. Und ich bin hier festgenagelt. In Phils peinlichem Traktorstrahl. Hoffentlich ist er bald fertig.

»Okay, Phil. Dann bis morgen.«

Er starrt mich an. Bedeutungsschwanger. Aber ich bin mir nicht ganz sicher, was für eine Bedeutung das sein soll.

»Ich mag dich einfach, weiter nichts«, murmelt er. Es wäre süß, wenn es nicht so schrecklich wäre.

Romantik ist ein Fluch. Die Anzahl der unerwünschten Gesten, die man als Frau in dieser Stadt über sich ergehen lassen muss, ist unglaublich. All die sensiblen Londoner Jungs, die meinen, sie befinden sich in irgendeinem idiotischen Film. Jemand sollte ihnen mal sagen: *Das richtige Leben ist nicht so, Süßer.* Diese angebliche Romantik ist für die Männer zu einer Ausrede dafür geworden, dass sie tun können, was immer sie wollen. Quer durch vollbesetzte Räume brüllen. Mit dämlicher Stimme sprechen. Und das Schlimmste – Ukulele spielen lernen. Die moderne Version von »Romantik« ist auch nur wieder etwas, was Frauen über sich ergehen lassen müssen.

Ich zeige mit dem Finger auf ihn, forme einen Revolver und feure ihn ab. Peng, peng. Dann betrete ich die Rolltreppe.

»Bis morgen dann, Li …«

Erst auf halbem Weg zur Victoria Line hat die Menge seine Stimme endlich verschluckt.

Ich frage mich, was er wirklich von mir will. Vielleicht weiß er es im Moment selbst nicht.

* * *

Zu Hause falle ich ins Bett. Schleudere meine Joggingschuhe weg und wende mich Aiden zu. Aber er blickt kaum auf, sondern tippt und tippt, den Rücken ans Fenster gelehnt. Nicht mal ein »Hallo«, geschweige denn ein »Wie geht's?«. Ich weiß echt nicht, was in ihn gefahren ist, ich kenne ihn kaum noch. Seufzend lasse ich den Kopf auf mein Kissen sinken. Letzte Nacht bin ich auf sehr seltsame Gedanken gekommen.

Ich weiß nicht, was genau das war letzte Nacht. Aber es ruft Erinnerungen in mir wach. An unerledigte Dinge. Aber wie gesagt – ich weiß, dass du kein Therapeut bist.

Aber wenn ich tatsächlich einem Wiedersehen mit dir zustimme, wenn ich es zulasse, dass du uns tatsächlich besuchst. Wenn du unbedingt den Ärmelkanal überqueren und zu uns kommen musst. Wenn du die Reise auf der Fähre auf dich nimmst. Und alles andere auch.

Du musst versprechen, dass du die Worte nicht aussprichst. Das musst du mir versprechen. Ohne Wenn und Aber. Sonst lass ich dich nicht in meine Nähe. Egal, wie oft du behauptest, dass du mir helfen kannst.

Ich weiß, du denkst, ich reagiere hysterisch. Aber bitte, sprich sie nicht aus, diese Worte.

Die Worte, die ich niemals vergessen werde.

Sag nicht: So hat es bei ihr auch angefangen.

TEIL 3:
DIE FRAU IM CANADA HOUSE

Noch 18 Tage. 10 Uhr.

Ich habe vierzehn Stunden geschlafen. Als ich auf mein Handy schaue, stelle ich zum Glück fest, dass heute Samstag ist. Die Tage scheinen nahtlos ineinander überzugehen. Wahrscheinlich ist Aiden im Bad, aber ich höre ihn nicht. Könnte sein, dass er badet. In abgestandenem Wasser. Wie in einer Suppe. Womöglich tippt er die ganze Zeit weiter auf seinem Laptop rum.

»Alles okay da drin?«

Keine Antwort. Ich habe zu lang geschlafen. Mein Kopf tut weh, mein Gehirn ist schwer, meine Gliedmaßen fühlen sich an wie aus Blei. Ich schlüpfe in Jeans und T-Shirt. Ein blödes Gefühl, mich anziehen zu müssen, ohne geduscht zu haben, ich hasse das. Dann ziehe ich die Jalousien hoch und lasse das Licht rein. Es ist so hell. Als meine Augen sich einigermaßen angepasst haben, erkenne ich eine Menschenmenge. Oben rechts in meinem Fenster. Vor dem Canada House.

»Ich gehe kurz raus, brauchst du irgendwas?«

Keine Antwort. Ich muss immer noch mit Aiden reden, über sein Verhalten in letzter Zeit. Aber wer bin ich denn, dass mich das so nervt? Ich kenne das doch selbst. Aber trotzdem.

Mühsam stopfe ich die Füße in die Turnschuhe und laufe den Flur entlang in Richtung Lift. Ihn für die paar Treppen zu benutzen kommt mir immer sinnlos vor, aber er hat einen Spiegel, und ich möchte überprüfen, ob ich nicht zu irre aussehe. Vermutlich benutze ich den Lift öfter als Superman seine Telefonzelle. Mit den Fingern auf das Metallgeländer trommelnd warte ich darauf, dass die Tür aufgleitet, laufe dann zu den Glastüren, drücke auf den grünen Knopf, der die Türen öffnet, und als mir die frische Luft entgegenschlägt, wird mir ein bisschen übel.

Mit zusammengekniffenen Augen blinzle ich ins helle Tageslicht. Die Menge wird dichter, immer mehr Körper kommen zusammen. Ich könnte Jean anrufen und fragen, worum es geht, statt mich zu den Gaffern zu gesellen, aber daran denke ich erst, als ich praktisch schon am Ziel bin. Ich sehe bekannte Gesichter aus den neuen Apartmentgebäuden, aber auch Leute aus den Blocks. Ein echtes Nachbarschaftstreffen. Aber nur der Himmel weiß, wozu es gut sein soll.

Dann fühle ich es plötzlich. Da ist es. Dieses eisige Gefühl. Das einem durch Mark und Bein geht. Die Atmosphäre, die Tiere zur Stampede treibt. Die »wir müssen reden«-SMS. Die »unbekannte Telefonnummer«, die anruft und deinen Namen kennt und sagt, du solltest dich lieber hinsetzen, denn »wir haben Neuigkeiten, die womöglich nicht einfach sind«. Cary steht am Rand der Gruppe und isst eine Cornish Pasty. Vielleicht hat jemand eine Imbissbude aufgemacht. Immer wieder geht er auf die Zehenspitzen, um besser sehen zu können, ohne näher rangehen zu müssen. Ich würde ihm ja Hallo sagen, wenn es nicht seltsam wäre. Schließlich kennt er mich ja gar nicht.

Ich gehe an dem Vermisstenplakat vorbei und werfe einen kurzen Blick auf das verschwommene Bild einer jungen Frau.

Darunter steht, dass sie Studentin war und in der Gegend gewohnt hat. Und die Nummer der örtlichen Polizeidienststelle. Unwillkürlich frage ich mich, wo sie hingegangen sein könnte. Und *wann.* Ich habe das Gefühl, das Plakat hängt schon ewig hier. Ähnlich wie diese Flyer für irgendein neues Fitnessstudio oder für billige Telefontarife ins Ausland, bei denen ich immer denke, ich bin nicht die Zielperson.

Ich drängle mich durch die Menge. Anscheinend stehen die Leute vor einer offenen Tür. Ein sonderbarer Anblick. Sie stehen in Reih und Glied, wie ein braves Publikum vor einem Straßenmagier in Covent Garden. Aber eine unsichtbare Macht hält sie zurück und erlaubt ihnen nicht, weiter nach vorn zu rücken. Ein Polizeiabsperrband, das nur in ihrer Phantasie existiert. Denn Polizei ist nirgends zu sehen. Vielleicht ist noch niemand auf die Idee gekommen, sie zu rufen. Vielleicht möchte es auch niemand, weil es viel besser ist, dieses Gefahrenniveau in der Luft hängen zu lassen, wie eine offene Theorie, eine nicht überprüfte Hypothese. So ist es viel spannender. Vielleicht ist es aber auch einfach nicht so ernst. Ich werde mich einreihen und es herausfinden. Schließlich gaffe ich genauso gern wie alle anderen.

Allerdings geht mein Atem etwas schneller, als ich näher komme und sehe, wohin die Leute starren, nämlich hinauf zur offenen Tür von Nummer einundvierzig im ersten Stock. Weiter die Treppe hinauf, direkt vor Jeans Tür drängen sich noch mehr Menschen, Schaulustige, die denen weiter unten gnadenlos den Blick versperren. Stocksteif stehen sie da und glotzen auf das, was ich nicht sehen kann. Dann aber entsteht plötzlich eine Gasse, ein Junge schreit auf, und ein knapp kniehohes Etwas kommt angeflitzt. Es ist Terrence. Er kommt mir vor wie ein alter Freund, obwohl wir uns doch erst vor ein paar Stunden kennengelernt haben. Letzte Nacht. Als ich hier war.

Terrence bellt wie ein Wilder. Weil er Angst hat oder weil er eine Chance zum Spielen wittert. Als er mich entdeckt, kommt er zu mir und begrüßt mich. Ich kraule ihm den Kopf und spähe dabei, so gut ich kann, zwischen den anderen Gesichtern hindurch in die Wohnung. Dann sehe ich sie. Dort, mitten in ihrer Küche liegt sie, mit dem Gesicht nach unten, umgeben von ihren Familienfotos und einem umgeworfenen Hundenapf. Jean. Seltsam, wie dumm Menschen in großen Gruppen sind. Wie unsensibel. Die Tragweite des Augenblicks berührt sie zwar, aber ihr Gehirn müht sich ab mit dem, »was sich gehört«, und das Ergebnis ist ein Gaffen mit offenem Mund. Ein paar Schaulustige halten ihr Handy in der Hand, unschlüssig, ob sie es benutzen sollen. Ein Typ mit Sonnenbrille kratzt sich ausgiebig am Hintern. Alle sind überwältigt von diesem ungewöhnlichen Samstagmorgen-Drama und haben keine Ahnung, wie man mit so etwas umgeht.

Unter den wachsamen Blicken der anderen traut sich jetzt ein Mann, Jeans Wohnung zu betreten. Heldenhaft zuckt er mit den Achseln, blickt aber ständig nach unten, um sich zu vergewissern, dass er Jean nicht aus Versehen berührt –, als hätte er Angst, sich bei ihr anzustecken. Dann wandert er wieder nach draußen. Die Frauen murmeln. Die Männer reiben sich den Nacken und legen das Gesicht in Falten. Es sind auch ein paar Jungs mit Kapuzenpullis anwesend. Außerdem ein bärtiger Mann im Pyjama, der eine französische Bulldogge dabeihat und definitiv auf unserer Straßenseite wohnt. Sogar die nervöse Frau ist hier – die, der ich beigebracht habe, beim

Einatmen bis fünfzehn zu zählen. Als sie mich sieht, reagiert sie sofort und sucht aufgeregt Blickkontakt mit mir. Instinktiv wende ich mich zum Gehen.

»Frau Doktor! Lasst doch die Frau mal durch – sie ist Ärztin!«, brüllt sie.

O Gott. Jetzt kommt Bewegung in die Menge. Ihre Unentschlossenheit hat plötzlich eine Anführerin. Ich drehe mich um und hebe die Hand, als wollte ich sagen: *Ja, ich bin es, euer Erlöser*. Jemand fängt tatsächlich an zu applaudieren, setzt sich jedoch damit nicht durch. Ich werde die Betontreppe hinaufgeschubst, hinein in die Nummer einundvierzig. Obwohl ich mir leidenschaftlich geschworen habe, dass ich clean werde und dieses Theater nicht noch einmal inszeniere, geschieht es wieder. Vermutlich ist jetzt wirklich nicht der ideale Moment, um allen zu gestehen, dass ich eigentlich gar keine Ärztin bin. Dass alles nur auf einem Missverständnis beruht, das nur mit meinem Telefon- und Internetanschluss zu tun hat. Öffentliche Erklärungen eignen sich nur für Richard-Curtis-Filme. Und ich bin nicht gut vor Menschenmengen. Ich bin eher der Typ, der sich in den Kulissen rumdrückt.

Aber jetzt sind alle Augen auf mich gerichtet. Ich möchte so schnell wie möglich verschwinden, aber andererseits möchte ich mich auch umschauen. Wenn ich schon mal hier bin. Alles ist noch ziemlich genauso, wie ich es verlassen habe. Im halboffenen Schrank sieht man die dichten Reihen gestapelter Konservendosen. Ich kaure mich nieder, habe mich ein bisschen zu lange mit der Inspektion des Orts beschäftigt und hätte mich lieber um die naheliegenden Dinge kümmern sollen. Ich muss wieder Dr Gullick spielen. Dr Gullick, die natürlich noch nie in dieser Wohnung war und sich auf gar keinen Fall fragt, was hier passiert ist, seit sie weggegangen ist. Dr Gullick, die die Kranken heilt. Ich beuge mich über Jean, um sie zu untersuchen, ohne die geringste Ahnung, was Dr Gullick als Nächstes tun wird, aber ich muss irgendetwas tun, ich muss die Massen bei Laune halten. Schließlich könnte Jean ja noch am Leben sein. Andererseits sind Menschen, die noch leben, normalerweise nicht so blau.

Mit zwei Fingern fühle ich Jeans Puls, schiebe meine Hand zwischen ihr Kinn und den Boden, um an ihren Hals zu kommen. Sie ist kalt. Noch nie habe ich so kalte Haut berührt. Aber ich habe ja auch noch nie eine Leiche angefasst. Ich halte den Handrücken unter ihre Nase und gebe mein Bestes, alles, was ich in alten Folgen von *Emergency Room* gelernt habe, korrekt einzusetzen. Kein Atem. Ich stelle mir vor, wie Jean sich aufsetzt, wie sie nach Luft schnappt, während die Menge staunend die Hände über dem Kopf zusammenschlägt und jemand ganz hinten einen lauten Schrei ausstößt. Wie sie *Runter von mir, dumme Gans* knurrt, einen Holzlöffel packt und eine Dose Bohnen in einen Topf schüttet, während sie die ganze Zeit vor sich hinmurmelt. Aber nichts dergleichen geschieht.

Ich nehme meinen Mut zusammen und öffne ihre Augenlider. Keine Ahnung, warum. Weil ich meine Rolle so gut spiele? Aus Neugier? Das ist so intim. Mit Mittelfinger und Daumen ziehe ich behutsam die seidenpapierartigen Augenlider dieser respekteinflößenden Frau auseinander. Allerdings muss ich ein Keuchen unterdrücken, als ich hineinblicke, die Pupille beherrscht das ganze Auge. Doch Ärzte neigen im Allgemeinen nicht zu schrillen Schreien. Das ist nicht vertrauenerweckend.

Als ich Jean das letzte Mal gesehen habe, waren ihre Augen so lebendig, beinahe zappelig. Jetzt schaue ich in ihre Pupille und bin erschüttert von der Leere, die ich dort sehe. Alles leer. Wie rasch wir alle »Leiche« werden können. Wo ist der Rest geblieben? Irgendetwas daran ist sehr schwer zu verdauen. So etwas habe ich noch nie gesehen. Noch nie war ich so direkt konfrontiert mit dem, was immer nur ein Gedanke war, mit dem Tod, mit dem Nichts. Keine Literatur, kein Fernsehfilm, kein Gerede kann einen auf diesen Anblick vorbereiten. Es ist so profan. Eine vertraute Melodie, die schon viele Male gesummt worden ist und noch viel öfter gesummt werden wird. Und dann bin ich erschüttert, wie schnell ich es abtun kann – ich nehme die winzige Taschenlampe, die an meinem Schlüssel hängt, aus der Tasche, leuchte in dieses Walauge und komme zum Schlussakt meiner unechten Untersuchung. Am Ende berühre ich, irgendwo zwischen Schauspiel und meinem wirklichen Selbst, Jeans Hand und halte sie einen Moment fest.

Dann wende ich mich der Menge zu und schüttle bedauernd den Kopf. Ein paar mitfühlende Seufzer sind zu hören. Ganz hinten schlurft ein Paar kopfschüttelnd davon. Als hätten sie gerade erfahren, dass der Typ, der immer die Fenster putzt, nächste Woche nicht kommt. Selbst der Tod scheint ein enttäuschender Abschluss zu sein, vor allem, wenn er einen nicht selbst betrifft. Vielleicht auch nur, wenn man ihm nicht direkt ins Gesicht gestarrt hat.

»Kann bitte jemand den Krankenwagen rufen?«, rufe ich den Umstehenden zu.

»Sie ist doch tot, oder?«, erwidert eine Stimme.

»Jaja. Ich glaube, sie ist tot, aber trotzdem muss ein Krankenwagen kommen und sie wegbringen.«

»Warum? Wenn sie tot ist, dann ist sie tot«, beharrt die Stimme.

»Wir können sie ja nicht in den Müllcontainer werfen, deshalb.«

Die Worte kommen mir über die Lippen, ehe ich es verhindern kann. Ich bin wütender, als es mir bewusst war.

»Sie muss offiziell für tot erklärt werden. Man wird ihre Leiche mitnehmen, damit sie untersucht werden kann.«

»Oh. Sie glauben doch nicht, dass … dass Fremdeinwirkung im Spiel war, oder?«, erwidert eine andere Stimme. In einem Ton, der nahelegt, dass der Besitzer der Stimme glaubt, sich in einer Folge von *Diagnose: Mord* zu befinden. Und nicht in der Realität. Wie distanziert wir alle sind. In der Sicherheit unserer winzigen Behausungen. Versteckt vor der natürlichen Welt, unsere Fenster und TV-Bildschirme Weichzeichner zum Verschönern der Wirklichkeit. Ich habe das Gefühl, ich bin die Einzige, die gelegentlich echt etwas fühlt. Falls das nicht zu narzisstisch klingt.

»Nein. Ich glaube nicht, dass es sich um ›Fremdeinwirkung‹ handelt. Meine persönliche Meinung. Aber ich habe das nicht zu entscheiden.« Ein kleines bisschen süffisant. Typisch Dr Gullick.

In Wahrheit kann ich nicht sagen, ob es eine »Fremdeinwirkung« gab oder nicht. Für mich sieht es aus, als wäre die Frau tot umgefallen und mächtig unsanft auf dem Boden aufgekommen. Aber vielleicht soll es ja auch nur so aussehen. Denn womöglich hat ihr jemand vorher den mächtigen Schlag verpasst und sie dann so auf den Boden gelegt, dass es aussieht, als wäre die Verletzung von dem Sturz verursacht worden. Auf alle Fälle ist sie hart gestürzt.

Ich könnte meine Annahme natürlich überprüfen. Wenn ich die Leiche umdrehen würde. Aber das möchte ich nicht. Ich habe Angst davor, sie zu bewegen. Ich möchte den Tatort nicht kontaminieren. Außerdem sollte ich wahrscheinlich nicht noch mehr Fingerabdrücke hinterlassen.

Also kann ich nicht ganz sicher sein, was diesen Schlag verursacht hat. Aber ich bin ja auch kein Arzt.

Während endlich jemand den Krankenwagen alarmiert, werfe ich noch einen letzten Blick auf Jean. Eine junge Frau wählt und hält dabei die Hand ihres Freundes ganz fest. Ich glaube, sie wohnen ein Stück weiter die Straße runter, auch in einem Block. Verstohlen lasse ich den Blick über die anderen Gesichter in der Menge gleiten, nur zum Abchecken.

Dann blicke ich mich ein letztes Mal um, schaue um die Ecke, weil ich das Wohnzimmer gerne genauer in Augenschein nehmen möchte als gestern Nacht. Als ich wieder in die Küche komme, entdecke ich etwas Seltsames. Der schwarze metallene Schürhaken, den Jean an der Tür aufbewahrt hat, ist nicht mehr da. Einfach verschwunden.

Die anderen Waffen – der Kricketschläger und das Stück Rohr – sind noch an ihrem üblichen Platz. Aber nicht der Schürhaken.

Vielleicht brauchte Jean ihn für irgendetwas. Ich frage mich, wo er jetzt ist. Der Schürhaken war wichtig für Jean, den hat sie bestimmt nicht so leicht aus der Hand gegeben. Er diente ihrem eigenen Schutz. Schließlich war ihr nur allzu bewusst, was für Leute hier nachts rumhängen und wozu sie fähig sind. Ich überlege, ob sonst noch etwas fehlt.

Also spiele ich eine Runde »Finde den Unterschied« mit mir selbst. Die Küche heute Nacht. Im Vergleich mit der Küche jetzt. Was war anders? Und prompt sehe ich was. Was du nicht siehst.

Die Porzellanfigur. Der Affe. Der mich nicht mehr vom Sideboard angrinst. Gut, es könnte sein, dass Jean ihn vor ihrem Tod an einen anderen Platz gestellt oder ihn gar weggeworfen hat. Aber die Staubschicht, die seinen ehemaligen Standort umgibt, legt die Vermutung nahe, dass der Affe dort ungefähr seit 1982 saß. Was es höchst unwahrscheinlich macht, dass sie plötzlich den Entschluss gefasst hat, ihn wegzuwerfen.

Irgendjemand hat in diesem Raum Sachen verschoben. Und ich bin die Einzige, die es erkennen könnte.

»Tja, da hat es wohl wieder jemanden erwischt«, meint ein Vorübergehender ein wenig makaber. Wer waren denn die anderen? Die Studentin von dem Vermisstenplakat vielleicht? Ich mache mir in Gedanken eine Notiz, der Sache nachzugehen. Was für eine Geschichte wohl dahintersteckt? Anscheinend entwickle ich ein viel ausgeprägteres Gespür für meine Bürgerpflicht als je zuvor. Ich habe ein Gewissen entwickelt. Und bin neugierig geworden.

Heute früh ist nicht sonderlich viel Mitgefühl in der Siedlung zu spüren. Als wäre Jeans Tod für alle anderen weniger wichtig als für mich. Eine alte Frau stirbt. Na und? Nachdem sich alle hier versammelt haben, geht jetzt jeder wieder zum Fernseher nach Hause.

»Blut auf dem Gehweg hab ich gesehen. Und mit eigenen Augen, wie es da hinkam«, das hat sie letzte Nacht zu mir gesagt.

»Aber was Leute wie ich sehen, das kümmert keinen«, hat sie gesagt. Und genau dieses Gefühl habe ich heute. Als würde das einfach passieren. Man wird Jeans Verwandte in Portugal informieren, man wird die angemessenen Tränen für Grandma vergießen, während tausend Meilen entfernt ihre Knochen in der Erde verschwinden – ihre Versicherung reicht wahrscheinlich knapp für eine hohle Zeremonie, während in einem fernen Raum die notwendigen Papiere unterzeichnet werden, und ich die Einzige bin, die sich Sorgen macht, sie könnte womöglich gewaltsam abserviert worden sein. Meine einzige Frage ist, aus welchem Grund?

Langsam gehe ich weg und stopfe unterwegs meine schwarze Tasche wieder in den Rucksack. Erleichtert, dass niemand Gelegenheit hatte, hineinzuschauen und mich als Hochstaplerin zu entlarven. Ich muss damit aufhören, unbedingt. Oder in ein Stethoskop investieren. Ich hole mein Handy heraus, um nachzuschauen, ob Aiden sich vielleicht fragt, wo ich bleibe. Aber nichts von ihm. Allerdings sehe ich einen verpassten Anruf von einer unbekannten Nummer. Normalerweise rufe ich in solchen Fällen nicht zurück. Jetzt tue ich es. In letzter Zeit tue ich vieles, bei dem ich mir nicht vorkomme wie mein normales Selbst. Als ich gewählt habe, drehe ich mich um, denn ich höre es klingeln. Aber nicht durchs Telefon, nein – das Klingeln scheint mitten aus der Menschenmenge zu kommen.

Himmel. Es kommt aus der Wohnung Nummer einundvierzig, und jetzt hört es die versammelte Menge ebenfalls. Verspätete Dramatik durchzuckt sie, und ein Mann in Shorts macht sich auf den Weg zurück in Jeans Wohnung. Er nimmt das Telefon von Jeans Sideboard, zuckt die Achseln und legt es dorthin zurück, wo er es gefunden hat, während ich das Weite suche. Ich ziehe mir die Kapuze über den Kopf und mache mich möglichst unbemerkt auf den Rückweg in meine Wohnung.

Dann schaue ich auf meine verpassten Anrufe und stelle fest, dass Jean heute Morgen um halb sechs versucht hat, mich anzurufen. Und auf einmal sehe ich den fehlenden Schürhaken und den verschwundenen Porzellanaffen in einem wesentlich ernsteren Licht.

Noch 16 Tage. Der Elfenbeinspecht.

`**Unbekannt – unbekannt:** Killer · unser Viertel, 15°C, mild · unbekannt · unbekannt · unbekannt`

»Caroo! Caroo!«, rufe ich vom Balkon, wo ich mit meinem Fernglas stehe.

»Was zur Hölle tust du da?«, schreit Aid aus dem Nebenzimmer.

Seit neuestem lebt er ein wenig auf. Gestern Abend habe ich mich ganz gut mit ihm unterhalten. Endlich. Aber nicht über ihn. Sondern über mich. Und meine Angelegenheiten. Meine angeblichen Probleme. Kennst du das auch? Man will eigentlich über die Probleme des anderen sprechen, und irgendwie landet das Gespräch bei deinem eigenen Problem. So ungefähr war das nämlich.

Hauptsächlich ging es um das, was letzte Nacht in Jeans Wohnung passiert ist. Jepp. Ich hab geredet. Über Jean, über das Gesicht, das mich beobachtet hat, über alles danach, einschließlich des Anrufs. Aid war eigentlich ziemlich gelassen. Nachdem ich ihm in die Augen geschaut, sein Gesicht gestreichelt und versprochen hatte, nie wieder etwas so Gefährliches zu tun. Ich habe ihm von meinen guten Absichten erzählt und die Episode runtergespielt.

Aber ich habe ihm von allem berichtet, was ich drüben gesehen habe. Dann haben wir diskutiert, was wir jetzt machen wollen – und sind übereinstimmend zu dem Ergebnis gelangt: am besten gar nichts. Denn trotz seiner Abenteuergeschichten, die ja von den Lesern begierig aufgenommen zu werden scheinen, ist Aiden ein ziemlich konventioneller Typ. Seine Ängste bringen mich zum Fremdschämen. Sein Mangel an Abenteuerlust. Bei ihm ist alles so abstrakt. Das Tollkühnste war gestern sein Vorschlag, die Polizei zu verständigen und alles zu Protokoll zu geben, was ich weiß. Und dann die Füße stillzuhalten und abzuwarten.

Allerdings habe ich Aiden nicht verraten, dass ich das schon längst getan habe. Ich habe ihm nicht verraten, dass ich sofort aufs Revier gegangen bin, um eine Aussage zu machen über alles, was ich wusste. Ich habe auch nicht erwähnt, dass die Leute auf dem Revier mich ganz ähnlich angeglotzt haben, wie er das manchmal macht. Ich habe nichts davon gesagt, dass sie Blicke gewechselt haben, die nichts anderes bedeuten konnten als: *Die Frau ist schon ein bisschen seltsam.*

Beispielsweise bin ich ziemlich sicher, dass ich nach der Erwähnung des Porzellanaffen ein Kichern gehört habe. Ich musste das Wort wiederholen. »Porzellanaffe«, habe ich gesagt. Daraufhin lächelte der Haupttyp im braunen Anzug freundlich und fragte, woher ich das denn alles wüsste. Ich antwortete, dass ich dort gewesen sei und den Affen gesehen hätte. Vor einer Weile. Und den Schürhaken ebenfalls.

Ich habe ihnen nicht gesagt, dass es in der Nacht unmittelbar vor Jeans Tod war. Auch nicht, dass ich Ärztin gespielt habe. Natürlich nicht. Aber ich habe erzählt, dass ich dort war. Damit bin ich ein Risiko eingegangen, aber ich fand, ich musste das sagen. Weil ich dachte, das wollen sie bestimmt wissen. Aber der Typ im braunen Anzug hat mich nur angestarrt und gefragt, wann ich das letzte Mal hier war. Ich habe geantwortet, dass ich noch nie auf dem Revier war. Genau genommen glaube ich sogar, dass ich überhaupt noch nie eine Polizeistation von innen gesehen habe. Nie, in meinem ganzen Leben nicht. Ich habe dem Typen gesagt, dass er mich mit jemandem verwechseln muss.

Außerdem bin ich sicher, dass einer seiner Kollegen gemurmelt hat: *Die ist doch total durchgeknallt.* Ist das nicht unglaublich? Aber ich habe ihn gehört. Ganz schön unprofessionell, nicht? Also habe ich ihn böse angestarrt. Bis er wegschauen musste.

Ich weiß, mein Porzellanaffe ist nicht gerade ein blutdurchtränkter Kleiderhaufen oder ein qualmender Revolver. Aber immerhin etwas. Finde ich. Anscheinend sind die Leute auf dem Revier vollkommen vernagelt. Die haben sich total blamiert.

Aber das habe ich Aiden nicht erzählt. Nichts davon. Auch nicht, dass sie mir quasi gesagt haben, ich solle mich verpissen.

Nachdem ich also dagesessen und mir all die vernünftigen Sachen angehört habe, die Aid gesagt hat, und ihm versprochen habe, die ganze Sache zu vergessen und hinter mir zu lassen, haben wir uns umarmt, und ich hatte zum ersten Mal seit langer Zeit endlich mal wieder das Gefühl, dass er mich wirklich liebt. Dann bin ich zur Sache gekommen und habe angefangen zu planen, was ich jetzt tun würde.

»Ich *pishe!*«, rufe ich ins Zimmer zurück. Was du natürlich schon längst kapiert hast.

»Die Nachbarn sind schon angepisst, so viel ist sicher.«

»Aiden, kannst du dir ungefähr vorstellen, wie oft dieser Witz in Vogelbeobachterkreisen gemacht wird?« Ich hab keine Ahnung, aber ich denke, die Antwort lautet: ›ständig‹.

»Das ist *äußerst* nervig«, sagt er, aber sehr freundlich und behutsam, um das Porzellan unserer mühsam gekitteten Beziehung nicht gleich wieder zu zerschlagen.

»Ich versuche, einen Vogel anzulocken, den ich noch nie gesehen habe. Eine seltene Art.«

Das stimmt, wenn auch nur zum Teil. Ich beobachte die Vögel immer noch gern. Das entspannt mich. Aber das ist nicht der Hauptgrund.

»Was? Eine seltene Art? In dieser Gegend? Welche denn?«, will er wissen.

Weißt du, ich setze das *Pishing* hauptsächlich ein, damit die Nachbarn mich sehen und hören. Ich will meine Beobachtungen mit dem Fernglas verstärken, aber ich will nicht, dass die Leute denken, ich sei sonderbar. Das heißt, eigentlich ist mir das vollkommen egal. Ich möchte nur nicht, dass die Nachbarn denken, ich beobachte sie. Wenn sie mich mit meinem Fernglas sehen, sollen sie lieber denken:

Schau, da ist wieder das verrückte Vogelmädchen.

Statt:

Ach du Scheiße, das Miststück spioniert uns nach, um rauszufinden, ob einer von uns Jean umgebracht hat.

Ja, Jean ist ermordet worden, da bin ich mir inzwischen ganz sicher.

»Ich halte Ausschau nach einem Elfenbeinspecht«, sage ich.

Also, vielleicht bist du ja jetzt an dem Punkt, an dem du das liest und denkst: *Komm schon, Lil, einen Elfenbeinspecht wirst du in Nord-London garantiert niemals zu Gesicht bekommen.* Ich weiß, es klingt hochgradig albern. Aber lass es mich erklären – es ist so eine Art Metapher. Ich halte Ausschau nach etwas, was schwer zu finden ist. Nach einer Person, die sich direkt vor aller Augen versteckt. In einer Menschenmenge. Eine Person, die unsichtbar bleiben will. Also ist es eigentlich mehr als eine Metapher. Aiden kennt sich mit Vögeln nicht aus, deshalb kann ich ihm alles erzählen, und er glaubt mir.

Erinnerst du dich, dass du mir mal von Phoebe Snetsinger erzählt hast, der Frau mit dem schwarzen Hautkrebs, die ihr ganzes Familienerbe für eine Weltreise ausgegeben hat, um Vögel zu beobachten? Ich glaube, sie ist bei einem Verkehrsunfall in Madagaskar ums Leben gekommen.

Dann war da noch David Hunt, der 1985 im Corbett National Park in Indien von einem Tiger getötet wurde, während er Vögel beobachtet hat. Sehr exotisch.

Dann noch der gloriose Ted Parker, der durch Nordamerika gereist ist und innerhalb eines Jahres unglaubliche 626 Arten gesehen hat, in allen Teilen des Kontinents. Soviel ich weiß, hat er überlebt.

Warum ich das erwähne? Ganz einfach. Birder sind von Natur aus Abenteurer. Das ist die Welt, in die du mich eingeführt hast. Wir sind risikofreudig. Du. Ich. Und die anderen. Ja, einige haben ein schlimmes Ende genommen. Aber vielen ist es auch gelungen, ihre Lebenslisten weit über das hinaus auszudehnen, was sie je für möglich hielten. Weil sie keine Angst hatten. Für mich ist jetzt die Zeit gekommen, ein paar Risiken einzugehen.

Du wirst das bestimmt verstehen. Jemand hat Jean ermordet, und wenn ich nichts unternehme, kommt der Täter ungestraft davon. Jean wird verschwinden, als wäre sie nie dagewesen. Das werde ich nicht zulassen. Es hängen immer noch Poster von dem vermissten Mädchen in der Gegend herum, also hat sich auch für sie niemand eingesetzt. Nirgends steht etwas darüber, dass man sie gefunden hat, jedenfalls nicht im Internet. Immerhin habe ich herausbekommen, dass sie Juristin war, im letzten Jahr ihres Referendariats, mit einer glänzenden Zukunftsprognose. Dann ist sie eines Tages einfach verschwunden. Man könnte meinen, hier gibt es irgendwo ein schwarzes Loch.

Gestern, vor vierundzwanzig Stunden, um genau zu sein, hing plötzlich vor dem Canada House ein Schild, auf dem Zeugen eines möglichen Einbruchs in Jeans Wohnung gebeten werden, sich zu melden. Ein Einbruch! Das bedeutet, es ist sehr wahrscheinlich, dass auch die Polizei an »Fremdeinwirkung« glaubt, aber bislang sind noch keine Zeugen aufgetaucht, die diese Theorie bestätigen. Gestern habe ich fast den ganzen Tag das Schild und die daran Vorübergehenden im Auge behalten. Gerade mal zwei Stunden unruhigen Schlaf habe ich mir gegönnt. Mehr kam leider nicht dabei heraus. Kein Mensch ist stehen geblieben und hat sich die Nummer aufgeschrieben. Und eines weiß ich, nicht nur aus jedem Fernsehkrimi, sondern auch aus sämtlichen True-Crime-Programmen, dass die ersten vierundzwanzig Stunden entscheidend sind. Also läuft uns die Zeit davon.

Wenn wir darauf zählen, dass es in den Wohnblocks jede Menge wohlwollender Zeugen gibt, die freiwillig mit ihren Informationen zur Polizei rennen, sind wir echt geliefert. Für die einen ist es Zeitverschwendung, die anderen legen keinen Wert auf Kontakt zu den entsprechenden Kreisen. Wahrscheinlich haben viele der dort Wohnenden Angst, was eine

Zeugenaussage nach sich ziehen könnte – sowohl vonseiten des Killers als auch von der Polizei. Die Hälfte der Leute dürfte ja gar nicht hier wohnen. Wie auch immer, jedenfalls scheint niemand der Polizei Informationen zu liefern.

»Da, ich glaube, ich sehe einen!«, rufe ich.

»Echt? Ist er gut? Eine seltene Art?«, fragt er, steht auf, hat aber nicht den Mut, auf den Balkon zu kommen. Er ist ans Haus gefesselt, das hab ich dir ja schon gesagt. Er hat auch zugenommen. Ich mache mir Sorgen um ihn.

»Das würde ich schon sagen, komm doch her und schau ihn dir an«, sage ich und veralbere ihn ein bisschen, denn ich weiß ja genau, dass er nicht rauskommen wird. Zurzeit muss er sich anscheinend verkriechen.

»Nein, von hier aus sehe ich nichts. Es scheinen keine Vögel da zu sein ... jedenfalls keine, die ich sehen kann.«

»In der Birder-Sprache würde man das ein *dip out* nennen. Aber das bedeutet ja noch lange nicht, dass ich nichts gesehen habe.«

»Was zur Hölle soll das denn heißen?«

»*Dip out*? Dass du was sehen wolltest, es aber nicht gesehen hast. Und jetzt bist du *gripped off*. Das heißt, du ärgerst dich, weil du es nicht gesehen hast.«

»Aha. Na, egal«, sagt er und geht zurück ins Schlafzimmer.

Wie wir beide wissen, nennt man mein Verhalten »Suppression«. Man verfügt über Informationen, die man nicht mit anderen Birdern teilen möchte. Erinnerst du dich? Ich weiß, ich halte mich nicht an die Regeln. Aber so ist es eben.

Den ganzen Tag habe ich darüber gegrübelt, wie Jean umgebracht worden ist. Ich beginne mit der Frage nach der Todesursache. Dem Killer wird es sicher nicht gefallen, aber die Polizei hat vermutlich am Winkel des Schlags oder an der Wunde selbst erkannt, dass jemand Jean angegriffen hat, höchstwahrscheinlich mit einem stumpfen Gegenstand – daher das Schild, auf dem sie Zeugen suchen. Sonst würden sie einem Einbruch nicht nachgehen.

Noch etwas geht mir nicht aus dem Kopf, nämlich die Statistik, nach der die meisten Mordopfer ihren Mörder kennen. Ist diese Statistik zuverlässig? Oder tendenziös? Das muss man in der Marktforschung immer erst einmal herausfinden: wo die Mängel einer Statistik liegen und wie die Geschichte wirklich aussieht.

Ist das Ergebnis, nach dem die meisten Opfer den Täter kennen, beispielsweise darauf zurückzuführen, dass es einfach leichter ist, die Bekannten des Opfers dingfest zu machen? Spuren, schlüssige Hinweise führen zu Verdächtigen, die mit dem Opfer eine emotionale Verbindung haben. Doch wenn der Killer sein Opfer als solches nicht kennt, wird das Verbrechen meist nicht aufgeklärt. Was die Statistik natürlich verzerrt. Indem nicht in Betracht gezogen wird, dass ein großer Prozentsatz ungelöster Straftaten von Fremden begangen worden sein könnte, denen man schlicht von der Natur der Sache her schwerer auf die Schliche kommt, entsteht eine Verzerrung, die nahelegt, dass sich Täter und Opfer in den meisten Fällen kennen. Meine Schlussfolgerung daraus wäre, dass man lieber jemanden umbringen sollte, den man nicht kennt. Für den Fall, dass ich jemanden umbringen wollte, meine ich. So hat man viel bessere Chancen, nicht gefunden zu werden. Nur so als Tipp.

Jean hat viele Leute beobachtet, aber sie hat niemanden wirklich gekannt. Ähnlich wie ich vermutlich. Und wie die meisten anderen Leute in diesen Häusern. Der Fortschritt hat uns alle nach drinnen gescheucht. Wir sind eine Welt von Introvertierten. Fremde, die zufällig zusammen leben. Alle haben ein Motiv, alle haben ein Geheimnis, alle sind verdächtig. Deshalb muss ich zurück, zurück in die Sozialsiedlung. Auf ihre schlimmste Seite. Denn ich suche etwas. Ich weiß selbst nicht, was – einen Hinweis, Informationen. Irgendjemand dort drüben muss doch etwas wissen. Irgendjemand muss doch etwas gesehen haben. Selbst wenn es jemand ist, dem man nicht unbedingt bei Nacht begegnen möchte. Wenn es stimmt, was Jean gesagt hat, muss ich solche Leute nicht mal finden –, wenn ich lange genug dort rumhänge, dann finden sie mich. Ich werde rübergehen. Bald. Ich werde ein bisschen Lärm machen und sehen, wer dann zum Vorschein kommt. Und dann werde ich Unruhe stiften.

Mein Handy klingelt.

Ich war so in Gedanken versunken, dass ich erschrecke. Aber ich schaffe es, cool zu bleiben. Auf gar keinen Fall darf Aiden mitkriegen, was ich vorhabe. Er darf nicht merken, dass ich nervös bin. Aber cool zu bleiben wird schwieriger. Denn die Nummer, die mich gerade angerufen hat, ist Jeans Nummer.

Das Klingeln hört auf, ehe ich drangehen kann. Nur zweimal hat es geklingelt. Verdammt! Ich starre auf das Display und frage mich, wie zur Hölle das möglich ist. In meinem Kopf dreht sich alles. Mir ist übel, und es gibt nur einen einzigen Weg, das zu beheben: Ich muss meinen Plan in die Tat umsetzen. Den Lauf der Dinge beschleunigen. Wenn jemand Spielchen mit mir treibt, muss ich als Erste zuschlagen, sonst bin ich leichte Beute. Ich habe diese Geschichte nicht als Opfer begonnen und werde sie ganz sicher nicht als ein solches beenden. Es ist besser, in Bewegung zu bleiben, ihnen die Stirn zu bieten.

Eigentlich wollte ich meinen Plan erst morgen Nacht in die Tat umsetzen. Aber die Zeit drängt. Es muss schon heute passieren. Ich probiere einen Rückruf, werde aber direkt mit Jeans Anrufbeantworter verbunden. Sie hat die Ansage selbst gesprochen – was meiner Erfahrung nach kaum mehr jemand macht. Als würde es der Welt zu viel offenbaren, wenn man den Klang seiner Stimme preisgibt.

»Wenn jemand eine Nachricht hinterlassen möchte, kann er das tun«, sagt sie kurz und bündig.

Ihre Stimme zu hören ist äußerst befremdend – ein Wort, das Akademiker gern benutzen, um etwas Unheimliches, Ungewöhnliches, womöglich Irreales zu beschreiben. Ein Flüstern aus dem Grab. Wer hat da angerufen? Ist Jean von den Toten auferstanden? Oder war es die Polizei, die versucht hat herauszufinden, wen sie als Letzte kontaktiert hat. Aber ich habe noch immer keine Lust, mit der Polizei zu reden. Die werden nehmen, was ich weiß, und mir nichts dafür geben. Meine Hände zittern, ich balle die Fäuste, wappne mich innerlich und beschließe loszuziehen.

Als ich meine Tasche packe, zögert meine Hand über dem Schnappmesser. Natürlich werde ich es nicht benutzen. Aber andererseits ist Vorsicht immer besser als Nachsicht. Also stopfe ich das Messer in meinen schwarzen Kulturbeutel. Ich habe das Gefühl, ich brauche irgendetwas. Es ist dumm, ich hab so was noch nie gemacht. Du kennst mich ja. Aber nimm bitte zur Kenntnis, dass ich wenigstens versuchen muss herauszufinden, was mit dieser Frau passiert ist. Und das ist die einzige Methode, die mir einfällt. Aber sag jetzt nicht, dass es gefährlich ist. Das weiß ich.

Sag mir so was nicht. Das hätte Mum getan.

Wag es nur ja nicht.

Um zwei Uhr heute Nacht gehe ich rüber.

TEIL 4:
TWITCHING

Noch 15 Tage. 2 Uhr 02.

Ich habe keinen Plan. Zwar habe ich behauptet, ich hätte einen, aber als ich aus dem Bett krieche und in meine Klamotten schlüpfe, merke ich, dass es eigentlich nicht stimmt. Ich überlege, eine meiner Hosen und ein mit Zeitungspapier ausgestopftes Shirt neben Aiden ins Bett zu legen. Als würde ich mich in einem Teenie-Film heimlich aus dem Wohnheim schleichen. Aber Aiden wird sowieso nicht aufwachen. Das weiß ich. Ich spüre es.

Nein, ich habe keinen Plan. Höchstens einen groben Entwurf. Noch nicht bunt ausgemalt. Eine Skizze vielleicht. Die nehme ich mit nach drüben, um zu sehen, ob jemand von dort sie vervollständigen kann.

Ich schnappe mir meine Tasche und gehe ganz lässig nach unten, die Baseballkappe tief in die Stirn gezogen, so dass mein Gesicht im Schatten ist. Eigentlich glaube ich nicht, dass ich aus irgendeinem Grund besonders leise sein muss, aber ich schleiche trotzdem die Treppe hinunter. Man kann ja nie wissen, wer sich bei Nacht auf den Fluren meines Gebäudes rumdrückt, und falls jemand es tut, führt er ganz sicher nichts Gutes im Schilde. Also werde ich vorsichtig sein. Die Augen offen halten. Ich bin paranoid, na klar, aber man muss doch nur warten, bis es spät genug ist, dann verwandelt sich jedes Haus in ein

Spukhaus. Sogar wenn es mit automatisierter Neonbeleuchtung ausgestattet ist. Es braucht nur still genug zu sein, dann kann man sich überall gruseln. Und genau das passiert mir jetzt hier, als ich leise die Treppe hinuntergehe. Wie ein Geist.

Ich drücke auf den grünen Knopf, trete hinaus in die kühlfeuchte Sommerluft und sehe den Mond, eine Spiegelung am Rand des Sees. Manchmal ist der Himmel hier so klar, dass man gar nicht glauben kann, in London zu sein. Eine konstruierte Romantik umgibt diesen Ort, die in einer 2012 erbauten Wohnanlage gar nicht möglich sein dürfte. Es könnte Hawaii sein oder Monaco. Der Formgarten, der jeden Morgen von einer lautlos aus dem Boden aufsteigenden Berieselungsanlage bewässert wird, hält den Zustand abstrakter Perfektion aufrecht. Idyllisch schimmert das Mondlicht auf dem taunassen Gras. Die Blumen duften frisch und jung.

Ständig wird etwas verändert. Pflanzen, die gerade mal ein paar Wochen hier sind, werden zugunsten von etwas Neuerem ausgerupft. Um die Anwohner bei Laune zu halten, um dieses Gefühl des Staunens, diesen Instant-Glanz niemals abflauen zu lassen.

Auf einmal fühle ich mich wieder beobachtet. O Gott. Ich halte die Luft an und greife nach meinem Rucksack. Zum Glück merke ich, dass es kein fremdes Augenpaar, sondern nur mein Spiegelbild im fleckenlosen Glas des Resident's Tower ist. Der neueste Neubau vor der kleinen Straße, die zurzeit die neue von der alten Siedlung trennt. Ehe das Projekt sie überschreitet und auch drüben alles in die neue verwandelt. Bevor es alles verschlingt, was früher einmal war. Es abtötet und hinfällig macht. Die Landnahme des Mittelstands.

Dann ist der Metallglanz hinter mir verschwunden, und ich

bin auf dem Weg zu den nackten Skeletten der Gebäude, die vor mir stehen wie Vogelscheuchen und mir mit ihrem zahnlosen Grinsen zu Leibe rücken.

Ich bemühe mich, unbemerkt zu bleiben, bewege mich so leise wir möglich, denn ich möchte nicht, dass jemand auf mich losgeht, ehe ich die Eingeweide der Siedlung erreicht habe. Zur Ablenkung erstelle ich in Gedanken eine Liste der Motive, die jemanden dazu gebracht haben könnten, Jean umzubringen.

1. Die irrtümliche Annahme, dass sie etwas besitzt, das sich zu stehlen lohnt: Darauf könnten die fehlenden Gegenstände in ihrer Wohnung hindeuten. Vielleicht hat jemand nach einem Kampf dort aufgeräumt. Aber man hätte Jean wahrscheinlich nicht töten müssen, um ihr etwas wegzunehmen. Sie hätte nicht gepetzt, wenn man sie ausgeraubt hätte, sie war clever. Trotzdem muss ich diese Version als eine Möglichkeit in Erwägung ziehen.

2. Irgendein Rachefeldzug: Vielleicht hat einer von ihnen von Jean verbal oder körperlich Prügel bezogen. Sie war eine beeindruckende Frau, die gern ihre Meinung kundgetan hat. Vielleicht hat sie irgendwann den Mund zu voll genommen, und jemand hat sie deswegen beseitigt. Vielleicht im Affekt. Oder um der alten Frau eine Lektion zu erteilen.

3. Jean hat gesagt, sie kriege alles mit, was in der Gegend vor sich ging: Sie hat es so stark betont, als hätte sie kaum etwas anderes getan, als die Augen offenzuhalten. Eine Art Nachbarschaftswache. Möglicherweise hat sie etwas gesehen, was sie nicht hätte sehen sollen, und jemand hat sie deshalb kaltgemacht.

4. Drogensüchtige ohne Motiv: Zwar finde ich diese Version am wenigsten überzeugend, aber ich lege sie trotzdem

oben auf dem Stapel mit der Zwischenüberschrift »Anderes« ab. Wahrscheinlich gibt es jeden Tag Verbrechen ohne Motive in der City, und im Allgemeinen stelle ich mir vor, dass sie von verzweifelten Junkies oder kriminellen Irren begangen werden.

Wer weiß, ob diese Liste irgendetwas Wahres enthält oder ob alles nur ein von meiner Phantasie erschaffenes Phantom-Szenario ist, zusammengestückelt aus Nachrichten und Panikmache. Eine Art Kinderzeichnung der Schurken, befeuert vom Mythos der bösen, geistesgestörten Unterschicht, die es auf uns abgesehen hat.

Ohne Motiv, grundlos. Es ist zumindest eine Möglichkeit. Und jeder ist letztlich auffindbar. Jeder sollte bestraft werden für die schlimmen Dinge, die er verbrochen hat. Jeder wohnt irgendwo. Im vorliegenden Fall bin ich diejenige, die herausfinden muss, wo dieser Jemand wohnt. Und hier fangen wir an, genau hier.

5. 5 … 5.

Beim 5. potentiellen Motiv werde ich abgelenkt. Von den Ausmaßen des Alaska House. Es ist das größte Gebäude von allen, und ich komme mir vor wie ein Zwerg, als ich zu ihm aufschaue, und mir bleibt erst einmal die Luft weg. Nach und nach nehme ich den Anblick sämtlicher achtzehn Stockwerke in mich auf, bekomme einen Moment weiche Knie, aber dann erlaube ich meinem Blick, vorsichtig zum vierten Stock hinunterzuwandern, wo die halbverdeckten Augen mich ausspioniert haben, bevor ich mich vorletzte Nacht zurück in die Dunkelheit geflüchtet habe.

Der dunkelgraue Himmel und die eindrucksvollen lila Wolken ergeben ein wahres Schauerbild. Wenn ich es auf einer

Leinwand sehen würde, wäre es der ideale Hintergrund für eine Irrenanstalt. Solche morbiden Assoziationen sind nicht hilfreich, aber es sind die einzigen, die ich habe. Ich hasse solche Klischees, aber da drin sieht es echt furchterregend aus.

Wenn die Gerüchte stimmen, werden die mich umgebenden Gebäude zumindest teilweise von Menschen bewohnt, die nicht hier sein dürften. Als ich mich umdrehe, saust eine vom Wind getriebene Plastiktüte an mir vorüber, begleitet von einem durchdringenden Uringeruch, und ein leichter Brechreiz steigt in mir auf. Dieses Gebäude hat einmal die Familien ganz normaler, anständiger Menschen beherbergt, und jetzt ist es nur noch ein Gerippe und ziemlich unappetitlich.

Krachend geht etwas zu Boden, Glas und Metall. Als ich mich umdrehe und innerlich wappne für das, was immer mir nun begegnen mag, sehe ich einen Fuchs. Er zerfleischt einen Müllbeutel, den er von Gott weiß wo hierhergeschleppt hat. Als ich mich ein bisschen beruhigt habe, entdecke ich hinter der Stelle, zu der der Fuchs seine Tüte schleift, eine Art Türöffnung – jemand hat eine der im Beton verankerten Metallleisten herausgerissen. In jedem Gebäude gibt es mehrere Gitter dieser Art. Sie zu durchbrechen braucht eine Menge Kraft – oder anständiges Werkzeug.

Ich blicke an dem Gebäude empor. Auch weiter oben sind Metallstangen herausgerissen worden und geben den Blick auf die Finsternis dahinter frei. Ich nähere mich dem provisorischen Eingang, aber ich möchte nicht eintreten. Es wäre mir wesentlich lieber, wenn etwas herauskäme und mir hier draußen im Freien begegnete. Nicht dass ich mich im Freien sicher fühle, überhaupt nicht, aber wenigstens könnte ich dann einigermaßen unkompliziert in eine Richtung davonlaufen und sehen, wie weit ich komme. Sollte ich fliehen müssen.

Ich leuchte mit meiner kleinen Taschenlampe in die Ritze, und sie wirft ihr Licht in einen Betongang. Drinnen Graffiti, die die Treppe emporführen, krude gesprayte Bilder schmücken die Wand. Auf einigen sind menschliche Gestalten zu erkennen.

Eine davon ein Kind mit einem Revolver am Kopf. Eine andere ein Mann, der einem anderen mit einer Schere die Augen aussticht und ihm mit einer zweiten die Kehle durchschneidet. Auf dem letzten Bild erwürgt ein Mann eine Frau. Jedenfalls glaube ich, das zu erkennen. Vielleicht sind die Bilder aber auch eine Art Rorschach-Test. Weißt du überhaupt, was ein Rorschach-Test ist? Man kriegt diese Tintenklecksbilder gezeigt und soll erzählen, was man darauf sieht. Manchmal sieht man, was man sehen möchte. Verstehst du? Manchmal sieht man, was man sehen möchte. Es stinkt hier drin. Es ist feucht. Es stinkt nach Scheiße. Irgendetwas wächst in der Dunkelheit.

Ich will da nicht rein. Also versuche ich, jemanden herauszulocken. Jemanden, mit dem ich reden kann. Abrupt stoße ich einen Schrei aus, einen lauten Lockruf, der von den Häusern widerhallt.

»Caroo! Caroo!«

Ein lauter, brutaler Ton, der tief aus meinem Inneren kommt. Er brennt in meiner Kehle. Ungefähr anderthalb Sekunden dauert es, bis sein Echo verhallt. Es klingt wie der Schrei einer Wahnsinnigen. Ich jage mir selbst Angst ein. Aber ich versuche es trotzdem noch einmal.

»Caroo! Caroo!«

Nichts. Also noch einmal. Ich warte fünfzehn Sekunden.

Dann weitere zehn. Ich atme durch die Nase ein. Ich atme durch den Mund aus. Nichts.

Und warte, halte verzweifelt Ausschau. Nach irgendetwas. Im Handumdrehen, ohne dass ich es richtig bemerkt habe, bin ich an einen seltsamen, unheimlichen Ort geraten. Hier stehe ich und bitte darum, dass jemand mit einem Messer oder irgendeinem Gegenstand erscheint, mit dem er mich niederknüppeln kann. Vielleicht eins der blutrünstigen Straßenkinder, von denen wir so oft lesen. Oder ein riesenhafter Osteuropäer, der mich völlig grundlos zu Brei schlagen möchte. Möglicherweise sind diese Kreaturen aber überhaupt nicht hier. Vielleicht existieren sie gar nicht.

Komm raus. Komm raus. Wo immer du steckst. Ich will mit dir sprechen. Ich möchte erfahren, was du weißt. Ich möchte wissen, was du gesehen hast.

Hier phantasiere ich über Dinge, vor denen normale Leute Angst haben. Normale Leute fürchten, von ihnen aufgespürt und überfallen zu werden. Aber ich flehe sie an, zu mir zu kommen. Und wie es aussieht, muss ich sie wohl dazu zwingen.

»Hallo! Hier bin ich!«, rufe ich aus vollem Hals.

Aber die Dunkelheit antwortet nicht. Die Sozialsiedlung zuckt die Achseln. Ich schaue zu der Öffnung in der Haustür, ich lasse mein Schnappmesser in der Tasche. Ich möchte nichts forcieren, was da drin passieren könnte. Dann klettere ich hinein. So habe ich mir das nicht vorgestellt.

* * *

Die Luft ist feucht hier drin. Meine Taschenlampe leuchtet vor mir her, vorbei an den Graffitis, die aussehen wie Pfeile und mich auffordern, weiter hinaufzusteigen. Ich möchte schreien.

Aber ich will noch ein wenig damit warten. Ehe ich sie wissen lasse, dass ich hier bin. Doch ich versuche nicht, meine Schritte zu dämpfen oder vorsichtig aufzutreten, darüber mache ich mir keine Gedanken mehr. Fest und offen schreite ich weiter voran. Ich bin, was ich bin. Kommt raus, seht mich an.

Ich fühle mich wie ein Opferlamm. Das den Schlächtern in die Arme läuft. Aber ich halte meine Tasche ganz fest und öffne den Reißverschluss. Während ich gleichzeitig versuche, die Taschenlampe gerade zu halten, krame ich nach meinem Schnappmesser. Doch dann stolpere ich und muss mich mit den Händen abstützen. Ich muss mal wieder richtig schlafen. In den letzten Wochen war ich zu gottlosen Zeiten wach. Ich hoffe, ich sterbe nicht daran. Vorsichtig taste ich mich mit den Händen an der Wand entlang. Das kleinste Geräusch klingt, als würde es verstärkt. Womöglich lockt es etwas Widerwärtiges hervor. Wenn Jeans Wohnung ihr eigenes arktisches Mikroklima hatte, gilt hier das genaue Gegenteil. Die Hitze hat sich in den Wänden festgesetzt. Als lebten wir auf einmal in Marokko. Ich atme die Hitze ein. Ich schwitze, es ist echt heiß hier, wie kann das denn sein?

Ich steige weiter hinauf, komme näher, immer näher. Aber wohin? Der Druck wird zu groß, ich schreie. Ich will, dass es endlich vorbei ist. Was immer es sein mag. Ein scheußliches Kreischen kommt aus meinem Mund, und jetzt hole ich doch mein Schnappmesser aus der Tasche und lasse die Taschenlampe fallen. Schritte. Ich höre sie, laut und deutlich, greife nach dem Messer, kann es aber nicht finden. Ich verliere die Nerven. Genau genommen glaube ich, dass ich sie schon vor einer Weile verloren habe. Jemand erwidert mein Kreischen. Scheiße. Verdammte Scheiße.

Ich suche meine Taschenlampe. Meine Hände verhaken sich in Moos. Stoßen auf Glasscherben. Und Pisse. Aber ich finde die Taschenlampe nicht. Nichts als Dunkelheit, und die Schritte kommen immer näher. Ich glaube, ich blute. Wenn ich zu Hause wäre, auf meinem eigenen Flur, und das Licht wäre ausgegangen, wäre ich jetzt vor lauter Frust den Tränen nahe, aber dafür ist jetzt keine Zeit. Meinen Händen fällt nichts Besseres ein, als über die Stufen hinter mir zu kriechen, inzwischen hat mich das Geräusch fast erreicht. Die Schritte kommen näher.

Da ist es. Das Messer. Ich habe es gefunden und lasse es aufschnappen. Hier bin ich. Kommt her und holt mich! Ich ducke mich, noch immer ohne Licht, aber meine Hand hat die Suche noch nicht abgebrochen, sie tastet immer noch umher. Aber wenn mich jemand in der Dunkelheit angreifen will, soll er doch! Ich habe meine Waffe, es wird ein fairer Kampf. Ich habe keine Angst.

Aber dann stellt sich dieses Gefühl ein. Der Fluchtinstinkt. Nur kann ich jetzt nicht mehr weglaufen, selbst wenn ich wollte. Die Schritte kommen näher. Ich bleibe stehen, beiße die Zähne zusammen und schwöre mir, dass ich hier lebend rauskomme.

Noch 15 Tage. 2 Uhr 32.

Wumm. Schepper. Schepper.

Ich kaure mich hin, eine Hand tastet weiter, die andere macht sich bereit zur Attacke. Die Schritte kommen immer näher. Ich habe vor, in Schienbeinhöhe anzugreifen und das Messer so fest ins Fleisch zu stoßen, dass ich den Knochen treffe. Wenn möglich, will ich den Schnitt bis nach hinten führen und die Achillessehne durchtrennen. Keine Ahnung, ob das funktioniert, und in diesem Moment ist mir auch vollkommen egal, ob es notwendig sein wird. Wie schnell wir zu Rambo mutieren, wenn genug auf dem Spiel steht.

Wumm. Schepper. Schepper.

Noch immer bin ich mit der rechten Hand auf der Suche, während die linke den Messergriff fester umfasst.

Wumm. Schepper. Quiek.

Was zur Hölle nähert sich mir da?

Schepper. Kratz. Schepper.

Es ist so dunkel. Ich schüttle die Glasscherben von meiner Hand und fühle Blut und Pisse davon heruntertropfen.

Krach. Quiek. Wumm.

Jetzt ist es direkt vor mir. Hastig wechsle ich die Hände, denn ich weiß, meine rechte Hand ist die bessere, wenn ich tatsächlich attackieren muss. Jetzt taste ich mit der linken über den Boden, fühle plötzlich die Zacken meines Schlüsselbunds, packe ihn, knipse die Taschenlampe an und stoße das Messer in die Finsternis – alles gleichzeitig. Ein Quieken.

Das winzige Licht blitzt über die Treppe, und ich sehe, wen ich knapp verpasst habe. Das Ding lebt und atmet noch. Eine gigantische Ratte. So groß wie die, die ich vor zwei Tagen gesehen habe. Noch mehr von ihrer Art huschen an mir vorbei, und der Widerhall ihrer Schritte ist so laut, dass es sich um eine Armee handeln könnte. Meine Hände zittern, als ich mein Messer wieder einpacke. Nur den Boden habe ich damit berührt. Erschrocken bin ich trotzdem.

Ich habe Ratten noch nie gemocht und hatte immer Angst vor ihnen. Aber jetzt sind meine Gedanken ganz woanders. Um ein Haar hätte ich einem lebendigen Wesen den Garaus gemacht. Sein Herz hätte aufgehört zu schlagen, und ich allein wäre schuld daran gewesen. Rote Spritzer wären auf dem Boden gelandet, sein zartes, schwächliches Herz hätte für immer stillgestanden. Sein Leben wäre zu Ende gewesen und meines ganz normal weitergegangen.

Verurteile mich bitte nicht. Die Dunkelheit spielt jedem Streiche, und ich habe solche Angst. Einen Moment starre ich auf die Klinge. Das ist kein Spielzeug. Das Messer ist so scharf, wie der Verkäufer es versprochen hat. Ein handgefertigtes Messer zur Selbstverteidigung, sogar geeignet zur Verhinderung von Carjackings, hat der Verkäufer geprahlt. »Damit können Sie einem ausgewachsenen Mann ein Bein abschneiden.« Aber er hat auch eingeräumt, dass die meisten Leute diese Art Messer wegen der hervorragenden Handwerkskunst kaufen.

Ich dachte einfach nur, dass der Griff hübsch aussieht. Doch ich nutze das Messer besser, als ich es mir je hätte vorstellen können, obwohl ich hoffe, es nie wirklich einsetzen zu müssen. Es stinkt so scheußlich hier. Mir ist übel. Ich atme durch den Mund aus und wedle mit der Hand vor meinem Gesicht herum, um Feuchtigkeit und Gestank zu verscheuchen, gehe aber trotzdem weiter. Die Treppe hinauf. Hier komme ich! Ich bleibe bei meinem Vorhaben. Ich halte mein Versprechen. Graffiti-Pfeile weisen mir weiterhin den Weg.

Oben im vierten Stock sehe ich etwas. Bisher waren nur Latten von den Eingangstüren abgerissen worden, aber diese Tür ist komplett aus den Angeln gehoben. Ich frage mich, wer das wohl getan hat. Verbogen, achtlos auf den Boden geworfen. Aber ein hübscher roter Läufer liegt vor dem Eingang. Das Licht meiner Taschenlampe reicht nur ein Stück weit hinein. Inzwischen ist man auf mein Kommen vorbereitet, ich habe auf dem Weg hier herauf genug Lärm veranstaltet, um meine Ankunft kundzutun.

Der Flur ist von einer Reihe kleiner Lampen erhellt. Sie sehen aus wie aus den Achtzigern, ein paar der Lampenschirme scheinen feuerbeschädigt, die Sorte, die man in Second-Hand-Läden oder in den Containern vor einem der Neubauten findet. Die Art, bei der es nicht mal mehr die Mühe wert ist, sie bei eBay zu verkaufen.

Die Einrichtung hier besteht aus dem, was wir ausrangiert haben. Aus unserem Müll.

Plötzlich kommt mir der Gedanke, dass die Leute, die sich hier verstecken, womöglich noch schlafen. Vielleicht ist es noch nicht zu spät für einen Rückzug ohne Gesichtsverlust. Ich könnte mich umdrehen und größtenteils wohlbehalten auf den Heimweg machen, duschen und alles vergessen. Aber das werde ich nicht tun. Erst muss ich noch ein paar Dinge klären.

Ich wische das Messer ordentlich an meinem Pulli ab und muss mich fast übergeben von dem Gestank, den es verströmt, seit ich es neben der flüchtenden Ratte in den mit allem möglichen Unrat bedeckten Betonboden gestoßen habe. Ich glaube, die Menschen hier schlafen. Ich glaube, ich muss sie wecken.

Sechs Türen zähle ich, in einer Reihe, alle einen Spaltbreit offen. Sie sehen aus, als wären sie gestrichen worden. Irgendwie ist es hier oben sauberer, der Gestank nicht ganz so durchdringend. Beinahe zivilisiert. Ich schleiche den Flur hinunter. Das Licht flackert, irgendwo in der Ferne bellt ein Hund – ich fahre zusammen, fasse mich aber schnell wieder. Versuche, mich mit Hilfe meiner Atemmethode zu beruhigen, statt auszuflippen. Ich entscheide mich für die erste Tür, das scheint mir der ehrlichste Weg zu sein. Ich möchte nicht zu weit reingehen und womöglich von beiden Seiten eingeschlossen werden – schließlich besteht die Möglichkeit, dass mehrere Leute hier wohnen.

Also wappne ich mich innerlich, halte für eine Sekunde die Luft an, trete dann die Tür auf und renne hinein. Es ist dunkel, keine Spur von irgendjemandem. Ich knipse meine Schlüssellampe an und scanne den Raum, fast ein bisschen enttäuscht.

Ein Waschbecken, Zahncreme. Eine Zahnbürste in einem roten Plastikbecher. Auf einem klobigen Schreibtisch steht, gegen die Wand gelehnt, ein Spiegel. Auf der anderen Seite zwei Schlafsäcke auf einer Matratze aus Zeitschriften und Pappe. Überall im Raum türmen sich Zeitungen, als ich mich umdrehe, stolpere ich prompt über die Stapel. Doch ich stehe schnell wieder auf und richte alles wieder auf. Ich war schon immer ein guter Gast.

Schließlich verlasse ich das Zimmer und gehe zur nächsten

Tür. Ich schaue sie an. Versuche mir vorzustellen, was zum Teufel sich dahinter befinden mag. Das halbmenschliche Wesen, das nachts hinter den Mülleimern kauert. Die »verzweifelten Junkies«, die nur in meiner Phantasie existieren. Geifernd, mit ihren imaginären Nadeln in ihren imaginären Armen. Vor meinem inneren Auge sehe ich eine Abfolge grässlicher Bilder. Wilde Tiere.

Ich atme ein und trete gegen die Tür. Als ich sehe, was ich vor mir habe, schreie ich laut auf. Ein Adler. Von der anderen Zimmerseite her starrt mich ein schlecht ausgestopfter Adler an. Ein Steinadler, Gott allein weiß, wo er hergekommen sein mag. Ich muss mir große Mühe geben, um mir vorstellen zu können, dass er jemals lebendig, real war.

Mit meiner winzigen Taschenlampe untersuche ich den Rest des Zimmers. Es ist weniger heimelig, aber nicht weniger gut eingerichtet. Rechts stehen ein Plattenspieler und daneben ein paar alte LPs. Auch hier gibt es ein Waschbecken mit einer Zahnbürste, Rasiercreme und Rasierer. Am Fenster hängen ein paar zerfetzte Vorhänge.

Auf dem Boden stehen Kisten, möglicherweise gedacht als Sitzgelegenheiten. Es riecht nach Gas, und als ich mit meiner Taschenlampe nach links leuchte, entdecke ich ein altes Heizgerät, aus dem Flüssigkeit auf den Betonboden sickert. Zum Glück ist das Ding aus, denn ich habe das Gefühl, wenn man es anstellt, würde es tödliche Dämpfe freisetzen. Jetzt, wo es so heiß ist, hat man für derlei sowieso keine Verwendung. Es ist immer noch Sommer, und zwar gewaltig.

Dann wandert mein Lichtstrahl nach oben und trifft auf etwas noch Seltsameres. Nämlich auf eine guterhaltene Küche. Ein Toaster, eine elektrische Bratpfanne, ein Tischgrill, Müsli und noch allerlei andere Lebensmittel in der Ecke aufgestapelt. Das ist kein Albtraum. Das ist eine Wohnung. Oder jedenfalls so etwas Ähnliches.

Als ich das Licht noch einmal darüber schweifen lasse, erscheint ein Gesicht. Ein Kindergesicht. Das mich anstarrt. Ein Junge. Er sieht ängstlich aus, ist ungefähr sechs oder sieben und murmelt etwas, traut sich aber nicht, sich zu rühren oder zu schreien. Ein zerknautschtes Gesicht, schmutzige Hände. Ich halte inne, sprachlos, drücke eine Hand auf die Brust und murmle »Mein Gott«, dann gehe ich langsam auf den Jungen zu.

Da klingelt wieder mein Telefon. Blitzschnell greife ich danach, aber ehe ich es erwische, trifft mich ein harter Schlag am Kopf, und ich weiß sofort, dass ich blute.

Ich taumle zurück, mein ganzer Körper ist im Schockzustand. Dann drehe ich mich um und trete dem, was hinter mir ist, entgegen.

Noch 15 Tage. Zeit: unbekannt.

WM – unbekannt: Alaska House · kahlrasierter Kopf, weiß, männlich, 186 cm · 2er-Schwarm · aggressiv, Schweiß tropft von den Wänden

Ich sehe ihn. Um die eins achtzig groß, Sportklamotten, in der Hand einen Backstein. Das Bild verschwimmt vor meinen Augen, während ich die von der Kapuze umhüllten Umrisse seines Unterkiefers in Augenschein nehme. An dem Backstein klebt Blut. Vermutlich meines. Irgendwo hinter mir schreit das Kind.

Aber nicht aus Angst, der Junge stößt eine Art Kriegsgeheul aus, um mich noch mehr durcheinanderzubringen. Was natürlich funktioniert. Plötzlich muss ich an meine Mum denken. Es tut mir so leid. Sie hatte recht, ich war so oft das Dummerchen, und jetzt, wo ich erwachsen bin, ist aus mir eine »dumme Gans« geworden. Was habe ich mir bloß dabei gedacht, hier mitten in der Nacht rumzuspazieren und meine Nase in die Wohnungen anderer Leute zu stecken? Was wollte ich damit erreichen? Der große Typ vor mir hebt den Backstein über den Kopf. Höher und höher.

Gleich wird er auf mein Gesicht herunterkrachen. Dessen Fundamente dem Schlag nicht standhalten werden. Aber ich kann nichts tun, als abwarten. Ich schwanke. Da.

»Na los. Bring es zu Ende. Na, wird's bald?!«, brüllt eine körperlose Stimme.

Der große Kerl hält inne.

Er schöpft Atem, aber er braucht nicht lange, um sich zu erholen. Schon seine Statur zeigt, dass er keine Angst hat. Er kann es tun, wenn er es wirklich will.

»Worauf wartest du, bring es zu Ende, tu es, los!!!!«

Hinter ihm stößt das Kind wieder sein rüdes Kampfgeschrei aus, und der Große packt den Backstein fester.

»Leg ihn weg, verdammt nochmal! Was machst du denn? Runter damit!«

Die körperlose Stimme vollzieht einen Kurswechsel. Sie ist hart und guttural, wie aus einem Horrorfilm aus den Achtzigern. Scharf, schrill, aber absolut zielbewusst. Ich muss an *Hellraiser* denken. An das besessene Mädchen aus *Der Exorzist*. Die Schreie in *Texas Chainsaw Massacre*. Die Stimme jagt mir eine Höllenangst ein. Und sie kommt aus meinem Mund.

Das Kapuzenshirt des Typs geht auf, und ich sehe, wie sich sein Arm darunter anspannt. Er hebt den Stein wieder an. Er ist stark. Meine Großspurigkeit wird ihn nicht ewig aufhalten, er wirkt völlig unbeeindruckt. Womöglich hat er schon einmal jemanden umgebracht. Aber dann gibt er einen grunzenden Laut von sich und lässt den Backstein mühelos und mit voller Wucht niederkrachen. Auf den Boden.

Mit einem Knall, der von den Wänden widerhallt wie ein Schuss, schlägt der Stein auf, verfehlt nur knapp meine Schienbeine und bleibt schließlich an der hinteren Wand liegen. Der Junge verstummt. Wir atmen schwer, alle drei, in dem kleinen Raum. In dem besetzten Gebäude.

»Was zu Hölle macht ihr denn alle hier?«, schreie ich. Jetzt habe ich mich wieder unter Kontrolle und schimpfe wie eine Mutter.

»Was wir … was …? Das ist unsere Wohnung! Was haben Sie hier zu suchen?«, brüllt er zurück.

»Es ist nicht … ihr könnt doch hier nicht auf Dauer bleiben. Das ist gefährlich«, sage ich, unfähig, die Dinge beim Namen zu nennen. Meine Einleitung klingt reichlich abstrakt.

»Gefährlich? Wieso? Wegen Leuten wie Ihnen?«, fragt er mit leiser Stimme.

Ich schaue mich um in diesem behelfsmäßigen Familienheim, in das ich eingebrochen bin. Ich bin ein Störenfried. Sie haben Essen hier, ein Leben, dieses Zuhause ist nicht weniger zivilisiert als meines. Der Weg hierher war ein Albtraum, aber hier drin haben sie aus den gegebenen Umständen das Beste herausgeholt. Sie sind eine Familie. Sie sind sauber. Sportsachen, Jeans. Zwar ist der Schlafanzug des Jüngsten ein bisschen löchrig, aber alles ist gepflegt. Ich dagegen bin blutbeschmiert, an mir kleben Scherben und Abfall aller Art. Ich sehe schauderhaft aus. Ich bin das Monster.

»Wollen Sie das Handy? Nehmen Sie es ruhig. Falls es darum geht«, sagt er.

Ich habe das Gefühl, er wird es mir gleich in den Magen drücken oder in den Hals stopfen, aber ich lasse die Frage trotzdem eine Weile zwischen uns in der Luft hängen. Und schaue das Telefon an. Das Ding, das mich hierhergebracht hat. Es war der Schubs, den ich gebraucht habe, um mich aufzumachen und Antworten zu suchen. Wo wird uns das hinführen? Wenigstens liegen die Karten jetzt auf dem Tisch. Der erste Verhandlungspunkt. Ein Gesprächsthema. Wo also soll ich anfangen?

»Nein, deswegen bin ich nicht gekommen. Ich bin hier, um zu fragen, warum Sie Jean umgebracht haben.«

»Ach, was für ein Mist! Ich hab sie nicht umgebracht, ich hab überhaupt nichts getan.«

»Aber Sie haben ihr Telefon, oder etwa nicht? Wie ist es dazu gekommen?«

»Es ist ja nicht so, dass sie noch was damit anfangen kann, oder? Verdammt nochmal, wer sind Sie überhaupt?« Die Spannung ist spürbar. Ich bin in seine Wohnung eingebrochen. Das gefällt ihm nicht. Es ist ihm unangenehm, dass ich da bin. Verständlicherweise. Ich habe das Gefühl, er kann jeden Moment explodieren.

»Dann haben Sie es vielleicht genommen, bevor die Polizei gekommen ist. Die Menschenmenge hat sich zerstreut, Sie sind in Jeans Wohnung gerannt, haben das Handy genommen, vielleicht auch noch das Portemonnaie oder was sonst noch so da war. Oder mussten Sie sich beeilen, Beweise zu verstecken?«

»Moment mal, Moment. So war das nicht. Ich wollte bloß das Handy. Das hab ich gebraucht.«

»Wozu?«

»Mein iPhone ist kaputt, was glauben Sie denn?«

»Und welchem Toten haben Sie das iPhone geklaut?«

»Wie bitte? Ich hab einen Vertrag, junge Frau. Aber dann ist mir das Ding runtergefallen, und das Display war kaputt. Ich hab niemanden umgebracht. Und auch keinen beklaut. Also halten Sie lieber den Mund, ehe Sie noch mehr Quatsch von sich geben.«

Der Junge kichert leise. Jetzt hat die Situation etwas Albernes, sogar für ein Kind. Die beiden können ja sehen, dass ich kein Monster bin. Der große Mann wird ein bisschen weicher, der Junge blickt ihn an, als wäre er an solche Dramen gewöhnt. An Geschrei in Zimmern und auf Fluren.

»Ist das Ihr Sohn?«, frage ich, mutiger geworden.

»Nein, mein Bruder.«

»Wo sind eure Eltern?«

»Tot, verdammt. Nachdem unser Dad gestorben ist, wollte man uns nach Reading verpflanzen. Aber da wollte ich nicht hin, der Kleine hätte die Schule wechseln müssen, diese ganze Scheiße. Ich hab einen Job hier. Freunde. Deshalb bleiben wir hier, bis zur letzten Minute. Ich weiß nicht, wer diese Frau umgebracht hat, falls Sie das denken. Aber wegen einem Nokia 8210 wird niemand umgebracht, das können Sie mir glauben.«

Ich ringe mir ein Lächeln ab. Dumm von mir zu glauben, dass ein Raubüberfall oder ein Gelegenheitsdiebstahl dahintersteckt. Sicher, die Leute hier sind verzweifelt, aber Jean hatte nichts, was sich zu stehlen lohnte, und ich wette, das wussten alle. Es muss etwas anderes gewesen sein. Der große Typ redet weiter.

»Ich will Ihnen mal was sagen – ich kriege hier einiges mit. Ich hab diese Frau immer wieder draußen gesehen, wie sie mit ihrem Handy beim Amt angerufen hat. Denen alles Mögliche erzählt hat. Sie hatte ein ordentliches Mundwerk. Sie hat hier regiert. Sie hatte keine Angst. Ich kriege viel mit. Zum Beispiel, wie Sie aus dem Haus der alten Frau gekommen sind.«

»Ich bin … ich bin Ärztin, ich hab ihren Puls gefühlt wegen …«

»Nee nee. Ich meine nicht bei Tag. Sondern nachts. Bevor die Alte gestorben ist. In der Nacht, als jemand sie kaltgemacht hat. Woher weiß ich denn, dass Sie es nicht waren? Warum geh ich mit der Information nicht einfach zur Polizei?«

Pause.

»Was wollen Sie der Polizei denn sagen, wo Sie wohnen? Hier etwa?«

Er macht ein verächtliches Geräusch und seufzt. Genervt. Aber ich versuche es noch einmal.

»Sie können das Handy behalten, ich will es nicht. Und ich werde auch niemandem verraten, dass Sie hier sind. Aber ich möchte wissen, wer Jean auf dem Gewissen hat«, sage ich.

Mir ist klar, dass das ein bisschen wie eine Drohung klingt, aber ich habe nichts, womit ich meine Sache unterstützen kann.

»Hey, woher soll ich das denn wissen? Kanye? Der Geist von Tupac? Der Dalai Lama? Die Frau war alt, sie ist gestorben.«

»Das glaube ich nicht. Jemand ist bei ihr eingebrochen und hat sie umgebracht. Aber wer? Geben Sie mir einen Tipp.«

»Ich weiß es nicht. Und schauen Sie, es gibt noch mehr Leute in den Häusern hier. Aber es ist kein Verein für geselliges Beisammensein. Ich kann Ihnen keinen Verdächtigen liefern. Viele von denen kenne ich überhaupt nicht. Kennen Sie Ihre Nachbarn etwa beim Namen?«

Ich senke die Augen. Das ist wahr, er hat mich drangekriegt. Ich kenne die Namen meiner Nachbarn nicht. Genauso wenig wie er. Da ist Lowell. Ein paar andere Namen habe ich mir selbst ausgedacht. Meine Phantasievorstellung von Gemeinschaft. Spitznamen, die ich einigen verpasst habe. Weiter nichts.

»Ja, dann stellen Sie sich mal vor, wie es ist, wenn alle lügen. Sie haben Glück, dass Sie ausgerechnet über uns gestolpert sind, ein paar von den anderen wären längst auf Sie losgegangen. Deshalb sollten Sie jetzt verschwinden und auch lieber nicht zurückkommen. Aber die alte Frau umbringen? Nee. Ich kann mir wirklich nicht vorstellen, dass irgendjemand daran ein Interesse hätte. Wozu denn auch?«

Ich antworte nicht. Weil ich es immer noch nicht weiß. Ich schüttle den Kopf. Ich möchte hier verschwinden. Also sollte ich am besten genau das tun.

Auf einmal fällt mir auf, dass ich immer noch ziemlich schwer atme. Also greife ich nach meiner Tasche und wende mich zum Gehen. Die Unternehmung war ein großes Risiko – und hat rein gar nichts gebracht. Vergiss es. Wir sind fertig.

Noch 15 Tage. Viel zu spät.

Ich bin schon fast aus der Tür, als er es sagt.

»Und wissen Sie, was? Sie können ihm ausrichten, er soll auch nicht mehr kommen«, ruft der große junge Mann mir nach.

Das bringt mich augenblicklich zum Stehen. Von wem spricht er? »Wen meinen Sie denn?«

»Den Typen, der das letzte Mal hier war, der, dem ich die Hand aufgeschnitten habe, weil er Nathan durch die Gegend gejagt hat.« Er deutet mit einer Handbewegung auf den Jungen hinter sich.

Ich halte inne und denke nach. Schweigen. Ich kann hören, wie der Wind durch das Gebäude pfeift.

»Wer? Sagen Sie, wer war das? Ich kenne niemanden, der hierherkommt. Wer war der Typ?«

»Ich weiß nicht. Aber ich hab ihm einen ordentlichen Messerstich verpasst. Möglicherweise bis auf den Knochen. Er war groß. Erinnerst du dich an ihn, Nathe?«

Der Junge tritt verlegen von einem Bein aufs andere und schaut zu Boden. Er hat ein von Natur aus fröhliches kleines Gesicht, aber jetzt runzelt er die Stirn und blickt auf.

»Mann mit blonden Haaren«, sagt er, die Augen wieder zu Boden gesenkt.

Ich überlege, lasse mir die neue Information durch den Kopf gehen. Warum sollte jemand hierherkommen? Das heißt, außer mir.

»Kannst du dich an sonst etwas erinnern?«, frage ich.

»Nee. Oh … na ja, er … äh … er kam aus dem … wie heißt das noch mal … Waterway. Die Namen klingen für mich alle gleich. Ja, ich hab ihn zum Waterway-Gebäude zurückhetzen sehen, also wohnt er wohl dort. In diesem bekloppten Waterway. Hat geblutet wie blöd, die ganze Zeit. Reicht das jetzt? Ich müsste längst schlafen. Also. Bitte.«

Bevor ich gehe, will ich den Großen eigentlich noch nach seinem Namen fragen, ihm alles Gute wünschen und ihm sagen, er soll sich gut um seine Familie kümmern. Und dass er mir vorkommt wie ein guter Mensch und dass es Hoffnung gibt. Aber das wären alles Allgemeinplätze und Spekulationen. Ich habe im Grund keine Ahnung, wer er ist. Aber ob das nützt oder nicht, ich hoffe, dass alles gut wird für ihn und seinen Bruder. Und dass sie es schaffen, sich einen anderen Platz zu suchen, bevor die Bulldozer anrücken. Von mir brauchen sie keinen Trost und Rat. Zwar geniere ich mich ein bisschen, aber ich greife in die Tasche und strecke den beiden zwanzig Pfund hin, einen Zehner und zwei Fünfer.

»Geben Sie das einem anderen«, sagt der Große. »Wir brauchen nichts von euch da drüben, junge Frau.«

Ich schaue ihm fest ins Gesicht. Es ist spät. »Bitte, als Entschuldigung für den Besuch mitten in der Nacht. Bitte.«

Stirnrunzelnd nimmt er das Geld und nickt. Zeit für mich zu gehen.

Noch einmal bleibe ich stehen.

»Hey, warum habt ihr mich eigentlich neulich angerufen? Um mir Angst zu machen oder was?«

»Ach, stimmt, tut uns leid. Nathe hat mit dem Ding rumgespielt, und als er versucht hat, Snake zu spielen, ist er aus Versehen auf die verpassten Anrufe gekommen. Stimmt doch, oder nicht, kleiner Mann?«

Nathan grinst, nimmt das Handy, fängt sein Spiel an und verlässt daumenlutschend den Korridor.

»Ich bin Lily. Ich heiße Lily«, sage ich.

Er taxiert mich. Fährt sich mit der Zunge über die Oberlippe. Denkt nach. Er will nicht zu viel preisgeben. Vielleicht hätte ich ihm meinen Namen auch nicht sagen sollen. Ich weiß überhaupt nichts über diesen Mann.

»Sie können mich Chris nennen.«

Ich nicke, gebe mir Mühe, tough zu wirken, aber das nimmt mir wahrscheinlich niemand ab. Seit neuestem bin ich sehr selbstkritisch, und ich weiß, dass die Rolle der Abgebrühten überhaupt nicht zu mir passt. Es ist, wie wenn am Ende einer Party die Lichter angehen, und aus irgendeinem Grund bin ich halbnackt. Ich nicke noch einmal und verschwinde.

Zum Glück bewältige ich die Treppe auf dem Weg hinunter ohne größere Zwischenfälle. Draußen hole ich mein Notizbuch heraus und kritzle hinein: »blond, Verletzung an der Hand, männlich, mindestens 1 Meter 80.« Ich habe eine Beschreibung. Wenigstens etwas. Genug, um weiter Ausschau zu halten.

Auf dem Weg zur Straße schaue ich mich in der Siedlung um. Ich habe nicht vor zurückzukommen. Aber ich habe hier auch keine Angst mehr. Das ist meine Siedlung, daran kann niemand etwas ändern. Sie gehört mir. Und ich werde diesen

Kerl finden. Und ihn daran hindern, meine Nachbarschaft zu versauen. Aber erst mal will ich meine mit Pisse vollgesogenen Klamotten loswerden. Und duschen.

Irgendetwas nähert sich mir von hinten. Ich drehe mich um und will ihm die Stirn bieten, aufrecht, mit geradem Rücken. Ich meide keine Konfrontation mehr. In den letzten paar Tagen habe ich einiges gelernt.

Mein Verfolger knurrt, hechelt und kommt zu mir. Terrence. Wo warst du denn die ganze Zeit, mein Freund?

Eine Sekunde blicke ich in seine dunklen Augen, dann packe ich ihn am Halsband und bringe uns beide nach Hause.

Noch 14 Tage. 19 Uhr.

Viele – verschiedenartige: Waterway Apartments · 16°C · schlafend, versteckt, beim Essen, beim Kochen, Putzen, Weinen, Lesen, Filme schauen, Sport · alle möglichen Formen und Größen

Heute habe ich freigenommen, um die Augen offen zu halten. In Richtung Waterway. Mein Hintern ist schon taub, gestern habe ich schon den ganzen Nachmittag hier gesessen. Und gewartet. Auf irgendetwas. Notizen in mein Buch geschrieben. Spezifischer. Mit Überschriften und Zwischenüberschriften. Mit Diagrammen und Tabellen. Ich habe glattes, schneeweißes Papier an die Wand gepinnt. Mein Kunstlehrer wäre stolz auf mich.

Recherche. Ich warte darauf, dass der Gesuchte sein Gesicht zeigt.

Aiden fand es eine gute Idee, nicht zur Arbeit zu gehen, weil ich »müde aussah« und »ein bisschen komisch roch.« Aber er hat keine Ahnung, wo ich mich neulich nachts herumgetrieben habe. Vielleicht will er das auch gar nicht wissen. Vielleicht interessiert es ihn nicht mal. Momentan habe ich das Gefühl, dass er sehr weit weg ist. Mag er mich überhaupt noch? Er hat eigene Geschichten, an denen er knabbert.

Er hat keine Zeit, Zeit ist ein fragiles Gut.

Sie entgleitet uns allen. Mit jeder Stunde, die verstreicht, wird die statistische Wahrscheinlichkeit, Jeans Mörder zu finden, kleiner.

Aiden hat kaum mit der Wimper gezuckt, als ich ihm gesagt habe, dass ich mich eine Weile um den Hund einer Kollegin kümmere. Obwohl er weiß, dass ich im Büro gar keine Freunde mehr habe. Die Regeln für Tiere hier im Gebäude sind unklar, tendieren aber in Richtung eines »Hmm, lieber nicht!« Aiden hat keinen Gedanken daran verschwendet, wie plötzlich und mysteriös Terrence eines Nachts hier aufgetaucht ist. Auch nicht daran, dass ich Hunde eigentlich hasse. Er ist mit den Gedanken anderswo. Bei Spionen und Spionage. Bei der Politik der achtziger Jahre und bei Geheimnissen aus dem Kalten Krieg. Er denkt an in einer Fliege versteckte Kamera und explodierende Manschettenknöpfe. Er überwintert in seiner Gedankenwelt und hämmert auf die Tasten ein. Tipptapptipptapp, klapper, klapper, tipptapptipptapp, tipptapptapp.

Heute war ich nur ein einziges Mal draußen, um im Laden an der Ecke Vorräte zu kaufen. Milch, Müsli, verschiedene Dosenkonserven, Fladenbrot, Gouda, das gute Toilettenpapier, Karottensuppe, Granatapfelsaft, gemischtes Gemüse, meine drei Sorten Lieblingskekse. Grundnahrungsmittel, mit denen ich mich eine Weile über Wasser halten kann. Auf dem Rückweg bin ich Lowell begegnet, direkt vor unserem Haus. Er kam den Fußweg herunter, ist heimgejoggt von seiner Mittagspause an der Kletterwand. Um das jedem zufälligen Beobachter zu verdeutlichen, trug er noch seine Handschuhe. Manchmal arbeitet er von zu Hause. Als er näher kam, sah es aus, als würde er hinken. Das machte mich nervös.

»Hi, Lil, wie geht's? Ich glaube, ich hab mir irgendwas gezerrt. Hab wahrscheinlich ein bisschen übertrieben.«

Meine schlimmsten Ängste bewahrheiteten sich.

»Oh, ich dachte schon, dass irgendwas ist. Aber ich muss mich beeilen.«

»Entschuldige, Lil, hat nicht jemand gesagt, du wärst Krankenschwester oder so?«

Genau das wollte ich vermeiden. Stille Post verbreitet sich wie ein Lauffeuer.

»Ärztin sogar. War ich mal. Ich … hab es gelernt. Ungefähr ein Jahr … oder so. Dann hab ich das Handtuch geworfen. Und stattdessen mein Marktforschungs- … Ding gemacht. Sonst würdest du jetzt mit Frau Doktor Gullick reden. Stell dir vor. Ha.«

Das klang zumindest einigermaßen plausibel.

»Meinst du, du könntest dir mein Bein mal anschauen? Tut mir leid, dich damit zu belästigen.«

»Na klar. Wo tut es denn weh?«

Er deutete, ich nickte. Ich bückte mich und legte eine Hand auf seinen Oberschenkel. In aller Öffentlichkeit. Hielt ihn fest. Drückte zu. Dann rutschte meine Hand ein Stück nach oben, unter seine Shorts. Ich holte tief Luft, dachte demonstrativ nach und blickte dann nach oben, als wäre die Antwort irgendwo am Himmel zu entziffern.

»Wie fühlt sich das an?«, fragte ich. Seine Beinhaare schmiegten sich an meine Handfläche.

»Angespannt«, antwortete er mit einer Grimasse.

Ich brummte bestätigend, als stimmte das genau mit irgendeiner von mir erfundenen Phantomtheorie überein. Der Oberschenkelmuskel ist groß, vielleicht einer der größten Muskeln.

Ich weiß das nicht so genau. Aber ich ließ meine Hand ganz um ihn herumwandern. Von vorn und von hinten. Stöberte herum. Aber ich muss damit aufhören. Aiden hätte uns beobachten können. Ich will nicht, dass er mich so sieht. Ich will nicht, dass er denkt, ich nehme meine Doktorspielchen womöglich ernst. Und wir standen direkt neben der Haustür.

Aus unerfindlichen Gründen schlug ich leicht auf Lowells Bein und blickte dann fragend zu ihm empor. Seine Pupillen wurden eine Spur schmaler.

»Du solltest die schmerzende Stelle unbedingt kühlen. Mit einem Beutel Gefriererbsen. Oder mit sonst was, egal. Immer ordentlich Eis drauf. Richtig vereisen. Ich muss los.«

Ehe er noch etwas sagen konnte, rannte ich davon. Ich wollte nicht da draußen sein. Ich musste aufhören, die Ärztin zu spielen. Als ich die Treppe hinauflief, tropfte mir der Schweiß von der Stirn, und ich hatte vorher nicht mal bemerkt, dass ich schwitzte. In der Wohnung zog ich mich direkt in meinen Ausguck zurück und holte erst mal tief Luft. Überprüfte meinen Papierkram. Meine Recherchen. Meine Ergebnisse.

Inzwischen habe ich ein Raster erstellt. Im Waterway-Gebäude gibt es siebenunddreißig Wohnungen, alle mit wundervollen Balkonen, entweder mit direktem oder seitlichem Blick auf den See. Jeweils neun Apartments auf vier Stockwerken und obendrauf das Penthouse. Wenn ich in meinem Ausguck sitze – am Schlafzimmerfenster, die Ellbogen auf den Teppich gestützt, die Jalousie weit heruntergelassen, damit mich keiner sieht –, entgeht keiner meinem Blick.

Es sei denn, sie haben die Jalousien unten. Was bei vielen zutrifft. Ich habe im Maklerbüro vorbeigeschaut und herausgefunden, dass die Apartments drei, zweiundzwanzig und fünfundzwanzig unbewohnt sind und zum Verkauf stehen. In einem etwas peinlichen Gespräch mit dem Concierge, der mich lange stumm anstarrte, um zu begreifen, wozu ich all diese Informationen eigentlich brauchte, erhielt ich außerdem die Information, dass die Apartments eins, neun, zehn, zwölf, sechzehn und dreißig zwar einen Besitzer haben, aber unbewohnt sind.

Dass ich daran dachte, »noch was zu kaufen und gern ein bisschen mehr über die Demographie des Gebäudes erfahren wollte«, war die beste Ausrede, die mir einfiel, und das reichte, um dem Concierge die Geheimnisse zu entlocken. Ich meine – als könnte ich mir noch eine von diesen Wohnungen leisten! Schön wär's.

Ich trage das neue Infomaterial in mein Schema ein. Falls der Killer bereits verduftet ist, kann natürlich alles umsonst gewesen sein. Vielleicht ist er in wärmere Gefilde geflogen. Aber im Moment ist das alles, was ich habe, und jeder Mensch braucht ein Projekt. Ich mehr als die meisten anderen. Terrence leckt sich die Schnauze und legt den Kopf auf meinen Schoß, während ich das Raster erstelle.

* * *

Ich gehe gleich noch mehr ins Detail, also gedulde dich bitte und ziehe wenn nötig das Raster zu Rate. Aber. Achtung Spoiler! Du brauchst dir nicht jeden Namen zu merken. Ich habe die Suche noch nicht eingeengt. Also mach dir keine Sorgen. Lass die Informationen über dich hinwegwehen wie eine warme Sommerbrise. Bleib cool und hab Geduld. Okay, los geht's:

Nach den Sichtungen, die ich in den vergangenen Wochen dokumentiert habe, kann ich ziemlich sicher sein, dass Joseph,

Hannay, David Kentley, Kim, Anthony, Rebecca und Gregory alleine leben. Eigentlich hatte ich gedacht, es gäbe mehr Paare in den Gebäuden, ich war davon ausgegangen, dass sie hier die vorherrschende demographische Gruppe stellen würden, aber der Concierge hat mir gesagt, dass »alleinstehende Berufstätige« in den Neubauten »sehr verbreitet« sind, und das wird von den hier dargestellten Befunden untermauert.

Außerdem handelt es sich um eine Gruppe, die zu jung ist, um Kinder zu haben, die alt genug wären, um die Kriterien des Mörders zu erfüllen. Zirka achtundvierzig ist das von mir prognostizierte Höchstalter, wobei Anthony, der – glaube ich – ein neunzehnjähriger Student aus gutbetuchter Familie ist, der Jüngste wäre. Mr und Mrs Smith sind ein japanisches Graduierten-Paar, wahrscheinlich beide Mediziner.

Ich werde auch Ausschau nach Freundinnen, Freunden und allem anderen dieser Art halten, aber es wäre schon ziemlich tölpelhaft, als Gast einen Mord zu begehen. Meistens fühlt man sich nicht so heimisch, wenn man bei Freunden oder Bekannten übernachtet. Bei mir hat es acht Monate gedauert, bis ich es gewagt habe, in Aidens alter Wohnung eine Zahnbürste und Schlappen zu deponieren.

Wie du siehst, hat Marnie ein Plus neben ihrem Namen stehen, da ich sie erst vor kurzem gesichtet habe und glaube, sie könnte eventuell einen Partner haben. Ich werde sie noch drei Tage beobachten, bis ich diese Möglichkeit unter »unwahrscheinlich« ablege. Lange Rede, kurzer Sinn: Ich bin drauf und dran, die Option, dass einer der Komparsen unser Übeltäter sein könnte, zu eliminieren.

Nachdem ich vom örtlichen Maklerbüro ein hübsches Set von Grundrissen ergattert habe – ebenfalls unter dem Vorwand, dass ich mit dem Gedanken spiele, »mich nach einer weiteren Wohnung umzuschauen«, kann ich bestätigen, dass die alleinstehenden Personen in Zweizimmer-Apartments wohnen, daher verwerfe ich die Möglichkeit selten sichtbarer Mitbewohner. Erstaunlich, welche Informationen man sich ganz leicht beschaffen kann, wenn ständig versucht wird, diese Wohnungen zu verhökern.

Jetzt bleiben noch fünf Personen, die ihre Jalousien noch nicht geöffnet haben. Fünf sehr zurückgezogene Menschen oder glückliche Urlauber. In den anderen Wohnungen, die alle eine große Glasfront haben, waren häufig nackte Körper zu sehen, also ist es nicht unmöglich, dass das Bedürfnis nach Ungestörtheit dem Wunsch entwächst, sich nicht buchstäblich vor den Nachbarn zu »entblößen«. Da wir gerade Wochenende hatten, schließe ich auch kleine Ausflüge an die Küste oder ins Ausland nicht aus.

Ähnlich sind die Fälle von »keine Sichtungen«. Ich hoffe allerdings, dass sich die Urlaubssituation und die Geschäftsreise-Szenarien mit den »keine Sichtungen« ebenfalls klären. Die letzten paar müssen noch aus der Versenkung auftauchen, damit ich den Rest meiner Schemazeichnung ausfüllen kann – und das lieber heute als morgen.

Warum machen wir nicht ernst und beginnen mit dem netten Ratespiel »Wer hat unsere betagte Nachbarin um die Ecke gebracht?«.

Männlich, groß, blond, verletzte Hand (MGBvH)

Wenn wir die Frauen beiseitelassen, die unser erstes Kriterium nicht erfüllen, indem sie sich vom lästigen Y-Chromosom fernhalten, und zwölf der dreiundzwanzig Bewohner ausmachen, bleiben uns noch elf männliche Verdächtige.

Gregory, Tony und Mr Smith sind eher klein geraten, keiner von ihnen ist größer als eins fünfundsiebzig, also können wir auch sie sofort unberücksichtigt lassen.

Erinnern wir uns, dass der Junge den Täter als großen Kerl beschrieben hat. Hannay ist mit etwa fünfzig Jahren der älteste Mann (wahrscheinlich geschieden). Höchstwahrscheinlich hätten Nathan oder sein Bruder eine Bemerkung zu seinem fortgeschrittenen Alter gemacht, aber mir ist durchaus klar, dass dieser Punkt strittig sein könnte. Zwar ist Hannay blond, aber er ist schmal, und wenn meine beiden Zeugen mit ihrem »großen Kerl« auch einen breiten Körperbau gemeint haben, scheidet er also ebenfalls aus.

Zudem – und jetzt kommen wir allmählich zum Wesentlichen – kann vernünftigerweise niemand von Anthony, James, Stewart und Paul behaupten, sie hätten blonde Haare.

Damit bleiben Joseph, David Kentley und Jonny übrig.

Jonny ist ein voluminöser Kerl, er könnte eine Frau bei einer Verabredung lässig hochheben und über die Schulter werfen, auch wenn sie sich wehrt. Außerdem tigert er in seinem winzigen Apartment herum wie ein Raubtier im Käfig. Knallt seinen Kühlschrank zu und skypt wie ein Wilder. Nicht dass aggressives Skypen unbedingt ins Profil eines Mörders gehört, aber in der jetzigen Phase dürfen wir nichts außer Acht lassen. Allerdings ist das Problem mit ihm, dass er eher rothaarig als blond ist. Aber es gibt so wenige Menschen, die – wie ich es nennen würde – 1989er-Jason-Donovan-blond sind, dass ich denke, es ist notwendig, die Suche auf rothaarige Männer auszuweiten, denn wir sollten doch der nächtlichen Dunkelheit und der Flüchtigkeit der Begegnung Rechnung tragen.

David Kentley hat blonde Haare. Er ist eher zierlich, in

Richtung unmännlich, aber das schließt nicht aus, dass er ein Mörder sein könnte. Denkt man da nicht gleich an Norman Bates? Er ist pedantisch, ein Feinschmecker und Einzelgänger, der es garantiert jeder anderen Abendbeschäftigung vorziehen würde, mit einem Kräutertee und einem neuen Ottolenghi-Rezept früh ins Bett zu gehen. Gestern Abend hat er sich einen Horrorfilm angeschaut, einen dieser stumpfsinnigen Hollywood-Remakes, die nicht gerade für seinen Geschmack sprechen. Vielleicht ist da eine krankhafte Psyche im Spiel?

Dann ist da noch Joseph. Nur wenige Sichtungen in seinem natürlichen Lebensraum sind mir bisher gelungen. Genau genommen habe ich ihn nur ein einziges Mal gesehen, aber da sehr deutlich – er hat Kniebeugen gemacht. Das war sogar meine erste dokumentierte Sichtung! Außerdem joggt er sehr häufig um die Anlage herum und putzt jedes Wochenende um Viertel vor sieben höchst gewissenhaft sein Rennrad mit Wasser aus dem Brunnen. Das führt zu Streitigkeiten mit dem übereifrigen Concierge, bei denen Joseph jedoch stets ruhig und gutgelaunt bleibt. Darauf kann er in unserer modernen Zeit echt stolz sein. Wo der Ärger in der Rushhour regelmäßig einen Siedepunkt zu erreichen scheint. Wo man, wenn man in der Piccadilly Line aus Versehen einen Wildfremden anrempelt, von ihm angeglotzt wird, als wollte er einen in Stücke reißen. Wir sind so voller Wut. Es gibt einfach zu viele Menschen in dieser Stadt.

Die Jungs meinten, die Attacke hätte erst vor ein paar Wochen stattgefunden und sie hätten dem blonden Mann eine tiefe Stichwunde verpasst, so dass die Aufgabe für mich nun buchstäblich darin besteht, den Leuten auf die Finger zu schauen. Was mit einem Fernglas wie meinem und auf diese Entfernung keineswegs unmöglich ist. Leider habe ich David Kentleys Hände schon überprüft, beim Salatmachen. Und sie zeigen absolut keine Verletzungsspuren. Demzufolge besteht, denke ich, auch nicht die Notwendigkeit, ihn in unsere Ermittlungen einzubeziehen.

Joseph und Jonny zu erwischen war schwieriger, und ich werde heute Abend hierbleiben mit dem ausdrücklichen Ziel, die Lücken in meinem Raster zu schließen und die Hände dieser Männer in Augenschein zu nehmen.

Terrence regt sich und beginnt eine Wanderung durch die Wohnung. Ich rufe Aiden. »Kannst du dem Hund bitte sein Futter hinstellen?« Keine Reaktion. Ich werde es wohl selbst erledigen müssen.

Also gehe ich in die Küche und füttere Terrence mit dem trockenen Zeug, das ich auch in Jeans Schrank gesehen habe und das man in dem kleinen Laden neben dem Café kaufen kann. Ich starre in sein dummes, süßes kleines Gesicht.

»Was ist mit deiner Mummy passiert, hm? Was ist mit ihr passiert?«

Er schnaubt und läuft zurück ins Schlafzimmer.

Im gleichen Augenblick vibriert mein Handy, eine SMS. Ich seufze. Ich will, dass man mich in Ruhe lässt. Bestimmt eine Nachricht von Phil. Als wären deine Nachrichten nicht schon schlimm genug, mit deinen Drohungen, uneingeladen hier aufzutauchen. Jetzt habe ich den nächsten Störenfried. Ich hätte ihm meine Nummer nicht geben sollen, er benutzt sie tatsächlich. Schickt spaßige Nachrichten, als wären wir echte Freunde. Mit Emojis und allem. Aber die SMS ist nicht von ihm. Sondern von Jean.

Ich zucke zusammen. Wie es aussieht, habe ich einen nervösen Tick entwickelt. Was mich momentan echt nicht schockiert. Die Telefonaktivitäten der alten Dame sind seit ihrem Tod deutlich zahlreicher geworden. Irgendwie beeindruckend. Und jetzt wieder. Sie will einfach nicht verschwinden.

TEIL 5:
BIRDING

Noch 13 Tage. 8 Uhr 30.

Ich hätte den Jungs das verdammte Telefon nicht dalassen sollen, aber ich wollte es nicht haben. Keiner von uns wollte es der Polizei geben und von denen in irgendetwas reingezogen werden. Aber ich wollte es auch nicht zerstören. So etwas würde nur jemand tun, der schuldig ist. Jemand, der etwas zu verstecken hat. Und so will ich ganz bestimmt nicht gesehen werden.

Jeans Nokia 8210 förderte nichts wirklich Interessantes zutage. Schon als ich meine Nummer eingegeben hatte, war mir aufgefallen, dass es erst der vierte Eintrag in ihren Kontakten war. Die drei anderen lauteten:

Gas

Strom

Schweine (Magistrat)

Ich frage mich, wie ihre Familie mit ihr Verbindung aufgenommen hat –, wenn sie es denn überhaupt jemals getan haben. Auf ihrer Anrufliste waren nur Anrufe von diesen drei Nummern, und sie war der Typ Frau, die eine SMS für Teufelswerk hielt.

Es gab nur eine einzige, ungeöffnete SMS von der Gasgesellschaft, in der Jean gebeten wurde, ein »Konto für Online-Rechnungen« einzurichten. Die Nachricht stammte von

2013. Da waren sie bei Jean einfach an der falschen Adresse – ich glaube nicht, dass sie sich je die Mühe gemacht hat, dem Internet-Zeitalter beizutreten. Das habe ich in Sekundenschnelle rausgefunden, ohne sie zu kennen, aber so bin ich eben. So war ich schon immer. Wenn ich mir etwas anschaue, sehe ich eine Menge. Genau genommen machen wir das ja alle –, sobald wir jemandem begegnen, fällen wir blitzschnell tausend Urteile über ihn. Manche, ohne es zu merken.

Vor kurzem hat ein Neurowissenschaftler herausgefunden, dass uns nur etwa zwei Prozent der Informationen bewusst sind, die unser Körper und unser Gehirn nutzen, wenn sie auf eine neue Situation reagieren müssen. Von einer Million kleiner Vorgänge, die unser Überleben sichern, werden wir nie etwas erfahren. Ich will mich ja nicht selber loben, aber ich wette, ich bin bewusster als die meisten anderen Menschen. Schon in der Schule war ich bekannt dafür. »Stats« haben die anderen Schüler mich genannt, weil ich, wenn im Klassenzimmer etwas erwähnt wurde, alles in meine innere Statistik aufgenommen habe. Sogar mit Datum. Noch Wochen später wusste ich genau, wie oft Mr Baker in der ersten Geschichtsstunde des Halbjahrs die Worte »Anderson Shelter« benutzt hatte. Vierzehnmal, wenn ich mich recht erinnere.

Ich bin ein Katalog nutzloser Informationen. Eine Festplatte voller Statistiken und uraltem Unsinn, der nicht in den Mülleimer will. Vermutlich mag ich deshalb Vögel. Und Menschen – zumindest aus der Ferne. Ich sehe ihre charakteristischen Merkmale, nehme in Sekundenschnelle alles auf und vergesse es nie wieder. In gewisser Weise gehören sie dann mir. Schöne Dinge, in meinem Gedächtnis gespeichert und auf ewig mein. Also gib mir lieber nicht dein Telefon, nicht mal für einen Augenblick, denn wer weiß, welche Geheimnisse ich darin entdecke.

Die Jungs haben meine Nummer. Das war dumm von mir, ich habe mir eine Blöße gegeben. Ich kenne die beiden Brüder doch überhaupt nicht. Ich weiß nicht, ob sie möglicherweise gefährlich sind oder was. Jetzt geben sie den Ton an. Aber ich mag nicht nach ihrer Pfeife tanzen, ich habe Dinge zu erledigen. Ich denke, es ist gut, wenn die restlichen von Jeans Prepaid-SMS gut genutzt werden. Aber jedes Mal, wenn ich ihre Nummer sehe, wird mir unheimlich zumute. Das geheimnisvolle elektronische Symbol mit dem kleinen Umschlag starrt mich drohend an. Obwohl ich weiß, dass es bloß die beiden Jungs sind. Ich öffne die Nachricht und lese.

»Morgen, Z Café, 8.30. Thompson«, steht da.

Keine Ahnung, ob sie helfen wollen oder ob sie etwas brauchen, aber vielleicht bin ich es ihnen schuldig, wenigstens hinzugehen und sie zu treffen. Schließlich ist das Z Café ein öffentlicher Ort. Für den Fall, dass sie irgendetwas Ungutes im Sinn haben. Das Einzige, was ich über die Jungs weiß, ist, dass Jean mir gesagt hat, ich solle mich in Acht nehmen vor allen, die sich in den Gebäuden dort drüben verstecken. Aber ich bin neugierig bis zum Gehtnichtmehr. Also renne ich um 8 Uhr dreißig die Treppe hinunter, vorbei am Brunnen, hinüber zum Ladencafé, und gehe rein.

Keine Spur von den Jungs, also bestelle ich bei dem netten Griechen, dem das Ganze gehört, einen Latte macchiato und setze mich nach hinten. Die polnische Kellnerin mit dem ständig verblüfften Gesichtsausdruck knallt meinen Kaffee und den ihn begleitenden winzigen Keks vor mich auf den Tisch. Um die Ecke dröhnt aus den Smartphones einer Gruppe von

Kids verzerrter Hip-Hop. Einer von ihnen hat ein »Hoverboard«. Nicht die Art Hoverboard, wie man sie uns früher versprochen hat. Es ist ungefähr so dynamisch wie ein fehlerhafter Treppenlift. Aber der Knabe ist anscheinend sehr stolz darauf, denn er gondelt zur Freude seiner restlichen Bande damit in dem dichtbesetzten Café herum. Die verblüffte Kellnerin hat die Kerle schon mehrmals gebeten, die Lautstärke zu drosseln, aber sie haben ihr unmissverständlich zu verstehen gegeben, dass sie sich verpissen soll. Das sind nicht die Jungs, denen ich in dem besetzten alten Wohnblock begegnet bin. Das hier sind schlimme Kids.

Ich sage Kids, dabei sind sie wahrscheinlich Anfang zwanzig, aber weiß der Himmel, was sie sonst so mit ihrem Leben anfangen. Sie sehen jedenfalls nicht aus, als gehörten sie zur arbeitenden Bevölkerung. Unter ihnen sehe ich keinen Unternehmensberater oder Postboten. Als wären es Strampelanzüge, scheinen ihre grauen Joggingklamotten ihnen ewige Jugend zu verleihen. Buum buum buum da buum, blöken ihre Handys.

Mit mir, die ich nervös und unbehaglich auf meinem Stuhl herumrutsche – seit diese ganze Geschichte begonnen hat, bin ich eigentlich dauernd in diesem Zustand –, sitzen im Hauptteil des Cafés noch vier weitere Gäste. Ein modischer Typ nippt an einem Fruchtsaft und mustert seinen Laptop so intensiv, als wolle er hineinklettern und darin herumschwimmen, vorausgesetzt, das wäre möglich und statthaft. Ein Pärchen isst schweigend sein Frühstück, zwei mit sich und der Welt zufriedene Yogatypen, in Gedanken meilenweit entfernt, vermutlich an irgendeinem fernöstlichen Strand.

Dann ist da noch ein älterer Mann, der mir so auf die Pelle rückt, dass ich seinen schlechten Atem riechen kann. Bei jedem anderen würde das bedrohlich wirken, aber er macht einen ziemlich klapprigen Eindruck. Trotz seines fortgeschrittenen Alters ist er modisch gekleidet, wobei nicht klar ist, ob aus Zufall oder Absicht. Vielleicht sind seine Sachen gerade wieder in Mode gekommen. Sein blaugestreiftes Jackett hat er bis zu den Ellbogen hochgekrempelt, und sein kantiges Gesicht späht ständig in meine Richtung.

»Ja?«, frage ich schließlich, einigermaßen freundlich.

»Sind Sie die Lady, die sich hier umschaut?«

»Wer möchte das wissen?« Damit verrate ich mich natürlich sofort, was überhaupt nicht mein Plan war.

»Richtig. Ich hab mich mit den Jungs unterhalten. Drüben beim Alaska House. Sie haben mir erzählt, dass Sie sich ein paar Dinge näher ansehen wollen, die mit Jeans Tod zu tun haben.«

»Okay, nehmen wir mal an, dass das so stimmt. Was wollen Sie dann von mir?«

»Nur eine Nachricht weitergeben, Liebes, ich hab gedacht, vielleicht kann ich Ihnen ja ein bisschen helfen. Ich hab mit den Jungs gesprochen. Gestern Abend. Ich hab sie gebeten, Kontakt zu Ihnen herzustellen, als ich gehört habe, dass Sie ... sich umschauen«, erklärt er mit rauer Stimme in gedämpftem Wiegenlied-Ton.

»Und warum ... warum ist das notwendig, Mr ... Thompson?«

Der Name aus der SMS.

»Genau.« Er grinst und versucht, so seriös wie möglich auszusehen.

Wir taxieren einander. Die anderen Gäste sind in ihrer eigenen Welt.

»Sehen Sie, Süße, ich bin der Typ, der direkt über Jean wohnt. Genau dort. Paff.«

Er deutet zu Nummer einundfünfzig. Ich habe keine Ahnung, ob ich ihm trauen kann, beschließe aber, mir anzuhören, was er zu sagen hat. Was kann das schaden? Er fährt fort.

»Ich bin dem ganzen Lärm nachgegangen, den Sie mit den Jungs in der Nacht neulich veranstaltet haben. Und da ist mir klargeworden, dass Sie wahrscheinlich mich gesucht haben.«

Ein kalter Schauer durchläuft mich. Ich bin überhaupt nicht darauf vorbereitet, Jeans Mörder zu begegnen, und muss diverse Spontanreaktionen unterdrücken, weil ich mich erinnere, dass wir uns in einem öffentlichen Raum befinden.

»Dann sind Sie also …« Die Worte »der Killer« bleiben mir im Hals stecken und wollen nicht herauskommen.

»Aber nein. Nein, nein. Tut mir leid, Liebes. Nein, ich hab ihr nicht den Schädel eingeschlagen. Ha. Nein, nein«, sagt er schlicht. Dann schnieft er, kichert dabei aber immer noch ein bisschen. Meine Schlussfolgerung scheint ihn richtig zu amüsieren. Dann endlich spricht er weiter. »Aber ich hab den gesehen, der es getan hat. Möchten Sie mehr darüber wissen?«

»Ja. Ja – na gut, was wollen Sie dafür? Geld?«

»Nein, Liebes, nichts dergleichen. Ich tu doch nur meine Bürgerpflicht, richtig?«

Ich bin ganz Ohr. Dabei hatte ich schon angefangen zu befürchten, das Ganze könnte nur eine wilde Phantasie sein. Zuerst habe ich mich Hals über Kopf reingestürzt, und in schwachen Momenten dachte ich, dass ich etwas völlig Haltloses vorhabe, etwas Unerwünschtes, Leichtsinniges. Es würde mir schon gefallen, wenn jemand mir sagt, dass ich gar nicht so albern bin.

»Ich denke, es war der, den die Jungs verdächtigen. Der Typ. Äh … der ziemlich große Kerl. Das ist der gleiche Typ, den ich aus ihrer Wohnung habe kommen sehen.«

»Helle Haare?«

»Ja. Richtig. Er ist der, den Sie suchen.«

Kurze Pause. Ich starre ihn an. Wenn das stimmt, dann kristallisiert sich allmählich ein Bild heraus.

»Der gleiche Typ, der die Jungs angegangen ist? Mit einer Narbe auf seiner Hand?«

»Davon weiß ich nichts. So nah bin ich nicht an ihn rangekommen. Hab mich nicht getraut. Aber der hat irgendwas an sich. Er lungert rum. Wissen Sie, was ich meine?«

Ich weiß es nicht. Nicht wirklich. Aber was er sagt, ist genau das, was ich mir erhofft habe. Ist das zu schön, um wahr zu sein? Speist er mich womöglich ab mit der Geschichte, die ich hören will? Was will er als Gegenleistung von mir, wenn nicht Geld? Ich bin nicht sicher, ob ich ihm mehr vertraue, seit er mein Angebot abgelehnt hat – oder weniger. Er greift nach meiner Hand und fährt fort, schaut mich mit verwitterten grünen Augen und zitternden Lippen an. Offenbar gehört er zu den Menschen, die zu viel Spucke produzieren, deshalb saugt er ständig überflüssige Reste aus den Mundwinkeln.

»Über eins achtzig. Helle Haare. Zieht sich immer in dieses Gebäude zurück. In die äh … die äh …«

»Die Waterway Apartments?«

»Ja! Stimmt! Waterway. Tut mir leid, Liebes. Ja, genau!«

Ich wusste es, ich habe es gespürt. Also bin ich auf der richtigen Spur. Am liebsten möchte ich dem Alten um den Hals fallen. Aber ich weiß nicht, ob ich ihm so nahe kommen sollte.

Er fährt fort. »Ja. Ich habe Lärm gehört, vermutlich ist er

durch das hintere Fenster bei Jean eingebrochen. Nicht lange danach ist er dreist aus ihrer Wohnung spaziert. Wenn ich der Polizei auch nur im Geringsten über den Weg trauen würde – oder die Polizei mir –, dann würde ich denen genau das erzählen, Ehrenwort. Ganz lässig hab ich den großen Kerl dann weggehen sehen, zurück zu seinem Gebäude. Ich sag Ihnen was, ich glaube, es hat keine fünf Minuten gedauert, bis er wieder draußen war. Er hat nicht lange gefackelt. Man sollte nicht glauben, dass so was dermaßen schnell passieren kann, oder? Offensichtlich wusste der Typ genau, was er tun musste. Hat keine große Sache draus gemacht. Also, die Dinge, die manche Leute heutzutage tun. Und warum? Keine Ahnung. Man glaubt es kaum.«

Aber ich glaube es. Und jetzt mag ich diesen Mann. Er hat nicht um den heißen Brei herumgeredet.

»Okay, Kindchen. Ich hasse es ehrlich, Sie zu fragen, aber wenn ich es mir recht überlege ... wenn Sie doch 'nen Zehner hätten, würde der mich sehr lange über die Runden bringen.« Hundeblick.

Nicht ohne gewisse Bedenken reiche ich ihm den Geldschein über den Tisch und hoffe, dass es ihm nicht doch nur ums Geld geht. Dass er die Wahrheit gesagt hat.

Buum buum buum da buum. Die Musik der Gang wird wieder lauter, als ich aufstehe, um zu gehen. Ohne nachzudenken, mache ich einen Umweg zu der Stelle, wo die schlimmen Kids stehen.

Ich bin nicht sicher, was ich tun werde. Die Kids schauen zu mir hoch, ich starre zurück.

»Na, verdammt, was wollen Sie? Was ist denn mit Ihnen los?«

Vielleicht haben die neuen Informationen mir Mut gemacht. Vielleicht verliere ich auch einfach die Beherrschung, jedenfalls tue ich etwas, was mir sehr fremd erscheint. Etwas, was sich irgendwo in der Schnittmenge von mutig und dumm befindet. Ich hole nämlich mit dem Fuß aus und trete dem Hoverboard-Kid den Stuhl unter dem Hintern weg, so dass er unsanft auf dem Boden landet. Ein extrem befriedigendes Gefühl.

Ich habe die Fäuste geballt, ich brülle, ich fuchtle mit den Händen vor ihren Gesichtern herum, stampfe mit den Füßen und lese den Kids nach allen Regeln der Kunst die Leviten. Sie sind so verdattert, dass sie sich nicht einmal rühren, als ich mit der Faust dicht neben einem von ihnen auf den Tisch schlage, mir dann den Nächsten vornehme und tief Luft hole, um weiterzuschreien. Ich fletsche die Zähne, direkt vor seiner Nase.

Ich beobachte mich selbst. Bin ich das wirklich? Die Worte, die aus meinem Mund kommen, höre ich kaum, es ist, als stünde ich neben mir. Ich kann nur staunen. Wem gehört diese Stimme, woher kommt sie? Ein paar Kids packen ihre Sachen und verschwinden hastig. Aber auch das stellt mich nicht zufrieden. Ich wüte weiter. Nicht heldenhaft, ich bin ein wildes Tier. Ich brülle und knurre. Ich fluche wie ein Müllkutscher. Ich gebe alles, was ich habe.

Menschen ändern sich. Was für ein seltsames Wesen ich geworden bin.

Noch 12 Tage. 16 Uhr.

RD – Rotdrossel *(Turdus iliacus)*: Innenstadt · gute Sicht, leichter Wind, 16 °C · gesunde Farbe, kräftige dunkle Karos auf einer üppigen weißen Brust, 2er-Schwarm · männlich, etwa 14 cm · scheu, nervös

Die Rotdrosseln sind früh dran. Sehr früh sogar. Morgens ist es jetzt ein bisschen länger dunkel, nachts ein bisschen kälter. Aber ich hätte nicht gedacht, dass ich vor Anfang November eine Rotdrossel sehe.

Doch da ist sie. Die edle Rotdrossel. Eine echte Drossel. Die mich anstarrt. Ein Männchen, es kann nicht stillhalten. Wahrscheinlich fühlt es sich ein wenig fehl am Platz. Es sitzt auf einem Baum, gut zu sehen. Irgendwie kommt es mir nervös vor. Ob es sich verirrt hat? Es spürt meinen Blick, glaube ich. Der Vogel weiß, dass ich ganz in seiner Nähe bin.

Vor ungefähr fünfzehn Minuten habe ich aufgehört zu arbeiten. Garantiert haben die anderen es bemerkt. Vielleicht bin ich im Streik, ich habe noch keinen Entschluss gefasst. Aber ich habe die Arme verschränkt und mich zurückgelehnt. Ganz dreist lasse ich die Welt an mir vorüberziehen. Es kümmert mich einen Scheißdreck.

Ich beobachte, wie das Sonnenlicht in den Blättern spielt. Ich schaue den Rotdrosseln zu. Für solche Dinge wird mein Bürofenster viel zu selten genutzt.

Ich frage mich, ob ich in den letzten zehn Minuten die Hand bewegt habe. Ich war weit weg, jetzt frage ich mich, was mein Körper eigentlich so macht. Hast du manchmal auch solche Gedanken, oder bin ich die Einzige? Eine Sekunde schwenkt man zurück, und plötzlich wird man sich seines Körpers hyper-bewusst. Und man denkt Gedanken, die einem einfach so in den Kopf kommen.

Zum Beispiel, wenn ich jetzt einfach aufstehe, meinen Tisch umkippe und mit den Lippen ein Pupsgeräusch produziere, würde jemand eingreifen? Oder würden alle einfach weitermachen? Wenn ich mir eine Schere holen und sie auf Deborah, meine Chefin, werfen würde, jetzt gleich, würde sie sich die Bluse runterreißen und sich mit mir prügeln? Was, wenn ich ganz leise »mähhhhhhhhhhhhhhhhh« vor mich hinsage, stumpf und monoton, bis mir die Luft ausgeht. Wenn ich dann einatme und wieder von vorn damit anfange, eine ganze Stunde lang, was würden die anderen tun?

Hast du je solche Gedanken? Vielleicht bin ich die Einzige. Ja, ich glaube, das passiert nur mir, richtig? Oh, mir ist dermaßen langweilig. Ich will nach Hause. Zurück in meinen Ausguck und beobachten. Diesen Kerl suchen. Stattdessen sitze ich hier.

Ich schaue zu Phil hinüber. Er hat gesagt, er beobachtet mich. In der U-Bahn. Damals. Also kann ich den Spieß jetzt ruhig mal umdrehen und ihn ausführlich anstarren. Versuchen, ihn zu analysieren. Das ist eines meiner Spezialgebiete. Leute zu durchschauen. Jedenfalls denke ich, dass ich rauskriege, wie sie ticken.

Phils Unterlippe steht ein Stückchen vor. Kein Unterbiss oder so was. Nur eine Angewohnheit, wenn er sich konzentriert. Er schnieft. Kratzt sich an der Nase. Sein Mund verzieht sich, zwischen seinen Augenbrauen erscheint eine Falte, während er eifrig und hochkonzentriert auf seine Tastatur tippt. Heute bestellt er Büromaterial.

»Braucht irgendjemand Büromaterial?«, hat er vorhin gefragt.

»Eine große Tüte Marsriegel?«, rief eine Stimme.

Von irgendwo kam ein einsames Lachen.

Gefolgt vom Klipp-klapp eines Laptop-Schlagzeugs ganz in der Nähe.

»Nein, ich meine Papier und so was.«

Und die Uhr tickte weiter.

Ja, Phil bestellt heute Büromaterial. Aber er tut so, als errichte er eine Firewall, um Regierungsgeheimnisse zu schützen. Demonstrativ versucht er, Intelligenz und Wichtigkeit auszustrahlen. Leider funktioniert es nicht.

Jetzt streicht er die Haare zurück und schiebt seine Brille hoch. Schlichtes schwarzes Gestell. Dann blickt er auf. Begegnet meinem Blick. Hält ihn fest. Ich schaue ihn an, wie er mich anschaut, wie ich ihn anschaue. Sein Gesicht bleibt ausdruckslos. Beeindruckend. Ich kann gut beobachten und dabei vollkommen ruhig bleiben. Das habe ich fast meine ganze Jugendzeit geübt. Aber er ist echt gut. Ich spüre, dass er überlegt, ob er lächeln soll, das wird zwischen seinen Wangenknochen und seinen Augen telegraphiert. Doch er tut es nicht. Es ist, als wolle er mich einschüchtern. Am Arbeitsplatz.

Normalerweise sehen Leute sich nicht an, jedenfalls nicht in die Augen. Ganz sicher nicht so. Nicht, indem sie auf diese

Art den Blick des anderen festhalten. Den meisten ist das unangenehm. Und zwar nicht nur den Beteiligten. Du kannst ja mal ein soziologisches Experiment damit machen. Bring zwei Versuchspersonen dazu sich anzustarren, und dann schau, was mit der Luft im Raum passiert. Wie sie sich verändert. Hol einen Thermometer und sieh zu, wie die Temperatur ansteigt. Beobachte, wie die anderen Anwesenden sich anspannen. Alle, die sich im gleichen Raum befinden. Sie ducken sich. Schau sie dir genau an. Sie ballen behutsam die Fäuste. Machen sich auf Schwierigkeiten gefasst. Es ist eine Herausforderung. Eine Bedrohung. Und der Instinkt reagiert, ganz primitiv. Schließlich sind wir alle Tiere.

Aber Phil wird nicht nervös. Zumindest nicht heute. Er starrt mich weiter an. Und ich ihn. Er kann nicht anders. Höchst ungewöhnlich.

»Wie kommst du voran mit der Strategie für die Ausbildungsziele der Personaldirektoren?«, fragt Deborah. Bösartig lässt sie die Worte in meine Richtung schweben. Irgendwie selbstgefällig.

Ich senke den Blick. Damit habe ich verloren. Gegen Phil. Das hasse ich. Ich schaue wieder auf meinen Bildschirm. Deborah wartet auf eine Antwort.

»Halt die Klappe«, sage ich. Es kommt einfach so raus. Sehr schnell. Als wäre es ein einziges Wort.

»Wie bitte?«, fragt sie. Sie lächelt, weil sie nicht weiß, was sie sonst tun soll.

»Ja. Gut«, erwidere ich.

Sie schüttelt den Kopf und arbeitet weiter, etwas verunsichert, ob das, was sie gerade erlebt hat, tatsächlich passiert ist.

»Gut«, sagt sie. Anscheinend ist sie zu dem Schluss gekommen, dass sie es sich eingebildet haben muss.

Ich muss auf mich aufpassen. Meine Impulskontrolle funktioniert nicht mehr richtig. Die Schwelle zwischen Denken und Tun ist bei mir momentan so gut wie nicht vorhanden. Ich muss das im Auge behalten.

Aus dem Augenwinkel sehe ich, dass Phil mich immer noch beobachtet. Ohne die Spur eines Lächelns. Er hat keinen Muskel gerührt. Er ist so ruhig. Ich spüre seinen Blick. Aber ich möchte nicht, dass er es merkt. Ich möchte ihn nicht wissen lassen, dass ich weiß, dass er mich beobachtet. Aber ich weiß es. O ja. Weil ich ihn beobachte.

Wieder einmal denke ich an das Mädchen auf dem Vermisstenposter.

Phils Zeigefinger legt sich an seine Lippen. Und er atmet.

Noch 9 Tage.

Die Situationalisten behaupten, dass es so etwas wie eine Persönlichkeit überhaupt nicht gibt. Ich erklär dir, was ich damit meine. Ende der Sechzigerjahre, nachdem die damaligen Koryphäen der Psychologie sehr viel Arbeit in die Analyse der Persönlichkeit gesteckt hatten, postulierte Walter Mischel die Theorie, dass unsere Persönlichkeit gänzlich von der Situation bestimmt wird. Damit blieb er nicht allein, viele schlossen sich seiner Meinung an.

Sicher, unser Intelligenzniveau bleibt gleich. Wir sehen auch gleich aus, ganz egal, mit wem wir uns unterhalten, aber grundlegend sind wir eher das Produkt der Situation, in der wir uns gerade befinden, als sonst etwas.

Zum Beispiel kann man, wenn man mit der eigenen Mutter zusammen ist, als völlig andere Person angesehen werden als in Gesellschaft eines Arbeitskollegen. Wir treffen andere Entscheidungen, wir sitzen anders, wir atmen womöglich sogar anders. Kann man, so argumentierten die Situationalisten, daher ernsthaft behaupten, dass wir so etwas wie eine konsistente Persönlichkeit besitzen? Sie bestreiten das.

Vor fünf Tagen, als das Mann-Kind mit dem Hoverboard auf dem Hintern saß und der Typ mit dem Telefon mir mit geballten Fäusten und dem fiesesten Gesichtsausdruck, dessen er fähig war, die Stirn bot, fühlte ich mich plötzlich wie eine ganz andere Person.

Vielleicht hat die Situation die Kontrolle übernommen und diktiert, was als Nächstes passieren sollte. Seine Stirn war tief gerunzelt, der Unterkiefer völlig verkrampft, er wollte sich auf mich stürzen, über mich herfallen. Aber er hat es nicht getan. Dieser kleine Rabauke hat sich von der Situation einschüchtern lassen. Er wusste, es waren genug Zeugen anwesend, die wussten, dass er aus der Gegend stammte und nicht schwer zu finden sein würde. Also hat er sich einfach wieder hingesetzt und seine Musik ausgeschaltet.

Die anderen Gäste haben nur zugeschaut. Mein Ausbruch hat eine Bresche in ihren Vormittag geschlagen. Als ich wegging, haben sie gelächelt, aber ich weiß nicht, ob sie das taten, weil sie vor mir genauso viel Angst hatten wie vor der Bande der schlimmen Kids. Es war ja nicht so, dass sie spontan Beifall geklatscht hätten.

Ich griff mir meine Tasche, zahlte und verschwand. Zu diesem Zeitpunkt war Thompson bereits weg –, sobald er seine Belohnung einkassiert hatte, war er aus der Tür geschlurft. Ich marschierte nach Hause. Hocherhobenen Hauptes, Adrenalin auf dem Siedepunkt. Und ich spürte ihre Blicke noch auf dem ganzen Weg zu meiner Wohnung im Rücken.

Nach einer solchen Erfahrung möchte man wirklich davonrennen, hinaus in die Welt, und in Bewegung bleiben, bis man die Anspannung des Augenblicks abreagiert hat. Wenn ich in den Sonnenuntergang hätte schreiten können, hätte ich bestimmt heroischer gewirkt als auf den zwanzig Metern zu der Stelle, wo mein elektronischer Schlüsselanhänger mir Zugang in die Eingangshalle verschaffte. Durch deren Fenster ich sehen konnte, wie die Schaulustigen im Z Café meinen Abgang beobachteten. Und vermutlich dachten: Wer ist sie? Was will sie denn, um Himmels willen? Wo zum Teufel ist sie überhaupt hergekommen?

Na ja, jetzt wissen sie es jedenfalls. Einfach nur die Treppe rauf. Gibt es nicht irgendeine Redensart, dass man nicht vor die eigene Türschwelle scheißen sollte? Ich habe meinen Vorsatz, mich möglichst unauffällig zu verhalten, noch nicht verwirklicht.

Aber die letzten Tage haben geholfen. Ich war nicht in Gefahr, in irgendwelche Auseinandersetzungen verwickelt zu werden. Ich habe mich nicht in verlassenen Gebäuden herumgetrieben. Und ich habe auch keine neuen Freunde aus der Nachbarschaft getroffen. Nein, genau genommen habe ich mit niemandem auch nur gesprochen. Nicht mal bei der Arbeit. Im Büro habe ich die Augen nicht von meinem Bildschirm abgewendet. Und nichts preisgegeben.

Ich bin für mich geblieben und habe gewartet, bis ich wieder zu meinem Ausguck zurück und weiterbeobachten konnte. Auch mit Aiden habe ich kaum gesprochen. Wir kommunizieren mit Seufzen und Knurren, und wenn du glaubst, das passiert, weil wir einander so gut kennen und uns auch nonverbal verstehen –, das ist es nicht. Wir sind wie Fremde. Geister füreinander. Sich der Anwesenheit des anderen kaum bewusst.

Dieses Gefühl, wenn man an der Veränderung in der Luft erkennt, dass jemand hinter einem das Zimmer betreten hat, das haben wir überhaupt nicht. Ich bin taub für seinen Herzschlag, Aiden ist weit, weit weg. Seine Gedanken sind anderswo, er ist weiter in sein Buch gefallen, er hat keine Zeit für mich und übrigens auch keine Zeit für sonst etwas in der Welt der Lebenden.

Manchmal frage ich mich, ob unsere Gleichgültigkeit eines Tages in Feindschaft umschlagen könnte. Ich glaube, neulich nachts war es so. Aber das war im Dunkeln. In den magischen Stunden zwischen drei und fünf Uhr morgens. Ich kann nicht einmal beschwören, dass ich es mir nicht eingebildet habe. Im Schlaf.

Aber ich dachte, ich würde wach. In der Dunkelheit. Ich spürte Aidens Gewicht auf mir, einen Oberschenkel rechts, einen links. Er hielt mich fest. Und murmelte vor sich hin. Bestimmt hat er geträumt. Ganz sicher. Obwohl es stockdunkel war, kam unter der Jalousie ein bisschen Licht durch, so dass ich sein Gesicht sehen konnte. Es war wutverzerrt. Er hatte die Fäuste geballt.

Dann hob er den Arm. Das Handgelenk stocksteif. Alle Gelenke starr, drückte er mich aufs Bett. Ich schrie ihn an. Hör auf! Lass mich! Aber er ließ nicht locker. So habe ich ihn noch nie erlebt. So aggressiv. Mein Ehemann. Den Körper zu voller Größe aufgerichtet, wirkte er plötzlich riesig, und er ächzte wie unter Qualen. Aber immer wieder reckte er die Faust, bereit, sie auf mich niedersausen zu lassen. Mir Gewalt anzutun. Immer lauter wurde sein Murmeln. Wach auf, brüllte ich. Er muss geträumt haben.

Schließlich schloss ich resigniert die Augen und wartete auf den Schlag. Ich stöhnte, ich ächzte, ich hatte solche Angst, mitten in der Nacht. Seine andere Hand hielt meinen Nacken umklammert. Dann senkte er die Faust – und sie landete sanft auf dem Kissen neben mir. Als hätte er das Ganze nur gespielt. Dann rollte er sich zur Seite, seufzte und murmelte sich zurück zur Ruhe.

Am nächsten Tag erwähnte ich den Vorfall nicht. Ich wusste

nicht, wie. Auch er sagte nichts. Also ließ ich es dabei bewenden.

Er muss geträumt haben. Er muss geträumt haben.

Richtig?

Aber geträumt oder nicht – Aiden verändert sich. Ich weiß nicht, was mit ihm los ist. Manchmal habe ich Angst vor ihm. Genau wie vor Phil.

Aber ich bin okay. Ich kann auf mich aufpassen. Ich bin eine unabhängige Person.

Ich habe meine Informationen und mein Projekt, meine Daten und mein Raster, all das leistet mir Gesellschaft. Und beschützt mich. Ich war sehr beschäftigt mit meinen Beobachtungen.

Damit will ich nicht sagen, dass ich nicht gelegentlich frustriert war. Der erste Tag war einfach. Ein paar kleine Sichtungen, nichts Großartiges, aber ich lasse mich nicht so leicht entmutigen. Ich denke immer an morgen, daran, was der nächste Tag bringen könnte. An Möglichkeiten, an neuen Hinweisen. Im Ausguck braucht man eine Menge Geduld. Eine andere Einstellung, man muss hoffnungsvoll und auf alles gefasst sein, denn in dem Augenblick, wenn etwas Besonderes auftaucht, muss man bereit sein, es zu sehen. Wofür sonst die ganze Warterei? Ich wiederhole mein neues Mantra.

Bleib wach. Bleib aufmerksam. Bleib vernünftig.

Ich erzähl dir mal ein bisschen. Ich hing die ganze Zeit am Fenster. Keine Gelegenheit, auch nur einen einzigen neuen Eintrag in dieses Tagebuch zu schreiben. Viel zu viel los. Aber jetzt habe ich eine kleine Verschnaufpause. Also erzähle ich dir mal von den letzten Tagen auf meinem Beobachtungsposten.

TEIL 6:
DAS GROSSE WARTEN

AUF JONNYS UND JOSEPHS HÄNDE

Tag 1: Ergebnislos. Kurz gesagt.

Keine der Jalousien in den Apartments vier, sieben, elf oder achtzehn wurde hochgezogen.

Ich kam von der Arbeit nach Hause, um Jonny, unseren wütenden Skyper, und unseren anderen Hauptverdächtigen, Joseph, der mit dem akribisch sauberen Rennrad, zu erwischen. Zwar hoben beide den Kopf, aber ihre Hände waren nicht zu zu sehen.

Jonnys Freundin Lina ist nicht da, deshalb bestellte Jonny Pizza. Joseph wanderte ein bisschen in seiner Wohnung herum und las etwas auf dem iPad. Der Tag war beobachtungsmäßig kein Erfolg.

Etwa zwanzig Minuten lang ruhte mein Blick auf Tippi und Janet, sie brachten nämlich ein kleines Netz auf ihrem Küchentisch an und spielten Tischtennis. In einer sehr munteren, hart umkämpften Begegnung trug Janet mit 2 zu 1 den Sieg davon. In der Entscheidungsrunde stand es 21 zu 17, ein wirklich hervorragendes Spiel, aus dem Janet als Siegerin hervorging, obwohl Tippi versuchte, Janets schwache Rückhand auszunutzen. Danach umarmten sie sich. Aber insgeheim hat Tippi ein bisschen Groll fürs nächste Mal gespeichert.

Tag 2: Apartment 11. Jalousie offen. Vincent.

Der zweite Tag begann um sieben Uhr früh mit einem großen Erfolg.

Mit einem einzigen Zug am Band der Jalousie offenbarte sich Vincent mir. Wortwörtlich. In nichts als einem dünnen Morgenmantel, der sich ständig nach oben bauschte und völlig ungeeignet war, seine Blöße zu bedecken, bügelte er seine Hemden und seine Boxershorts – ist das zu glauben. Als er fertig war, schlüpfte er flink in die zuletzt gebügelte hinein. Hmm, die war bestimmt noch schön warm. Für einen Augenblick gewährte er jedem zufälligen Beobachter einen vollständigen Blick auf seinen Hintern.

Vincent besitzt ein Gürtelhalfter, in das er sein Handy steckt, als wäre es eine tödliche Waffe, für die er eine Lizenz besitzt. Außerdem redet er beständig mit sich selbst. Eine gute Stunde lang war ich sicher, dass jemand mit ihm in der Wohnung war, vielleicht eine außer Sichtweite in der Toilette gefesselte Geisel. Aber nichts dergleichen. Vincent redet einfach gerne mit sich selbst.

Ich fand es schon immer bemerkenswert, dass so viele Leute es seltsam finden, wenn jemand mit sich selbst redet. Als sollte man keinem zeigen, dass man ein Innenleben hat. Aus Angst, was die anderen von einem denken könnten, wenn sie herausfinden, dass man Gedanken im Kopf hat. Oder weil man sich so vor den sogenannten Verrückten fürchtet. Oder davor, selbst als einer zu gelten. Weil man Angst hat vor dem Mann, der an der Fleischtheke seine Einkaufsliste rezitiert. Als könnte jede Silbe das Vorspiel zu einem wahllosen Amoklauf mit Machete sein. Dabei redet man doch einfach nur, ohne dass ein anderer Mensch in der Nähe ist.

Außerdem ist Vincent groß, dünn und sieht freundlich aus. Ich würde sofort eine Lebensversicherung bei ihm abschließen. Natürlich liest man schon die klassischen Boulevard-Schlagzeilen: »Er war so nett, keiner wäre je auf die Idee gekommen, dass er eine Rentnerin umbringen könnte.« Aber Vincent ist Asiate. Und zwar keiner von den blondgebleichten. Deshalb habe ich ihn aus unseren Ermittlungen ausgeschlossen und stattdessen beobachtet, wie sich alle auf den Weg zur Arbeit machten.

Sie strömten davon. Einige in Richtung S-Bahn, andere in Richtung U-Bahn. Cary auf dem Motorrad. Janet und Tippi zogen gemeinsam los, jede hielt eine Scheibe Toast in der Hand, geschützt mit etwas Küchenrolle. Mr Smith verschwand unter dem Haus, um seinen Volvo aus der Tiefgarage zu holen, und fuhr dann Gott weiß wohin. Aber ich blieb da. Beobachtete die Vögel.

* * *

Die Abendsitzung lieferte keine neuen Erkenntnisse über Jonny und Joseph, beide kamen spät nach Hause. Joseph nach ausgiebigen Überstunden. Jonny nach einem Trinkgelage. Keiner von beiden stand in der Dunkelheit lange genug still, dass ich einen Blick auf ihre Hände werfen konnte. Leider Gottes.

Ich kroch ins Bett, gab Aiden einen Kuss auf seine kalte Wange und haute mich hin.

Tag 3: Apartment 4 – Alfred. Apartment 7 – Liz und Dicky.

Der Morgen brachte große Freude. Zuerst kam ein Möbelwagen mit einer wahren Kistenschwemme. Vor Aufregung blieb mir fast die Luft weg, aber ich packte das Fernglas fester und wartete gespannt, auf welches Gebäude sie es abgesehen hatten.

Innerhalb weniger Sekunden sprang ein Team kräftiger Kerle heraus und begann, den Wagen zu entladen. Eine Kombination aus Armee und synchronisiertem Schwimmteam, so packten sie die braunen Kisten unterschiedlichster Größe, reichten sie von einem zu anderen und machten sich auf den Weg in Richtung Waterway. Jawohl!

Hinter dem Van stiegen drei Gestalten aus einem Mercedes und folgten den Kisten, aber sie waren schwierig zu erkennen. Nicht leicht zu beurteilen. Ich musste den Bewohner ermitteln.

Mit jeder Menge Muskelkraft und starken Händen räumten die kräftigen Kerle die Kisten in Apartment vier. Eine Stunde später hatte das Team das Zimmer vollständig eingerichtet, und zwei gutgekleidete Elternfiguren, die beiden älteren Passagiere aus dem Mercedes, stiegen wieder ins Auto und fuhren davon. In Shorts und Sonnenbrille, als wären sie unterwegs zu einer Yacht in Monaco. Vielleicht stimmte das sogar.

Dann waren alle verschwunden, bis auf einen. Ihren Sohn.

Ein schmächtiger Knabe, der seine neue Umgebung ausgiebig in Augenschein nahm, dabei jedoch immer wieder auf sein Smartphone schaute und schließlich den Fernseher anstellte. Ich nenne ihn mal Alfred. Das ist ein Name, der gut wieder in Mode kommen könnte, man weiß ja nie.

Alfred ist einundzwanzig, ernst, dunkel und dünn. Willkommen in der Nachbarschaft, mein Junge. Dein erstes Zuhause, finanziert von den Eltern. Alfred hat nichts Imposantes an sich. Wie wenig bedrohlich die »Gentrifizierung« am Ende doch ist. Wie unscheinbar und leicht alles aussieht. Alfred verkörpert nur ein weiteres Kreuzchen auf meinem Schema. Und die beunruhigende Möglichkeit, dass jemand kurz nach Jeans Tod aus seinem Apartment ausgezogen sein könnte.

Allerdings ist das wenig wahrscheinlich. Dass jemand einen Mord begeht und danach umgehend seine Zelte abbricht. Es wäre eine verdammt rasche Entscheidung und eine Geschichte, der man nur sehr schwer auf den Grund gehen kann. Ist schon ein Ding, so Knall auf Fall aus der Nachbarschaft zu verschwinden. Aber wenn ich die verbundene Hand nicht finde, dann klingt die Sache schon wesentlich wahrscheinlicher. Aber ich beschloss, diese Spur für den Moment zu vernachlässigen und positiv zu bleiben.

Nur wenige Stunden später verkündete das Rattern eines Rollkoffers die Ankunft von Liz und Dicky, die aus dem Urlaub zurückkehrten. Drei Wochen Türkei, würde ich nach dem Grad ihrer Bräunung schätzen. Manche Leute haben einfach Glück. In ihrer Abwesenheit ist eine Menge passiert. Die beiden sind Mitte dreißig, und die Hände von Dicky sind die zartesten Gentleman-Hände, die ich je gesehen habe. In seinem

Leben kann es keinen Tag körperlicher Arbeit gegeben haben. Ich möchte wetten, dass er eine erfolgreiche Start-up-Firma hat, die ihm Ende August, wenn es in London am schönsten ist, lange, luxuriöse Ferien ermöglicht. Um diese Jahreszeit möchte ich nirgendwo anders sein. Ihren Fernurlaub können die beiden gern behalten, ich möchte die Zeit hier nicht missen.

Wenn ich recht darüber nachdenke, habe ich sie schon früher gesehen. Samstagmorgen gehen sie gemeinsam laufen. Sie sind glücklich. Sie sind langweilig und für mich absolut nutzlos.

Bleib wach. Bleib aufmerksam. Bleib vernünftig.

Jetzt habe ich nur noch eine Wohnung vor mir. Noch eine Jalousie muss sich öffnen. Noch zwei Paar Hände muss ich überprüfen.

Tag 4: Ein totales Zu-Null.

Cary kam mit einer Vespa nach Hause.

Im Penthouse hing Gregory mit den Füßen kopfüber an einer Metallstange. Dann versagte er mannhaft bei dem Versuch, sechs aufeinanderfolgende umgekehrte Sit-ups zu machen. Ungefähr fünfundvierzig Minuten. Hie und da stieg er ab, um das Blut wieder durch seinen Körper fließen zu lassen. Schüttelte sich ausgiebig, ehe er es von neuem versuchte. Und erneut scheiterte.

Tag 5: Jonnys Hände.

Gestern hatte ich Glück. Es war der Tag, an dem die Fensterputzer kommen und die großen Fenster putzen. Aber irgendein »technisches Problem« führte dazu, dass sie erst nächste Woche auftauchen.

In ihrer Abwesenheit muss ein Mann wie Jonny sich der Herausforderung stellen und die Aufgabe selbst angehen. Gummiwischer in der Hand, Eimer vor den Füßen, so beugte er sich am Abend nach hier und nach dort und kniete sich so richtig in die Sache rein. Lina schaute zu und ermahnte ihn, vorsichtig zu sein, als er sich allzu halsbrecherisch über die Balkonbrüstung beugte. Sie hätte sich keine Sorgen machen müssen. Auch ich beobachtete Jonny, jederzeit bereit, ihn aufzufangen, wenn er abstürzte.

Ich beobachtete und wartete. Dann waren sie da. Ich konnte es nicht glauben. Aber es war eindeutig. Unbestreitbar. Obwohl sie nass und voller Seifenschaum waren.

Zwei saubere Hände. An ihnen gab es nichts zu sehen.

Die Zeit läuft mir davon.

Heute.

Enthüllungen – Entschlüsse: Waterway Apartments · gute Sicht, kräftige Brise, 12°C, unzählige Schwärme · Männer: verschiedene Größen, bereit, sich zu offenbaren

Wach. Aufmerksam. Vernünftig. Alles in gleichem Maße.

Heute ist der sechste Tag meiner Überwachung, ich habe so wenig wie möglich geschlafen. Mich ganz meiner Aufgabe gewidmet. Ich sage mir, dass ich alles getan habe, was in meiner Macht steht.

Mein Kopf sinkt mir auf die Brust. Ich sehe die Welt durch einen bräunlichen Schleier. Ich glaube, irgendwann muss ich mal richtig ausschlafen.

Heute ist Sonntag, und ich dachte, das wäre der beste Tag für erfolgreiche Sichtungen. Sonntag eben, du verstehst schon. Kein Arbeitstag, sondern ein Tag, an dem man zu Hause bleibt.

Genau das hat Joseph getan. Er war nicht mal lange genug draußen, dass ich ihn beim Motorradputzen gesehen habe. Seit Jean tot ist, hat er das nicht mehr gemacht. Nicht mehr, seit die Jungs mir erzählt haben, dass jemand bei ihnen vorbeigekommen ist und dafür mit einem Messer angegriffen worden ist. Vielleicht nur ein Zufall. Aber vielleicht versteckt er auch etwas. In seinem Nest.

Zum Teil ist meine Sicht auf Joseph von einem Baum verdeckt, das ärgert mich. Wahrscheinlich habe ich deshalb nicht schon mehr von ihm gesehen, und ich habe schon überlegt, mir einen besseren Ausguck zu suchen. Hinter dem Baum vielleicht. Aber jetzt ist er mein Hauptverdächtiger, und ich denke, es ist wahrscheinlich das Beste, ihn nicht zu reizen. Ihm nicht zu dicht auf die Pelle zu rücken. Ich darf mich nicht verraten. Dieser Mann könnte gefährlich sein.

Den ganzen Tag hat er da drin mit Gott weiß was rumgewerkelt. Aber dann verliere ich ihn. Ich glaube, ich habe ihn durchs Schlafzimmerfenster in Shorts rumflitzen sehen, also geht er vielleicht laufen. Einen Moment überlege ich, in Laufschuhe und Weste zu schlüpfen und die Verfolgung aufzunehmen. Ich bin nicht schnell. Überhaupt nicht. Aber wenn ich nahe genug an ihn rankomme, und sei es nur für eine Sekunde, kann ich mir wenigstens seine Hände anschauen. Andererseits bin ich seit Monaten nicht mehr gejoggt und mache Sichtungen auch nicht oft ohne Fernglas. Das nackte Auge kann sehr entlarvend sein.

Man ist immer besser dran, wenn man bleibt, wo man ist, und die Objekte der Beobachtung auf sich zukommen lässt. Das ist die Philosophie. Jedenfalls, wenn man einigermaßen gute Sicht hat. Ich starre auf meine Laufschuhe und frage mich, ob es eine blöde oder gute Entscheidung wäre. Ich habe überhaupt keine Lust zu joggen. Aber möglicherweise sollte ich es trotzdem tun.

Zum Glück bleibt mir der Sport erspart, denn Joseph kommt plötzlich auf seinem Motorrad um die Ecke. Genau das habe ich mir gewünscht. Hervorragende Sicht. Und ich muss dafür keinen Schweiß vergießen.

Er holt einen kleinen Schwamm aus seiner Satteltasche und tunkt ihn in den Brunnen. Aha. Putzzeit. Zurück zur gewohnten Routine.

Bleib wach. Bleib aufmerksam. Bleib vernünftig.

Eine Hand ist im Wasser, die andere an seiner Seite, gerade außer Sichtweite. Als er sie hervorzieht, verdeckt sie der Schwamm. Er rubbelt das Motorrad systematisch ab. Dann kauert er sich hin und bearbeitet den Rahmen. Der glitzert im Sonnenlicht und blendet mich. Ich kann nichts sehen.

Frustriert ziehe ich die Jalousie ein Stück nach oben, offenbare der Außenwelt ein wenig mehr von mir. Ich gehe ein Risiko ein, aber es bleibt mir nichts anderes übrig. Ich brauche bessere Sicht. Ich bin so nah dran. Joseph muss demnächst fertig sein. So eine Chance kann ich mir unmöglich durch die Lappen gehen lassen. Also riskiere ich etwas, lasse mein Gerät liegen und gehe allein. Hinaus auf den Balkon.

Wie in Gedanken schaue ich zum Brunnen, heiter und gelassen. Obwohl ich alles aufbieten muss, um ruhig zu bleiben. Alles nur ein Trick. Seinetwegen. Damit er nicht auf die Idee kommt, dass ich ihn im Auge behalte. Ich tue so, als wäre ich eine ganz normale Person an einem ganz normalen Sonntag. Und nicht eine, die einem Mörder auf den Fersen ist.

Wahrscheinlich sieht er mich. Oder ahnt, dass ich da bin. Ich bin nicht sicher. Ich rühre mich nicht. Er ist so nah, nahe genug für das bloße Auge, aber seine Hände bewegen sich weiter. Doch dann hält er inne. Wischt sie trocken und steht auf.

Seine rechte Hand ist sauber. Seine linke ebenfalls. Kein Verband, nichts. Ich sehe es. So klar wie der helle Tag. Wenn das mein entscheidender Hinweis sein sollte, muss ich wohl umdenken. Nirgendwo in den Waterway Apartments gibt es eine verletzte Hand. Pleite auf der ganzen Linie.

Nichts Verräterisches. Keine Hinweise. Mein ganzes Schema ist wieder offen. Alle zurück ins Spiel. Verdammt.

Aber da. Zum ersten Mal öffnet sich die Jalousie von Apartment achtzehn, und da steht ein Mann. Groß, blond, mit einem Gipsverband an der rechten Hand. Ich starre zum Himmel empor, während ein Spatzenschwarm über mich hinwegfliegt. Einen Moment lang hat er mich abgelenkt. Aber ich habe es gesehen.

Ich schnappe nach Luft, will mich umdrehen und wieder hineingehen. Aber meine Füße sind wie festgewachsen auf dem Zement. Auch der Mann dort sieht die Vögel. Dann sieht er mich. Mein Gesicht. Glaube ich. Er sieht … nachdenklich aus. Nicht ausdruckslos, aber schwer zu entziffern. Vielleicht ist er auch einfach zu weit weg, um das zu beurteilen. Er steht da und schaut eine Sekunde lang in meine Richtung. Und ich in seine. Ungerührt. Ich hab ihn.

Zwischen uns scheint es ein stilles Einvernehmen zu geben. Eine Art Elektrizität. Kein Fernglas mehr. Nichts, hinter dem einer von uns beiden sich verstecken kann. Die Luftmoleküle bewegen sich lautlos vom einen zum anderen.

Dann wendet er sich ab, weg vom Fenster.

Noch 9 Tage. Abend.

WM: Waterway Apartments · gute Sicht, letzte helle Nacht, 13°C · Singulär, dichte dunkle Brauen, fast griechisch, blondgefärbtes Gefieder · marineblauer Anzug mit passender Krawatte, weiß, männlich, 190 cm · Mustergültig in puncto Selbstkontrolle und in Zaum gehaltener Wut ·

Es ist so schwer, wahre Begeisterung zu verbergen. Wenn man eine Nachricht bekommen hat, die man gern aller Welt mitteilen möchte, aber nicht kann. Ich tanze durch die Wohnung und versuche, mich zu beruhigen. Terrence rennt mir um die Füße, er weiß, dass etwas los ist. Er spürt die Schwingungen, die von mir ausgehen. Fühlt es in der Luft. Ich möchte nicht, dass Aiden Verdacht schöpft. Aber Hunde sind Experten für menschliches Verhalten. Ich glaube, von Aid kann man das weniger behaupten.

Ich verziehe mich ins Bad und setze mich auf den Klositz. Bei der Arbeit mache ich das auch manchmal, wenn ich einfach mal eine Pause von den ganzen Banalitäten brauche. Momentan muss ich ruhig bleiben und mich an die Tatsachen halten.

Geräusche vom Korridor. Schritte. Ich erkenne sie – Lowell kommt nach Hause.

Der Mann in Apartment achtzehn – ich werde ihn Mr Brenner nennen – passt genau ins Bild. Ich habe ihm den Namen der Figur gegeben, die in *Die Vögel* von Rod Taylor gespielt wird. Bloß provisorisch natürlich, er brauchte einen Namen, den ich mir merken kann. Aber Hitchcocks Brenner war der Held der Geschichte, er hat Tippi Hedrens Melanie vor Möwen, Krähen und allem sonst beschützt. Eigentlich wurde das Haus der Brenners ja ständig von den Vögeln attackiert. Aber mein Mr Brenner wird nicht attackiert. Nur aufmerksam beobachtet.

Mein Mr Brenner ist zwielichtig. Das Bedürfnis nach Zurückgezogenheit kann ich ja gut verstehen, aber er scheint schon sehr rigoros zu sein mit seinen permanent geschlossenen Jalousien. Andererseits könnte er natürlich auch in Urlaub gewesen sein oder so. Ich weiß es nicht mit Sicherheit.

Aber ein paar Dinge weiß ich inzwischen schon. Weil er seine Jalousie für üppige drei Stunden Beobachtungszeit hochgezogen hatte.

Seine Wohnung ist sehr sorgfältig eingerichtet. Ein großes Bücherregal aus Eichenholz spricht für seine Vorliebe für moderne populärwissenschaftliche Werke und diverse andere Sachbücher. Leider ist die Wohnung so geschnitten, dass ich nicht den ganzen Raum sehe, was mich ein bisschen frustriert. Aber ich kann ein Samurai-Schwert sehen und ein künstlerisches Wildtierfoto von einem Löwen. Gerahmt. Dabei fällt mir ein, dass ich irgendwo gelesen habe, eine Obsession für Raubtiere gehöre zu den Wesensmerkmalen eines Psychopathen. Das gibt mir zu denken.

Vielleicht hat Mr Brenner kein Mordmotiv, vielleicht ist er einfach ein Psychopath. Oder vielleicht hat er auch ein Motiv, nur habe ich es noch nicht herausgefunden. Aber wie die Details auch aussehen mögen, ich stelle mir vor, dass es für einen Psychopathen grundsätzlich leichter ist, einen anderen Menschen umzubringen. Weil ihm die Gefahr weniger zu schaffen macht. Er erlebt gefühlsmäßig weder große Höhenflüge noch niederschmetternde Tiefs. Seine Einstellung zu dem, was getan werden muss, ist einfach pragmatischer. Nicht von unnützen Zweifeln und Ängsten geplagt. Nüchtern, emotionslos.

Momentan kann ich Verständnis für ihn aufbringen. Ich bin müde und benebelt. Mit meinen übernächtigten Augen sehe ich ihn wie durch einen Schleier. Den Psychopathen in der Wohnung gegenüber.

Er hat ein paar Sachen in Unordnung gebracht, also hat er sie weggeworfen. Einen Schürhaken. Einen Porzellanaffen. Er ist pragmatisch. Thompson hat gesagt, dass er innerhalb von fünf Minuten wieder draußen war. Kühl, effizient, sachlich. Ein Psychopath eben. Das ist definitiv eine Möglichkeit.

Dann ist da noch sein Arm. Den Gips habe ich nicht erwartet. Vielleicht war der Messerstich so tief, dass ein Knochen gesplittert oder gar gebrochen ist. Es könnte ein Armschutz oder eine Schiene sein. Womöglich hat er sie sich selbst angelegt, um die Messerwunde zu verbergen und behaupten zu können, dass seine Verletzung etwas völlig Unverdächtiges ist. Überanstrengung vom Tippen am Computer. Sehnenzerrung vom Squash-Spielen. Ein Knochenbruch von einem Fahrradunfall. Lauter Dinge, die nichts mit einer großen Stichverletzung am Unterarm zu tun haben. Höchst einleuchtend.

Ich versuche, den Gips genauer in Augenschein zu nehmen, aber mein Gerät ist nicht stark genug, um mir zu zeigen, ob der Verband fest installiert oder abnehmbar ist.

Eine Mrs Brenner scheint es nicht zu geben. Bisher ist jedenfalls keine aufgetaucht. Ich frage mich, wie Brenners Privatleben wohl aussieht. Ob er Freunde hat. Ob er an einer guten Uni studiert hat.

Nicht dass irgendwas davon besonders wichtig wäre. Ich habe seine Spur aufgenommen und werde ihn nicht wieder vom Haken lassen. Aber das ist nur der Anfang. Jetzt muss ich meinen Verdacht beweisen. Bevor ich ihn der Polizei übergeben kann, muss ich nahe genug an ihn rankommen, um etwas Belastendes zu entdecken. Aber es muss etwas richtig Gutes sein. Spitzenmäßig. Ich muss Brenner sozusagen auf dem Silbertablett servieren. Dafür brauche ich etwas Hieb- und Stichfestes. Und etwas, wodurch ich selbst nicht verrückter wirke als er. Dass ich Tipps von Hausbesetzern bekommen und dem Mordopfer nächtliche Besuche abgestattet habe, sollte ich unbedingt für mich behalten. Davon sage ich denen nichts, natürlich nicht, kommt nicht in Frage. Schließlich möchte ich nicht noch einmal ausgelacht werden. Das habe ich gehasst. Wenn sie das wieder machen, übernehme ich keine Garantie, wie ich reagieren werde.

Etwas bewegt sich in der Wohnung. Mr Brenner bekommt einen Anruf, wandert mit dem Telefon herum, anfangs lächelnd, dann spannt sich sein Gesicht an, er reißt die Augen auf und reibt sich den Oberkopf. Dann fängt er an, sich die linke Schläfe zu massieren, auf und ab. Die Pantomime eines problembeladenen Mannes, der angestrengt nachdenkt.

Wie er seinen Lebensunterhalt verdient, ist unklar, wir haben Sonntag, also sind keine Arbeitsklamotten in Sicht. Aber normalerweise bin ich an jedem beliebigen Tag beim Beruferaten ganz gut. Egal, ob die Leute in Arbeitskluft sind oder nicht. Ich will ja nicht angeben, aber meistens liege ich richtig.

Vielleicht ist er Immobilienmakler, aber keiner von der schleimigen Sorte, sondern einer, in dessen Büro ein Fahrrad im Fenster steht. Einer, dessen Büro die Kundschaft davon zu überzeugen versucht, dass es sich hier eher um einen schicken Laden handelt. Oder eine kleine lokale Kunstgalerie. Und keineswegs um eine Handelskette, die nur dafür da ist, noch ein bisschen mehr Geld aus dem Immobilienmarkt zu pressen.

Vielleicht ist er auch Bauingenieur. Er hat etwas Lässiges, Geschmeidiges an sich, als erteilte er Anweisungen und hätte eine Sekretärin namens Adrienne. Aber er wirkt auch kompetent. Eine Fachkraft. Mit Stil und Substanz. Seine Mitarbeiter begegnen ihm mit Respekt.

Auf einmal fängt er an, seinen Gesprächspartner am anderen Ende der Leitung anzubrüllen. Da er dabei weiter durch die Gegend tigert, ist es schwer, etwas von seinen Lippen abzulesen. Immer wieder wendet er mir den Rücken zu, dann verliere ich sogar den Faden der Pantomime.

Aber dann dreht er sich wieder um, so dass ich seinen Mund sehe. Ich habe den Eindruck, dass er sich von dem Anruf gute Nachrichten versprochen hat. Die dann nicht kamen. Ich stelle mir vor, dass irgendetwas komplizierter ist, als man vorher dachte. Und damit hat Brenner nicht offensichtlich gerechnet.

»Was? Warum?«, sagt er – das kann ich genau erkennen. Dann gibt es offensichtlich eine Meinungsverschiedenheit. Drama. Brenner gestikuliert wild, angepisst. Ich erwische ihn sogar dabei, wie er sagt: »Ja, ich bin angepisst.« Es fallen noch mehr Schimpfworte, die ich hier nicht wiedergeben möchte. Schließlich geht er zur Wand, lehnt seinen Kopf dagegen und stützt sich mit der Faust ab. Dabei redet er wütend weiter. Wie ein Wasserfall.

Doch dann wendet er sich abrupt ab und geht zu der Wand, an der das Samurai-Schwert hängt. Er holt es herunter. Streicht mit der Hand über den Griff. An der Uni hatte ich mal einen Freund mit einem Samurai-Schwert. Ich fand immer, dass es ein dürftiges Sammlerstück war.

Brenner dreht sich wieder in meine Richtung. Die Waffe noch in der Hand. Wenn ich doch nur hören könnte, was in der Wohnung vor sich geht. Vielleicht Brenners Telefon anzapfen. Dann könnte ich richtig ernstmachen. Terrence leckt sich die Schnauze und legt wieder den Kopf auf meinen Schoß. Ich kraule seinen Kopf. Brenner fährt währenddessen mit der Hand an seinem tödlichen Spielzeug entlang.

Kurz darauf wird er ruhiger. Vielleicht durch etwas, was sein Freund am anderen Ende der Leitung gesagt hat. Er lauscht. Das könnte genau der ausschlaggebende Moment sein, aber ich kriege ihn nicht mit. Den entscheidenden Beweis. Das, was mir fehlt, um mit Sicherheit zu wissen, dass Brenner der Täter ist. Wenn ich dieses Gespräch aufnehmen könnte, wäre vielleicht alles geregelt. Wenn ich die dafür notwendigen Gerätschaften hätte. Womöglich würde das für eine Verurteilung ausreichen. Richtig? Ich bin so dicht dran. Das wird mir jetzt erst klar.

Ich muss etwas Belastendes sehen oder hören. Im Moment müsste es nicht mal ein stichhaltiger, eindeutiger Beweis sein. Nichts in der Art von Beweisstück »A«. Nur etwas, das mir bestätigt, dass er der Täter ist, dann kann ich mit dem Rest arbeiten. Aus einem kleinen Beweisbröckchen kann ich etwas Handfestes spinnen. Und dann übernehmen die Bullen.

Denen ich nicht erzählen werde, dass ich Brenner beobachtet habe. Natürlich nicht. Nichts dergleichen werde ich tun. Ich sage ihnen, dass ich irgendwas gesehen oder gehört habe. Den Rest können sie selbst erledigen. Wenn sie ihn verhaftet und ihm die Fingerabdrücke abgenommen haben, werden sie sich alles zusammenreimen. Wenn die Sache so weit gediehen ist, vermasseln sie es hoffentlich nicht mehr. Wenn sie den Täter erst mal im Visier haben. So inkompetent können sie doch nicht sein.

Da fällt mir etwas ein. Ich könnte die Polizei auch jetzt gleich anrufen und erzählen, dass ich in der fraglichen Nacht einen Mann aus der Nachbarschaft in der Nähe von Jeans Wohnung gesehen habe. Das könnte ich Mr Brenner anhängen und schauen, ob es haften bleibt. Ich kann die Nummer anrufen, die auf dem Schild am Alaska House steht. Und den Bullen eine kleine, harmlose Lüge erzählen. Behaupten, dass ich diesen Mann am Tatort gesehen habe, und sie den Rest erledigen lassen. Wenn ich wollte, könnte ich die Sache jetzt gleich ins Rollen bringen.

Aber nein. Erst will ich wissen, ob er es wirklich war. Ich will sicher sein. Um seinet- und um meinetwillen. Der Fairness halber. Rausfinden werde ich es so oder so. Sobald ich das Beweismaterial zusammenhabe, gebe ich es an die Polizei weiter, mit Schmuckband und Schleifchen. Ohne dass jemand dort auf die Idee kommt, irgendeine sonderbare Frau hätte ihre Nase in den Fall gesteckt, irgendeine Ausgeflippte. Dann wird alles seinen Gang gehen. So einfach ist das.

Brenner hat den Anruf beendet. Seine Wut legt sich, er wirft das Telefon auf die Couch. Ärger-Management. Plötzlich dreht er sich um und runzelt die Stirn, seine Augen werden schmal, wahrscheinlich denkt er angestrengt nach. Vielleicht über seinen nächsten Schritt. Wenn ich dieses Telefongespräch doch nur hätte mithören können, hätte ich jetzt mindestens eine Vorstellung davon, was er vorhat. Und genau das brauche ich. Ich muss wissen, was in dieser Wohnung vor sich geht.

Brenner geht zurück zu seinem kunstvollen Schwert. Zieht es aus der Scheide. Hält es in der Hand. Zärtlich wie ein neugeborenes Baby. Es sieht aus wie eine zeremonielle Handlung. Er zeigt der Waffe seinen Respekt.

Dann presst er einen Finger an die Klinge. Er schneidet sich. Die Klinge ist scharf. Ein kleiner Schnitt, das Blut fließt, was ich daran erkenne, dass er den Finger in den Mund steckt. Dann zieht er ihn wieder heraus und betrachtet seine Hand. Hält sie dicht vors Gesicht, höchstens zwanzig Zentimeter entfernt. Wieder quillt Blut hervor. Es ist noch nicht gestillt. Ich sehe, wie es vom Zeigefinger auf seine Handfläche rinnt.

Er schaut es nur an. Kalt. Ruhig. Ausdruckslos.

Noch 8 Tage. Single, männlich, weiß.

Unsere Getränke werden vor uns auf den Tisch gestellt. Wir sind im Pub, direkt neben der U-Bahn-Station. Er wollte einen Weißwein, das habe ich nicht erwartet. Ich hätte gewettet, dass er es mit dem Mainstream hält und Lager-Bier trinkt. Ich habe eine Bloody Mary bestellt.

Du hättest sein Gesicht sehen sollen, als ich ihn gefragt habe, ob er Lust hat, nach der Arbeit noch schnell mit mir was zu trinken. Genau wie Terrence, wenn ich »Gassi« rufe. So eifrig, so strahlend, so voller Hoffnung.

Ich dachte, es wäre gut für mich, mal eine Weile aus dem Haus zu kommen. Aber das ist nicht wirklich der Grund, warum ich hier bin. Ich brauche Phils Hilfe. Ich brauche einen Computerfreak.

»… ich meine, ich glaube tatsächlich, dass eine Botschaft drinsteckt. Schon erstaunlich, dass ein Film mit Adam Sandler als osteuropäischer Friseur so viel Tiefe besitzt, aber es ist auch echt eine großartige schauspielerische Leistung. Ganz sicher eine seiner besten Rollen seit *The Waterboy* …«

»Worüber sprechen wir gerade?« Wie immer höre ich manchmal zu und schalte manchmal ab. Mit den Gedanken bei wichtigeren Dingen, wenn ich es mal so ausdrücken darf.

»*Leg dich nicht mit Zohan an*. Oh. *Leg dich nicht mit Zohan an* musst du unbedingt anschauen, es ist eine klassische Komödie …«

»Erzähl mir was über Abhörgeräte.« Ich rede nicht lange um den heißen Brei herum.

»Was willst du denn wissen?«, fragt er, ganz der großspurige Profi.

Ich hatte keine Ahnung, wie viel er über solche Dinge weiß, aber es macht durchaus Sinn. Ich glaube, er geht immer noch zum Games-Workshop. Er malt Miniaturen von Festungen an. Er hat erzählt, dass er überlegt hat, sich Time Attack anzuschließen, aber dann waren ihm seine Wochenenden zu wertvoll. Er liebt »Ausstattung«. All so was. Das ist sein Lieblingsthema. Wie gesagt, es macht Sinn.

»Also, sagen wir mal, ich möchte hören, was die Leute da drüben miteinander reden. Die beiden da, ganz am anderen Ende der Bar.«

»Na ja, Wanzen sind für so was immer eine gute Idee. Die du natürlich vorher anbringen musst …«

»Das ist keine Option«, falle ich ihm ins Wort, ehe er weiterquasselt und mit einem nutzlosen Nebenthema meine Zeit verschwendet.

»Äh, okay, dann gibt es den direktionalen Sound. Mit dem Gerät peilt man die Zielperson an, pfeilgerade, stellt es je nach Entfernung ein, ähnlich wie ein Langwellenradio, und äh … die Sache ist geritzt, wie man so schön sagt.«

»Funktioniert so was auch durch eine Glasscheibe?«, frage ich, ohne mich ablenken zu lassen.

Er starrt mich an. Ich bin dabei, mich zu verraten.

»Hmm. Tja. Müsste eigentlich klappen. Nicht perfekt, aber

ausreichend. Du kannst die ganze Ausrüstung mit Transmitter und Kopfhörern für ungefähr hundert Pfund im Spy Shop kriegen. Da kannst du alles kaufen. Ich meine, wirklich alles.«

Er grinst. Freundlich. Starrt mir tief in die Augen. Möglicherweise drehen sich seine Gedanken in diesem Moment ausnahmsweise nicht um Spionageausrüstung und Adam-Sandler-Filme.

»Gut! Das ist echt spitze. Danke«, sage ich und versuche, ihn aus seiner Trance zu holen.

»Ja. Cool. Ich meine, eine Wanze wäre wirklich die beste …«

»Nein, das ist keine Option, Phil«, sage ich bestimmt. Ich weiß, wie er ist, wenn er erst mal Feuer gefangen hat. Aber ich habe keine Zeit.

Ich sauge heftig an meinem Strohhalm, ich will hier raus. Schließlich habe ich ihn gewarnt, dass es nur ein kleiner schneller Drink sein wird. Ich muss nach Hause, Terrence braucht seinen Spaziergang. Auf einmal merke ich, dass ich überhaupt nicht mehr an Aiden denke.

»Ich hoffe, es stört dich nicht, wenn ich frage …«, fängt Phil wieder an.

»O doch.« Am besten, wenn ich ihn früh unterbreche. Wohin auch immer er steuern mag.

»Ich dachte nur, ich wollte sagen, dass ich helfen könnte bei deinem Projekt. Ich meine, wenn du jemanden brauchst. Als Komplizen. Spann mich ruhig ein, ich bin der Richtige.«

»Nein«, entgegne ich und trinke schnell aus. Er hat seinen Wein noch kaum angerührt.

»Ach bitte. Ich fände das echt toll, echt. Egal, was du vorhast, es klingt cool. Und ich bin immer bereit für ein bisschen

Unfug. Weißt du noch, wie ich den Tacker versteckt habe?«, plappert er. Hündchenartig.

Bitte mach nicht wieder eine Szene, denke ich.

»Hör mal, Phil – es ist echt nichts Aufregendes. Bloß ein kleines Projekt. Ein *Solo*-Projekt. Mädelszeug, verstehst du. Du würdest dich nie im Leben dafür interessieren.«

»Ach komm schon, probier es doch wenigstens! Himmel nochmal, ich hab sogar ein Nachtsichtgerät!«

»Es ist aber nichts in der Art«, wiederhole ich. Verbale Rückenmassage.

Seine Wortwahl führt dazu, dass ich mich noch alberner fühle. Komplize. Unfug. Was ich vorhabe, ist kein kindisches Spielchen. Außerdem – wenn ich einen bräuchte, würde ich Lowell nehmen, nicht Phil. Lowell und ich. Wir könnten ein Geschwister-Detektivteam sein. Wie Jem und Scout in *Wer die Nachtigall stört*. Sorry, Phil. Manchmal muss man grausam sein, aber es dient dem Wohl des anderen. Du kommst einfach nicht in die engere Wahl.

Ich überlege, ob ich ihm sagen soll, dass ich eine einsame Wölfin bin, aber das kommt mir irgendwie lächerlich vor. Und ich bin sowieso keine. Ich habe einen Ehemann. Und jetzt auch noch einen Hund. Praktisch eine Familie.

Man stelle sich Aids Gesicht vor, wenn ich auch noch einen Typen von der Arbeit mit nach Hause bringe. Als würde ich ständig Streuner einsammeln. Und wenn ich ihm erklären würde, dass es bloß ein Kumpel ist, von dem ich lerne, ein bisschen mit Kopfhörern und einem Richtungsmikrophon rumzuspielen, würde Aid mich definitiv für verrückt erklären. Oder für total kindisch.

»Danke für den Drink. Ich muss wirklich los«, sage ich.

»Was? Schon?« Jetzt ist er beleidigt. Und vor ihm steht ein volles Glas Weißwein.

»Bleib doch einfach noch hier. Schau ein bisschen Fußball. Trink in Ruhe deinen Wein.«

»Ich mag überhaupt keinen Wein! Eigentlich dachte ich bloß, das wirkt stilvoll«, platzt er heraus.

Das ist die Art von Kommentar, bei dem man, wenn man mit der Tasche über der Schulter, halb noch sitzend, halb schon stehend, umgehend wieder auf den Barhocker Platz zurückfällt. Aus purem Mitgefühl. Aber die Tasche bleibt trotzdem auf meiner Schulter. Symbolisch sozusagen.

»Phil, wir können uns gerne ein andermal verabreden, aber momentan hab ich eine Menge zu tun«, sage ich. Freundlich bis zum bitteren Ende, versuche ich, das Gespräch abzubiegen, bevor es emotional wird. Wieder. Ich bemühe mich wirklich. Aber es ist schon zu spät.

»Denkst du an ihn? An deinen Mann? Wenn du mit mir in der Kneipe bist, meine ich. Ist es das?«, fragt er und ist ein bisschen rot geworden. Ich habe keine Ahnung, worauf er hinauswill. Ich weiß nicht, ob er mit mir ins Bett oder streiten will.

»Nein, nein, nichts dergleichen. Das ist nicht merkwürdig oder so was. Wenn ich mit einem Mann befreundet bin, meine ich. Das ist völlig okay. Du bist auch okay. Und wir sind doch Freunde, oder nicht?«

»Ja. Klar sind wir das«, bestätigt er, schneidet dabei aber eine Grimasse.

In einem anderen Leben hätte ich ihn vielleicht an dieser Stelle geküsst. Vielleicht nur, damit er sich besser fühlt. Aber ich bin nicht mehr an der Uni. Diese Zeiten sind vorbei. Ich bin eine sehr verheiratete Frau.

»Lass mir ein, zwei Wochen Zeit, dann gehen wir in Ruhe was trinken.«

»Ja, das wäre schön, in Ruhe was trinken. Als Freunde«, erwidert er und versucht zu lächeln.

Ich gebe ihm einen Kuss auf die Wange und eile davon. Wenn Brenner etwas Belastendes tut, möchte ich dabei sein und es sehen.

Aber Phil ruft mich zurück. »Lily, du wirst daran denken, mit dem Rest deines Lebens weiterzumachen, wenn diese ganze Geschichte überstanden ist, ja?«, sagt er bedeutungsvoll. Er ist schon ein seltsamer Junge.

»Ja. Natürlich. Ist ja bloß ein kleines Projekt.« Ich weiß nicht, was ich sonst sagen soll, und wende mich wieder zum Gehen.

Aber er hat noch etwas auf dem Herzen.

»Das meinte ich nicht. Hör zu. Äh … das Richtungsmikrophon ist womöglich nicht so effektiv. Wenn es in der Umgebung zu laut ist zum Beispiel. Wenn es zwischen dir und deiner Zielperson Lärm gibt, wird die Sache kompliziert. Hast du nicht gesagt, bei dir in der Nähe wird gebaut? Darüber solltest du dir vielleicht Gedanken machen. Fiel mir nur gerade ein.«

Ich kann mich nicht erinnern, ihm etwas davon erzählt zu haben. Möglicherweise habe ich es schlicht vergessen. Aber ich möchte eigentlich nicht, dass er weiß, wo ich wohne. Bei Typen wie ihm gehe ich lieber auf Nummer Sicher.

Sein Rat hängt in der Luft, während ich über dem Subtext grüble.

Mit mir ins Bett oder mit mir streiten? Ins Bett? Oder streiten.

Ich nicke und gehe.

Natürlich könnte es sein, dass es nicht funktioniert. Aber ich werde das Mikrophon trotzdem ausprobieren. Trotz des Baulärms.

Trotz des fiesen Dröhnens.

Trotz des ständigen Gerumpels.

Rumpel. Rumpel. Rumpel. Rumpel.

Noch 7 Tage.

Etwas knallt gegen die Fensterscheibe. Ich falle hin und presse den Rücken schutzsuchend gegen die stabile weiße Wand. Hier kann keiner mich sehen. Ich atme schwer. Und zittere. Auf meinem Arm sträuben sich die Haare. Mein Herz klopft, als wollte es mir aus der Brust springen.

Die Scheibe hat einen Riss. Ich wage es nicht, den Kopf zu bewegen. Aber aus dem Augenwinkel kann ich etwas sehen. Es klebt an meiner jetzt zerbrochenen Fensterscheibe. Nicht den Kopf bewegen, ermahne ich mich.

Ich sehe etwas. Es rutscht an der Scheibe runter. Langsam. Schauderhaft.

Also atme ich durch die Nase ein. Und beiße mir auf die Zunge, so fest ich kann.

Dann wende ich den Kopf. Und schaue hin.

* * *

Bordeauxrot. An meiner Fensterscheibe. Blut und noch irgendetwas anderes. O Gott.

Graue Federn am Glas zerquetscht. Und etwas, was aussieht wie ein Schnabel. Der gedrungene Körper einer toten Taube gleitet träge nach unten, immer weiter.

Ich betrachte ihn genau. Es ist schrecklich. Der Vogel ist direkt aufs Fenster geknallt. Nun sind Tauben nicht die schlauesten Vertreter der Vogelschar, aber im Allgemeinen machen sie einen Bogen um große Gebäude.

Die Ratten der Lüfte. Wenn ich mir die Überreste des Tiers genau anschaue, ähneln sie tatsächlich einer Ratte. Der Ratte, die ich um ein Haar mit meinem Messer aufgespießt hätte. Vielleicht nur, weil die Ratte vor Jeans Tür das Letzte ist, was ich in diesem Zustand, tot und blutgetränkt, gesehen habe. Aber als ich den Kadaver jetzt betrachte, mit seinem plumpen knorpeligen Körper, den manche Menschen essen, ähnelt er wirklich einer Ratte.

Ringring. Ringring.

Aber der Vogel ist immer noch schön, eine Kreatur der Lüfte. Ich sehe mir die tote Taube näher an und inspiziere auch den winzigen Riss, den sie in der Scheibe hinterlassen hat. Vorsichtig lege ich den Finger ans Glas. Schon der winzigste Riss reicht, um den Rest der Welt hereinzulassen. Um alles kaputtzumachen.

Dieser winzige zermalmte Vogelkörper bricht mir das Herz. Ich liebe diese Tiere so. So anmutig rutscht er hinunter auf den Boden des Balkons.

Peng! Noch einer. Ich wende den Kopf ab und schreie. Jeder Muskel meines Körpers krampft sich zusammen. Zitternd drehe ich mich wieder um und sehe, wie auch dieser Vogelkörper auf den Balkonboden gleitet. Er hat das Fenster weiter oben getroffen, auf der linken Seite, er ist kleiner, kompakter und hat keinen Riss hinterlassen. Die Innereien quellen aus seiner Brust, sein schreckliches Gesicht glotzt mich an. Ich sehe das Weiße seiner Augen. Mir ist kotzübel.

Ringring. Ringring.

Vorsichtig richte ich mich auf und schleiche geduckt zum Telefon. Für den Fall, dass noch mehr Vögel den Entschluss fassen, sich grundlos gegen mein Fenster zu werfen.

Peng!

Ein dritter knallt gegen die Scheibe und stürzt direkt auf den Balkon hinab, die Leiche bleibt diesmal nicht am Glas kleben. Wieder stoße ich einen Schrei aus, aber ich krieche weiter zum Telefon, tief geduckt, mein Kinn scheuert über den Boden.

Kann jemand sich ohne mein Wissen meine Nummer besorgen? Ich bin sicher, dass Leute sich jede Information beschaffen können, wenn sie es nur richtig wollen. Vielleicht will jemand etwas Wichtiges mit mir besprechen. Jemand von der Polizei. Oder Brenner. Vielleicht ist er Telekommunikationsexperte. Vielleicht hat er beschlossen, dass es Zeit ist, sich mit mir zu unterhalten.

In gewisser Weise könnte es jeder Bewohner des gegenüberliegenden Gebäudes sein, jeder, der gesehen hat, dass ich ihn beobachte, und sich jetzt revanchieren will. Der in meine Privatsphäre eindringen und mir zeigen will, wie sich das anfühlt.

Peng! Vielleicht ist das meine wohlverdiente Strafe. Peng! Ich schreie.

Ringring. Ringring.

Zitternd schwebt meine Hand über dem Telefon. Vielleicht sollte ich lieber nicht drangehen. Ich halte inne und schaue zum Fenster, das jetzt über und über mit Federn und Blut beschmiert ist. Das kann doch nicht wahr sein. Ich schließe die Augen und atme. Ein durch die Nase bis fünfzehn, aus bis zehn. Das kann nicht wahr sein.

Peng! Peng! Ein fünfter und sechster Vogel knallen in die Fensterscheibe, diesmal von unten kommend. Jemand schießt sich auf mich ein. Warum greift man mich an? Schlagen sie ebenfalls zurück?

Ringring. Ringring.

Ich muss drangehen. Schlimmer kann es nicht werden. Das Geräusch der beiden letzten Vogelleichen, die am Fensterglas herunterrutschen und sich gleichmütig zu den anderen gesellen, dröhnt in meinen Ohren. Ein fürchterlicher Laut.

Ich greife nach dem Telefon und ducke mich sofort wieder. Mit angehaltenem Atem, die Augen fest geschlossen, ziehe ich den Hörer an mein Ohr. Und lausche.

»Wenn Sie oder eine Ihnen nahestehende Person in den letzten sechs Jahren einen Unfall hatten, könnte Ihnen rechtmäßig eine Entschädigung zustehen. Bitte drücken Sie die drei, wenn …«

Ich lasse den Hörer fallen, er landet auf dem Boden, mitsamt der körperlosen Stimme. Instinktiv umklammere ich mit den Händen meinen Kopf, und ich fange an zu weinen.

»… einer unserer Berater ist jederzeit für Sie da, um mit Ihnen zu sprechen und Ihnen eine Empfehlung zu geben, wie Sie am besten …«

Unermüdlich fährt die körperlose Stimme fort, das Telefon liegt auf dem Boden und starrt mich an. Ich packe das Kabel, das es mit der Wand verbindet, und zerre mit aller Kraft daran, Gesicht und Wangen rot vor Anstrengung. Schließlich reiße ich es aus der Dose. Eine Verrückte, die allein in ihrer Wohnung randaliert. Einen Moment lang verebbt alles, und ich höre das nackte, aber tröstliche Geräusch meines eigenen Atems. Hektisch und schwer.

Ein Knurren und Fauchen kommt aus dem Innern des Hauses. Ich fahre zusammen. Doch dann wandert Terrence herein, der sich die ganze Zeit im Schlafzimmer versteckt hat. Ich hebe ihn hoch und halte ihn im Arm wie ein Baby. Er leckt mir das Gesicht, und ich schaffe es fast zu lachen.

Aber er will am Fenster lecken, schnüffelt daran und versucht, das Blut und die Federn auf der anderen Seite zu erreichen. Plötzlich wird mir klar, dass er letztendlich ja ein Tier ist. Nicht mein Kind. Wer weiß, wo sein Mund schon überall war.

Ich stehe auf und gehe wieder ans Fenster, berühre behutsam den Riss. Aber er ist nicht schlimm, die Fenster sind doppeltverglast, auf der Innenseite ist nichts zu fühlen.

Vorsichtig spähe ich hinaus, zu Brenners Wohnung, wo ich vor wenigen Augenblicken beobachtet habe, wie das Mädchen weggeschleppt wurde. Durch die Lücke zwischen den Federn und dem Blut. Und ich sehe, dass in Apartment achtzehn – Brenners Apartment – die Jalousie hochgezogen ist.

Blitzschnell wende ich mich um und packe das Richtungsmikrophon, das ich heute Vormittag gekauft habe. Als alles noch ruhig war.

Ich setze meinen Kopfhörer auf und spiele an der Skala herum. Für den Fall, dass ich etwas hören kann. In Nummer achtzehn.

Schon des Öfteren habe ich zu lauschen versucht, aber der Baustellenlärm hat die Geräusche nicht zu mir durchgelassen, genau wie Phil es vermutet hat. Davor hatte ich allerdings ein bisschen Glück und konnte in Nummer vier, der Wohnung von Alfred, Musik hören. Und zwar so, als wäre ich im gleichen Zimmer. Als erlebten wir einen gemeinsamen Moment, zusammengekauert, ein Team. Während draußen die Welt an uns vorüberzog. Aus irgendeinem Grund hatte er *Die Pla-*

neten von Gustav Holst aufgelegt, und für eine Stunde oder so war das der Soundtrack meines Morgens. Die Musik hob und senkte sich, während ich in meinem Ausguck saß, Alfred beobachtete und über seine nackten Füße auf dem kalten Holzboden nachdachte.

Also funktioniert das Gerät, nur die Feinheiten der menschlichen Stimme überfordern es. Vor allem vor dem Hintergrund der Bauarbeitenkakophonie, die durch den Transmitter noch verstärkt wird.

Rumpel. Rumpel. Prassel. Knack.

Ich spiele trotzdem am Einstellrädchen herum. Für den Fall des Falles. Nur um zu sehen, ob ich vielleicht doch den leisesten Klang einer Stimme durch den Äther hören kann.

Knister. Prassel. Aber keine Stimme.

Während ich weiter mit der Einstellung herumexperimentiere, denke ich, dass ich eigentlich die Polizei rufen müsste. Wenn ich gesehen habe, was ich gesehen zu haben glaube, dann ist das etwas Konkretes. Das Mädchen im Fenster. Die Brandwunden auf ihren Beinen. Die Hand, die sie von hinten gepackt hat. Das ist genau das, was ich wollte, etwas Reales, Handfestes.

Aber es war so dunkel da drin. Oh. Jetzt fange ich an, daran zu zweifeln, dass ich überhaupt etwas gesehen habe. Nein. Ich bin sicher, dass ich etwas gesehen habe. Ich sollte die Polizei anrufen und eine Aussage machen. Aber würde man mir glauben? Ich möchte nicht als Idiot dastehen, nicht schon wieder.

Vielleicht ist alles bloß ein schmutziges Sexspielchen. Vielleicht schafft er es, sein Opfer verschwinden zu lassen, ehe die Polizei eintrifft. Dann sehe ich wieder aus wie eine Irre, und die Polizei wird mich auf dem Kieker haben. Und er ebenfalls.

Am Ende bin ich dann die Einzige, die erwischt wird. Nein. Das funktioniert alles nicht.

Als ich so mit der Einstellung herumprobiere, kriege ich auf einmal doch etwas rein. Geräusche, Stimmen. Nicht so weit entfernt wie Brenners Apartment. Aber immerhin etwas aus dem Raum zwischen den Gebäuden.

Gejohle. Schallendes Gelächter. Direkt draußen. Ich lasse das Gerät auf den Boden sinken und spähe durch mein kaputtes Fenster hinunter.

Noch 7 Tage. Draußen.

WMs: im Freien bei den Riverview Apartments · bedeckt, 10°C, 5er-Schwarm · Adidas, Fila, Dunlop – verschiedene Farben und Größen · schwatzend, zwitschernd, laut

Unten stehen die Jogginganzüge vom Café. Und halten sich den Bauch vor Lachen. Schmieren sich gegenseitig Taubenblut auf die Hände. Spaßeshalber. Einer hat überall Federn an sich kleben und hopst wild herum, was die anderen köstlich amüsiert. Einer hat einen Eimer dabei, alle tragen Gartenhandschuhe.

Heiße Wut steigt in mir auf. Ich sehe rot. Ohne in die Schuhe zu schlüpfen, packe ich meinen Schlüssel, klemme mir Terrence unter den Arm, renne die Treppe hinunter und hinaus auf die Straße, um die Kerle zur Rede zu stellen.

Wie eine Furie stürme ich aus dem Haus, darauf sind sie nicht gefasst. Ich versuche, sie einzuschüchtern wie damals im Café, aber ich bin knallrot, ich schwitze und bin völlig außer mir. Die Kids haben sich gerächt, es ist ihnen gelungen, mich zu provozieren. Und sie genießen es von Herzen.

Doch Terrence ist nicht bereit, sich kampflos geschlagen zu geben. Er knurrt und bellt, er will zubeißen. Und schafft es schließlich. Ich lasse die Leine ein bisschen locker, so dass er die Zähne in einen der Jogginganzüge schlagen und ein Loch hineinreißen kann. Aber ich bereue es auf der Stelle.

Denn jetzt rücken sie mir auf den Leib, und das sollte nicht passieren. Es gehört überhaupt nicht zu meinem Plan. Ich drücke Terrence an mich und ducke mich, kaure auf dem Boden, die Hände schützend über den Kopf gelegt, und mache mich auf Prügel gefasst. Einer der Kerle versucht, die Hundeleine zu packen, ein anderer versetzt Terrence einen fiesen Tritt. Ein dritter greift nach etwas in seiner Tasche.

»He, Leute, was zum Teufel macht ihr hier?«, ertönt in diesem Moment eine Stimme hinter mir.

Inzwischen hält der Kerl den Gegenstand in seiner Tasche fest umklammert. Sein Handgelenk spannt sich an. Dann zieht er sein Handy heraus, schießt ein Foto von mir und rennt weg. Auch die anderen verstreuen sich, gackernd wie die Hühner.

»Viel Spaß mit deinen Vögeln!«, rufen sie, während sie um die Ecke verschwinden.

»Verschwindet, sonst rufe ich den Sicherheitsdienst und lasse euch alle festnehmen«, ertönt erneut die Stimme. Fest und stark. Wichtig.

Durch einen Tränenschleier blicke ich auf. Da steht Lowell und einer unserer Concierges.

»Hey, Lil, komm, gehen wir ins Haus! Verdammte Scheiße, diese kleinen Mistkerle«, sagt Lowell.

Ich bin so froh, ihn zu sehen, dass ich ihn umarme und mich mit dem ganzen Körper an ihn drücke. Auf ihn gestützt, lasse ich mich zurück ins Haus führen.

Der Concierge spricht davon, dass er Anzeige erstatten will, und faselt von irgendwelchen hervorragenden Überwachungskameras, aber ich will von all dem nichts wissen. Unter normalen Umständen vielleicht schon, aber nicht jetzt. Schließlich fällt es mir jetzt schon schwer, unauffällig zu bleiben. Momentan ist nicht der richtige Zeitpunkt für so was.

Drinnen auf dem Korridor redet Lowell weiter beruhigend auf mich ein. Er klingt so seriös und wirkt auch dank seiner Größe so vertrauenerweckend, dass ich langsam wieder in die Wirklichkeit zurückfinde.

»Also ehrlich, manche von denen, die hier rumhängen, sind echt ... ein übles Ungeziefer. Ich hasse es, so was zu sagen, aber es ist einfach so«, sagt er, ungewöhnlich scharf. Fast giftig.

Ratten ... Die Ratten der Lüfte ... Die Ratten der Straße.

Aus dem Mund jedes anderen würden solche Ausdrücke abstoßend klingen. Aber Lowells etwas zögerliche Art verwandelt auch den härtesten Vorwurf in einen sanften Tadel. Außerdem weiß ich ja, dass es ihm in erster Linie darum geht, mich zu beruhigen.

Auch als wir mit dem Aufzug nach oben fahren, fühle ich mich sicher in seiner Gegenwart.

»Ich hasse es, wenn Männer so was sagen, was ich gleich sage. Als wärst du selbst schuld. Aber ... pass bitte auf dich auf, wenn du rausgehst, Lily, ja?«, ermahnt er mich, als wir zu meiner Wohnungstür kommen.

»Na gut. Du hast es trotzdem gesagt«, antworte ich. Er ist ein Gentleman. Liebenswürdig und dezent.

Aber er hat im Grunde ja keine Ahnung. Ich kann nämlich sehr gut auf mich aufpassen. Im Lauf der letzten Woche bin ich wahrscheinlich mehr Risiken eingegangen als er in seinem ganzen Leben.

»Aber danke. Es geht mir schon viel besser«, füge ich hinzu.

Ich berühre seinen Arm. Und er legt die Hand auf meinen.

»Falls du irgendwas brauchst – ich bin direkt hinter dieser Wand.«

Wem will ich was vormachen? Ich bin total scharf auf Lowell. Ist das schlimm? Er ist einer von diesen Nerds. Also kein nerdiger Nerd. Nein, ein Nerd der neuen Art. Ein guter Nerd. Mit starken Gesichtszügen, charaktervoll und klar. Mit einem Gesicht, das man ablecken und dann mit dem Hammer einschlagen möchte. Vielleicht geht es ja auch nur mir so. Wenn ich mir den Gedanken noch einmal durch den Kopf gehen lasse, klingt er schon ein bisschen seltsam.

Jetzt stehe ich mit dem Rücken an meiner Wohnungstür. Mein Zuhause ist direkt hinter mir.

»Danke.«

»Ich meine es ernst. Ich weiß, in letzter Zeit war alles ein bisschen … wie auch immer … das weiß ich. Ich weiß es.«

Was weiß er? Der nächste sonderbare Junge steht vor mir.

»Also, ich bin direkt nebenan. Das wollte ich damit nur sagen«, verkündet er. Zuverlässig. Mit circa zwanzig Prozent Flirt.

»Ahh«, jault er dann plötzlich und springt hastig einen Schritt zurück. Was den Augenblick natürlich zerstört. Terrence hat angefangen, seine Hand zu lecken. Darauf war Lowell nicht gefasst. Wir lachen beide. Dann verstummen wir, und Lowell starrt mich an. Immer wieder geraten wir in diese Situation, dieses spannungsgeladene kleine Schweigen. Anscheinend gefällt es uns. Es heizt uns auf. Das Gefühl, dass etwas passieren könnte. Hier. Zwischen uns beiden.

»Pass auf dich auf«, sagt er.

Ich nicke beflissen und klopfe auf seine Brust, zweimal. Klopf. Klopf.

Dann drehe ich mich um und gehe in meine Wohnung.

Himmel. Darauf war ich nicht gefasst. Hinter der Tür steht Aiden. Heute Abend sind wir alle ein wenig schreckhaft. Direkt vor meiner Nase ist er plötzlich aufgetaucht. Anscheinend hat er auf mich gewartet.

»Hi. Wo bist du denn gewesen?«, fragt er ganz unschuldig.

Aber darauf will ich nicht antworten.

Viel angebrachter wäre doch die Frage, wo er gewesen ist. Ich war so aufgeregt und durcheinander, dass ich nicht mal auf die Idee gekommen bin, mir Gedanken darüber zu machen. Ich habe mich total alleine gefühlt. Dabei war er hier. Die ganze Zeit.

Warum hat er mich nicht schreien hören? Was hat er hier drin eigentlich gemacht?

TEIL 7:

IN MEINEM BLICKFELD

Noch 6 Tage. Morgens.

Ich denke an die Wanze, die ich mir im Fachgeschäft besorgt habe, als ich das Richtungsmikrophon gekauft habe. Ich habe total vergessen, dir davon zu erzählen. Ich habe Phil gesagt, dass Verwanzen keine Option ist, und das dürfte es eigentlich auch nicht. Aber jetzt ist die Sache auf dem Tisch, und ich habe Pläne gemacht. Die Dinge ins Rollen gebracht.

Ich wühle eine Weile in meinem Waschbeutel, ziehe die Wanze schließlich heraus und starre eine Weile darauf. Komisches kleines Ding. Sieht überhaupt nicht aus wie ein Insekt, trotz des Namens. Nur eine kleine Schachtel, so groß wie ein Fünfzig-Pence-Stück. »GSM Überwachungsmikrophon«. Ich starre zu Apartment achtzehn hinüber. Die Jalousie ist fest geschlossen. Er hat buchstäblich den Kopf eingezogen, aber ich bin sicher, dass er dort drin herumwerkelt, außer Sicht und gut getarnt, wie der Teichrohrsänger im Schilf am Ufer des Sees. Vergeblich suche ich nach Hinweisen auf eine Bewegung, auch meine Sehhilfe nutzt mir dabei nichts. Dann bekomme ich eine SMS.

»Vor dem Laden. In fünf Minuten.«

Ich schreibe zurück: »Okay.«

Als ich Aiden gestern Abend gesehen habe, fingen wir an zu streiten, aber diesmal haben wir die Sache ausgetragen.

Ausnahmsweise mal richtig. Ich habe einfach den Spieß umgedreht. Er wollte wissen, was das Spektakel im Wohnzimmer sollte, während er versucht hat zu arbeiten. Er hat sich gewundert, wo ich war und wer vor unserer Tür stand. Aber ich habe den Spieß umgedreht. Er ist nämlich der Geheimniskrämer, nicht ich. Er ist der, der sich versteckt. Ich habe mich angemessen verteidigt und aus meinem Herzen keine Mördergrube gemacht.

»Oh, du bist ein Feigling. Ich habe einen Feigling geheiratet«, sagte ich und starrte ihn vorwurfsvoll an.

»Was zum Teufel meinst du damit?«, fragte er, offensichtlich angefressen.

»Hast du das Telefon nicht gehört? Die Vögel, die an die Scheibe geknallt sind?«

»Was? Welche Vögel? Das Telefon hat nicht geklingelt, seit wir hier wohnen.«

Eine Sekunde starrte ich ihn wortlos an. Rollentausch.

Er war angespannt. Ich fragte mich, warum. Bestimmt hatte er nur ein schlechtes Gewissen. Er musste die Vögel gehört haben. Den ganzen Krach. Klatsch. Peng. Peng.

Pause. Er fuhr sich mit der Hand übers Gesicht. Runzelte die Stirn. Und ich ging zum Angriff über.

»Du hast dich im Schlafzimmer verkrochen. Die Jalousie runtergezogen. Unsichtbar. Stimmt's? Während ich ganz allein hier drin war. Ich hab ganz vergessen, dass du überhaupt in der Wohnung bist. Ich vergesse allmählich, dass du überhaupt hier lebst. Du gehst nicht mehr aus dem Haus. Du bist ein Einsiedler geworden. Und ein Feigling. Erbärmlich.« Jetzt war alles raus.

Er schwieg einen Moment. Gab nachdenkliche Geräusche von sich. Blies die Backen auf.

Ich wartete.

»Schau, es tut mir leid. Ich gebe ja zu, dass ich viel zu tun hatte. Schließlich hab ich eine Deadline einzuhalten. Ich muss noch ein paar Tausend Wörter schreiben, hab aber nur noch ein paar Tage Zeit. Da schalte ich einfach ab. Das tut mir leid. Das tut mir echt leid.«

Er hielt sich den Kopf und schaute zu mir auf, seine Augen waren gerötet.

Einen Moment starrten wir einander stumm an, und auf einmal wurde mein Herz weicher. Etwas von Aidens altem Selbst war zurück. Er schien wieder ein Mensch zu sein. Verletzlich, aber auf ehrliche Art. Als er mich anschaute, spürte ich plötzlich wieder seine Präsenz. Die Präsenz des Mannes, den ich liebe.

»Aber ich habe wirklich keine Vögel gehört, Lily. Und auch kein Telefon.«

Wusch. Ein Flugzeug donnerte über uns hinweg. Es ist, als kämen sie immer näher.

Ich musterte Aiden. Ich weiß, ich bin der gemeinsame Teiler in dem ganzen sonderbaren Verhalten. Aber jeder ist doch manchmal sonderbar. Oder nicht? Es kann doch nicht nur an mir liegen. Wie kann es sein, dass Aiden nichts gehört hat?

»Dann komm doch bitte mal mit ins Wohnzimmer. Los«, befahl ich ihm.

Aber er wollte nicht. Etwas hielt ihn zurück. Zwar rang er sich ein Lächeln ab, aber er wollte nicht sprechen und wirkte beinahe verlegen.

»Ich hab die Fenster gesehen, alles ist in Ordnung. Sie sind sauber. Hör mal, ich muss wieder die Kopfhörer aufsetzen und weiterarbeiten.«

Ich packte seine Hände. Drückte sie an meine Brust. Und während wir uns in die Augen schauten, begann ich, ihm die Situation zu erklären. Freundlich und ruhig.

»Du hast die Fenster nicht gesehen. Du verlässt ja das Schlafzimmer nicht mehr. Nur noch, um aufs Klo zu gehen. Richtig? Also komm jetzt«, beharrte ich und zog ihn an mich.

»Lily, ich hab die Fenster gesehen, da ist nichts.«

»Komm, ich zeige es dir. Du wirst sehen.« Ich packte sein Handgelenk.

»Was machst du denn? Ich muss arbeiten. Lass mich bitte«, bettelte er.

Aber ich hielt ihn immer noch an den Handgelenken fest. Und ich war wild entschlossen. Er musste mit mir kommen, um jeden Preis.

Ihm gefiel das überhaupt nicht, er schaltete auf stur. Immerhin riskierte er ein Lächeln, oder tat jedenfalls so. Als gäbe es gar keine Aggressionen zwischen uns, als würden wir nicht beide mit Klauen und Zähnen versuchen, unseren Willen durchzusetzen. Ich zerrte ihn weiter, er rutschte auf seinen Socken über den glatten Holzboden.

»Komm! Jetzt komm endlich! Komm rein und schau es dir an.«

»Lily, nein, ich ...«

Endlich gab er nach, und wir stolperten beide ins Wohnzimmer. Und schauten uns um. Er sagte nichts, während wir den Anblick des Fensters in uns aufnahmen.

»Ach du Scheiße.«

Pause. Nur das Geräusch unseres Atems. Der Groschen fiel.

»Ach du Scheiße, das war vorhin noch nicht. Was ist denn passiert?«

Ich weiß nicht, ob es nur Theater war, aber er machte einen schockierten Eindruck. Ich glaube nicht, dass er bloß Ausflüchte suchte, ich glaube, er wusste wirklich nicht, was passiert war. Die ganze Zeit, als ich hier alleine war. Er hatte Kopfhörer auf. Deshalb hat er nicht mitgekriegt, wie ich über den Boden gerobbt bin. Nach dem Telefon geangelt habe. Jetzt betrachtete er die Federn.

»Die Vögel. Ich hab es dir doch gesagt. Ein paar Kids aus der Sozialsiedlung haben unsere Wohnung mit toten Vögeln bombardiert. Der Himmel weiß, warum. Ein paar von denen sind echt ekelhafte Kreaturen«, murmelte ich.

»Igitt. Oh, mein Gott.« Die Hand an den Mund gepresst, beugte er sich vor und unterdrückte ein Würgen. Sein Magen war schon immer ziemlich empfindlich.

Zehn Minuten später war er zum ersten Mal seit langer, langer Zeit wieder draußen. Selbst wenn es nur der Balkon war. Er wischte das Blut weg und entsorgte die Vogelleichen. Das Blut verwandelte sich in Schleim und rann am Glas hinunter. Ich beobachtete ihn von der anderen Seite der Scheibe. Es war, als badete er in matt dunkelrotem Blut. Als schwämme er darin.

Schließlich wischte er es auf den Boden und saugte es mit einem Schwamm und reichlich Küchenrolle auf. Stopfte alles in einen schwarzen Müllsack. Und dann war der Balkon wieder wie neu, als wäre nichts passiert. Er kam ins Wohnzimmer. Ich küsste ihn. Wir gingen ins Schlafzimmer und hatten seit langer Zeit wieder einmal Sex. Es war schön.

Vielleicht wolltest du das gar nicht wissen, aber ich dachte, vielleicht fängst du an, dir Sorgen zu machen.

* * *

Unter der Dusche, am nächsten Morgen, dachte ich über die Wanze nach und darüber, wie ich in Apartment achtzehn reinkommen könnte. Welche Tricks ich dafür anwenden müsste. Denn das ist jetzt die einzige Möglichkeit. Ich muss etwas unternehmen.

Ich begann darüber nachzudenken, wen ich kenne, der in der Lage sein könnte, in ein Gebäude einzubrechen. Ich brauchte nicht lange, um die Suche einzugrenzen. Mir war klar, dass ich ein Klischee bemühte, deshalb ging ich behutsam zu Werk. Ich schickte eine SMS an Jeans Nummer. Unter der man jetzt die Jungs erreicht.

»Wisst ihr, wie man ein Schloss knackt? Zufällig?«, lautete meine Nachricht.

Na ja, vermutlich war ich doch nicht ganz so behutsam.

Zehn Sekunden später vibrierte mein Handy. Die Jungs sind sehr schnelle SMS-Schreiber.

»Warum? Wofür?« Das nahm ich als grundsätzliches Ja.

»Um den Täter zu erwischen. Brauche Hilfe. Zahle dafür.«

»Wie viel?«

Nach kurzem Feilschen vereinbarten wir, uns eine Stunde später zu treffen. Ich kenne den Typen kaum. Jetzt ist er auf meiner Gehaltsliste.

Ich trockne mich ab, ziehe eine schwarze Hose an, dazu ein schwarzes Shirt und schwarze Schuhe. Keine Ahnung, ob ich damit auffälliger oder weniger auffällig wirke. Aber ich versuche es einfach mal. Dann stopfe ich die Wanze in meinen Waschbeutel, schlendere zum Fenster und sehe, dass die Jalousie von Apartment achtzehn so fest geschlossen ist wie ein krampfhaft zusammengepresster Mund, und in diesem Augenblick bekomme ich seine SMS: »In fünf Minuten«.

Ich war ein paar Tage nicht mehr bei der Arbeit. Ich habe mich krank gemeldet. Ich mache blau. Zurzeit bin ich eine ziemlich unzuverlässige Arbeitskraft. Aber es gibt eben wichtigere Dinge.

Es ist 11 Uhr. Brenner müsste bei der Arbeit sein. Alle sollten das um diese Zeit. Jedenfalls alle normalen Menschen.

Sie gehen ihrem Leben nach, und ihre Wohnungen stehen leer. Unbesetzt und ungeschützt.

Noch 6 Tage. Nachmittag.

Er ist da. Wir nicken uns zu. Alte Hasen. Auch Chris ist dunkel gekleidet, also fühle ich mich wegen meines Outfits nicht mehr blöd. Ich gebe ihm etwas Bargeld, das er sofort einsteckt. Er scheint nichts mitgebracht zu haben. Kein Werkzeug. Nichts dergleichen.

Als wir zum Eingang von Waterway kommen, einigen wir uns auf einen Plan. Für Hausbewohner gilt die Regel, dass wir die Tür für niemanden aufhalten sollen – diese Anweisung wird in unregelmäßigen Abständen per Rundmail verschickt. Tatsächlich hat es in unseren Wohnungen noch nie einen Einbruch gegeben, und so soll es auch bleiben. Das Problem ist nur – unser Bewusstsein versteht das als: »Keine Einbrüche? O gut, dann kann ich mich ja entspannen.« Und das wiederum bedeutet, dass die Bewohner einander gern die Tür aufhalten. Sie werden unachtsam. Mir passiert das ständig, es ist ganz natürlich. Man sagt zwar mit großer Überzeugung: »Ich würde niemals eine fremde Person in mein Haus lassen.« Aber in Wahrheit ist es ziemlich schwer, einer Frau mit schweren Einkaufstüten die Tür vor der Nase zuzuschlagen. Einer Frau, die so ähnlich aussieht wie man selbst.

Es ist traurige Realität, dass niemand die Tür für meinen Freund hier aufhalten würde, während es bei mir nahezu selbstverständlich ist. So laufen die Dinge im Allgemeinen. Im Leben. Man vertraut Menschen, die aussehen wie man selbst. Das sagen auch die Psychologen. Deshalb bleibt Chris außer Sichtweite. Während ich mit meiner Tüte mit Bio-Obst und Bio-Gemüse aus dem Eckladen näher an den Eingang trete. Die Tüte funktioniert sozusagen als mein Ausweis. Ich bin wie du. Seht ihr? Ich gehe zum Laden an der Ecke, sagt die Tüte. Wir warten.

Nach fünfzehn ereignislosen Minuten fange ich an, mir Sorgen zu machen, es könnte jemandem auffallen, dass wir hier rumhängen. Lungern. Das mag man in dieser Gegend nicht. Jeder vernünftige Mensch ist irgendwohin unterwegs.

Wenn man eine Tageszeit wählt, zu der alle bei der Arbeit sind, dann ist das Problem, dass eben alle bei der Arbeit sind. Wir brauchen irgendjemanden, der zu Hause arbeitet. Vielleicht einen Studenten. Ich bin nicht wählerisch. Aber bisher tut sich nichts. Ich wandere wieder ein Stück davon und versuche, ganz ungezwungen zu wirken.

Doch dann kommt plötzlich wie bestellt Alfred aus dem Haus, unser Universitätsabsolvent mit der ersten eigenen Wohnung. Ich habe genau im falschen Moment aufgegeben. Das musste ja so kommen. Jetzt muss ich mich beeilen, womöglich habe ich meine Chance verpasst. Verdammt.

Schon ist er fast durch die Tür und will sie hinter sich ins Schloss fallen lassen. Ich lege einen Schritt zu, wühle in meiner Tasche, als hätte ich definitiv meinen elektronischen Schlüsselanhänger irgendwo da drin vergraben, und bemühe mich dabei auch noch, hektisch und glaubwürdig zu wirken. Aber ich fürchte, ich bin noch zu weit weg, um seine Aufmerksamkeit erregen zu können.

Aber Alfred ist gut erzogen. Vermutlich war er auf irgendeiner elitären Schule. Als er mich mit meinen Taschen herbeistürmen sieht, setzt er ein Halblächeln auf, nichts zu Persönliches, hält aber die Tür auf und lässt mich ins Haus. Wie gut, dass keiner mehr seine Nachbarn kennt. Jedenfalls nicht in solchen Gebäuden. Niemand außer mir.

Ich gehe durch die schimmernden Glastüren, bleibe dann einen Moment stehen und fuchtle an meinen Tüten herum, als wollte ich überprüfen, ob ich auch alles habe. Unter meinem Requisiten-Einkauf befinden sich Waschbeutel und Wanze. Versteckt unter Quinoa und Butternut-Kürbis. Ich zähle bis zehn, und als ich mich umdrehe, ist Chris an der Tür. Entschlossen drücke ich auf den grünen Türöffner-Knopf, er nickt und kommt herein.

Auf dem Weg die Treppe hinauf schaue ich mich um. Das Dekor der Korridore ist anders als in meinem Gebäude. Brauner Teppichboden, grüne Wände – eine faszinierende Farbwahl. Vor der wir, wie ich plötzlich merke, auffallen wie bunte Hunde. Ungefähr so, als hätten wir uns zu einer Kostümparty als Einbrecher verkleidet. Oder gehörten zum Küchenpersonal. Oder wären Puppenspieler.

Ein Concierge eilt in seiner grauen, blau abgesetzten Uniform mit der lindgrünen Krawattennadel an uns vorüber. Wir machen ihm Platz, und ich berühre Chris dabei absichtlich mit dem Arm. Ein Versuch, nach außen eine Verbindung zwischen uns herzustellen. Als wäre er mein Stiefsohn oder so. Nicht ein Junge, den ich kaum kenne und den ich engagiert habe, für mich in eine Wohnung einzubrechen.

»Sorry«, murmelt der Concierge, unterwegs zu einem Notfall, der mit irgendwelchen Parkplätzen zu tun hat.

Chris sieht mich an, starrt auf meine Hand, die immer noch auf seinem Kreuz liegt. Ich nehme sie weg und lächle. Er nicht. Aber ich glaube, dass er sich innerlich ganz gut amüsiert. Apartment achtzehn im ersten Stock ist nicht schwer zu finden.

Während ich oben an der Treppe Schmiere stehe, schaue ich zurück zu Chris, denn ich möchte sehen, was er macht. Er zieht zwei lange Metallstäbe aus der Tasche, eines davon am Ende gebogen. Mehr braucht er nicht. Ich hatte einen wesentlich größeren technischen Aufwand erwartet. Einen Stab steckt er in den unteren Teil des Türschlosses, schiebt den anderen vorsichtig darüber, ruckelt den unteren kunstfertig zurecht und manipuliert so die innere Mechanik des Schlosses.

Vor einiger Zeit habe ich ein Recherche-Projekt für einen Hersteller von Schlössern gemacht. Früher haben die Schlosser ihre Schlösser als Einzelstücke gebaut. Sie waren Erfinder, keine Handwerker, die nichts anderes tun, als Massenware mit geringfügigen Varianten auszustatten. Im gesamten neunzehnten Jahrhundert entwickelten Männer wie James Sargent, Linus Yale Senior und Jeremiah Chubb diese Kunst weiter. Jedes Schloss wurde als kleines Rätsel betrachtet, das gelöst werden musste. Sie bauten neue Schlösser, mit der Garantie, dass niemand sie knacken konnte. Dann versuchten ihre Konkurrenten, sie aufzubrechen, und wenn sie es schafften, stellten sie ihren eigenen, noch unbekannten Schließmechanismus als neuen Branchenführer vor.

Außerdem wurden nationale Schlosser-Wettbewerbe veranstaltet. Ich glaube, irgendwo gibt es so etwas sogar noch heute. Aber die Zeit verging, und das Wettrüsten zwischen Schloss und Schlüssel wurde immer mehr vom Schlüssel beherrscht. Oder eher vom Sprengstoff, vom Dietrich, von der

Pickgun. Die Schlosser wurden immer zurückhaltender mit den Garantien für ihre Produkte, es sei denn, sie wurden maßgefertigt, was natürlich mit hohen Kosten verbunden war. So sind wir jetzt wieder bei einem Ehrensystem angekommen. Früher haben wir unsere Wertsachen unter unserer Matratze verstaut und konnten davon ausgehen, in unserem Heim sicher zu sein, aber die moderne Welt funktioniert inzwischen nach einer Art »Bitte nicht«-System. Ein Mensch, der wild entschlossen ist, der die entsprechenden Geräte besitzt und über Zeit und Lust verfügt, kann überall eindringen. Das Schloss ist lediglich eine Barriere, die ihn behindert und ihm die Frage stellt: »Willst du das wirklich tun? Denn wenn du es getan hast, gibt es kein Zurück mehr, und du bist kriminell.« Während ich das alles denke, höre ich, wie sich ein Türknauf dreht. Kein Zurück mehr.

Chris winkt mich zu sich, und wir betreten Mr Brenners Wohnung. Ich will dich nicht anlügen. Ich bin sehr aufgeregt, nervös, zittrig. Aber wenn man überzeugt ist, das Richtige zu tun, ist man viel beherzter. Vielleicht ist die junge Frau ja dort drin. Lebendig oder tot. Ich schaue mich um. Zuerst im Schlafzimmer. Mit vorsichtigen Schritten, aber zügig. Brenner hat zwei französische Nachttischchen aus den fünfziger Jahren. Ich streiche mit der Hand über das eine davon, während ich die andere auf die Schiebetür des Kleiderschranks lege.

Dann zögere ich. Schlucke schwer. Ich weiß ja nicht, was ich hier finden werde. Und ich weiß nicht, ob ich es aushalten würde, auf eine Leiche zu stoßen. Ein schmerzverzerrtes Gesicht. Tot oder lebendig. Die Handgelenke aneinandergefesselt. Blaue Flecke überall auf dem Körper. Ich weiß nicht, ob ich so etwas sehen möchte.

»He, was machen Sie denn da?«

Ich zucke zusammen und kann gerade noch einen Schrei unterdrücken. Es ist Chris. In eindringlichem Flüsterton fährt er fort. »Hören Sie, ich überlasse die Sache Ihnen und verschwinde jetzt. Bis dann.« Er wendet sich zum Gehen.

»Nein, gehen Sie nicht. Wir müssen doch nachher wieder abschließen, richtig?«

»Dafür haben Sie mich nicht bezahlt. Wenn man mich hier erwischt, bin ich geliefert.« Und weg ist er.

Meine Hand liegt immer noch auf der Schranktür. Also wappne ich mich innerlich, schließe die Augen und schiebe die Tür auf. Der Horror, der mir möglicherweise bevorsteht, könnte alles verändern. Ich fahre mit der Zunge über die Lippen. Dann öffne ich die Augen wieder.

Tennisbälle. Unterwäsche. Ein Stapel mit Steuererklärungen von mindestens zehn Jahren. Hemden. Hübsche Hemden. Ich berühre sie. Keine Ahnung, warum. Dann wandert mein Blick nach unten und fällt auf eine große grüne Kiste. Mit einem Zahlenschloss. Ich gehe in die Hocke, um zu probieren, ob es sich einfach aufziehen lässt, was aber leider nicht der Fall ist. Im gleichen Moment höre ich Lärm auf dem Korridor. Schritte und Stimmen. Chris hat die Tür zwar hinter sich zugemacht, aber ich höre eindeutig jemanden draußen herumlaufen. Und ich will hier nicht erwischt werden.

Schnell fische ich die Wanze aus meinem Beutel und steure auf den großen Farn in der Ecke des Wohnzimmers zu, der sich ganz gut als Versteck eignen könnte. Von den großen Fenstern halte ich mich fern, schließlich weiß ich aus eigener Erfahrung, wie viel man von draußen sehen kann.

Es klopft an der Tür. Ich erstarre, die Wanze rutscht mir aus der Hand, knallt auf den Fliesenboden der Kochecke und zerspringt. Scheiße. In mindestens drei Einzelteile ist das Schächtelchen explodiert. Ich knie mich hin, um es genauer in Augenschein zu nehmen.

Klopf. Klopf. Ich schubse die Teile in die winzige Lücke zwischen dem eingebauten Weinkühler und dem Kühlschrank, schiebe sie mit den Fingern verzweifelt so weit wie möglich in die Dunkelheit. Dann stehe ich auf und schleiche zur Tür. Leise beuge ich mich vor und spähe durch das Guckloch.

Nichts. Das Guckloch ist ein echter Spion und wie überall in diesen neuen Gebäuden ziemlich groß. Guckloch klingt so altmodisch und bescheiden. Die Spione hier sind riesig und gewähren eine viel bessere Sicht auf das, was draußen ist, wenn auch ein bisschen verzerrt, so dass alles spiegelkabinett-sonderbar wirkt. Ich sehe nichts als den Korridor, doch selbst das ist momentan etwas Besonderes, weil es mich daran erinnert, dass ich nicht in meiner eigenen Wohnung bin. Das ist nicht mein Korridor, diese lindgrünen Wände sehen überhaupt nicht aus wie bei mir zu Hause.

Ich packe meine Sachen. Alles war umsonst. Meine Wanze ist zerbrochen, in diesem Apartment gibt es nichts als hübsche Hemden, Sportausrüstung und eine Kiste, in die ich nicht reinschauen konnte. Dann aber erscheint eine Gestalt, gigantisch durch den Spion. Ein faltiges Gesicht. Unwillkürlich weiche ich einen Schritt zurück und nehme Zuflucht an der Wand, für den Fall des Falles. Obwohl ich weiß, dass man von der anderen Seite nicht durch den Spion sehen kann.

Klopf. Klopf.

Ich umklammere meine Tasche, um mich zu beruhigen. Und drücke mich fester gegen die Wand. Atme bis fünfzehn ein und bis zehn aus. Ein bis fünfzehn, aus bis zehn. Dann spähe ich wieder durch den Spion. Nichts. Ich hole tief Luft und versuche mein Glück.

Blitzschnell drehe ich den Türknauf und bin im Handumdrehen draußen, ganz zwanglos. Als würde ich meine eigene Wohnung verlassen. Nichts Außergewöhnliches. Hier gibt es nichts zu sehen. Aber als ich ungefähr fünf Schritte gegangen bin, packt mich von hinten ein Arm.

»Hey, kommen Sie mal mit. Hiergeblieben!«

Ich bleibe nicht stehen, um nachzuschauen, wer das ist, sondern reiße mich los und laufe die Treppe hinunter. Vermutlich habe ich es mit dem verzerrten Gesicht von vorhin zu tun.

»Stehen bleiben! Halt!«, ruft der Mann.

Aber ich bin schneller, drücke auf den grünen Türöffner und kann schon den Sonnenschein hinter dem Glas sehen. Gleich habe ich es geschafft.

Als ich durch die Tür und in die frische Luft hinaustrete, höre ich den Mann hinter mir langsamer werden und nach Luft schnappen. Ich hab ihn abgehängt. Eigentlich plane ich, meine Tasche fallen zu lassen und wegzurennen. Mich irgendwo zu verstecken, bis es dunkel wird, und dann ungesehen in meine Wohnung zurückzuschleichen. Mich der Klamotten, die ich heute anhabe, zu entledigen und mich eine Weile absolut unauffällig zu verhalten.

Aber ich tue nichts dergleichen. Ich laufe in die Welt hinaus und direkt einem Mann mit Warnweste in die Arme. Er ist über eins achtzig. Dieses Gefühl hatte ich nicht mehr, seit ich als Kind Fangen gespielt habe. Oder Verstecken. Erwischt. Gefangen. Am Arsch. Keuchend holt der faltige Mann mich ein, bleibt stehen und stützt die Hände auf die Knie.

»Das ist sie. Jawohl, sie ist es.« Vermutlich ist er der Sicherheitsmann der Gegend. Aber ich habe ihn noch nie gesehen. Was soll ich jetzt machen? Ich weiß nicht, ob ich sagen soll, dass ich hier wohne oder lieber nicht. Ohne nachzudenken, spiele ich die Kriminelle. So ist das eben, die Situation diktiert das Verhalten. Mehr als die Persönlichkeit. Falls so etwas überhaupt existiert.

Ich winde mich. Ich schlage aus. Ich schreie.

»Loslassen! Hände weg! Lassen Sie mich gefälligst in Ruhe!«

Noch 6 Tage. Abend.

WM: stickiger weißer Raum · starker Regen, 9°C, selten · brauner Anzug, weiß, männlich, 175 cm · nachdenklich, analytisch, trotzdem irgendwie salopp

Jetzt weiß ich also, wie das ist. Wenn man an einem Tisch in einem kleinen weißen Verhörraum sitzt. Nicht in einem, den man freiwillig betreten hat. Diesmal hat sich der Ton etwas verändert.

Ich warte auf jemanden, der kommt und mich verhört. Der versucht, mir die Würmer aus der Nase zu ziehen. Wenn du schon mal einen Fernsehfilm mit solchen Szenen gesehen hast – so ungefähr fühlt es sich an. Aber wärmer als erwartet. Nicht vom Gefühl her, aber es ist hundertprozentig Sommer, weder feucht noch kalt. Hinter mir ein hohes Fenster. Keine Einwegscheibe oder sonst etwas Schickes. Bloß ein stickiges Zimmer.

Ich rutsche auf dem Stuhl herum. Ob wohl zwei Leute kommen werden? Ich rechne fest damit, dass gleich einer reinstürmt und mir eine runterhaut. Dann werde ich zusammenbrechen und ihm alles gestehen. Ich warte.

Ein paar Puzzleteile habe ich bereits zusammengestückelt.

Zum einen habe ich nicht damit gerechnet, dass in den Neubau-Apartments so viele Kameras installiert sind. Der Concierge hat mehrere Bildschirme, die blitzschnell von einer Kamera zur anderen umschalten. Das ovale Auge auf dem Korridor, das ein bisschen aussieht wie ein Rauchmelder. Auf jedem Korridor ist eines. Auf meinem hab ich es auch schon gesehen. Es beobachtet uns unablässig.

Wenn sie mich mit meinen Taschen ins Waterway haben gehen sehen, hat ihnen das bestimmt keine großen Sorgen gemacht. Schließlich erkennen sie nicht alle unsere Gesichter. Sie hätten nicht gewusst, dass ich nicht in diesem Gebäude wohne, so hightech sind die hier nicht. Und auch nicht so straff organisiert. Wir hätten den Korridor entlanggehen können und ausgesehen wie jeder andere. Kein Anlass zur Sorge.

Aber als der Bildschirm des Concierge dann ein paar Sekunden zum ersten Stock des Waterway rübergesprungen ist, hatten wir Pech. Denn da hat er gesehen, wie Chris an der Tür herumhantiert hat, ohne einen Schlüssel in der Hand zu halten. Höchstwahrscheinlich hat der Concierge sogar gesehen, wie er das Schloss aufgebrochen hat. Die Kameras können sich drehen und zoomen. Um die Metallstäbe zu sehen, genau den Augenblick, in dem sie sich bewegt haben, um Chris' Gesicht zu beobachten. Das, sagen wir mal, nicht genau ins Profil des üblichen Waterway-Bewohners gepasst hat. Ein Kid aus den Sozialbauten gegenüber.

Daraufhin schickt der Concierge einen nicht mehr ganz jungen Sicherheitsmann zu mir rüber. Der benachrichtigt die Polizei, die sich ohnehin häufig in der Gegend aufhält. Zumindest tagsüber. Um ein Auge auf die schicken Apartments zu haben. Und Ausschau nach eventuell unerwünschten Personen zu halten. Damit das Sozialsiedlungsvolk schön in seiner Schublade bleibt und sich nicht erdreistet, in die Schublade der Apartment-Bewohner zu klettern. Ein bisschen Apartheid.

Als sie mich aufgegabelt haben, war die erste Frage, wo denn mein kleiner Freund geblieben ist. Noch bevor sie mich in den Streifenwagen bugsierten. Weil man uns auf dem Bildschirm gemeinsame Sache hat machen sehen.

Ich warte. Wie soll ich mich verhalten? Sie wissen zu viel über mich, den barmherzigen Samariter kann ich nicht mehr spielen – die Nachbarin, die sich Sorgen gemacht hat, weil ein verdächtiger Jugendlicher hier rumgeisterte, und deswegen nachschauen wollte, ob alles in Ordnung ist. Dafür wissen sie einfach zu viel. Sie haben die Videos der Sicherheitskameras angeschaut, das kaufen sie mir nicht ab.

Auf dem Weg vom Auto in dieses hässliche weiße Zimmer habe ich mich dumm gestellt. Ihnen nichts an die Hand gegeben. Sie haben mir Fingerabdrücke abgenommen. Auch da habe ich kein Wort gesagt. Smalltalk ist sowieso nicht mein Ding. Jetzt sind meine Finger voller Tinte. Ich betrachte sie. Und warte.

Irgendwann geht die Tür auf, und der Typ kommt herein, schaut kaum auf, setzt sich mir gegenüber. Der gleiche Typ wie vorhin. Vielleicht hat er meinen Fall aufgehalst bekommen. Man hat ihn abgeordnet. »Behalt sie im Auge, ja? Sie ist eine Einpersonen-Verbrechenswelle, garantiert.«

Aber er sieht gar nicht aus, als wäre er bei der Polizei. Nicht dass ich darüber sonderlich gut Bescheid weiß. ER ist ziemlich groß, aber trotz seines zerknitterten alten braunen Anzugs wirkt er effizient. Ich finde, er sieht eher aus wie ein Rechnungsprüfer oder ein Buchhalter. Irgendwie bin ich enttäuscht.

»Hallo noch mal. Okay. Tja, das ist etwas eigenartig«, sagt er und blickt dabei auf ein paar DIN-A4-Blätter, die grob in einen ledernen Ordner geschoben sind. Dann stellt er ein Aufnahmegerät an. Und fährt fort.

»12. September 2015. Ms Lily Gullick. Ms Gullick … können Sie mir bitte mit Ihren eigenen Worten erklären, warum Sie – und das auch noch erfolgreich – versucht haben, sich Zutritt zu Apartment achtzehn im Waterway-Gebäude zu verschaffen?«

Schweigen. Ich rutsche auf meinem Stuhl herum. Da habe ich mir die ganze Zeit überlegt, wie ich so eine Frage beantworten soll. Ziemlich lange. Aber immer noch keine befriedigende Lösung gefunden.

»Ist das ein ›Kein Kommentar‹? Ich würde Ihnen natürlich auch noch mal Ihre Rechte vorlesen … aber das ganze Zeug haben Sie ja schon ein paarmal gehört, richtig? Sie kennen den Drill.«

Wann soll ich das alles gehört haben? Auf dem Weg hierher? Ich bin noch nie verhaftet worden. Zwar war ich schon mal hier, aber freiwillig. Ich möchte widersprechen, aber stattdessen sitze ich nur stumm da. Die Sache hat etwas seltsam Inoffizielles. Aber das heißt nicht, dass ich mich weniger unter Druck fühle.

»Ist es ein ›Kein Kommentar‹?«, wiederholt er roboterhaft. Ohne mich anzusehen.

Ich möchte nichts preisgeben. Ich habe nichts gestohlen, nichts zerstört. Aber ich glaube trotzdem nicht, dass ich die Sache mit einem Lachen abtun kann. Wahrscheinlich könnte ich die Geschichte runterspielen. Oder hochspielen? Runter oder hoch? Hoch oder runter?

»Fürs Protokoll: Die Verdächtige …«

»Ich hab da drüben etwas gesehen. Ein Verbrechen. Von meinem Fenster aus. Ich wohne direkt gegenüber. In dem anderen Gebäude«, platze ich heraus.

»Was denn für ein Verbrechen, Ms Gullick?«, fragt er und klingt immer noch wie ein Roboter.

»Das möchte ich lieber nicht sagen«, antworte ich und lehne mich auf meinem Stuhl zurück.

Er seufzt. Schaut im Raum umher. Klickt ein paarmal mit seinem Stift.

»Und wie kamen Sie dazu, in die Wohnung einzubrechen?«, fragt er schließlich, und ein Grinsen schleicht sich aus den Mundwinkeln über sein Gesicht.

Ich hoffe sehr, dass er sich nicht über mich lustig machen will. Ich weiß nicht, was ich tue, wenn er mich auslacht.

Ich schüttle mehrmals den Kopf. Persönlichkeit ist schon eine komische Angelegenheit. Ich glaube, dass alles von der Situation abhängt. Im einen Raum ist man ein normaler Mensch. In einem anderen ein Mörder. Alles liegt an der Bearbeitung, am Schnitt. Hitchcock hat einmal gesagt, er könne einen Mann zeigen, der einfach in die Gegend starrt, und in der nächsten Einstellung sieht man ein Baby. Was denken wir über den Mann? Er ist ein Vater, ein Beschützer. Dann nimmt man das gleiche Bild von dem Mann, aber diesmal sieht man in der nächsten Einstellung eine Leiche. Was ist der Mann jetzt in den Augen der Zuschauer? Ein Mörder. Aber er ist in beiden Fällen derselbe. Das ist die Macht der Montage. Davon muss ich jetzt auch mal Gebrauch machen.

»Ich bin Vogelbeobachterin. Das ist mein Hobby. Ich beobachte die Vögel über dem See und mache mir Notizen. So bin ich gestern Abend auf die Vorgänge in Apartment achtzehn aufmerksam geworden. Ich habe gesehen, wie dort ein Mann eine Frau gewürgt hat, seine Frau, vermute ich. Er hat ihr von hinten mit der Hand den Mund zugehalten und sie dann erdrosselt, glaube ich.«

Jetzt ist es raus. Das ist doch immerhin etwas. Ich denke, es ging ganz gut.

»Aha. Sorry, aber da haben Sie mich jetzt ein bisschen abgehängt«, meint der Mann im braunen Anzug und reibt sich das Kinn.

Er verschränkt die Arme vor der Brust und denkt demonstrativ nach. Seine Augen wandern nach oben und dann zur Seite. Aber ich werde mich nicht von ihm einschüchtern lassen. Ich habe eine Geschichte, und bei der werde ich bleiben. Schließlich schaut er mir zum ersten Mal direkt in die Augen. Anscheinend habe ich ihn falsch eingeschätzt. Allem Anschein nach besitzt er doch mehr Bluthund-Qualitäten, als ich dachte, und hinter seiner Lässigkeit steckt eine innere Härte. Wetten, dass das seine Taktik ist.

»Also – wie kam es dazu, dass Sie in seine Wohnung eingebrochen sind?« Eine vernünftige Frage.

»Na ja, was hätte ich denn sonst tun sollen?«, erwidere ich entrüstet und unschuldig.

»Hmm. Zur Polizei gehen vielleicht?« Ein vernünftiger Vorschlag.

»Das habe ich einmal versucht. Ging aber voll daneben. Das macht es mir jetzt schwer, Ihnen und Ihren Leuten zu vertrauen. Wenn Sie es nicht schaffen, aufrechte Bürger ernst zu nehmen. Ich meine, ich will Ihnen ja nicht zu nahetreten. Aber alles, was ich über die Polizei weiß, stammt sowieso aus den Medien. Und aus dem Fernsehen. Polizeikorruption? Verschleierung? Skandal? Solche Sachen höre ich ständig. Die Polizei kann mich mal kreuzweise.«

Ich beiße mir auf die Lippe. Da bin ich zum ersten Mal in meinem Leben in einem Verhörraum, und gerade habe ich gesagt »Die Polizei kann mich mal kreuzweise«. Mein Gegenüber schweigt eine Weile. Er braucht nichts zu sagen.

»Nichts für ungut«, füge ich schließlich an. Der Stift macht klick, klick, klick.

»Ich behaupte ja nicht, dass wir alle selbst rumlaufen und Verbrechen aufklären sollten. Selbstjustiz und so. Ich war mir einfach nicht sicher, ob mir jemand glaubt. Oder ob Sie hingehen und dem Kerl erzählen, dass ich ihn beschuldigt habe, und dann kriege ich Ärger mit ihm. Ich dachte, das könnte gefährlich werden. Mir ist schon klar, dass es ein bisschen absurd klingt, angesichts der Tatsache, dass ich stattdessen beschlossen habe … bei ihm einzubrechen, was man ja auch … als gefährlich ansehen könnte. Aber ich weiß nicht … ich hatte Angst … um die Frau … und um mich. Ich wusste nicht weiter, deswegen habe ich das getan, was ich getan habe.«

Ich halte inne, um Luft zu holen. Mein Vortrag hatte durchaus gute Passagen.

In meiner Brust steigt ein etwas pathetischer Seufzer empor, und ich lasse ihn heraus. Eine hübsche Geste. Vor allem danke ich meiner Mutter, meinem Vater und dem lieben Gott …

»Vermutlich hat meine Neugier gesiegt.«

Der Bluthund verzieht das Gesicht und macht sich eine Notiz. Kritzelt ein paar Worte. In seine Akte.

»Und wo ist Ihr Komplize? Der die Tür für Sie geöffnet hat?«

»Das sage ich Ihnen nicht. Ich weiß es auch gar nicht. Er ist bloß irgendein junger Kerl.« Ich nicke. Bleibe fest in meiner Entscheidung.

»Nur ein Name, bitte, Ms Gullick.«

»Nein. Den sage ich Ihnen nicht. Was ist los? Sind Sie taub oder was?«

Schon wieder versagt meine Impulskontrolle. Ich bin nicht sicher, wo das gerade herkam. Es lief doch so gut. Aber im Umgang mit Autoritätspersonen war ich noch nie besonders brillant.

Als Nächstes höre ich ein Türenknallen. Ein schneller Schnitt, und ich sitze hinter Gittern. Keine Ahnung, ob es meine Geschichte war oder meine Wortwahl, die den Bluthund so gestört hat.

Ich rufe zu Hause an. Keine Antwort. Erst zum zweiten Mal in meinem ganzen Leben höre ich unser Telefon klingeln. Von der anderen Seite. Dann versuche ich Aidens Handy. Es geht sofort zur Voicemail.

Möglicherweise hat er wieder seine Kopfhörer auf, und sein Akku ist leer. Oder er hat endlich doch einmal die Wohnung verlassen, und dort, wo er jetzt ist, gibt es kein Netz. Aber das kommt mir nicht sehr wahrscheinlich vor.

Eigentlich spielt das auch keine Rolle. Heute Abend komme ich nicht nach Hause. Ich lege den Kopf auf das steinharte Kissen. Mein Körper ruht auf einem kalten, harten Bett. Innerhalb weniger Sekunden bin ich eingeschlafen.

Noch 5 Tage.

Ich wache auf, weil es an der Tür klopft. Mein Rücken tut weh. Diese Betten sind nicht dafür gebaut, dass man es bequem hat. Aber ich habe tief und fest geschlafen. Anscheinend hatte ich es nötig. Zu schlafen wie ein Baby.

Ursprünglich bin ich um neun aufgewacht und habe gleich noch einmal versucht, Aiden zu erreichen. Ein paar andere Nummern habe ich auch probiert. Erst meine zweite, dann meine dritte Wahl. Bei beiden keine Antwort. Ich habe ein paar Nachrichten hinterlassen, dann wurde ich in mein Zimmer zurückgeführt. In meine Zelle. Ha! Weil ich nichts zu tun hatte, habe ich mich wieder hingelegt und bin eingeschlafen.

Eine Stimme kommt durch die Tür. »Ms Gullick, Ihr Mann ist hier, er kann Sie nach Hause mitnehmen. Der Gentleman will keine Anzeige erstatten.«

Ich nicke, strecke mich kurz, dann verlasse ich die Zelle. Wie ein alter Profi.

Dass Aiden mich abholt, überrascht mich, ich hätte nicht gedacht, dass er das Haus verlassen würde. Ich dachte, er fürchtet sich zu sehr. Ich dachte, seine Gedanken und Ängste sind größer als seine Liebe zu mir. Aber noch überraschter bin ich, als ich sehe, dass der Mann, der erscheint, überhaupt nicht mein Ehemann ist.

»Gut. Hast du alles, Schatz? Tasche? Schlüssel? Das ganze Zeug?«, fragt er. Wahrscheinlich versucht er, die Scharade ganz cool durchzuziehen. Was ihm nicht gelingt. Er schwitzt. Und nimmt mir ohne ersichtlichen Grund die Tasche ab. Dann lässt er sie fallen, und der ganze Inhalt ergießt sich auf den Boden. Gemeinsam gehen wir in die Hocke und sammeln das Zeug ungeschickt neben den Füßen eines Polizisten wieder ein. Ich bin ganz und gar nicht sicher, ob ich mit diesem Mann nach Hause gehen möchte. Aber ich möchte hier raus, und zwar schnell. Also bleibt mir eigentlich keine andere Wahl.

Als wir wieder aufstehen, gebe ich ihm ein Küsschen auf die Wange. Irgendwie habe ich das Gefühl, ich muss das tun. Als wir gehen, will ich nach seiner Hand greifen, ziehe meine aber im letzten Moment zurück. Unsicher, ob es notwendig ist, bei dem Theater mitzuspielen. Ich will ihm nicht mehr geben als unbedingt nötig.

Draußen gehen wir zu seinem Vauxhall Astra, und endlich entspannt er sich.

»Wow. Das war verdammt aufregend, nicht wahr? Wow«, stammelt Phil. Obgleich ich nicht sicher bin, ob er eher aufregend oder erregend meint. Unnormal. Pervers. Ja. Das war es. Für ihn.

Übrigens war er weder meine zweite noch meine dritte Wahl.

»Also, Lil, ich weiß ja nicht, was du dir da eingebrockt hast, aber ich freue mich, behilflich sein zu können. Und dass du mich einbeziehst. Schön, dass ich mit im Spiel bin«, sagt er, während er den Motor anlässt. Ein Schleimer, wie er im Buche steht.

»Musstest du denn unbedingt behaupten, dass du mein Mann bist?«, frage ich.

»Hmm. Ich war nicht sicher, weil ich deine Nachricht nicht ganz verstanden habe. Aber ich dachte, sicherheitshalber sage ich es lieber. Falls ich der ›nächste Angehörige‹ sein muss«, erklärt er lasch, als gäbe er eine technische Information weiter. Er liebt jede Art von Jargon. Codewörter und Geheimnisse.

»Der nächste Angehörige«, wiederholt er vor sich hin. Ohne irgendeinen Zusammenhang. Und während er das sagt, schaut er mich mit leuchtenden Augen an.

»Als ich deine Nachricht bekommen habe, habe ich sofort angerufen, und da hatten sie gerade eben erfahren, dass … dass der Geschädigte keine Anzeige erstatten will. Und sie haben mich gefragt, ob ich dein Mann bin. Ich hab Ja gesagt«, erzählt er weiter und fummelt an irgendwelchen Musikkassetten herum.

»Musstest du denen einen Ausweis zeigen oder irgendwas?«, erkundige ich mich neugierig.

»Ja, aber ich habe gesagt, du hast deinen Mädchennamen behalten – und das stimmt ja auch, richtig?«

»Ja. Ja, das stimmt«, antworte ich und starre konfus aus dem Fenster.

Ich kann mich nicht daran erinnern, Phil davon erzählt zu haben. Klar, ich sollte ihm dankbar sein. Aber irgendetwas stört mich an ihm. Er scheint viel mehr über mich zu wissen, als ich dachte.

Wir halten vor den Apartments. Er besteht darauf, mich zur Tür zu begleiten. Dahinter versteckt sich Aiden, vollkommen ahnungslos. Wie immer. Ohne zu wissen, wo ich die letzte

Nacht verbracht habe, kauert er unter der Bettdecke. Er wird immer kleiner, und es fällt mir schwer, Respekt vor jemandem zu empfinden, der sich um nichts kümmert. Und sich im Schatten verkriecht.

Ich wende mich von Phil ab, stecke den Schlüssel ins Schloss, öffne die Tür halb und halte dann inne. Er steht immer noch da. Dabei war das sein Stichwort zu gehen.

»Was hast du denn verbrochen?«, fragt er stattdessen lächelnd.

»Phil. Herzlichen Dank. Alles ist in Ordnung. Bitte geh wieder zur Arbeit.«

»Nein, komm schon. Wer war denn der ›Geschädigte‹? Kann doch nicht so schlimm gewesen sein, oder?«

Ich starre ihn an. Ich will, dass er verschwindet. Ich hole sehr tief Luft.

»Ich habe eine alte Frau umgebracht. Ich bin mitten in der Nacht in ihre Wohnung eingebrochen, habe sie überrumpelt und ihr mit einem Backstein den Schädel eingeschlagen. Dann hab ich sie auf den Boden geschubst und auf dem Linoleum verbluten lassen. Das habe ich getan. Nur so zum Spaß. Weil ich nicht schlafen konnte.«

Jetzt starrt Phil mich mit offenem Mund an.

Aber er hat diesen Ausdruck im Auge, als wolle er lächeln. Ich glaube, was ich ihm gerade gesagt habe, findet er irgendwie ganz toll. Er möchte Genaueres wissen. Ich glaube, das turnt ihn richtig an. Das denke ich jedenfalls. Ich warte. Eine verfahrene Situation, mal wieder. Ich habe das Gefühl, er will mir etwas gestehen. Aber ich warte, und er gibt nichts preis. Noch nicht.

»Aber sie will keine Anzeige erstatten, also denke ich, mir

wird nichts passieren«, sage ich schließlich und wende mich ab. Breche das Schweigen.

»Ha. Der war gut. Krieg ich eine Tasse Tee für meine Mühe?«, fragt er, die Hand auf der Tür.

»Ich muss mich hinlegen, ich brauche Ruhe«, lüge ich. Denn eigentlich habe ich genug Ruhe gehabt. In Wirklichkeit will ich Brenner beobachten. Noch mal von vorn anfangen mit meiner Suche. Die Tatsache, dass er keine Anzeige erstatten will, ist ein klares Schuldbekenntnis. Ich weiß, was ich gesehen habe.

»Ach komm schon. Ich kann dich ein bisschen aufmuntern. Bloß ein schnelles Tässchen.«

Ich versuche, ihn aufzuhalten, aber es klappt nicht. Irgendwie schlingern wir in meine Wohnung. Unterwegs stolpert er. Oder schubst er mich? Die Jalousien sind heruntergezogen, die Schlafzimmertür ist geschlossen. Und auch die Tür zum Wohnzimmer. Draußen ist es hell, aber hier drin ist es dunkel. In meiner Diele.

»Komm schon, ich möchte so gern ein bisschen plaudern. Was ist daran auszusetzen?«

Es gefällt mir nicht. Mit ihm hier drin zu sein. Ich und er. Allein womöglich. Ich greife nach der Flurlampe, flackernd geht das Licht an.

»Ah. Sorry, aber du hast mich erschreckt«, erkläre ich. Er war näher bei mir, als ich dachte. Ich will sehen, wo er ist.

Noch immer flackert das Licht zwischen uns. Beleuchtet lediglich unsere Umrisse, in der Stille.

Die Lampe war nie besonders hell. Aber ich glaube, jetzt ist sie endgültig kaputt. Ihr Licht ist trübe. Sie flimmert und summt leise. Vermutlich wird die Birne gleich platzen. Ich schaue Phil an. Er fühlt sich wohl in der Stille. Mit meinem Unbehagen. Er atmet schwer. Er möchte nicht gehen. Als würde eine Frage in der Luft hängen. Aber ich weiß nicht mehr, was für eine Frage. Er hebt die Hand.

»Ein andermal, Phil. Jetzt nicht. Jetzt nicht«, sage ich. So ruhig ich kann.

Er streicht sich mit der Hand die Haare hinter die Ohren. Er sieht aus, als wollte er mich küssen. Wenn ich ihn so anschaue, ist er groß genug, um mich zu überwältigen und sich zu nehmen, was er will. Aber er steht stocksteif da. Keiner von uns ist sicher, was als Nächstes passiert. Direkt hinter einer der Türen muss Aiden sein. Ganz bestimmt. Ich bugsiere meinen Schlüssel zwischen den zweiten und dritten Finger und mache eine Faust.

»Aid, wir haben einen Gast zum Tee«, sage ich laut, gehe dann abrupt zur Schlafzimmertür und mache sie auf.

Licht strömt herein, dort drinnen sind die Jalousien oben, aber von Aiden keine Spur.

Phil starrt mich an. Er kneift die Augen zusammen, versucht, sich an die Helligkeit zu gewöhnen. Anscheinend beunruhige ich ihn. Meine Energie verbreitet Hektik. Vielleicht zeige ich ihm, dass ich Angst habe. Meine Bewegungen sind dringlich, eine Art SOS.

»Aid, wo bist du denn, Liebling?«, rufe ich und öffne die Wohnzimmertür. Hier ist er auch nicht. Er ist weg. Nirgendwo.

Phil starrt mich an und versucht anscheinend, aus mir schlau zu werden. Zumindest aus irgendetwas schlau zu werden. Dann dreht er sich um und ruft über die Schulter zu mir zurück:

»Tut mir leid, ich hätte nicht wiederkommen sollen. Ich hätte nicht kommen sollen.«

Dann fällt die Tür krachend ins Schloss. Und er ist auch weg. Ich atme schwer und drücke meine Finger an den Hals. Mein Puls ist schnell und stark. Ich schließe die Augen, versuche, mich zusammenzunehmen und meinen Herzschlag zu beruhigen.

Dann trete ich ins Schlafzimmer. Und bleibe dort stehen.

Ich nehme die Stille in mich auf. Das natürliche Geräusch des Raums. Die Wände. Hier ist nichts. Nur Abwesenheit, was mich gleichermaßen nervt und tröstet. Er ist weg. Alle sind weg.

Doch da stürmt Terrence herein, seinen Napf im Maul. Der Napf ist leer, gestern Abend hat niemand ihn gefüttert. Und auch nicht heute Morgen.

Vielleicht ist Aiden gestern Abend weggegangen. Vielleicht für immer.

Noch 4 Tage.

WM: `Verschwunden · Regen, hat den Zweierschwarm verlassen · Jeans-Hemden und Cordhosen, blond, weiß, männlich, 180 cm · verspielt, ruhig, seit neuestem sehr in sich gekehrt`

Wenn seine Eltern noch leben würden, würde ich sie anrufen. Selbst bei einem sechsunddreißigjährigen Mann ist die erste Anlaufstelle immer noch Mum und Dad. Ich würde seinen Bruder anrufen, aber ich habe keine Nummer. Die beiden haben sowieso so gut wie nichts miteinander zu tun. Deshalb bezweifle ich, dass Aiden ihn nach drei Jahren plötzlich anrufen und ihm sagen würde, wo er hingeht.

Letzte Nacht habe ich eine Abmachung mit mir selbst getroffen, und ich war ganz sicher, dass sie funktionieren würde. Ich war überzeugt, wenn ich ins Bett gehe, mir ein paar Filme anschaue und Brenner zu vergessen versuche, dann wäre Aiden, wenn ich aufwachte, wieder da. Hast du auch manchmal solche unsinnigen Wünsche? Die »Wenn ich mit diesem Apfelkern direkt in den Mülleimer treffe, wird alles gut«-Gedanken? Ich dachte, ich hätte ihn mit meinem blöden Verhalten weggewünscht. Aber dann dachte ich, wenn ich das alles einfach vergesse, wenn ich so tue, als hätte ich nichts von dem gesehen, was ich gesehen habe, wenn ich es einfach ignoriere und den festen Entschluss fasse, mich nicht mehr darum zu kümmern, dann käme er zu mir zurück.

Also konzentrierte ich meine Augen auf die glasierten Bilder, die über meinen Laptop tanzten, bis meine Lider schwer wurden, plötzlich wurde die Nacht zum Tage, und als ich wieder aufwachte, glotzte ich noch ein bisschen weiter auf den Bildschirm. Wartete darauf, dass die Kopfschmerzen sich endlich verzogen. Wartete den ganzen Tag.

Aber Aiden ist immer noch nicht zurückgekommen.

Ich starre auf die noch immer geschlossenen Jalousien von Nummer achtzehn. Er hat den Laden mal wieder dichtgemacht. Ob er wohl weiß, dass ich es war? Dass ich dort drin war? In seiner Wohnung. Seinem Kopf. Dass ich das Samurai-Schwert aus nächster Nähe gesehen habe. Und auch die große grüne Metallkiste. Dass ich alles gesehen habe, höchstpersönlich.

Jetzt hat er seinen Schildkrötenkopf wieder eingezogen, zurück unter den Panzer. Und so bald kommt er garantiert nicht wieder raus.

Es besteht definitiv die Möglichkeit, dass ich mich irrational verhalte. Ich weiß, wie sich das anhört, was ich schreibe, ich habe Teile davon gelesen, nachdem ich dir das Tagebuch der ersten Woche geschickt habe. Es klingt nicht gut. Das wirst du inzwischen wissen. Schließlich habe ich dir so gut wie alle Einträge aus den ersten vier Wochen geschickt, also hast du dir schon vor einer ganzen Weile eine Meinung gebildet.

Wahrscheinlich hat die Polizei inzwischen Brenners Wohnung gestürmt. Aber nichts gefunden. Mich offiziell als irre abgestempelt. Und sich anderen Dingen zugewandt. Obwohl – was denke ich denn da? Mit an Sicherheit grenzender Wahrscheinlichkeit haben sie mich sofort als verrückt eingestuft und sich gar nicht erst die Mühe gemacht, irgendwas zu stürmen. An ihrer Stelle würde ich mir auch nicht glauben.

Vielleicht würdest du mich gar nicht mehr erkennen. Ich habe zurzeit ständig entzündete Augen, weil ich so wenig schlafe. Ich habe mich verändert.

Wieder treffe ich die Vereinbarung mit mir selbst, dass ich die ganze Geschichte auf sich beruhen lasse. Ja, ich glaube, das sollte ich tun. Schließlich war es dunkel in Apartment achtzehn. Und ich war ziemlich weit weg, als ich gesehen habe, was ich gesehen habe. Ich weiß ja auch nicht mal mit Sicherheit, ob Jeans Killer hier in der Gegend wohnt. Die Aussage der Jungs war ziemlich vage, und es könnte gut sein, dass Thompson mich einfach mit dem abgespeist hat, was ich hören wollte, um ein bisschen Geld zu kriegen, und dass er mich im Grunde bloß in die Irre geführt hat.

Vielleicht war ich zu leichtgläubig und habe so meine schlimmsten Seiten befeuert. Sobald ich auch nur den Schatten eines Zweifels zulasse, fühlt sich alles gleich ganz anders an. Und in gewisser Weise ist das einfacher. Leichter zu handhaben. Möglicherweise brauche ich nur noch ein paar freie Tage, und dann kommt Aid sowieso zurück. Wenn er erfährt, dass ich wieder bei Verstand bin, kommt er ganz bestimmt zurück. Nachdem er mir ein bisschen Freiraum gelassen hat. Alles wird gut werden. Ich vermisse ihn so.

Ich habe eine Liste von all den Orten aufgestellt, wo er sein könnte, angefangen mit den wahrscheinlichsten und banalsten, endend mit eher weithergeholten Vorstellungen. Die Liste hat Folgendes ergeben:

Er ist irgendwohin gegangen, um etwas für sein Buch zu

recherchieren, und hat vergessen, mir eine Nachricht zu hinterlassen. Wir sind beide so geistesabwesend. Wahrscheinlich dachte er, ich würde gar nicht bemerken, dass er weg ist.

Er wollte mir eine Lektion erteilen und kommt heute zurück. Er hat seinen Freund Tom in Anglesey besucht, dessen Nummer ich nicht habe. Den Plan hat er schon seit einer Ewigkeit.

Er hat seit Jahren eine Affäre, hat es nicht über sich gebracht, es mir zu gestehen. Jetzt hat er sich auf den Weg gemacht, um in Zukunft bei seiner anderen Familie zu leben. Mit Frau, Katze und zwei Kindern, in Epsom.

Er hat seinen ebenfalls lange geplanten Motorradausflug gemacht und hatte einen Unfall. Sobald es ihm bessergeht, ruft er mich an. Es sei denn, er hat eine schwere Amnesie und völlig vergessen, wer ich bin.

Er ist von Brenner gekidnappt worden. Oder von jemand anderem, der sich auf einem Rachefeldzug befindet. Von jemandem aus der Nachbarschaft. Von jemandem, der mir einen Schreck einjagen will. Bald werde ich aus Zeitungsausschnitten zusammengestückelte Briefe kriegen, in denen mir nahegelegt wird, meine Suche aufzugeben, wenn ich nicht will, dass Aiden etwas zustößt. Oder in denen die Kidnapper fünfzigtausend Pfund und ein Fluchtauto fordern, das sie benutzen wollen, um zur Fähre zu kommen. In Belgien werden sie ein neues Leben anfangen und einen Weinberg kaufen. Natürlich ist mir klar, dass fünfzigtausend für so etwas nicht sehr viel ist. Aber sie werden es schaffen.

Klingt alles ziemlich dämlich.

Aber eine Version der letzten Möglichkeit geht mir nicht mehr aus dem Kopf. Ich schaue zum Gebäude gegenüber. Starre auf die heruntergelassenen Jalousien und stelle mir vor, dass man Aiden in diese grüne Metallkiste gestopft hat, die dort steht. In diese Truhe, die ich gesehen und berührt habe. Schließlich wende ich mich ab und hole ein heißes Handtuch für mein Gesicht. Meine Nebenhöhlen schmerzen. Zurzeit habe ich auch schrecklich oft Kopfweh. Ich muss mehr Wasser trinken und mich mehr bewegen. In Schwung bleiben. Vielleicht bin ich krank. Ich glaube, ich brauche ein bisschen Ruhe. Aber dafür habe ich jetzt keine Zeit.

Knister. Knister. Weißes Rauschen. Eine Stimme.

»Wir müssen sie loswerden. Wir müssen sie wirklich loswerden.«

Dann ist die Stimme weg. Das verunsichert mich. Ich schaue mich um. Nichts.

Wo kam das her?

Knister. Weißes Rauschen, Statik. Dann erneut die gleiche Stimme.

»Ich kann hier keine weitere Leiche brauchen«, knurrt eine Männerstimme.

Die Stimme kommt aus dem Inneren meiner Wohnung. Sie ist eindeutig hier. Sie spricht mit mir.

»Du musst mir helfen, sie loszuwerden«, sagt die Stimme.

Ich höre Stimmen! Jetzt habe ich wohl endgültig den Verstand verloren. Genau das ist Mum auch passiert. Sie hat Stimmen gehört. Wahnvorstellungen. So hat es angefangen. Es war der Anfang vom Ende. Der zu ihrem Entschluss geführt hat.

Nein. Nein, das ist es nicht.

Knister.

Ich öffne meinen Waschbeutel und ziehe den Empfänger heraus. Anscheinend war er die ganze Zeit über eingeschaltet. Anscheinend funktioniert er und fängt etwas auf.

Knister.

Ich spiele an der Skala herum, Kanal und Lautstärke. Ich kann Brenner hören. Jedenfalls glaube ich, dass er es ist.

Knister. Murmel.

Ich fummle an der Skala, bis die Stimme glockenklar ist.

Murmel.

Dann beziehe ich Stellung in meinem Ausguck. Die Jalousie lasse ich oben, aber ich ducke mich, für alle Fälle. Vorsichtig spähe ich hinaus. Gegenüber sind die Jalousien immer noch geschlossen. Aber dahinter höre ich seine Stimme. Ich höre ihn umhergehen.

»Sie stapeln sich, Mann. Was hast du denn erwartet? Es ist ein wahres Blutbad.«

Ich schnappe nach Luft und bekomme große Augen. Dass die Wanze genau im richtigen Moment zum Leben erwacht ist, nenne ich Glück.

Zwischen Brenners Weinkühler und dem Kühlschrank liegt die kleine Schachtel, in drei Teile zersprungen, aber offensichtlich noch lebendig genug, um Geräusche aufzufangen.

»Aber dieses verdammte ... dieses verdammte Mädel. Sie war hier drin. Ja, die Polizei hat angerufen, sie sagt, dass irgendein Mädchen in die Wohnung eingebrochen ist.«

Meine Ohren brennen. Ich beobachte weiter, für den Fall, dass die Jalousie sich womöglich hoch genug hebt, dass ich in die Wohnung sehen kann – oder dass er mich sieht.

»Ja, ich glaube, ich weiß, wer sie ist. Ich hab sie schon mal gesehen. Erinnert mich irgendwie an ein Gespenst. Sie starrt. Und zuckt. Ja, sie hat diesen komischen kleinen Tick. Ha ha. Ja. Ach nein, ficken mag ich sie nicht, ich finde sie überhaupt nicht attraktiv.«

Ich spitze die Ohren. Seine ganz normal klingende Durchschnittsstimme, die in mein Mikrophon spuckt. Das kleine kaputte Ding fängt alles auf. Jetzt spricht Brenner richtig laut. Als wäre er bei mir im Zimmer.

»Ich hab getan, was du wolltest, aber jetzt ist Zahltag. Ja, die Studentin, das ist erledigt. Da können die noch so viele Vermisstenplakate aufhängen, wie sie wollen. Die kommt nicht zurück. Die ist auch nicht verschollen, die ist ganz in der Nähe. In kleinen Portionen. Überall verteilt, gut versteckt. Hier hab ich auch was von ihr. Und noch andere Leichen. Ein paar alte Damen …«

Wenn ich das alles nur irgendwie aufzeichnen könnte! Dafür hätte ich auch gleich ein Gerät kaufen sollen. Ich kann es gar nicht glauben. Die ganzen ekligen Details. Er plaudert alles aus, was ich brauche. Alles, was er sich hat zuschulden kommen lassen, deutlich hörbar, für jeden. Es wäre ein offener Fall, der blitzschnell geschlossen werden könnte.

»Die werde ich mir als Nächstes vornehmen und ihr das Maul stopfen. Tut so, als ob sie Vögel beobachtet, und steckt dabei ihre Nase in alles rein, was sie nichts angeht.«

O Gott. Ich lausche gebannt. Die Stimme ist so nah. Bestimmt ist er noch näher an das Mikrophon herangegangen. Seine Stimme dröhnt mir regelrecht entgegen. Ihre Tiefe. Die Finsternis dahinter. Dieser Mann ist der Sohn einer Mutter. Vielleicht ein Bruder, ein Freund. Aber auch ein Mörder. Ein Serienkiller. Auf freiem Fuß. Es hängt alles von der Situation ab.

»Ich sag dir, was ich vorhabe. Ich werde bei ihr einbrechen. Warten, bis sie nach Hause kommt, und dann stürze ich mich auf sie … Ich geb ihr einen Kuss auf die Wange und schreie:

Überraschung! Dann werde ich … dann umarme ich sie. Genau, das mache ich. Wie findest du das? Liebes? Ja, hallo, ich rede mit dir. Was hältst du davon? Hey? Also, komm schon. Ich rede mit dir.«

Die Jalousie wird hochgezogen, unsere Blicke treffen sich. Er spricht ins Mikro der Wanze, die Scherben fest in der Faust. Starrt mich an und spricht direkt mit mir.

»Na komm schon. Was meinst du? Hat es dir die Sprache verschlagen?«

Mir bleibt die Luft weg. Er hat mich drangekriegt, schlimmer noch als zuvor. Ich schweige. Noch nie habe ich mich so schutzlos gefühlt.

»Ja, ich liebe es zu morden. Ich morde dieses, ich morde jenes. Einen Kerl wie mich kannst du nicht aufhalten. Ich morde einfach weiter«, sagt er.

Und damit schleudert er die Scherben der Wanze auf den Boden. Augenblicklich verstummen die Geräusche. Aber er steht immer noch an seinem Fenster und starrt zu mir herüber.

Sein Gesicht verzieht sich. Er lacht mich aus.

Noch 2 Tage.

Ich komme mir dumm vor. Ein paar Tage blase ich Trübsal und tue ansonsten wenig. Es ist mir so peinlich, dass ich buchstäblich auf frischer Tat ertappt worden bin. Dieser Mann hat mit mir gespielt und mich gedemütigt.

Auch meine Spionageausrüstung ist mir peinlich. Ich schäme mich, weil mein Ehemann verschwunden ist und anscheinend nicht vorhat, zu mir zurückzukommen.

Ich liege auf dem Rücken, starre die Wände an und überlege, ob ich die Polizei anrufe, aber ich traue ihnen noch weniger über den Weg als je zuvor. Wahrscheinlich haben sie sich kräftig über mich lustig gemacht, ich kann es beinahe hören. Es klingt mir in den Ohren. Bestimmt haben sie Brenner von meinen Behauptungen erzählt. Ihm gesagt, er soll in seiner Wohnung nachschauen, ob etwas fehlt. Als er alles durchsucht hat, ist er auf meine primitiv platzierte »Wanze« gestoßen.

Es war idiotisch von mir zu glauben, dass ich sie vor ihm verstecken könnte und dass sie von selbst wieder anspringen würde. Jetzt lacht er sich wahrscheinlich schief über mich. Dort drüben in seiner Wohnung. Er hat sich revanchiert. Sein Scherz hätte gar nicht besser funktionieren können. Jetzt feiert er wahrscheinlich und macht irgendwelche Sexspielchen mit seiner dünnen europäischen Freundin.

Aber eins habe ich geschafft, ich habe im Internet recherchiert und Informationen über das vermisste Mädchen gefunden. Ich habe einfach nicht genug über sie nachgedacht. Bis jetzt.

Ich versuche, das alles loszulassen. Na ja, ich habe es versucht. Ein paar Stunden lang. Aber ich kann nicht.

Kaum zu glauben, wie wenig ich über diese junge Frau, den Namen und das Bild auf dem Plakat nachgedacht habe. Bis jetzt. Wenn öffentlich zu einer Zeugenaussage aufgerufen wird, führt das bei mir normalerweise dazu, dass ich schnell wegschaue. Ich verschwende keinen zweiten Gedanken daran. Allen anderen habe ich vorgeworfen, dass sie sich wenig um Jeans Tod kümmern, aber ich bin genauso. Als würde »vermisst« in irgendeiner unterbewussten Sprache bedeuten: »Macht euch bloß keine Sorgen. Denkt nicht dran. Ihr habt wahrscheinlich nichts gesehen. Ihr wisst wahrscheinlich nichts darüber.«

Aber nachdem ich gerade mal zehn Minuten im Internet gesucht hatte, wusste ich, warum ich viel früher hätte über dieses vermisste Mädchen nachdenken sollen.

Sie wohnt in Apartment vierzig im Canada House. Direkt neben Jean. Sonya Sharma. Sie war auf dem besten Weg, Strafverteidigerin zu werden, war in einer dieser Wohnungen aufgewachsen, die Lichtgestalt einer hart arbeitenden asiatischen Familie.

Vor kurzem hatte sie ein Projekt in Angriff genommen. Ein bisschen so wie ich.

Sie wollte der Rechtmäßigkeit des Vertrags nachgehen, den die Baufirma von der Regierung erworben hatte, um das Erneuerungsprojekt durchzuführen. Über die Einzelheiten weiß ich nicht genauer Bescheid, aber irgendetwas schien ihr wohl nicht ganz korrekt. Vielleicht vermutete sie Bestechung, Regierungsbeamte mit langen Fingern. Irgendetwas in dieser Richtung. Die genauen Umstände spielen keine Rolle.

Wichtig ist, dass sie Fragen gestellt hat und den entsprechenden Leuten auf die Pelle gerückt ist. Es gab eine Petition. Gerüchte über eine Untersuchung. Sonya war eine sehr willensstarke Person, die sich bemüht hat, den Anwohnern der Sozialsiedlung zumindest ein bisschen Zeit zu verschaffen. Sie war klug. Richtig klug. Aber jetzt ist sie verschwunden, und niemand scheint die geringste Ahnung zu haben, was mit ihr passiert ist.

Genau wie Jeans Familie lebt auch die von Sonya im Ausland, in ihrem Fall in Indien. Sie sind ausgewandert, weil sie wussten, dass sie keine Chance hatten, ihr bisheriges Leben hier weiterzuführen, dass es über ihren Köpfen zusammenstürzen würde. Aufgrund der Rezession waren beide Eltern entlassen worden, und sie hatten Probleme, einen anständigen Job zu finden, der einigermaßen ihrem vorherigen entsprach. Dann bot man ihnen eine magere Summe für ihre Eigentumswohnung, weil diese in knapp einem Jahr abgerissen werden würde. So beschlossen sie, ihr Glück anderswo zu versuchen, solange ihre Situation noch relativ gut war. Sie hatten ihre Wohnung im Rahmen eines Regierungsprojekts gekauft, und ihre Tochter war bis zum bitteren Ende dortgeblieben, um ihr Referendariat als Juristin zu beenden. In der Wohnung ihrer Familie. So lange es eben ging. Was, wie sich herausstellte, kürzer war als geplant.

Ich muss hier raus. Nur für eine Weile. Allmählich werde ich wie er. Wie Aiden. Ich war viel zu lange nicht mehr draußen und habe inzwischen schon die Befürchtung, das natürliche Licht, also das, das direkt von der Sonne, ungefiltert durch eine Glasscheibe, auf mein Gesicht fällt, könnte meinen Augen weh tun, womöglich meinem ganzen Körper. Das ist nicht gut. Aber das sind agoraphobe Gedanken. Das Manifest einer Eingeschlossenen.

Endlich reiße ich mich von meinem Laptopbildschirm los. Früher hätte ich in die Bibliothek gehen müssen, um all diese Informationen zu finden. Über sie. Über dieses Mädchen. Ich hätte ein Mikrofiche nach dem anderen durchstöbern müssen – Mikrofiche war immer eins meiner Lieblingswörter. Aber jetzt hat die Recherche weder Romantik noch Drama an sich. Ein paar Klicks auf einer Tastatur, ein bisschen Wischen auf der Touchscreen, schon ist alles da.

Ich schleppe mich zum Laden neben dem Café, denn ich brauche Kaffee und Bacon und Brot und Avocados und Saft. Vielleicht fühle ich mich dann wieder normal. Ein Zaubertrank, der mich ins Land der Lebenden zurückholt.

Doch da drin stürzt sich sofort das Neonlicht auf mich, es zischt mich an. Welten trennen mich von meinen Mitmenschen. Sie sehen mich, nehmen mich aber nicht wahr. Mein Gesicht bedeutet ihnen nichts.

Aber ich kenne so viele von ihnen so gut. Es kommt mir ganz seltsam vor, dass ich für sie eine Fremde bin.

Vor mir in der Schlange steht Alfred, er kauft Müsli und Klopapier. Vincent geht vorbei, er sieht ernst aus, telefoniert, schließt ein Geschäft ab. Der Grieche, dem das Restaurant gehört, kommt reingesaust, schnappt sich eine Milch und zwinkert der Kassiererin zu. Sie nickt. Sie wird die Milch für ihn anschreiben.

Flink scannt sie Alfreds Lebensnotwendigkeiten ein und lächelt mir ein »Hallo« zu. Sie arbeitet hier seit sieben Monaten. Einhundertachtundsiebzig Tage, um genau zu sein. Fünf Tage pro Woche, dreimal tagsüber (sieben bis halb vier) und zweimal abends (halb vier bis Mitternacht). Ich erinnere mich, wie sie an ihrem ersten Tag Eier, Spinat, Tomaten und einen Schoko-Milchshake für mich über den Scanner gezogen hat. Daher weiß ich das alles. Ich habe es mir gemerkt.

Sie war schon immer gut. In ihrem Job. Und inzwischen ist sie noch besser geworden.

Sie ist effizient, am richtigen Ort, sie scheint glücklich zu sein.

Nachdem sie mit Alf fertig ist, bin ich an der Reihe. Ich lächle und versuche, einer normalen Person zu ähneln. Versuche, sie anzuschauen und zu lächeln. Versuche, meine Mundwinkel in eine freundliche Position zu bringen. Obwohl sie sich anfühlen, als würden sie von einem schweren Gewicht nach unten gezogen. Ich bemühe mich, der Kassiererin nicht auf die Hände zu starren und sie zu analysieren, wie ich es letzte Woche bei jedem getan habe, der mir begegnet ist. Sicherheitshalber. Ich versuche, mir nichts anmerken zu lassen. Ich versuche, nicht zusammenzuklappen.

Aber ich verschwinde, so schnell ich kann. Sie sehen es mir an. Sie wissen, dass ich nicht normal bin. Sie wissen, dass mein Mann mich verlassen hat. Sie wissen, dass ich nur die Imitation eines menschlichen Wesens bin. Garantiert sehen sie mir an, dass ich die Millionen kleiner Dinge, die man automatisch tut, um zu überleben, genauestens analysiert habe und sie nun eins nach dem anderen ausführe, sie sorgfältig aufeinanderstaple, mir jedes einzelnen bewusst. Dass ich mich Millimeter um

Millimeter zum Funktionieren zwinge, die Zahnrädchen anschiebe und die Maschine von Hand am Laufen halte, um den Tag zu überstehen. Aber als ich die Tür öffne, kann ich einen Schrei nur mit knapper Not unterdrücken.

Die Frau steht direkt dahinter. Mit einem Gesicht, als hätte sie einen Geist gesehen. Sie hält inne. Es geht ihr nicht gut. Sie sieht schlecht aus. Bestimmt denkt sie das Gleiche über mich. Aber sie möchte plaudern.

»Hallo, Frau Doktor«, sagt die Frau, die nicht schlafen konnte.

»Hallo Sandra«, antworte ich. Ihr Name fällt mir ein wie auf Knopfdruck.

»War eine schreckliche Geschichte mit dieser Frau, stimmt's? Furchtbar. Und jetzt ist sie tot«, sagt sie und glotzt mich dabei unverwandt an.

»Ach wirklich? Das ist ja furchtbar. Aber ich muss weiter«, entgegne ich.

»Zuerst die Studentin. Dann sie. Wer ist der Nächste? Ha«, schnattert sie unbeirrt weiter.

»Keine Ahnung. Darüber weiß ich nichts«, sage ich, und es klingt wesentlich schuldbewusster, als ich beabsichtigt habe.

»Das mit der Studentin ist natürlich seltsam.« Sie hält meinen Blick fest. Fängt mich ein.

»Wie meinen Sie das?«, hake ich nach, denn das interessiert mich.

»Na ja, ich will ja nicht sagen, dass sie verwandt sind. Die beiden Verbrechen, meine ich. Aber bei beiden deutet alles darauf hin, dass sie ermordet worden sind. Meiner Meinung nach jedenfalls. Und sie war so aktiv. In der Gemeinde, meine ich. Aber andererseits hatte sie natürlich diesen Freund! Man hat ihn gelegentlich mal in der Gegend hier gesehen. Ich glaube, er war von dieser Seite«, plappert sie weiter, ziemlich aufgeregt. Denn sie weiht mich ja in ein Geheimnis ein.

»Wirklich? Wer war das denn?«

»Ach. Ein Typ eben. Sah ganz gewöhnlich aus. Netter Junge«, antwortet sie arglos.

»Vielleicht sollte ihn mal jemand besuchen und mit ihm reden? Womöglich weiß er was«, schlage ich vor.

»Na ja, vielleicht. Ich weiß bloß, dass er in einem dieser Häuser da gewohnt hat. Helle Haare. Das ist schon ungefähr alles, was ich über ihn weiß«, sagt sie, weil sie das Gespräch gerne fortsetzen möchte. Aber keine Munition mehr hat.

Aber ich bin auf der Hut. Sie geht mir auf die Nerven. Sie ist nicht die Art Rollenvorbild, die ich momentan brauche.

»Und – haben Sie das schon der Polizei erzählt?«, frage ich und setze mich dabei schon in Bewegung.

»O ja, Frau Doktor, das hab ich. Aber die nehmen mich nicht ernst. Ich erzähle denen alles Mögliche, und sie hören mir nie zu. Sie nicken bloß und grinsen, aber sie machen sich nicht mal mehr Notizen. Ich weiß nicht, was mit denen los ist, ich weiß auch nicht, ob sie denken, dass mit mir irgendwas nicht stimmt. Aber keine Sorge, ich hab ihnen alles erzählt«, beteuert sie und berührt meinen Arm.

Genauso bin ich auch von der Polizei behandelt worden, daran erinnere ich mich nur zu genau. Aber dann kommt mir ein unangenehmer Gedanke. Als diese Männer dort meinten, ich sei »schon mal da gewesen« – hoffentlich haben sie mich da nicht mit Sandra verwechselt. Ich will ja nicht gemein sein. Aber sie ist locker fünfzehn Jahre älter als ich. Das muss doch jeder sehen. Ich bin nicht eitel, aber das geht dann doch zu weit. Und außerdem ist sie von der Veranlagung her nervöser, würde ich sagen. Wie eine erschrockene Waldkreatur. Vermutlich wäre diese Erklärung aber ganz naheliegend. Denn ich war ja noch nie auf dem Revier. Da bin ich sicher. Ganz sicher.

Ich entschuldige mich und gehe los. Ich möchte sie nicht ins Vertrauen ziehen. Sie ist bloß eine gestörte Frau, sage ich mir. Vielleicht sind wir damit ja schon zu zweit.

»War nett, mit Ihnen zu plaudern«, sage ich freundlich.

»Wiedersehen, Frau Doktor«, sagt sie, ein bisschen lauter als notwendig.

Sandra glaubt tatsächlich, dass die beiden Vorfälle zusammenhängen. Daran habe ich noch nie gedacht. Oder nur flüchtig. Im Spaß. Nicht ernsthaft. Ich dachte, dass Brenner sich rächen, mich auslachen wollte, weil ich dachte, er sei ein Mörder. Dass er ein stinknormaler Typ ist, der darüber lacht, weil das so ein absurder Gedanke ist. Ich dachte, er wollte sich über mich lustig machen. Aber vielleicht wollte er, dass ich ihn höre. Vielleicht war das Gemurmel die reine Wahrheit. Er hat mir seine Geheimnisse zugeflüstert. Mich verarscht. Nur so zum Spaß. Weil er weiß, dass mir sowieso nie wieder jemand Glauben schenken wird. Genau wie Sandra. Jetzt kann er tun, was er will. Direkt vor meiner Nase. Das ist alles Teil seines Vergnügens.

Wie viele Opfer braucht man, um als Serienmörder zu gelten?

Sonya, die Studentin. Jean. Das Mädchen am Fenster. Aiden.

Sandra glaubt, dass ein Serienkiller hier frei herumläuft. Und jetzt glaube ich das auch.

Noch 1 Tag.

Um elf gehe ich hinüber zu den Wohnblocks, um Chris zu besuchen. Er findet mich dumm, weil ich noch mal in die Wohnung einbrechen will. Das hat er mir schon gesagt. Er glaubt, dass wir wieder erwischt werden. Aber er sagt, wenn das passiert, kriegt er wesentlich mehr Ärger als ich. Nicht weil er etwa schon mal erwischt worden wäre, nein, bisher hat er eine weiße Weste. Aber jemand wie er bekommt anscheinend grundsätzlich mehr Ärger als jemand wie ich. Bei Leuten wie Chris neigen die Leute dazu, Anzeige zu erstatten. Und das kann er nicht brauchen. Schließlich muss er an seinen Bruder denken.

Also werde ich bei ihm einen Crashkurs im Schlösserknacken nehmen. Chris sagt, in einer Stunde kann ich alles lernen, was ich wissen muss, jedenfalls für unsere Art von Schlössern. Wenn man genauer darüber nachdenkt, bekommt man schon ein bisschen Angst. Es braucht nur jemand verzweifelt genug zu sein, um ein Risiko einzugehen. Ich werde ein Risiko eingehen.

Das letzte Mal hatten wir Pech. Wenn die Kameras nicht gerade im richtigen Moment angesprungen wären, auf meinen Kanal, den Kanal Lily. Wenn der Concierge in aller Ruhe die Füße hochgelegt, ferngesehen und sich Pfefferminzbonbons in den Mund gestopft hätte, statt die Überwachungsbildschirme im Auge zu behalten, hätten wir keine Probleme gehabt. Aber ganz gleich, ob ich erwischt werde oder nicht, ich werde reingehen und herausfinden, was in dieser Wohnung los ist. Was sich in der großen grünen Kiste befindet. Ich werde nachsehen, ob Aiden gefesselt dort drinliegt. Alles ist möglich.

Aber zuerst füttere ich Terrence. Dann schleppe ich ein paar Sachen hinunter in den Recyclingraum. Ich bin kriminell, aber immer noch zivilisiert. Ich nehme meinen Waschbeutel mit und habe diesmal normalere Klamotten an. Im Aufzug drücke ich auf den Knopf ins Kellergeschoss.

Es riecht hier drin. Das ist der Müllaufzug. Den alle benutzen, wenn sie Müll in den Recyclingraum bringen. Er stinkt, weil alle ihn dafür benutzen. Und alle benutzen ihn dafür, weil er stinkt.

Als die Tür sich wieder öffnet, mache ich mich auf den Weg in die Tiefgarage, durch die man zum Recyclingraum kommt. Hier herrscht immer Dunkelheit. Im Hintergrund summen die Generatoren, mal lauter, mal leiser, man möchte sich nicht allzu lange aufhalten. Für kurze Zeit ist das Geräusch beruhigend, aber auf Dauer geht es einem schrecklich auf die Nerven.

Vor einiger Zeit saß ich hier mal eine halbe Stunde zwischen den Türen fest. Das war nicht schön. Ein Concierge musste mich rausholen. Vorher hatte ich es bei Aiden versucht, aber sein Handy ging mal wieder gleich auf Voicemail, das alte Lied.

Ich betrete den Recyclingraum. Hier steht schon jemand, ein ziemlich großer Typ. Hinter uns schließt sich die Tür. Der Typ dreht sich um.

Es ist Lowell, der seinen Wertmüll von den Einwegsachen trennt. Komisch, dass ich ihn nie als sonderlich groß empfinde.

Wahrscheinlich ist es einfach schwer, einen Menschen, den man gut kennt, wirklich objektiv zu sehen. Nicht dass ich ihn so wahnsinnig gut kennen würde.

In einer seiner Tüten sind die Glasflaschen. In einer anderen hat er Lebensmittel. Mehrere wiederverwendbare Beutel zum Klimaschutz. Sachen für die Altkleidersammlung in einer Jutetasche. Er macht alles richtig, bis ins kleinste Detail. Ein bisschen pingelig.

»Hallo Lil, ich hab dich gar nicht kommen hören«, sagt er, als er mich sieht.

»Sorry, ich wollte mich nicht anschleichen. Was machst du?«

»Nichts. Eigentlich«, antwortet er, irgendwie nervös.

»Müsstest du nicht bei der Arbeit sein?«, frage ich, als mir auffällt, dass es ja mitten am Vormittag ist.

Wahrscheinlich kann er sich nach Belieben freinehmen. Ich wette, er ist so fleißig und so schnell, dass sein Chef sagt: »Weißt du was, Lowell, ich weiß, das gefällt dir nicht, aber nimm doch ruhig den Rest der Woche frei, du hast es verdient.« So zuverlässig ist Lowell.

»Ah, Lil. Kann ich dir was erzählen? Ich bin nicht stolz darauf, aber darf ich?«

Auf einmal wirkt er ganz anders. Situationismus. Sein Selbstbewusstsein ist verschwunden. Hat sich in Luft aufgelöst. Er duckt sich. Holt tief Luft.

»Weißt du, na ja. Ich hab meinen Job verloren. Ziemlich leichtsinnig, etwas Derartiges zu verlieren, ich weiß«, versucht er kleinlaut zu scherzen.

»Oh, Lowell, das tut mir aber leid. Echt«, antworte ich betroffen.

Wir umarmen uns. Lange. Seit der Nacht bei Jean hat mich niemand mehr so umarmt. Er schmiegt den Kopf an mich. Ich hätte nicht gedacht, dass er der Typ dafür ist. Dass er sich so gehenlassen kann.

»Eigentlich ist es noch schlimmer. Es geht noch weiter«, sagt er mit monotoner Stimme.

»Was denn noch?«

»Eigentlich habe ich zwei Jobs verloren. Ganz schön beschissen, was? Zuerst hat meine eigene kleine Firma pleite gemacht, ist total untergegangen und hat innerhalb einer verdammten Woche zwei Verträge verloren. Auf einmal wollte keiner mehr unsere Software haben, und damit waren wir am Ende. Dann ging es bei meinem Bürojob los mit dem Stellenabbau. Ich war erst zehn Monate dort, ich war ja vorher bei einem anderen Unternehmen. Also gab es auch keine große Abfindung. Soll mir eine Lehre sein, was?«, murmelt er und bekommt tatsächlich feuchte Augen. Ziemlich unerwartet.

»Ach du Schande, das tut mich wirklich leid.« Ich sehe ihn an.

Aber Lowell wird zurechtkommen, ganz bestimmt. Es ist seltsam, ihn so angeschlagen zu sehen. Aber die Situation könnte auch einen Entwicklungsschub auslösen. Vielleicht wird ihn diese Phase der Verletzlichkeit verwandeln – vom Vorstand des Schachclubs zu einem Menschen mit ein bisschen Herz. Ich finde ihn attraktiv in diesem Zustand. Aber ich glaube, das geht nur mir so. Er selbst will es nicht akzeptieren. Er ist verändert, verletzt. Wie lange ist das alles wohl schon her? Ich glaube, er ist schon eine ganze Weile tagsüber zu Hause, ich hab ihn gesehen. An den Tagen, an denen ich nicht bei der Arbeit bin. Dann scheint er immer da zu sein.

»Ach weißt du, es ist nicht so schlimm. Ich hab eine Menge zu tun. Sachen, die ich schon immer machen wollte.«

Das Licht geht aus. Es funktioniert nach einer Zeitschaltuhr. Dieser kleine Raum ist nicht dafür gedacht, dass man hier rumsteht und sich unterhält, also wird es dunkel, wenn man die Tür nicht nach drei Minuten öffnet.

Einen Moment herrscht Schweigen. Ich weiß nicht, warum. Es kommt mir ewig vor. Schwarze Stille. Dann fange ich an zu lachen.

Mit der Absicht, die Anspannung zu lindern. Aber es klappt nicht. Wieder senkt sich Stille herab. Ich kann Lowell riechen. Ein dunkler, starker Duft. Ich höre seinen regelmäßigen Atem. Ich möchte ihm erzählen, dass Aiden verschwunden ist. Vielleicht hätte ich das schon längst tun sollen. Es jemandem erzählen, meine ich. Aber gleichzeitig will ich das nicht. Ich möchte überhaupt nicht an Aiden denken.

Lowell beugt sich über mich. Packt mich an den Armen. Hält mich fest.

»Da bist du ja«, sagt er, sanft und leise. Es gefällt mir.

Dann nähert er sein Gesicht dem meinen. Langsam, ganz ohne Eile. Mein Atemrhythmus verändert sich. Seiner ebenfalls, ich spüre es auf meinem Mund, so nah ist er.

Dann berühren seine Lippen die meinen. Unwillkürlich neige ich mich nach vorn und drücke mich an ihn. Er schiebt behutsam die Zunge in meinen Mund, nur einen Augenblick. Ich will nach seinem Arm greifen, erwische aber nur Luft. Er berührt meinen Nacken und zieht sich ein Stückchen zurück. Entfernt sich von mir. Dann küsst er mich noch einmal. Ich bin sehr, sehr lange nicht mehr geküsst worden. In der Dunkelheit treffen unsere Stirnen zusammen. Meine Hand hebt sich ihm entgegen, ich berühre behutsam sein Gesicht. Streiche über seinen rechten Wangenknochen.

Doch dann schiebt er mich aus dem Weg. Ich höre seine Schritte. Er stöbert herum, ist hinter mir. Dann weiß ich nicht mehr, wo er ist, und fühle mich plötzlich schutzlos. Fünf Minuten in einem Müllkabuff, im Dunkeln, mit einem fremden Mann. Er bewegt sich wieder. Erneut höre ich seine Schritte auf dem Boden und wende mich ihm zu.

Dann geht das Licht wieder an, sein Gesicht erscheint. Er spricht.

»Oh, Lil. Schön, dich zu sehen«, souffliert er mir.

Ich lache nervös. Wir tun, als wäre nichts passiert. Aber wir wissen beide Bescheid. Es herrscht Hochspannung zwischen uns, es ist aufregend. Selbst wenn es nirgendwohin führt. Selbst wenn das alles war. Er hat mich an der Angel, noch mehr, als ich dachte.

Schnell packe ich meine Tasche und lasse ihn stehen. Aber ehe ich verschwinde, drehe ich mich doch noch einmal um.

»Aber du wirst es schaffen, ja?«, sage ich.

»Ja. Ja, natürlich«, antwortet er unsicher. Er will sicher klingen, schafft es aber nicht ganz.

»Also – wenn du irgendwas brauchst – ich bin direkt hinter dieser Wand«, zitiere ich ihn.

Ich lächle. Er versucht es ebenfalls. Zwinkert. Lächelt. Schaut zu Boden. Schüchtern, aber immer noch männlich. Das kriegt er hin.

Ich werfe meine Tasche über die Schulter.

Ich bin eine schlechte Ehefrau. Womöglich war ich nie eine sonderlich gute.

Aber jetzt bin ich richtig schlecht.

Noch 1 Tag. 14 Uhr.

Einer der vielen Vorteile des Lebens in einem größtenteils verlassenen Gebäude wie dem, in dem Chris wohnt, sind die vielen ungeöffneten Türen auf den leeren Korridoren.

Zuerst mal sorgt das für eine interessante Ästhetik, gespenstisch, im sehr konkret dystopischen Sinn. Eine Schreckensvision. Kommunistisch. Brutal. Und hinter jeder Tür lauert eine Möglichkeit. Man könnte sich reinstürzen, wenn man wollte. Im alten Leben des Menschen, der früher einmal hier gewohnt hat, herumschwimmen. Was davon noch übrig ist. Das wäre aufregend. Vor allem für jemanden wie mich. Und ich weiß ja, dass du mindestens ein bisschen so bist wie ich.

Aber das Nützlichste für mich ist die Zahl der Schlösser, an denen ich üben kann. Chris hat die perfekte Konstellation für eine Schule zum Schlösserknacken. Zuerst war es nicht leicht, man muss ein Gefühl dafür entwickeln, ein Gespür. Beim ersten Schloss, das ich probiert habe, dachte ich, es geht niemals auf, und ich drohte schon, in eine resignierte Schmollphase zu geraten. Das schaffe ich nie! Als ich zu Chris meinte, ich hätte mir bestimmt ein besonders Schwieriges ausgesucht, probierte er es selbst. Und das Schloss öffnete sich in seinen Händen praktisch von selbst.

Die alten Schlösser, sagt er, die für die Sozialwohnungen,

sind von sehr schlechter Qualität. Schlimmer als die bei uns. Aber zum Üben sind sie gut.

»Empfindlich«, nennt er sie. »Da muss man feinfühlig sein.«

Klick. Klick. Klick. Klick. Klick.

Inzwischen habe ich schon fünf aufgekriegt. Ich werde schneller, das fühle ich. Ich bin so gut wie fertig. Chris ist ein guter Lehrer, er könnte damit seinen Lebensunterhalt verdienen. Womöglich tut er das.

Ich gehe die kahle Treppe wieder hinunter. An den Graffiti vorbei, die mich bei meinem ersten Besuch so erschreckt haben und die jetzt in meinen Augen eher harmlos aussehen. Dann klettere ich durch das Gitter ins Freie, gehe mit raschen Schritten zum Waterway-Gebäude und bleibe dort stehen. Und warte, dass jemand mich reinlässt.

Zur Mittagszeit habe ich mehr Glück als das letzte Mal, und Mrs Smith, die auf einen Salat nach Hause kommt (ich glaube, sie hat einen eigenen Design-Laden in Stoke Newington) lässt mich fröhlich durch die Tür. Mit einem strahlenden Lächeln. Aber ich halte den Kopf gesenkt und sage kein Wort. Einen Moment ist sie irritiert, aber nur kurz, sie wird sich bestimmt nicht daran erinnern. Eigentlich bin ich immer schrecklich nett. Normalerweise. Ich möchte es allen Leuten recht machen. Aber dafür habe ich jetzt keine Zeit.

Ich mache die Stäbe in meiner Tasche bereit. Heute ist niemand auf der Treppe, schon wieder habe ich Glück. Aber wahrscheinlich nicht viel Zeit. Ich beeile mich, versuche aber, es so zu tun, dass es das nackte Auge mir nicht ansieht. Und auch nicht das elektronische. Unter dem ich auf dem Weg zu Apartment achtzehn durchgehen muss.

Meine schwarze Baseballkappe driftet darunter vorbei, jeder kann sie sehen, wenn der Bildschirm des Concierge auf meinen Kanal schnippt. Die Kappe ist mein einziges Zugeständnis, meine einzige Verkleidung, mit der ich sie vielleicht wenigstens für ein paar Sekunden verwirren kann. Wertvolle Sekunden, die ich möglicherweise brauchen werde. Schließlich bin ich eine Wiederholungstäterin. Sie kennen mein Gesicht. Vermutlich hängt im Büro des Concierge ein Bild von mir.

Ich stecke den ersten Stift unten in das Schloss und lasse die anderen darübergleiten. Das Schloss sieht aus, als hätte Chris es beim letzten Mal ein bisschen verbogen, vielleicht macht das die Sache leichter. Vielleicht komme ich ganz leicht in eine Kerbe hinein, und das Schloss geht praktisch von selbst auf.

Aber es ist kniffliger, als ich gedacht habe. Im Wohnblock drüben habe ich gerade fünf Schlösser nacheinander geöffnet, aber das hier ist schwieriger, es braucht ein bisschen mehr Fingerspitzengefühl, um die Stifte im Innern zu erwischen. Fünf davon muss man anheben. Inzwischen bin ich schon eine ganze Weile zugange. Wenn jemand mir zuschaut, würde es ihm auffallen.

Ich gebe mir Mühe, nichts zu erzwingen. Mein Arm wird lahm und weniger geschmeidig, aber ich strenge mich an, ruhig und gelassen zu bleiben, damit die Anspannung nicht alles kaputtmacht. Ich stelle mir das Mädchen am Fenster vor, da drinnen. Geknebelt, ans Bettgestell gefesselt. Einen Hundenapf zu ihren Füßen, aus dem sie Wasser aufschlecken kann. Um zu überleben. Ich stelle mir Aiden in einem anderen Zimmer vor, die Gurgel halb durchgeschnitten, ebenfalls gefesselt, langsam verblutend. Möglicherweise zählt jede Sekunde. Das Schloss will einfach nicht nachgeben, aber ich lasse nicht locker. Als ich von drinnen ein Stöhnen höre, möchte ich am liebsten gleich das Ohr an die Tür drücken, aber ich habe keine Zeit. Ich lasse den Spanner fallen, der unten ins Schloss gesteckt wird, und bücke mich, um ihn aufzuheben. Ich höre ein Geräusch hinter mir. Vor meinem inneren Auge erscheint neben Aiden ein orangefarbener Müllsack, in dem sich die zerhackte Studentin befindet. Ein Chaos von Gliedmaßen, der Sack ist leck. Flüssigkeit sickert über den Laminatboden, berührt Aidens nackte Knöchel. Er weiß, wenn Brenner nach Hause kommt, ist er als Nächster an der Reihe. Wahrscheinlich denkt er, das Klappern im Schloss ist Brenner. Womöglich blutet er. Jede Sekunde zählt. Ich höre das Stöhnen.

Vorsichtig stecke ich den Spanner wieder ins Schloss, die anderen Stäbe darüber, und dann spüre ich tatsächlich die kaum merkliche Bewegung, höre den kaum hörbaren Knall. Ich hebe die Stäbe an, drehe den Spanner, und das Schloss ist offen. Ich betrete die Wohnung. Versuche, meinen Atem ruhig zu halten. Schritte auf dem Hausflur. Jemand geht draußen vorbei, Security oder Polizei. Keine Zeit zu überlegen. Ich schaue mich im Zimmer um. Die Jalousie ist heruntergelassen. Das Stöhnen kommt aus dem Schlafzimmer. Wo ich die Kiste gesehen habe. Ich hätte einen Hammer und eine Brechstange mitbringen sollen, um sie aufzustemmen. Ich schaue mich nach etwas um, was ich stattdessen benutzen könnte. In der Diele sehe ich nichts.

Also versuche ich es im Bad. Hotelseife – Brenner reist viel – ansonsten ist es ganz ähnlich wie meines. Alles abhängig von der Situation. Er hat eine Quinoa-Feuchtigkeitscreme. Eine Schallzahnbürste. Wie ich. Aber er ist trotzdem anders als ich. Er hat etwas zu verbergen. Etwas viel Schlimmeres als ich. Das Stöhnen wird lauter.

Ich denke an das Samurai-Schwert. Aber dann überlege ich es mir anders. Es ist zum Zerschneiden von Haut und Knochen gedacht, dafür ist es gemacht. In einer Schublade unter dem Waschbecken finde ich einen Hammer.

Damit stelle ich mich an die Schlafzimmertür und sammle meine Kräfte. Da drin ist eine Frau, ganz eindeutig. Ich bin gekommen, um sie zu retten. Also los.

Mit hocherhobenem Hammer schubse ich die Tür auf. Die Frau schreit. Brenner ruft etwas. Ein Wirbel von Laken und hastiger Bewegung. Noch immer atmen beide schwer. Ich bin nicht sicher, was Brenner der Frau angetan hat. Aber es sieht nicht sonderlich gewalttätig aus. Da stehe ich nun, in seinem Schlafzimmer, mit einem Hammer in der Hand.

»Was zur Hölle hast du denn hier zu suchen?«, brüllt er und steht auf. Nackt. Ich sehe alles. »Mach, dass du hier wegkommst, verdammt, du verdammte Irre!«

Er ist wütend und auch ein bisschen erschrocken. Mir würde es genauso gehen, wenn jemand in meine Wohnung einbrechen würde. Während ich Sex habe. In Gedanken tausend Meilen von allen Fragen der häuslichen Sicherheit entfernt. Die Frau wickelt sich in ein Laken. Aber ich sehe trotzdem das meiste. Stehe einfach nur da, mit gezücktem Hammer. Auf einmal scheint sie mich zu erkennen. Von damals, als ich meinen Finger auf sie gerichtet habe, meinen Pseudo-Revolver, von gegenüber, aus meinem Versteck.

»Kennst du die Frau, Rich? Vögelst du sie oder was?«

»Glaubst du wirklich … schau sie dir doch an, verflucht. Sie ist komplett verrückt. Verpiss dich, verschwinde, du bist doch nicht ganz bei Trost.«

Ich lasse den Hammer fallen, und wir erschrecken uns alle,

der Krach hallt durch den ganzen Raum. Ich mache, dass ich wegkomme. Als die Tür sich hinter mir schließt, höre ich gedämpft Brenners Erklärungsversuche.

»Ich wollte es dir nicht sagen, weil ich dachte, du würdest dann ausflippen. Aber vor ein paar Tagen ist hier jemand eingebrochen, genauer gesagt, diese Verrückte. Sie ist ein Fall für die Klapsmühle.«

Einen Moment halte ich inne, dann laufe ich den Flur hinunter. Vielleicht kann ich noch fliehen. Vielleicht wird alles noch gut enden. Obwohl mir das nicht sehr wahrscheinlich vorkommt. Ich habe es verdient, erwischt zu werden. Ich habe es verdient, weggesperrt zu werden. Die Frau sah nicht aus, als wäre sie verletzt. Ich habe ihren ganzen Körper gesehen, sie hatte keine blauen Flecke. Keine Brandmale. Nichts dergleichen. Irgendwas stimmt nicht. Es ist die gleiche Frau. Glatte gebräunte Haut, unverwechselbar. Aber unverletzt. Und die Blutergüsse können nicht in ein paar Tagen verheilt sein. Das ist schlicht unmöglich.

Aber ich habe sie durch mein Fernglas gesehen. Ich hatte sie im Visier. Sie wollen mich austricksen. So muss es sein. Als ich ans Ende des Flurs gelange, höre ich Brenner rufen.

»Hey, komm zurück, mach schon!«

Das will ich nicht, ich traue ihm nicht über den Weg. Ich sehe ihn immer noch als den Mann von vorher. Als Brenner. Er ist groß. Und wieder ruft er.

»Jetzt komm schon. Ein bisschen näher, damit wir uns unterhalten können.« Inzwischen ist er sehr viel ruhiger.

»Tut mir leid. Tut mir echt leid. Ich bilde mir manchmal Dinge ein. Muss wohl so sein.« Ich bleibe am Ende des Korridors stehen.

»Komm her. Ein bisschen näher. Damit wir reden können.«

Ich tue es. Ich gebe nach. Ich bin erledigt. Ich werde ihm geben, was immer er will. Aber ich möchte nicht, dass er so brüllt. Ich hoffe, er wird mich nicht anschreien. Ich gehe ein Stück auf ihn zu.

»Na also. Wie heißt du eigentlich?« Er beäugt mich, mit ernster Miene.

»Ich …«

»Du bist Lily, richtig? Ja, Lily«, sagt er sanft.

»Ja. Ja«, murmele ich und muss mich anstrengen, die Tränen zurückzuhalten.

»Komm ruhig noch ein bisschen näher. Ich möchte nicht, dass die Nachbarn uns hören.«

»Es tut mir wirklich sehr, sehr leid.«

Er redet ganz ruhig mit mir. Behutsam. Wie mit einem Vögelchen, das er nicht erschrecken will. Das er gefangen hat.

»Hör mal, es tut mir leid. Ich wusste nicht, wie ich reagieren soll. Auf diese ganze Geschichte. Es ist keine normale Situation. Ich wollte nicht … aber das ist es nicht. Normal, meine ich. Oder?«, sagt er und verströmt dabei Trost und Mitleid.

»Nein, nein«, sage ich zerknirscht.

Er lehnt sich an den Türrahmen. Er schaut hinein. Nickt, um seiner Freundin zu sagen, dass alles okay ist. Dann schaut er wieder zu mir.

»Lily, die Polizei hat mir gesagt, dass ich Anzeige erstatten soll. Selbst wenn du … Obwohl die dachten, du bist …«

»Verrückt?«

»Nein, harmlos. Aber das wollte ich nicht. Und dann habe ich dieses Ding gefunden. Dieses komische Ding unter meinem Kühlschrank. Ich dachte, du wüsstest inzwischen, dass alles ein

Scherz ist. Ich hab dich ein bisschen auf den Arm genommen. Ich weiß, das wirkt auch ... nicht ganz normal.«

Auf einmal ist er ganz der Junge von nebenan.

»Lily, ich will keine Anzeige erstatten oder irgendwas in der Art, weil ich denke, es ist zumindest teilweise meine Schuld, und du bist eindeutig ... ich meine, du bist eine ... du kannst nicht klar denken. Aber das ist in Ordnung.« Jetzt sucht er tatsächlich Entschuldigungen für mich.

»Danke, danke sehr.« Ich klinge erbärmlich und wische meine Augen an meinem Ärmel trocken. Mein Körper wendet sich ab.

»Aber Lily, ich möchte wirklich, dass du Hilfe in Anspruch nimmst. Oder ... ich denke, du solltest vielleicht mit jemandem sprechen. Nach diesem Vorfall. Denn das ist keine ... keine Kleinigkeit, richtig? Also bitte, tu das für mich, okay?«, sagt er mit einem harten Unterton.

Mein Mund gibt ein Schmatzgeräusch von sich, als ich ihn öffnen will, er ist total trocken. Um ein Haar zucke ich die Achseln, aber ich möchte nicht gleichgültig wirken, sondern entschlossen. Ich bin auch entschlossen. Hocherhobenen Hauptes stehe ich da. Er mir gegenüber. Wir verstehen uns.

Er wartet auf mich, glaube ich. Wartet, dass ich ihm sage, was ich vorhabe. Das möchte er. Aber ich weiß nicht, ob ich ihm tatsächlich alles geben möchte, was er will.

Ich denke an meine Mum. Und mustere ihn.

Der Tag selbst.

Es klingelt an meiner Tür. Es ist halb neun, aber ich war schon wach und habe an die Decke gestarrt. Um acht habe ich einen Anruf bekommen, von Deborah, meiner Chefin, die mich gefragt hat, ob ich »meinen Urlaub nicht ein bisschen offizieller« machen möchte. Sie sagt, ich habe mich verändert, mich zurückgezogen. Und sie sagt, dass sie das »weiß und versteht«. Alle scheinen zu »wissen« und zu »verstehen«.

Sie möchte, dass ich mir eine einmonatige Auszeit nehme, aus »psychischen Gründen«. Offenbar ist mein Verhalten schon eine ganze Weile unkontrolliert, ich bin nicht ansprechbar. Ganz vorsichtig erwähnt sie ein paar »Vorfälle«. Aber ich erinnere mich an keinen davon.

Sie ist freundlich und nett am Telefon. Was die Sache noch demütigender macht. Ich möchte ihr sagen, sie soll sich verpissen. Sich ihren Job sonst wohin schieben. Aber ich bezweifle, dass das helfen würde, sie von meiner geistigen Gesundheit zu überzeugen. Ich möchte ihr sagen, dass ich größere Dinge in Aussicht habe. Einen besseren Job, mehr Geld, mehr Respekt. Aber so ist es leider nicht. Also sage ich es auch nicht.

Einen Monat bezahlten Urlaub. Das ist ein Geschenk. Was kann ich damit machen, was fange ich damit an? Über all das denke ich nach, als es klingelt.

Ich springe auf. Das muss Aiden sein, vielleicht hat er seinen Schlüssel vergessen. Endlich kommt er nach Hause. Alles wird gut. Es kommt nicht oft vor, dass jemand an der Tür klingelt. Meistens klopft man nur.

Aber als wir hier eingezogen sind, haben wir anfangs immer geklingelt. Als Witz, auch wenn wir den Schlüssel dabeihatten. Dann war er es. Oder ich. Wir haben unsere Stimme verstellt und gesagt: »Oh, hi, ich bin Nigel, der Account-Manager, ich wollte testen, ob die Klingeln alle richtig funktionieren.« Wahrscheinlich ist es so was. Wahrscheinlich ist er es.

Vor der Tür stehen zwei Männer. Keiner von ihnen ist Aiden. Aber einer ist der Detective von neulich. Der andere sieht stämmiger aus und trägt die passende Uniform. Unser Mann von neulich sieht immer noch aus wie ein Buchhalter. Und er übernimmt das Reden.

»Ms Gullick, wir müssen ein paar Dinge mit Ihnen besprechen«, sagt er, weniger locker als bei unserer letzten Begegnung.

»Okay, ich bin ganz Ohr. Legen Sie los.«

»Ich glaube, es geht um Dinge, die man besser auf dem Revier besprechen kann. Wenn Sie netterweise mitkommen würden?«

Ich glaube, es ist eine Frage, aber es klingt nicht so. Es klingt wie ein Befehl. Also gehe ich mit. Vielleicht hat Brenner beziehungsweise Rich sich nicht an sein Versprechen gehalten. Arschloch. Wahrscheinlich hat er auf dem Revier angerufen und ihnen alles erzählt. Womöglich brauche ich jetzt eine bessere Geschichte. Womöglich brauche ich einen Anwalt.

Erst als ich wieder in diesem kleinen weißen Raum auf

diesem Stuhl sitze, fällt mir Aiden ein. Ich sollte diesen Männern von ihm erzählen, aber ich bezweifle, dass das so gut wäre.

Nein. Am besten, ich behalte das für mich. Am besten, ich behalte alles für mich. Garantiert habe ich diese Situation Rich zu verdanken. Er hat nicht gehalten, was er versprochen hat. Mit der Anschuldigung, dass ich eingebrochen bin, kann ich umgehen. Vielleicht klappe ich einfach zusammen. Das werden sie mir abkaufen. Aber darüber will der Buchhalter gar nicht sprechen, er erwähnt den Vorfall nicht mal beiläufig. Es geht ihm um etwas ganz anderes.

»Können Sie mir etwas über Ihre Beziehung zu der vor kurzem verstorbenen Jean Taylor aus Apartment einundvierzig im Canada House sagen?«

Das Tonband läuft, man hört es im Hintergrund surren. Was ist das denn jetzt? Der andere Polizist beugt sich über den Tisch.

»Ich bin ihr hin und wieder begegnet. Und ich habe auch gehört, dass sie gestorben ist. An dem Morgen, als man sie gefunden hat, stand eine riesige Menschenmenge vor ihrer Wohnung. Das war's.«

Sie hören mir zu. Geben aber nichts preis. Dann setzen beide ein kleines Lächeln auf.

»Ich habe ihr Foto im *Guardian* gesehen – da war ein Artikel über sie. Wir haben uns gegrüßt, auf der Straße. Ich … ich habe auch das Schild gesehen, auf dem Zeugen gesucht wurden. Glauben Sie denn, dass … dass Fremdeinwirkung im Spiel war?«

Da ist wieder dieser Ausdruck, der aus meinem Mund leider grässlich infantil klingt.

»Dann … waren Sie also nie in Jeans Wohnung?«, fragt der Buchhalter.

Ich denke nach. Was soll ich machen, was soll ich machen? Nein, ich sage lieber nichts davon.

»Nein. Nie«, antworte ich mit fester Stimme. Lächle einen Moment, erst zum einen, dann zum anderen. Alles klar. Dann kommt mir ein Gedanke. Der Versuch lohnt sich.

»Gab es denn irgendwelche neuen Erkenntnisse? In dem Fall? Ich habe nämlich sehr darauf gehofft, dass jemand der Sache auf den Grund geht.«

Man höre sich das an. Sogar ich finde, dass ich verdächtig klinge. Irgendwie unnatürlich.

»Könnte schon sein. Aber überlassen Sie bitte uns das Fragen.«

Wieder bleibt alles in der Luft hängen. Man könnte locker einen Bus durch diese Pausen fahren.

»Sonst haben Sie nichts für uns? Ms Gullick?«

Auf die Brenner-Geschichte waren sie nicht scharf, sie hat mir rein gar nichts gebracht. Aber ich könnte ihnen alles erzählen. Das wäre eine Möglichkeit. Von dem großen blonden Mann. Von meinen drei übereinstimmenden Zeugen, die ich selbst beschafft habe. Von den Andeutungen, dass er, oder jemand wie er, mit Sonya gesehen worden ist. Dass er möglicherweise sogar ihr Freund war. Ich könnte ihnen von Aiden erzählen. Und von meinem Fernglas. Ich könnte ihnen alles auftischen. Aber ich tue es nicht. Ich lächle. Und erzähle ihnen gar nichts.

»Das ist seltsam, denn nachdem wir neulich Ihre Fingerabdrücke genommen haben, haben wir eine Übereinstimmung mit einer Reihe von Abdrücken in Jeans Wohnung festgestellt. Sie war eine einsame Frau. Es gab nur zwei Sätze von Fingerabdrücken. Ihre und die von Jean. Wie erklären Sie sich das?«

Jetzt habe ich die Wahl. Wenn auch keine gute. Etwas. Oder nichts.

»Kein Kommentar.« Als die Worte aus meinem Mund kommen, klingen sie noch viel schuldiger, als ich dachte.

»Dann ist da noch die Tatsache, dass Sie neulich in eine Nachbarwohnung eingebrochen sind.«

Nur das eine Mal. Das zweite hat er nicht erwähnt. Auch nicht den Hammer. Vielleicht hat Rich also doch Wort gehalten.

»Wir haben sogar Augenzeugen, die Sie in der Nacht, als Jean getötet wurde, in der Sozialsiedlung gesehen haben. Und auch mehrmals danach, immer bei Nacht.«

»Ich wohne ja ganz in der Nähe. Manchmal gehe ich da durch, als Abkürzung. Wer …?«

»Aber was mir am meisten Sorgen bereitet, Ms Gullick, ist der Umstand, dass wir dem Bericht eines Arztes nachgegangen sind, der vor uns am Tatort eingetroffen ist. Genauer gesagt dem Bericht einer Ärztin, deren Beschreibung bei näherer Betrachtung genau auf Sie passt. Wir haben eine mehrmalige, wenn auch nicht hundertprozentig zuverlässige Zeugenaussage, die diese Ärztin als Ihnen sehr ähnlich beschreibt.«

Die Luft wird kalt. In meinem Gesicht erschlaffen sämtliche Muskeln. Ein Schauder läuft mir über den Rücken.

»Sie sind aber keine Ärztin, oder, Ms Gullick?«

»Kein Kommentar.«

»Wir haben uns nur gefragt, ob Jean Taylor dachte, Sie wären Ärztin. Denn vielleicht haben Sie ihr das erzählt. Womöglich haben Sie sich so in ihre Wohnung geschmuggelt. Das wäre zumindest plausibel, oder nicht? Aus unserer Perspektive.«

Jetzt haben sie mich festgenagelt. Ein Käfer unter einem Glas.

»Ich weiß nicht, wovon Sie reden.«

»Bleiben Sie bitte in der Nähe, Ms Gullick. Sie sind eine Verdächtige im Mordfall Jean Taylor. Halten Sie sich zur Verfügung. Nur schuldige Menschen laufen weg. Ich weiß, das ist ein Klischee. Aber ein absolut zutreffendes.«

TEIL 8:
DIE FRAU IM VIERTEN

Der Tag selbst. Nachmittag.

Sie fahren mich nach Hause. Mein Kopf dröhnt. Ich glaube, dass mit meinen Nebenhöhlen etwas nicht stimmt. Ich habe Schmerzen. Als Kind hatte ich Migräne, vielleicht ist es auch das. Ich weiß es nicht. Es könnte auch etwas damit zu tun haben, dass ich die einzige Verdächtige in einer Mordermittlung bin.

Alle scheinen mich zu beobachten. Über mich zu sprechen. Angefangen bei der gestörten Frau, der ich aus reiner Herzensgüte damals Salbe gegen Fußpilz geschenkt habe, bis zu dem potentiellen Psychopathen gegenüber. Und noch alle möglichen anderen Gesichter, die mich aus hohen Fenstern anstarren. Ich bin nicht die einzige Beobachterin.

Als ich aus dem Auto steige und die Tür hinter mir zuschlage, begrüßt mich ein freundliches Gesicht. Lowell kommt angejoggt, in Sportklamotten. Er ist dünner, als ich dachte. Aber breitschultrig, das ist in seinem ärmellosen weißen Shirt deutlich zu sehen. Vermutlich ist er vom Klettern zurückgejoggt – er trägt noch seine Handschuhe. Damit niemand vergisst, wie männlich er ist. Er hält sich fit. Nachmittags. Ein Privileg, das nur die Freiberufler und die Arbeitslosen genießen.

»Alles klar bei dir, Lil? Stört es dich, wenn ich frage, was abgeht?«, erkundigt er sich, während er den Polizeiwagen beäugt, der gerade wegfährt.

Eigentlich müsste ich jetzt verlegen sein, aber über dieses Stadium bin ich inzwischen hinaus. Wir können zusammen Trübsal blasen. Schamzwillinge. Da ich mich freue, ein freundliches Gesicht zu sehen, umarme ich ihn. Er ist warm, verschwitzt. Ich lasse ihn wieder los.

»Oh, es ist ...«, beginne ich zögernd und drehe mich zur Haustür.

»Sprich weiter«, sagt er, erwartungsvoll, ein bisschen nervös.

»Ich helfe denen nur bei ihren Ermittlungen«, antworte ich leichthin.

Er stemmt die Hände in die Hüften. Schaut mit zusammengekniffenen Augen in die Sonne. Trinkt einen Schluck aus seiner Wasserflasche.

»Wow. Wegen ... weswegen? Oder stört es dich, wenn ich ... äh ...« Er lässt den Satz unvollendet.

Zum ersten Mal seit langer Zeit fühle ich mich kompetent. Robust. Ich habe ein Geheimnis. Jeder möchte wissen, was ich mache. Ich befasse mich mit ernsten Dingen.

»Weißt du was – hast du vielleicht Lust auf einen Tee?«

Er kommt mit in die Wohnung. Meine grundlegende Ordnungsliebe hat mich über Wasser gehalten. Gut, es liegen alte Zeitungen herum. Schmutzige Teller und Tassen. Ein paar. Plötzlich fallen sie mir auf, als wären sie gerade erst erschienen. Aber ansonsten ist es hier ziemlich aufgeräumt. Seltsam, dass man sich selbst im Kontakt mit fremden Personen durch deren Augen betrachtet. Aber ich komme wirklich ganz gut zurecht. Ich gehe nicht unter.

Lowell stützt sich auf die Armlehne meines Sofas und demonstriert, dass er nicht lange bleiben wird. Höchstwahrscheinlich ist es ihm peinlich, im Wohnzimmer einer Halbfremden zu schwitzen. Seltsam, ein Eindringling zu sein, wenn man nicht in Bestform ist. Zwar habe ich ihm gesagt, dass er ruhig erst duschen gehen kann, aber er war ganz scharf darauf, meine Geschichte zu hören. Und stößt die Sache auch gleich an. Springt einfach rein.

»Geht es um den Einbruch?«

»Welchen Einbruch?«, frage ich zurück und begegne seinem Blick.

Er zögert. Er schwitzt. Aber er ist ja auch gerade gejoggt. »Ich habe gehört, dass es einen Einbruch gab. Im anderen Gebäude«, erklärt er.

»Oh, du hast also davon gehört. Ja. Ich glaube, ich habe auch davon gehört.«

Auf einmal habe ich das Gefühl, dass ich alle Karten in der Hand halte. Das ist neu. Und aufregend.

Er fängt an, im Zimmer auf und ab zu gehen. Anscheinend hat er das plötzliche Bedürfnis, den Raum zu dominieren. Wie ein Tier stolziert er herum. Er sieht komisch aus. Vielleicht ist er nervös, ich glaube, es ist alles ein bisschen zu real für ihn geworden. Aber ich bin nicht sicher, wie ich helfen kann. Und auch nicht sicher, wie es mit uns weitergeht.

»Ist echt eine eigenartige Geschichte«, greife ich ihm ein bisschen unter die Arme.

Er bleibt stehen und starrt. Stille. Die Anspannung ist spürbar. Wahrscheinlich macht er sich meinetwegen Sorgen. Verständlicherweise.

»Anscheinend denken die von der Polizei, dass ich etwas über diese alte Frau weiß. Über die, die gestorben ist.«

»Oh, richtig. Genau.«

Ich lasse ihn ein Weilchen zappeln. Es gefällt mir, ich weiß selbst nicht, warum.

»Und – stimmt das? Lil? Weißt du tatsächlich etwas darüber?«

»Nein, nein. Aber ich kannte sie ein bisschen. Wir haben uns auf der Straße gegrüßt. Weiter nichts.«

»Okay. Vermutlich ist die Polizei froh über alles, was sie kriegen kann.«

»Und ich war auch mal bei ihr zu Hause. Nachts. Ziemlich spät.«

»Ach ja? Du hast sie besucht?«, murmelt er.

Er trinkt den ersten Schluck von seinem Tee. In seiner Hand sieht die Tasse sehr klein aus. Eine Puppentasse. Er ist größer, als ich ihn in Erinnerung hatte. In Sportsachen sieht man seine Muskeln.

»Ja. Ich wollte ihr nur mal Hallo sagen, ich hatte sie in der Zeitung gesehen. Da gab es einen Artikel über sie, und ich wollte schauen, ob mit ihr alles in Ordnung ist. So als gute Nachbarin.«

»Und das hast du der Polizei erzählt«, folgert er etwas vorschnell.

»Nein. Das habe ich der Polizei nicht erzählt.«

»Und … was hast du denen dann erzählt?«

Noch ein Schlückchen Tee.

»Nichts. Ich wollte nicht, dass sie denken, ich wäre an etwas beteiligt, mit dem ich in Wirklichkeit gar nichts zu tun habe. Ich wollte nicht von ihnen behelligt werden. Deshalb habe ich nichts gesagt.«

Wieder lehnt er sich ans Sofa, dann trinkt er seinen Tee

mit großen Schlucken aus. »Das ist wahrscheinlich auch das Beste.«

»Ja, das denke ich auch.«

Er fragt nicht, wo Aiden ist. In meiner Wohnung sitzt ein fremder Mann, der versucht, den Raum zu beherrschen. Und sich nicht erkundigt, wo der Herr des Hauses geblieben ist.

»Du hast das Richtige gemacht, das wird dir garantiert eine Menge Nerverei ersparen. Stimmt's?«

Jetzt schlägt der transatlantische Ton seiner Stimme deutlich durch. Ich finde es süß, wenn er Worte und Redewendungen benutzt, die er hier aufgegabelt hat. Zum Beispiel, wenn er »Nerverei« sagt oder »Larifari«. Wahrscheinlich weiß er gar nicht, wie subtil, aber wunderschön fremd das aus seinem Mund klingt. Diese Imitationen und Kopien der Wirklichkeit.

Eigentlich erwarte ich, dass er gleich geht. Aber er hängt immer noch rum. Er macht sich Sorgen. Vielleicht meinetwegen. Vielleicht möchte er helfen und weiß nicht, wie. Er rührt sich nicht von der Stelle. Er hat irgendwas auf dem Herzen. Der Lärm der Bagger nimmt zu.

Rumpel. Rumpel. Rumpel. Rumpel.

»Ich sitze zurzeit ein bisschen in der Klemme«, legt er wieder los und ist dabei beinahe hinreißend. Aber sein Ton hat sich verändert. Er steht auf. »Weißt du, ich habe ein paar von diesen Wohnungen gekauft, von den neuen. Vor meiner Doppelentlassung. Ha.«

Eine Sekunde muss ich nachdenken. Zweimal im Jahr ist Baubeginn für ein neues Gebäude. Wenn die Abrissbirne an einem alten zugange war, wird innerhalb von wenigen Monaten alles freigeräumt, und die Arbeit an einem neuen Projekt beginnt. In zwei Jahren soll das Canada House zertrümmert werden. Wenn man sich auf der Website von *Princeton Homes* umschaut, findet man dort ein Bauwerk namens Aqua View, das demnächst hochgezogen und im ersten Quartal 2019 bezugsfertig sein wird. Wenn der Anfang erst einmal gemacht ist, geht es meist sehr schnell. An der Arbeit sind Bagger und Bauführer beteiligt. Aber man braucht auch Graphikdesigner und computergenerierte Bilder von geplanten idyllischen Landschaften. Außerdem gibt es Partys. Eine Menge Partys, bei denen Pimm's und Prosecco in Strömen fließen. Dort sieht man oft Leute, die bereits eine ähnliche Immobilie besitzen und darüber nachdenken, die Anzahlung für eine weitere zu leisten. Ist ja nur eine kleine Investition. Wohin soll man denn heutzutage auch sonst mit dem Geld, nicht wahr? Anfangs muss man lediglich eine kleine Summe hinblättern. Ein paar Tausend. Ungefähr sechs Monate später noch mal zwanzig. Nach weiteren sechs Monaten werden dann noch mal sechzig fällig. Oder so. In diesem Stil geht es weiter. Je länger man mitmachen kann, desto größer ist die Chance, mit großem Profit an einen Investor aus Fernost oder vergleichbare Interessenten weiterzuverkaufen. Aber man sollte unbedingt vermeiden, zahlungsunfähig zu werden, deshalb sollte man sich auch nicht zu viel aufhalsen. Denn dann kann es leicht passieren, dass man alles verliert.

»Ich hab mich in drei eingekauft, Lil. Und jetzt stehen wieder Zahlungen an. Sehr bald.«

Er ist ein Typ, der immer auf den Füßen landet. Ich bin sicher, er wird irgendeine Lösung finden. Einen Ausweg. Er ist einer von denen. Aber gleich drei Objekte!

»Ooh. Aber das kriegst du hin. Du bist ein Macher.«

»Ja. Ja, klar, bestimmt wird alles gut. Solange sie ihren Wert behalten. Ich krieg das hin.«

»Aber warum hast du denn gleich drei gekauft? Wenn du … na ja, lass dich von mir nicht stören …«

»Alles lief prächtig. Ganz toll. Dann wurde es schlechter. Ich hab es ein bisschen übertrieben. Warum geht man pleite? Weil man sich verausgabt. Nicht dass ich dabei bin, pleitezugehen. Nein nein.«

Er gerät in Bewegung, will seine Tasse abwaschen, aber ich nehme sie ihm weg und stelle sie zur Seite. Auf einmal sind wir verlegen. Vermutlich hat er jetzt Angst, dass wir zu viele persönliche Informationen ausgetauscht haben. In den letzten Wochen haben wir uns sehr viel besser kennengelernt. Ging ziemlich schnell. Womöglich zu schnell.

Aber wir sind immer noch Freunde. Gleich wird er wieder okay sein. Ist doch gut, wenn man seine Sorgen mit jemandem teilen kann.

»Tja, dann geh ich jetzt wohl mal. Wenn es was Neues gibt … irgendwas, ich bin immer nebenan.«

»Ich weiß.«

»Und halte dich von den Polizisten fern. Im Ernst. Was immer hier vorgeht, ich glaube, wir sollten uns raushalten. Diskret bleiben. Weißt du, was ich meine? Schließlich sind Informanten nie sonderlich beliebt«, meint er. Irgendwie klingt das bescheuert.

Ich stehe auf und begleite ihn zur Tür, keine Ahnung, warum. Die Wohnung ist nicht groß, nur zwei Zimmer, und wir sind zu zweit. Lowell hat drei. Für sich allein. Vielleicht dehnt er sich gerne aus. Oder er ist einfach habgierig.

»Ich wollte, Aiden wäre da und könnte auch mal Hallo sagen.«

Er bleibt stehen. Schaut mich an. Fast so, als wüsste er Bescheid. »Ja. Wie kommst du denn damit zurecht?«

»Oh, ist schon echt hart. Dass er nicht da ist.« Ich lächle.

Er runzelt die Stirn. Als wäre er verwirrt, wenn nicht sogar erschrocken. »Ja, das ist bestimmt hart. Wie lange ist es denn inzwischen?«

Er starrt mich bedeutungsvoll an. Irgendwie ist mir das zu viel. Dann ergreift er auch noch meine Hände. Was soll das denn jetzt?

»Ungefähr fünf Tage.«

»So fühlt es sich an, was?«

»Nein, so ist es. Aber keine Sorge, er wird zurückkommen. Sein Motorrad ist weg, also muss er damit unterwegs sein.«

Lowells Hirn überlegt fieberhaft. Dann boxt er sich in die Hand.

»Haben die nicht … ist das nicht Schrott? Bei dem … Unfall?«

Jetzt mache ich es auch. Meine Augen wandern von einer Seite zur anderen. Meine Füße scharren auf dem Boden. Auf einmal stehe ich neben mir. »Sorry – hast du von einem Unfall gehört? Ich weiß nichts davon.«

»Aber du hast es mir selbst erzählt.«

»Tut mir leid – was denn?«

Ist das jetzt ein Spiel? Weiß er etwas, was ich nicht weiß? Oder will er mich nur verunsichern?

»Kurz nachdem ihr eingezogen seid. In der Nacht, als es so gegossen hat. Plötzlich ist ein Auto aufgetaucht. Sie haben einander nicht rechtzeitig gesehen.«

Mir ist flau, ich kann mich nur mit Mühe aufrecht halten.

»Was redest du denn da?« Mehr kriege ich nicht raus.

Meine Knie sind wie Wackelpudding. Ich halte mich am Flurtisch fest, um nicht hinzufallen.

»O Lil. O Mann. Du solltest dich einen Moment hinsetzen.«

Der Tag selbst. Abend.

Meine Knie knicken unter mir ein.

Als ich wieder zu mir komme, liege ich im Bett, auf der Stirn einen kalten Waschlappen. Als Erstes sehe ich ihn. Er beugt sich über mich, sein Gesicht füllt mein gesamtes Blickfeld. Erst ist er verschwommen, wie ein Albtraum, dann wird das Bild scharf. Ich bin froh, dass er hier ist. Dann bin ich zumindest nicht alleine. Aber ich muss ihm mehrere Fragen stellen. Ich versuche, ruhig und freundlich zu bleiben. Aber ich glaube, es gelingt mir nicht.

»Was machst du hier?«, frage ich.

»Du warst ohnmächtig. Du warst … Lily, du musst ein paar Dinge … zur Kenntnis nehmen.«

»Was zum Geier ist denn los mit dir? Glaubst du etwa, ich weiß nicht, was du machst?« Ich gehe sofort zum Angriff über. Angriff ist immer noch die beste Verteidigung.

Ich beobachte sein Gesicht, ob ich Zeichen der Schwäche darin erkennen kann. Ein Lächeln oder ein Schmunzeln. Etwas, das ihn verrät, ein Blick zur Seite, der ihn als Lügner entlarvt. In letzter Zeit habe ich viel gelogen. Und man hat auch viel mit mir gespielt.

Die Polizei, »Rich«, Lowell. Was führt er im Schilde? Was hat er davon?

»Lil, dein Mann ist vor fünf Monaten gestorben. Bei einem Motorradunfall. Ich weiß noch, dass ich dich ein paar Stunden, nachdem es passiert ist, gesehen habe. Du musstest hingehen und die Leiche identifizieren. Du hattest einen Anruf bekommen. Es ist ganz schnell passiert. Er hat nicht gelitten. Er hat nichts davon gemerkt, das hast du gesagt. Genauso war es.« Er schnippt mit den Fingern. »Ich bin rübergekommen, um mit dir zu reden. Ich war hier, in deinem Wohnzimmer, und habe mit dir über alles gesprochen. Vorher.«

Ich blicke zu Boden, blinzle. Ich begreife das alles nicht. Lowell füllt die Stille.

»Du hast versprochen, dir jemanden zu suchen, mit dem du darüber sprechen kannst. Einen Monat später hast du mir dann erzählt, dass du nicht mehr hingehst.«

Ich bin wütend. Die Wut steigt tief aus meinem Inneren empor, ich kann sie nicht aufhalten.

»Glaubst du vielleicht, ich weiß nicht mehr, was ich denke? Ich … ich weiß genau, was ich denke. Was ist mit ihm passiert? Weißt du, wo er ist? Wo er wirklich ist?«

»Lil, ich glaube, ich sollte besser gehen.«

»Ja, geh nur. Mach, dass du wegkommst«, schreie ich ihn an. Ich bin so wütend auf ihn, dass ich mich kaum noch unter Kontrolle habe.

»Aber du musst dir Hilfe suchen. Du hast mir gesagt, dass du noch die Nummer hast. Für alle Fälle. Für den Fall, dass du noch mal zu ihr gehen möchtest, hast du gesagt …«

»Versuchst du vielleicht, mich wegsperren zu lassen? Ist es das? So, wie man meine Mum weggesperrt hat?«

»Nein, ganz und gar nicht. Ich … Ich glaube, ich sollte jetzt gehen. Aber du brauchst Hilfe. Bleib nicht allein damit. Ich weiß nicht genau, wie so was läuft … aber ich lasse dich jetzt erst einmal in Ruhe. Ich bin ja direkt nebenan.«

Mir ist nicht ganz klar, ob das eine Drohung oder ein Versprechen sein soll. Ich weiß nicht, was ich von all dem halten soll.

»Hier. Ich geb dir auch noch meine Handynummer. Für den Notfall. Egal, wo du gerade bist. Wenn du irgendwas brauchst. Du kannst mich immer erreichen. Versprochen«, sagt er und mustert mich.

»Okay. Wie du meinst. Okay.« Ich gebe nach.

Er geht. Und ich bleibe allein. So allein habe ich mich auch früher schon manchmal gefühlt. Aber nicht für lange. Glaube ich jedenfalls. Es ist ein ganz spezielles Gefühl. Mit einer eigenen Farbe. Ja. Ich habe das schon einmal gefühlt. In meinem ganzen Körper.

* * *

Ich durchsuche meine Schubladen nach Hinweisen. Eigentlich weiß ich gar nicht recht, wonach ich suche. Ich stelle die Wohnung auf den Kopf. Aus einem Buch von Daphne du Maurier, das ich vor Monaten gelesen habe, fällt ein Zettel. Darauf steht eine Nummer. Ich kenne sie nicht, es ist eine Londoner Nummer, und darüber steht »Helen«. Ich berühre die Tinte, die Worte, fahre mit den Fingern darüber, als könnten sie unter meiner Berührung verschwinden. Es ist meine Handschrift, aber ich habe keinerlei Erinnerung daran, sie geschrieben zu haben. Ich kenne keine Helen.

Hektisch durchsuche ich meine Garderobe, auf der Suche nach etwas, was die Sperre löst, ein für alle Mal. Einen Beweis oder einen Gegenbeweis. Für meine Theorie.

Ich fasse seine Klamotten an, die noch in seiner Schublade liegen, sauber und gebügelt. Noch warm, sicher von seinem Körper. Ich sehe die Raster und Tabellen an den Wänden, die Zuflucht einer Verrückten, ich denke daran, wie das für Lowell aussehen muss, den einzigen Menschen, den ich hier hereingelassen habe. Jetzt erscheint mir sein Unbehagen mehr als verständlich.

Auf einmal sehe ich mein Zimmer mit den Augen eines Fremden, wie ein Detektiv oder ein Anthropologe, ich berühre die Worte, mein Zeigefinger wandert über die Bleistiftspuren meines Rasters. Die Nummern und Namen. Die Querverweise. Die bunten Stecknadeln, die darin stecken und das Ganze an meinen Wänden fixieren. Der braune Bindfaden, der von einem Namen zum anderen führt, die Verbindungen, die Hinweise. Das Innere meines Gehirns, für jeden frei zu besichtigen. Die Marotten einer Phantastin. Von ferne wirke ich so durchschaubar.

Ich streiche mit den Händen über seine Pullover, die so hoch oben im Schrank liegen, dass ich sie kaum erreiche. Auch sie fühlen sich warm an. Ich drücke mein Ohr dagegen. Reibe mein Gesicht an ihnen, und meine Haut fühlt jeden Faden. Sein Geruch ist hier, ganz nah. Es muss ein Trick sein. Er kann unmöglich weg sein, er war doch gerade eben hier. Ich bin ganz sicher. Er ist in meiner Nähe. Zwischen zwei Pullovern finde ich noch einen Zettel. Wieder blauer Stift auf frischem weißem Papier. Eine Nummer, und darunter steht »Helen«.

Jetzt reiße ich seine Schubladen auf, seine privaten Sachen. Die Sachen, auf die man neidisch ist. Und wenn man sie durchwühlt, hat man sofort ein schlechtes Gewissen. Ich nehme alles auseinander.

Aber ich finde nur langweiliges Zeug, nur die Beweise seiner Existenz. Seine Kontoauszüge, Quittungen, Lebensbeweise. Er war hier. Gerade erst. Sein Passfoto starrt mich an. Ohne Lächeln. Er schaut mir direkt in die Augen. Ich zucke zurück. Schlage die Hände vors Gesicht, warme Tränen fallen auf den Teppich, der mich hält. In meiner Zelle. Der verhindert, dass ich in die Zelle darunter stürze. Der den anderen in ihren Zellen um mich herum die Sicht auf mich versperrt. Damit sie mich nicht berühren. Ich bin in einer winzigen Zelle auf einer Excel-Tabelle. Auf einer langen leeren Seite mit endlosen unerledigten Einträgen, so allein.

Ich greife nach den Akten auf seiner Seite des Schranks. Sie liegen direkt neben seinen Schuhen. Converse, Nike, Doc Martens, alle gut eingelaufen.

In diesen Ordnern ist das, was er geschrieben hat. Die nicht veröffentlichten Worte seines Buchs. Seines neuesten Romans. Ich packe sie und schleudere sie quer durchs Zimmer, dass die Blätter überall in der Gegend herumfliegen. Seiten über Seiten. Sorgfältig nach Datum geordnet. Das ganze Zimmer ist voll davon. Nummeriert, sortiert. Allesamt. Er hat sich nie gehenlassen. So und nicht anders musste es sein. Hier sind sie. Die Seiten, die er geschrieben hat. Eine Seite nach der anderen. Immer am Wochenende druckt er sie aus. Er hat gesagt, wenn sie nur auf dem Bildschirm existieren, fühlen sie sich nicht real an. Dass er sie dann gar nicht beurteilen kann.

Hier sind sie, seine Worte. Das, was er geschrieben hat. Beweise. Nicht bloß seine Sachen, auch seine Worte, zeitkodiert. Ich gehe zurück auf Anfang. Jetzt lächle ich. Sie haben mir einen Streich gespielt. Die anderen. Alle. Aber mir selbst kann ich vertrauen. Ich weiß doch, was ich denke.

Februar. Hier ist alles, was er im Februar geschrieben hat.

Eine Einleitung. Die Worte. »Russisch«. »Kamera«. »Applaus«. »Spritzer«. »Schnee«. »Füße«. »Gemälde«. »Leidenschaft«. »Schön«. Die Worte, die er geschrieben hat, sie sind schön. Er fließt zurück zu mir. Ich weiß, er war hier, ich habe ihn gesehen, ich habe mit ihm gesprochen. Ich habe ihn umarmt. Ihn auf die Wange geküsst, wir haben miteinander geschlafen. Ist grade mal eine Woche her. Mein Atem geht langsamer. Ich beruhige mich und überlege mir den nächsten Schritt. Ich arbeite mich durch die Seiten, immer nach dem Datum, da sind sie. Seine Worte.

Ich leere alle Ordner und lege sie auf einen großen Stapel. Den gehe ich chronologisch durch. Februar führt zu März. Seine Worte fluten mein Zimmer. Ich überfliege sie alle, um sie in mich aufzunehmen. Ich atme ihn wieder ein.

Wann er wohl heimkommen wird? Niemand kann ihn mir wegnehmen. So ungebunden auf seinem Motorrad, endlich hat er sich aus diesem Zimmer befreit. Das ist es, das hat er getan. Vielleicht war er fertig mit seinem Buch und ist dann losgefahren, hinein ins Blaue, ohne bestimmtes Ziel. Um zu feiern. Er ist ein Freigeist. Bald kommt er zurück. Wenn er mit dem fertig ist, was immer er gerade tut.

Niemand kann ihn verletzen. Ich habe gesagt, er war schwach. Aber das stimmt nicht, er ist stark. Er ist frei. Er fährt in die kalte Nachtluft hinein. Ich sehe ihn vor mir.

Dann der April. Ich lese seine Aprilworte. Woche für Woche. Nach dem Datum, Tag um Tag. Die vielen Worte, die er geschrieben hat. So produktiv. Jedes Wort ein kleiner Sieg. Geschmeidig. Nichts konnte ihn aufhalten, nichts ihn bremsen. Er war ein Profi. Das ist eine große Seltenheit. Die größte überhaupt. Ein Künstler. Ich habe nie gewusst, wie sehr. Mir war nie klar, wie stark er war. Ich stelle ihn mir auf dem Motorrad vor. Im Regen.

Mai. Wir kommen immer näher. Kapitel sechzehn, siebzehn, achtzehn und neunzehn ziehen vorüber. Alles, was er geschrieben hat. So viel. So gut. Und in diesen Ordnern ist noch mehr. Das Papier wiegt schwer in meinen Händen. Ich halte sein kleines Leben, sein Herz in meinen Händen. Sein Leben, sein Blut. Alles ist hier. Der Beweis, dass sie lügen, die anderen. Ich habe gesehen, wie er die Worte geschrieben hat, direkt vor meinen Augen, und da sind sie. Adjektive, Substantive, Adverbien, überall in meinem Zimmer verteilt. Wochen von Worten. So viele. Und noch viele stehen bevor. Eine Fülle von Seiten.

Ich stürme hindurch. Jedes Mal rasen die Worte auf mich zu. Dann nichts. Eine leere Seite. Ich halte inne. Der 21. Mai. Und dann nichts mehr.

Ich gehe zum nächsten Blatt. Auch das ist leer, aber ich starre es an, als könnte es gar nicht voller sein. Als enthielte es etwas Verborgenes. Ich suche darauf nach Hinweisen. Nach Codes. Aber da ist nichts. Ich nehme mir das nächste Blatt.

Ich starre darauf. Nichts. Keine Worte! Auch das nächste Blatt ist leer.

Noch ein leeres Blatt. Noch ein leeres Blatt. Und noch ein leeres Blatt.

Hastig blättere ich zehn Seiten nach vorn. Ich atme schwerer. Ein Flugzeug fliegt über mich hinweg. Wusch! Sie sind so nah.

Da ist nichts, nichts mehr. Keine Worte mehr. Das war's.

Der Rest des schweren Papierstapels ist leer. Aber ich habe ihn die Worte schreiben sehen. Wusch! Schon wieder fliegt ein

Flugzeug übers Haus, so dicht, dass es das Dach hätte mitnehmen können.

Ich möchte zum Fenster gehen und hinausschauen. Ist es abgestürzt? Ist das Flugzeug im See gelandet?

Auf einmal sind alle Geräusche verschwunden. Ich halte mir die Ohren zu. Das Geklingel in ihnen wird lauter und schriller. Ich falle in die Seiten zurück, die mein Zimmer zudecken. Die meine Wohnung überfluten. Sie erdrücken mich. Ich umklammere das Papier mit den Fäusten. Meine Ohren sind taub für alles andere, ich höre nicht, wie mein Körper sich in den Seiten wälzt und windet. Denn das Geklingel sticht in meinen Ohren, als wäre neben mir etwas explodiert.

Ich warte darauf, dass sie sich erholen. Aber nichts dergleichen passiert. Es ist unmöglich.

Ich beiße mir auf die Lippen, so tief, fast bis aufs Blut. Meine Brust hebt sich zum Himmel. Dann kommt es. Dann kommt es.

Der Tag selbst. Eine Minute später.

Mein Körper bebt. Unkontrollierbar. Ohne mein Zutun. Das kann nicht sein. Es ist, als hätten sich fremde, unsichtbare Gestalten in mein Zimmer geschlichen und von mir Macht ergriffen. Schatten, die mich an jedem Muskel, jedem Glied festhalten und schütteln. Jede Sehne zittert. Ein grässlicher Anblick. Ein Exorzismus. Doch ich schließe die Augen, ich sehe nichts. Mein Schädel schlägt auf den Teppich. Ich kann nichts dagegen machen. Ich kann nicht aufhören.

Doch dann kehrt mein Gehör zurück. Langsam lässt das Zittern nach, der Anfall ist zu Ende, mein Körper wird wieder still. Aber ich kann mich nicht bewegen. Ich befehle meinen Armen, mich hochzustemmen. Ich befehle meiner Wirbelsäule, sich vom Boden aufzurichten. Ich befehle meinen Füßen, mir wenigstens ein Zeichen zu geben, dass sie noch da sind. Aber sie reagieren nicht. Ich bin gelähmt. Ich kann mich nicht rühren. Noch nie habe ich etwas so Schreckliches erlebt.

Ich hoffe, dass mein Herz von alleine schlagen kann, dass meine Organe weiter ihren Dienst tun und die Millionen Dinge erledigen, die uns am Leben erhalten und die wir für selbstverständlich nehmen.

Mein Atem zumindest funktioniert noch. Ich fühle ihn, wie er über meine Lippen streicht. Automatisch dehnt und kontrahiert sich meine Lunge. Alles andere ist still. Außer meinen Augen. Sie wandern umher und entdecken einen weiteren Zettel, rechts von mir. Wieder diese Nummer. Wieder dieser Name: Helen. Auf meiner Brust liegt ein weiterer, ein gelbes Post-it. Gleiche Nummer. Meine Handschrift. »Helen«. Erstaunt starre ich darauf.

Es ist so schwer, die Gefühle zu beschreiben, die man in diesem Zustand hat. Wenn man keinen Muskel rühren kann. Als hätte jeder Gedanke einen Dimmer. Eine schwarze Wolke hängt darüber und wirft einen Schatten über jede Erinnerung. Ich versuche, meine Gedanken auszuschalten. Wenn ich nicht fürchten müsste, meine Zunge zu verschlucken, würde ich schlafen. Aber ich habe sowieso viel zu viel Angst.

Ich denke an Bilder und Dinge. Ich denke an Aiden. Auf seinem Motorrad. Wie er durch die Nacht fährt. Es fühlt sich an wie ein Albtraum. Oder wie eine Bedrohung. Oder wie Angst.

Aber es ist eine Erinnerung.

Ich erinnere mich an den Anruf auf meinem Handy. Von einer unbekannten Nummer. Normalerweise nehme ich keine Gespräche von unbekannten Nummern an, also drücke ich den Anruf weg. Die Nummer versucht es noch einmal, wieder drücke ich den Anruf weg. Ich bin auf der Arbeit. Gelangweilt und beschäftigt. Aber beim nächsten Versuch gehe ich dran.

»Ja«, sage ich laut, und das ganze Großraumbüro dreht sich nach mir um.

»Spreche ich mit Ms Gullick, Riverview Apartments neunundvierzig?«

»Ja. Was gibt es denn?«

»Ich denke, Sie sollten sich setzen.«

Ich sitze ohnehin schon, aber ich möchte nicht im Büro bleiben, deshalb gehe ich nach draußen. Auf den Korridor, wo ich außer Hörweite bin, denn meine Kollegen scheinen irgendetwas zu ahnen. Mit ihren neugierigen Blicken und gespitzten Ohren.

»Ja. Fahren Sie fort. Ich sitze«, lüge ich. In Wirklichkeit stehe ich am Korridorfenster und starre hinaus. Leute aus den anderen Büros gehen an mir vorbei. Hier ist man nie ganz ungestört. Es ist eins dieser Gebäude.

»Ihr Mann hatte einen Unfall. Heute in den frühen Morgenstunden, gegen 6 Uhr 45. Es gab einen Zusammenstoß.«

Ein PKW war an dem Unfall beteiligt. Und ein Lastwagen. Es hat stark geregnet.

Er hatte ein Meeting, früh am Morgen. Wegen seines neuen Buchs, irgendwo außerhalb. Sussex oder Oxford. Hampshire oder Hertfordshire. Ich weiß es nicht mehr.

Auf dem Korridor wandern Leute an mir vorbei. Von einem Büro zum anderen. So dicht, dass sie mich beim Vorübergehen fast anrempeln. Ich starre aus dem Fenster. Ein großer Starenschwarm zieht im Sturzflug vorüber und schwingt sich dann hinauf in den wolkenverhangenen Himmel.

* * *

Ich gehe nach unten, um mir die Geschichte der Polizei anzuhören. Sie sind freundlich. Das haben sie gelernt. Ich nicht. Ich habe Angst vor ihnen, ich bin zaghaft und nervös. Aber ich kann einfach nicht die richtigen Gefühle heraufbeschwören. Nicht aufs Stichwort. Nicht einmal, als ich die Leiche sehe. Ich habe beinahe das Gefühl, mit mir stimmt etwas nicht. Aber dann verwerfe ich den Gedanken. Mein Kopf packt es nur einfach weg, an eine andere Stelle. Und ich schaue hin.

Ich steige in ein Auto, es fährt mich nach Hause. Unterwegs sehe ich die Welt an mir vorüberziehen, draußen vor dem Beifahrerfenster. Nichts ist zum Stillstand gekommen. Alle gehen ihrem Alltag nach. Die Welt dreht sich weiter. Wir kommen an einem Park vorbei, auf einer Bank sitzen Leute und trinken Kaffee, im Regen. Ein altes Paar. Faszinierend.

Man gibt mir ein paar Telefonnummern, die ich anrufen soll. Eine Checkliste. Ich mache ein paar Termine, erledige meine Aufgabe vollkommen unbeteiligt. Nüchtern. Noch immer keine Tränen. Jemand hat mir alle Energie abgezogen. Es ist, als erledigt eine leere Hülle die Anrufe an meiner Stelle.

Dann rufe ich seinen Bruder an. Ein paar seiner Freunde. Seinen Agenten. Der Bruder weint heftig ins Telefon. Ich höre ihm zu. Interessiert. Aber unbewegt. Zum ersten Mal habe ich ansatzweise ein schlechtes Gewissen. Aber das geht schnell wieder vorbei.

Irgendwann muss ich darüber sprechen. Das ist der Rat, den mir jeder gibt. Ich erzähle es vielen Leuten. Leuten, zu denen ich den Kontakt verloren habe, weil ich mit Aiden zusammen war. Er hat all meine Zeit in Anspruch genommen, wir haben alles zusammen und füreinander gemacht. Er war mein bester Freund. Außer ihm brauchte ich niemanden. Sogar diese Menschen weinen. Ich rufe einen alten Freund von der Arbeit an, den ich kaum mehr sehe. Ich telefoniere mit meiner Cousine Sarah in Devon. Lausche ins Telefon. Aber es hat keinerlei Wirkung.

Ich erinnere mich jetzt, dass ich Lowell davon erzählt habe. Wirklich. Jetzt weiß ich es wieder. Auf dem Korridor. Er ist reingekommen. Er war wirklich schon einmal hier. Er hat mich in den Arm genommen. Ich habe mich nicht entspannt und auch keinen Muskel gerührt. Damals kannte ich ihn noch fast gar nicht. Jetzt kenne ich ihn auch nicht wirklich, aber damals noch weniger. Ich war eigentlich gerade erst eingezogen. Er ist nicht lange geblieben.

Ich möchte dich ja anrufen, Dad. Aber ich bin so stur. Ich bin immer noch sauer auf dich. Jede Nachricht, jede Voicemail, die ich ignoriere, ist meine Strafe dafür, dass du diese Worte zu mir gesagt hast. Dass du mich so selbstverständlich mit ihr und all ihren Fehlern verglichen hast, in einem einzigen abschätzigen Satz. Jedes Mal, wenn du anrufst. »Du weißt schon, wer.« Du. Noch ein Stück vom Marathon. Abwarten, bis es aufhört zu klingeln oder auf »Ablehnen« drücken. Welch heldenhafte Ausdauer. Ein gutes Gefühl.

Deshalb habe ich angefangen, Tagebuch zu schreiben. Um dir ein Stück entgegenzukommen. Aber um die Geschichte trotzdem unter Kontrolle zu haben. Damit ich so leben kann, wie ich will, ohne dass du mir dauernd dazwischenfunkst. Oder versuchst, mir zu »helfen«, wie du es ausdrücken würdest. Natürlich. Na ja, vielleicht. Aber ich gebe dir keine Chance. Ich bin allein mit dem Papier, ich spreche Recht auf meine eigene Weise und kann die Dinge so regeln, wie ich es möchte.

Ich gebe dir die Schuld. Und muss daran denken, wie das Licht in der Beobachtungshütte an dir vorbeischien. Wir haben nichts gesprochen. Nur die Vögel beobachtet. Wir haben nie darüber gesprochen. Über sie. Über unsere Gefühle. Wir haben nie gemeinsam geweint. All so etwas haben wir nie getan.

In Wirklichkeit weiß ich natürlich nicht, wer daran schuld ist. Aber so ist es – ich gebe dir die Schuld. Vielleicht ist das unfair. Vielleicht bin ich unfair. Aber so bin ich eben. Das bin ich. Wie ich bin.

Woche für Woche habe ich dir meine Berichte geschickt. Inzwischen müssten es fünf sein. Und jedes Mal rufst du an. Du sagst, du kommst rüber, ob ich es will oder nicht. Und zwischen den Anrufen schreibst du mir SMS. Aber ich bin noch nicht so weit.

Da ist ein anderer Gedanke. Es könnte ein Tagtraum sein. Eine Phantasie. Ich stelle mir vor, ich bin da drin, mit der Studentin. In ihrer Wohnung. Mit Sonya. Sie hat einen Infekt, seit Wochen schon ist sie krank, sagt sie. Sie weiß nicht, ob es von dem Staub kommt, der bei den Abrissarbeiten aufgewirbelt wird und der ständig die Luft verpestet. Anscheinend kriegt sie den Husten einfach nicht los, und sie fragt sich, ob sie sich deswegen Sorgen machen muss. Sie hat von mir gehört. Von Dr Gullick. Sie möchte, dass ich sie untersuche.

Ich lege die Hand auf ihre Brust und spüre ihren Herzschlag. Sie sieht ängstlich aus. Als hätte sie Angst vor mir. Vor dem, was ich ihr womöglich gleich sagen werde. Und vor dem, was ich tue. Ich berühre ihre Haut. Ich betrachte die Brillenhülle neben ihrer Hipster-Obstschale. Ihr hübsches Bücherregal. Ihren bescheidenen kleinen Kaktus. Ich sage ihr, sie soll ein- und ausatmen. Ein und aus. Ich sage ihr, sie soll husten. Wodurch sie noch mehr husten muss. Tief und rasselnd. Und nicht mehr aufhören kann. Was für ein Husten! Sie lehnt sich gegen meine Hand, die ich die ganze Zeit fest an ihre Brust drücke und dabei die Atembewegungen spüre. Faszinierend zu fühlen, wie ihr Brustkorb sich hebt und senkt, und obendrein den Nachhall von allem darunter. Ich schnalze leise mit der Zunge und schaue sie an. Sie sieht sehr, sehr verängstigt aus. Mit angehaltenem Atem blicke ich ihr in die Augen. Ganz direkt. Dann sage ich ihr, sie soll Dampfbäder machen, inhalieren. Und dass alles gut wird.

Ich bin immer noch steif wie ein Brett. Es ist ein Tagtraum, der sich anfühlt wie eine Erinnerung. Aber es kann keine Erinnerung sein. Unmöglich. Die würde ich doch erkennen. Bestimmt ist es bloß ein komischer Gedanke. Eine dieser eigenartigen Phantasien, die uns alle gelegentlich heimsuchen. Vielleicht ist es das Einzige, was mir jetzt noch geblieben ist.

Also. Bitte schön. Ich bin ganz ruhig. Steif und starr liege ich in meinem Schlafzimmer. Unfähig, mich zu rühren. Meinem Gefühl nach schon seit Stunden.

Meine Finger bewegen sich ein bisschen. Ich befehle ihnen das schon seit einer ganzen Weile, und jetzt gehorchen sie mir endlich. Das Kribbeln in meinem eingeschlafenen Ellbogen ist so unangenehm, ich weiß nicht, ob ich lachen oder heulen soll. Meine Beine flappen herum, als gehören sie überhaupt nicht mehr zu meinem Körper. Ich knuffe sie, und anfangs sind sie wie tot. Aber dann erwachen sie Stück für Stück und kehren ins Leben zurück.

Ich rapple mich auf und fühle die Luft um mich herum. Sie ist stickig, ich öffne ein Fenster. Mein Verstand erklärt mir, dass ich einen Schock hatte. Aber mein Körper ist einfach nur froh, am Leben zu sein. Ein paarmal hüpfe ich auf und ab. Ich bin frei. Was für eine Erleichterung. Ich ducke mich unter der Jalousie hindurch und öffne ein Fenster, damit ich den Kopf hinausstrecken kann. Und lasse die Luft über mich hinwegströmen.

Ich sauge die Kühle von draußen in mich ein. Nach ein paar Sekunden schlüpfe ich wieder zurück in die Dunkelheit meines

Zimmers. Einen Augenblick stehe ich ganz still da. Dann ziehe ich die Jalousie an ihrem Band ein kleines Stück nach oben, gerade genug, um ein bisschen Licht hereinzulassen. Aber nicht genug, dass ich die Fenster der anderen Wohnungen sehen kann. Aus irgendeinem Grund denke ich, das könnte gefährlich sein. Ich bin noch nicht bereit dazu. Ich höre meine eigenen Schritte widerhallen, auf den Fliesen, in der Küche. Ich bin allein. Zum ersten Mal fühle ich mich vollkommen allein.

Ich löse den Klebezettel von meinem Shirt. Ich werde das Festnetztelefon benutzen. Etwas ganz Neues. Ich tippe die Nummer ein. Die Nummer über dem Namen »Helen«.

Der Tag selbst. Abend.

ZSN – Zwergschnepfe *(Scolopacidae, Lymnocryptes Minimus)*: Feuchtgebiete · bedeckt, 10 °C, 3er-Schwarm · zwei helle seitliche Scheitelstreifen, gesundes dunkles Gefieder, 22 cm · auf Futtersuche

Ich schaue aus dem Fenster und lasse das Telefon klingeln, den Hörer am Ohr. Es dauert eine Ewigkeit. Ich stehe da und warte. Na los, geh endlich dran. Ich fange an zu überlegen, was wohl jenseits meiner Jalousien vor sich geht. Was sich da draußen abspielt. Aber ich ersticke solche Gedanken auf der Stelle im Keim. Ich muss aufhören, nach draußen zu schauen. Ich muss die Jalousien unten lassen. Den Impuls stoppen, ehe alles wieder von vorn anfängt. Ich warte, dass endlich jemand abhebt.

»Hallo«, meldet sich eine Stimme.

Nicht zum ersten Mal befehle ich meinem Körper, etwas zu tun, und er weigert sich einfach. Ich befehle meinem Gehirn zu sprechen, aber die Worte kommen nicht aus meinem Mund. Rede endlich.

»Hallo?«, wiederholt die Stimme.

Ich lege auf. Ich weiß nicht, ob ich Helen nicht brauche oder ob ich Angst habe, mit ihr zu sprechen. Mein Körper trifft rein impulsive Entscheidungen.

Ich habe Angst, dass sie mich mit zu viel Realität konfrontiert. Ich hatte schon zu viele Schocks für einen Tag. Es reicht. So viele Erleuchtungen. Die mich fast erschlagen haben.

Auf dem Boden sehe ich Aidens Laptop. Da stand er eigentlich immer. Ein inneres Bild, wie Aiden auf die Tastatur hämmert. Ich berühre die Badezimmertür, manchmal hat er sich hinter einer Tür versteckt. In meinem Kopf. Ich betrachte die Laken auf dem Bett, in dem ich neben ihm geschlafen habe. Und doch auch nicht.

So lange schon war er nicht da. Ich habe mich selbst berührt und mir vorgestellt, mit ihm zu schlafen. Ich habe die Luft umarmt und mir eingeredet, es wäre sein Körper. Hier konnte ich ihn riechen, auf den Kissen. Wenn der Duft nachließ, habe ich sein Aftershave gesprüht, um seinen Geist bei mir zu behalten. Um mich zu überzeugen.

Ich rufe mir die Gespräche ins Gedächtnis zurück, die ich mit den nackten Wänden geführt und mir dabei vorgemacht habe, dass er mir antwortet. Mein imaginärer Freund. Ich habe mir ausgemalt, wie er das Blut von den Fenstern wischt. Wie Blut und Wasser über seinen Körper zu laufen schienen. Genau wie ich ihn mir in jener Regennacht vorstellte. Nach dem Unfall. Als sein Körper auf der Straße lag und der Regen auf ihn herniederprasselte. Ich bin wieder im Wohnzimmer. Ich liege auf dem Sofa. Und meditiere über die Lügen, die ich mir erzählt habe, um den Tag zu überstehen.

Da klopft es an der Tür. Mein Körper sagt, ich soll es ignorieren. Egal, ob es die Polizei ist, egal, ob Freund oder Feind. Mein Instinkt sagt, zieh die Decke über den Kopf und warte, bis alles vorbei ist. Geh wieder zurück ins Bett. Morgen ist auch noch ein Tag.

Aber das Klopfen will einfach nicht aufhören. Ich könnte versuchen, durch den Spion zu spähen. Durch das Fischauge meiner Wohnung. Wenn meine Wohnung eine Kamera wäre.

Aber ich will es lieber nicht wissen. Ich zähle bis fünfzehn und atme durch die Nase ein. Und ich zähle bis zehn und atme durch den Mund aus. Dreimal. Wenn ich fertig bin, haben die, die da klopfen, bestimmt aufgegeben und gehen nach Hause. Ein bis fünfzehn. Aus bis zehn.

Klopf. Klopf.

Um reinzukommen, brauchen sie einen Durchsuchungsbefehl. Sie müssen sich einen Rammbock besorgen. Ich werde mein gesamtes Mobiliar vor der Tür stapeln. Eine Barrikade errichten. Den Eingang in meine Wohnung blockieren. Ich suche nicht lautlos das Weite. Ich bleibe hier. Ich reagiere nicht, sie können mich nicht zwingen.

Ein bis fünfzehn. Aus bis zehn.

Klopf. Ein einzelnes Klopfen. Allein. Meine Gedanken wandern zurück in die Vergangenheit. Zu einem ganz speziellen Klopfen. Nur einmal, mehr war nicht nötig, dann wusste ich, dass sie es waren. Unser Geheimzeichen. Ich antwortete ihnen ebenfalls mit einem einzigen Klopfen, das Signal, dass die Attacke vorüber war. Jedes Mal, wenn ich ein kleines Unwetter im Kopf hatte. Ich atme die Erinnerung ein. Sie wussten, dass sie mich dann in Ruhe lassen mussten. Später klopften sie ein einziges Mal, um sich zu vergewissern, dass alles wieder in Ordnung war.

Ich erwidere das Klopfen einmal. Ein einziges Pochen, Fingerknöchel gegen das Holz. Ich warte. Nichts. Dann fällt mir ein, dass ich bis zehn zählen muss. So ging es – vier, fünf, sechs, sieben, acht, neun, zehn. Und dann klopfen. Klopf. Zweimal langsam, mit einem vollen Atemzug dazwischen. Danach entschied ich mich, dass ich wieder gesehen werden wollte. Wenn ich es wollte. Wenn ich bereit dazu war. So hat es funktioniert. Ich weiß noch, wie es ging.

Um den Spion kümmere ich mich nicht, ich schließe die Augen. Und öffne die Tür. Dann mache ich die Augen wieder auf, wie ein neugeborenes Baby, als machte ich es zum ersten Mal. Und da ist er. Er ist da!

Dad. Da bist du ja.

Wir stehen uns gegenüber und schauen uns an. Ich möchte dich umarmen. Du scheinst mich auch umarmen zu wollen. Ich weiß es nicht. Aber ich denke schon. Du musst es mir sagen.

Aber stattdessen starren wir nur. Du draußen, ich drinnen. Zwischen uns ein Abgrund. Es ist erst ein Jahr her. Aber du siehst viel älter aus, ich hoffe, du nimmst es mir nicht übel, dass ich das ausspreche. Genau wie ich hast du des Öfteren mal Probleme mit den Nebenhöhlen. Und das wird schlimmer, wenn man älter wird, hast du mir gesagt. Dinge, die nur gelegentlich ein bisschen genervt haben, als man jung war, setzen sich fest und werden schlimmer. Und gehen nicht wieder weg. Sie verlagern sich nicht mehr so leicht. Vielleicht werde ich daran sterben, hast du gesagt. Du siehst wirklich älter aus. Jetzt bist du ein alter Mann. Weil ich dich eine Weile nicht gesehen habe, fällt es mir auf. Aber du bist immer noch attraktiv. Objektiv gesehen. Immer noch mein Dad.

Dann überkommt mich eine schleichende Angst. Ich verspüre den Wunsch, »sorry« zu sagen. Oder sogar: »Es tut mir total leid.« Dass ich dich aus meinem Leben verbannt habe. Aus meinen Gefühlen. Ich habe dir einen Brief geschrieben. Am Tag, als Aiden gestorben ist. Weil ich nicht in der Lage war, dich anzurufen. Weil ich so wütend war und so stur. Ich wollte dich von mir fernhalten, weil ich dachte, vielleicht tut es dann ein kleines bisschen weniger weh. Wenn ich beschließe, die kleinen Dinge zu hassen. Vielleicht hatte ich auch Angst, irgendein freundlicher Mensch würde etwas Nettes sagen und dann würde ich mich noch schlechter fühlen. Aber es hat nicht funktioniert. Ich habe immer noch Angst. Und jetzt schäme ich mich auch noch.

Du kommst rein. Wir reden immer noch kein Wort. Du hast einen Anzug an, anscheinend legst du immer noch Wert auf gute Kleidung, wenn du reist. Der Mann im dunklen Anzug. Der im Ausland wohnt. Schon leicht gebräunt.

Ich stelle mir vor, dass du dich in der Nähe eines Strands angesiedelt hast. Vielleicht in der Nähe einer Klippe. Ein Platz für dich allein. Leute, denen du zunickst, mit denen du aber nicht sprichst. Einsamkeit. Höchstens ein Bridgeclub, der sich immer dienstags trifft, wenn sie so was da drüben überhaupt machen. Dann sitzt du in der Sonne und trinkst Gin. Father's Ruin. Irgendwo, wo du die Vögel beobachten kannst. Ich stelle mir das alles genau vor. Ich brauche nicht zu fragen. Über die Einzelheiten muss ich nichts wissen.

Weil ich solche Angst davor habe, was du als Nächstes sagen wirst, dass ich keinen Ton herausbringe. Stumm zeige ich dir das Schlafzimmer. Aidens Papiere, überall verstreut. Das Bett ein Chaos. Ohne Hülle liegt das Fernglas in der Gegend. Ein Grund, Hausarrest zu kriegen. Du sagst nichts. Dann das Badezimmer. Geräumig und modern, einigermaßen ordentlich. Eine Badewanne, in der ich immer mal weinen wollte, es aber nie getan habe.

Dann das Wohnzimmer und die Küche. Übersät mit Tabellen und allem möglichen Zeug. Ich schäme mich nicht. In dieser Phase befinde ich mich zurzeit. Am besten, ich bin ehrlich. Am besten, ich stehe dazu. Wo man hingeht, dort ist man. Ich möchte nicht, dass du jetzt etwas sagst. Eine Weile hat es mir weh getan, das Unvermeidliche aufzuschieben. Dein Urteil. Ich wünsche mir schnell, dass wir für alle Zeiten in diesem Schweigen, dieser Stille verharren. Aber ich habe das Gefühl, dass du gleich etwas sagen wirst. Ich will es nicht hören. Innerlich zittere ich.

Dann nimmst du mich in den Arm. Darauf bin ich nicht gefasst. Mir wird warm ums Herz.

»O Lily Anna. Ich liebe dich so.«

Da lasse ich in meinem Inneren alles los, was ich festgehalten habe, und weine vor Erleichterung, dass du hier bist. Aber die Tränen halten mich weiter fest, ich kann immer noch nicht richtig.

»Ich habe das Tagebuch bekommen. Und gelesen. Jedes Wort«, sagst du.

»Was hast du dir dabei gedacht? Dass ich dich zu den englischen Gartenvögeln zurücklocken will?«, nuschle ich mühsam.

»Nein. Nein, ich musste kommen. Weil du dich so weit entfernt hast. Von dem, wie die Dinge eigentlich sind.«

Das Gleiche ist mit Mum passiert. Ich habe die Andeutung verstanden. Deine Behutsamkeit tut mir gut und ist mir gleichzeitig widerlich. Ich brauche kein vorsichtiges Schweigen und keine einfühlsamen Worte mehr von meinem Dad. Ich will, dass du es besser machst. Ich frage mich, warum du es nicht besser machst. Jetzt erinnere ich mich nämlich, dass es früher so war. Damals konntest du das.

»Ich dachte, du würdest zurechtkommen. Ich dachte, es wäre okay, dich allein zu lassen. Ich dachte, dir würde es nicht passieren«, sagst du.

Du sprichst von einem bestimmten Ereignis. Ich werde es für dich aussprechen. Die Monate, in denen Mum unter wilden Wahnvorstellungen litt und Phasen hatte, in denen sie völlig vergessen hatte, wer wir alle waren. Sie dachte, ich sei das Nachbarskind. Das uns besucht, um Toast mit Marmelade zu kriegen. *Daran* erinnere ich mich. Das hat weh getan. Und es war der Anfang vom Ende.

»Das ist nicht fair. Das ist echt total unfair, Dad. Natürlich war es okay, mich alleinzulassen. Ich habe schon immer Dinge alleine gemacht. Warum sollte ich nicht damit zurechtkommen? Warum sollte es gefährlich sein?«, erwidere ich mit erhobener Stimme.

»Das habe ich doch gesagt. Versteh mich bitte nicht falsch. Es gab kleine Anklänge bei dir. Kleine Überspanntheiten. Mehr nicht. Dann dieser Trigger. Aiden war der Auslöser, weißt du. Ich glaube, in gewisser Hinsicht hast du dich nie damit auseinandergesetzt ... mit Mum ... mit ihrem Tod. Ich hätte mehr mit dir darüber sprechen sollen. Ich hätte mich vergewissern müssen, dass ... dass du damit zurechtkommst.«

Ich dachte, das wäre, was ich wollte. Die ganze Zeit schon gewollt hatte. Jetzt weiß ich nicht mal mehr, warum du dich entschuldigst. Ich weiß doch, dass es an mir liegt.

Von dem Augenblick an, als du reingekommen bist. Vielleicht habe ich mir das schon mein ganzes Leben lang gewünscht. Dass jemand sagt, es tut mir leid. Es tut mir leid, dass Mum so war, wie sie war. Und sich dann auf diese Art verabschiedet hat. Vielleicht hätten wir tatsächlich darüber sprechen sollen. Aber es ist auch nicht so, dass wir keine Zeit miteinander verbracht hätten. Das haben wir nämlich. Immer. Du hast dir Zeit für mich genommen. Auch wenn wir nicht geredet haben. Wir und die Vögel.

Aber wenn du sagst, dass es dir leidtut, bedeutet das so wenig. Weil dir wirklich nichts leidtun muss. Du bist mein Dad. Und du hast so viel für mich getan. Ich könnte mir nichts Besseres wünschen, das weiß ich jetzt. Ich sage es hier, weil es mir so schwerfällt, es dir ins Gesicht zu sagen: Danke.

Aber egal, du sagst, es tut dir leid. Ob das nun etwas bringt oder nicht. Manchmal ist es sonderbar, wenn ein Wunsch in Erfüllung geht. Es passiert nichts Weltbewegendes. Alles bleibt beim Alten. Genau wie wenn jemand stirbt. Ein Schmetterling bewegt die Flügel, und die Welt kümmert es einen Scheiß.

Aber etwas hat sich trotzdem verändert. Mein Dad ist wieder da.

»Bietest du mir einen Tee an? Hast du Lady Grey?«, sagst du.

»Ja. Setz dich doch. Du bist bestimmt müde.«

Wir spielen Theater. Tun so, als wäre es nicht schwierig, dass ich mich geweigert habe, deine Anrufe entgegenzunehmen, dass ich dich nicht an meiner neuen Wirklichkeit teilhaben lassen wollte. Wir haben viel Übung darin, so zu tun, als ob.

»Lily. Lily Anna. Es ist so schön, dich zu sehen.«

Bei deinen Worten wird mir wieder warm ums Herz. Du bist noch herzlicher, als ich dich in Erinnerung habe.

»Lily Anna. Du bist so klug. So klug, wenn du alle Sinne beisammen hast. Aber ich habe es dir gesagt. Falls du irgendwelche Phantasien hast, falls du auch nur das kleinste Anzeichen spürst, dass sie die Oberhand gewinnen, musst du mich auf der

Stelle anrufen. Dann können wir das zusammen wieder in den Griff bekommen.«

Dann reden wir wirklich. Vielleicht zum ersten Mal. Über Mum. Über uns. Wir reden. Als Erwachsene, auf Augenhöhe. Mit den Details will ich dich nicht langweilen, du warst ja dabei. Wir reden über Mum, über die Zeit, bevor sie krank geworden ist. Meine frühesten Erinnerungen. Wir reden über Aiden und machen Pläne, wie ich jetzt weitermachen kann.

Wir reden auch über die Vögel. Wir räumen auf. Eine gute, gründliche Aufräumaktion, wie wir sie jeden Sonntag veranstaltet haben. Bis alles so gut wie neu ist. Ich weiß, dass du das alles weißt, Dad. Ich weiß, dass du dabei warst. Aber es ist wichtig, das Aufräumen nicht zu vergessen. Weil dieses Tagebuch eine Dokumentation geworden ist. Eine Art Zeitstrahl. Und eine Entschuldigung. Jetzt schreibe ich es als Dokumentation. Ich versuche zu gewährleisten, dass alles in meinem Gedächtnis bleibt. Falls ich jemals wieder einen Rückfall haben sollte.

Dann informiere ich dich über die letzten Seiten meines Tagebuchs. Über die, die ich dir noch nicht geschickt habe. Die sieben Tage, als es wirklich real wurde. Ich erzähle dir alles.

Ich erzähle dir von der Suche nach dem blonden Mann. Dein Gesicht wendet sich mir zu. Du musterst mich ernst.

28. September. 9 Uhr morgens.

Wir schlafen darüber. Du auf dem Ausklappsofa. Am nächsten Morgen wachen wir auf, weil das Festnetztelefon klingelt. Inzwischen ist sein Klingeln nicht mehr so neu für mich. Ich laufe hin. Wahrscheinlich bist du müde vom Flug. Aber du siehst gut aus, liegst ganz zufrieden da. Ich lasse die Augen über dich hinwegwandern. Eine Sekunde lang bewundere ich die Wirkung der kontinentalen Sonne auf deiner Haut.

Ich möchte nicht, dass du gestört wirst, du musst dich ausruhen. Dein Kopf liegt schwer auf dem Kissen. Also renne ich zum Telefon, hebe ab und laufe in mein Schlafzimmer. Warte auf die aufgezeichnete Stimme, die mich bestimmt gleich nach einer Kreditversicherung fragt. Oder einer Unfallforderung.

»Ms Gullick?«

Ich warte. Die Stimme ist nicht aufgezeichnet. Sie braucht eine Antwort.

»Ja. Ja, das bin ich«, sage ich.

»Ich habe Helen für Sie in der Leitung. Haben Sie einen Moment Zeit, mit ihr zu sprechen?«

Ich wäge meine Optionen ab. Vermutlich habe ich Zeit für Helen. Ich bin nicht sicher, wer Helen ist, aber inzwischen habe ich so eine Ahnung.

»Ja. Ich denke schon. Woher haben Sie diese Nummer?«

Aber die Stimme ist schon weg. An ihrer Stelle dudelt jetzt Warteschleifenmusik. Ich ziehe die Jalousien hoch und schaue hinaus. Zum Glück sind die bei Rich heruntergelassen. Aber ich werde mich sowieso nicht darum kümmern, das habe ich versprochen. Nur wenn Dad sagt, es ist okay.

Die Leute draußen gehen ihrem Alltag nach. Auf der anderen Seite des Sees findet ein kleines Fest statt. Das machen sie hier hin und wieder. Ich glaube, es gehört zu ihren Aufgaben. Eine Maßnahme, damit die beiden Seiten der Wohnanlage zusammenwachsen, die Apartments und die Sozialwohnungen. Es gibt Kinderschminken, karibische Chicken Wraps, und auf dem See fahren ein paar Leute Kanu. Das Ganze ist hauptsächlich für die Kinder, aber die meisten Leute lassen sich sehen, egal, wie alt sie sind. Die Warteschleifenmusik verstummt.

»Hallo, Lily.«

»Helen?«

»Ja. Wir haben einen Anruf von Ihrer Nummer bekommen. Bitte beunruhigen Sie sich nicht. Wir rufen gern zurück, denn wir wissen, dass es manchmal schwer ist anzurufen und manchmal noch schwerer zu reden. Dann hilft es oft, wenn wir sozusagen den nächsten Schritt machen. Erzählen Sie doch kurz. Bitte. Wie geht es Ihnen? Ich habe mir Gedanken gemacht.«

Ihre Stimme ist warm und weich. Wenn sie eine Farbe hätte, wäre sie ein frisches Lichtblau. Ich erinnere mich, dass ich das gedacht habe, als ich zum ersten Mal bei ihr im Sessel saß, in ihrer Praxis. Als ich noch keine Ahnung von Therapie hatte. Ihre Stimme streicht über mich hinweg wie eine sanfte Brise.

»Mir geht es nicht so besonders. Gar nicht so besonders.«

»Nun, das ist okay. Wäre schön, wenn Sie mir am Montag

alles erzählen würden. Können Sie am Montag zu mir kommen? Seien Sie übers Wochenende nett zu sich, und am Montag kommen Sie einfach zu mir.«

»Ja. Es ist viel schlimmer als früher. Es ist etwas passiert.«

»Das ist in Ordnung. Erzählen Sie mir doch einfach davon. Sie müssen mir jetzt nicht alles erzählen, nur ein bisschen«, sagt sie, so ruhig und heiter.

Binnen kurzem gebe ich ihr einen Überblick. Die Wahnvorstellungen. Sie sind viel plastischer als früher, erkläre ich ihr. Mit allem Drum und Dran. Dann erzähle ich ihr, was ich in den anderen Apartments alles gesehen habe. Dass ich nicht sicher bin, was davon real ist und was nicht. Dass sich aber alles real anfühlt. Realer als Aiden.

Ich sage ihr, dass ich nicht von jemandem gesagt kriegen will, es wäre nicht real. Davor habe ich Angst. Weil die anderen es doch nicht mit Sicherheit wissen können. Und ich möchte nicht, dass mir jemand wieder den Boden unter den Füßen wegzieht.

Natürlich weiß ich nicht, ob das klar und vernünftig klingt. Aber ich bemühe mich.

Helen hat einen Vorschlag. Sie gibt mir Hausaufgaben. Das hat sie schon immer gern getan. Ich gehe wieder zur Schule. Sie sagt, es gefällt ihr, dass ich Tagebuch geführt habe, und ich soll die Tage darin nummerieren. Die Tage bis zu meinem Anfall. Sie durchzählen. Bis zu dem Tag, an dem der Anfall kam. Bis gestern also. Als ich so gezittert habe. Und mich dann gar nicht mehr bewegen konnte. Das ist ein nützlicher Orientierungspunkt. Wir müssen uns ansehen, was dazu geführt hat. Uns damit anfreunden. Dann können wir zusammen überlegen, was danach kommt, sagt sie. Das wird helfen, sagt sie. Denn darauf kann ich mich beziehen. Und sie ebenfalls. Wir können es uns gemeinsam anschauen. Und es als Bezugspunkt nutzen.

Also tue ich das. Ich gestalte es ein bisschen anders. Damit es nicht genauso aussieht wie das Tagebuch, das ich dir geschickt habe. Es soll ja möglichst genau für ihre Zwecke passen. Außerdem lese ich alles, was ich geschrieben habe, noch einmal durch. Das ist mein heutiges Projekt. Ich arbeite mein Tagebuch zu einer Dokumentation um, so, wie man es mir gesagt hat. Ich überfliege es und versuche, nicht zu sehr in die Tiefe zu gehen, noch nicht. Ich möchte nicht durcheinanderkommen, denn möglicherweise bin ich noch ein bisschen labil. Ich weiß es nicht.

Hauptsache, ich schaffe es über die nächsten paar Tage. Dann kommt der Montag, und Helen kann anfangen, die Dinge zu sortieren und wieder ins Lot zu bringen. Helen, die mich in ihrer Praxis einfach dasitzen und reden lässt. Nur ein paar Tage, in denen ich zusehen muss, dass ich auf dem rechten Weg bleibe. Danach kann ich anfangen, in Ordnung zu kommen.

Du stehst auf und machst Frühstück. Ich fühle mich so viel besser, seit ich das alles angesprochen habe. Obwohl es sich schon seltsam anfühlt, dass du da bist.

Wir essen pochierte Eier. Die mache ich so gut. Ich fühle mich super. Gesund. Heute ist Samstag, und die späte Septembersonne strömt durch meine Fenster. Ich öffne die Balkontür und lasse die frische Luft herein. Ich sehe meine Nachbarn auf der anderen Seite des Sees. Punkte in der Ferne. Sogar für mein Fernglas fast zu weit weg.

Ich überlege, auch über all das mit dir zu sprechen. Über alles. Aber du schneidest das Thema von ganz alleine an.

»Ich weiß, was du gesehen zu haben glaubst, Lily. Ich möchte, dass du überlegst, ob es wieder eine Illusion gewesen sein könnte. Ich werde dich nicht drängen. Aber ich glaube, wir können uns darauf einigen, dass einiges dafür spricht.«

Ich esse weiter. Kaue meinen Toast. Ich bin nicht hundertprozentig anderer Meinung. Weil ich nicht hundertprozentig anderer Meinung bin. An seiner Stelle würde ich das Gleiche denken.

»Aber, Lily, ich glaube, wir könnten etwas tun, was möglicherweise echt hilft. Andere Leute sind nämlich nicht unsere Feinde. Natürlich weißt du das.«

»Hmm. Ja, Dad. Das weiß ich.«

»Sie können uns helfen, Dinge klarer zu sehen. Auf etwas verweisen. All so was. Verstehst du?«

»Ja, Dad. Das verstehe ich.«

»Na ja, wenn es dir nichts ausmacht, und ich will dich wirklich nicht drängen, nicht, wenn es dir peinlich ist, aber wenn es dir nichts ausmacht, finde ich, wir sollten mit ein paar von ihnen reden. Mit den Leuten. Aus deiner Geschichte.«

Er schaut mir in die Augen. Und fährt fort: »Die Frau, die glaubt, dass du Ärztin bist. Die Jungs mit diesem verrückten Gerät.«

»Die mit dem Hoverboard, meinst du? Das ist ein elektronisches Gleitgerät.«

»Ja, auch mit denen. Mit Chris und Nathan. Vorausgesetzt, wir finden sie. Und mit deinem Nachbarn.«

»Mit Lowell.«

»Genau, mit ihm. Und ich glaube, dass alles danach schon ein bisschen klarer wird. In die eine oder die andere Richtung. Wir werden sehen, was sie sagen. Also – was hältst du davon?«

Ich denke, ich will Nein sagen. Ich möchte mich meinem Daddy widersetzen. Die Aktion könnte demütigend werden für mich. Bei diesen Leuten rumzustochern, und das auch noch mit meinem Dad im Schlepptau. Dann denken sie bestimmt, ich bin endgültig übergeschnappt. Wenn ich sie frage, ob das, von dem ich weiß, dass es passiert ist, auch wirklich passiert ist. Wenn wir alles noch mal genau rekonstruieren, damit ein neutraler Sachverständiger es analysieren kann. Ein unabhängiger Schiedsrichter. Mein Dad.

Sie werden mich alle nur niederstarren mit ihren neugierigen Blicken. Davon werde ich mich bestimmt nicht besser fühlen. Und wir werden auch nichts Neues herausfinden. Über Jean. Oder mich. Deshalb will ich das nicht. Ich will nicht. Ich will Dad bitten, mich nicht dazu zu zwingen. Auf Knien will ich ihn anflehen. Ihn anflehen, mich nicht dazu zu bringen. Aber ich habe das Gefühl, ich muss tun, was er mir sagt. Weil Dad den weiten Weg von Frankreich hierhergekommen ist. Ich habe das Gefühl, ich bin es ihm schuldig.

Dad weiß es am besten. Ich muss mich daran gewöhnen, anderen Menschen zu vertrauen, zumindest für eine Weile. Ihnen mehr zu vertrauen als mir selbst.

TEIL 9:

DIE JAGD NACH SELTENEN ARTGENOSSEN

28. September. 12 Uhr mittags.
Die schlimmen Kids.

Ein älterer Mann mit Dreadlocks spielt Gitarre bei dem Fest. Ein hübsches Mädchen mit brauner Haut singt dazu, ihre Stimme ist klar und weich. In der Luft schwebt Grillgeruch. Für später ist eine moderne Tanzgruppe angekündigt. So macht sich der Rand von Hackney einen schönen Tag. Wir suchen bekannte Gesichter.

Ich habe Terrence zu Hause gelassen, obwohl ich mich schlecht fühle, weil ich ihn in letzter Zeit so wenig ausführe. Wenn das alles überstanden ist, wird es wieder gut, ich werde ihn ordentlich bemuttern. Im Moment möchte ich aber auch nicht, dass die Leute ihn als Jeans Hund erkennen. Womöglich werden sie dann komisch. Ich weiß nicht.

Jedenfalls weißt du inzwischen, dass Terrence wirklich existiert, du hast ihn mit eigenen Augen gesehen.

Du weißt auch, dass Jean tot ist und dass sie wahrscheinlich ermordet worden ist. Ich denke, du glaubst es mir.

Aber du weißt nicht, dass ich zu den Verdächtigen gehöre. Ich habe es nicht über mich gebracht, dir das zu erzählen.

Aber du würdest sowieso wissen, dass ich es nicht getan habe. Jedenfalls glaube ich, dass du das wissen würdest. Ich glaube, davon würdest du ausgehen.

Hier draußen ist es seltsam. Alle sehen so glücklich aus. Richtig aufgedreht. Keine Ahnung, worüber sie sich so freuen. Vermutlich lieben alle solche Zusammenkünfte. Aber ich hätte nicht gedacht, dass wir hier so viel Gemeinsinn haben.

Bitte interpretiere das nicht als abfällige Bemerkung. Ich meine es nämlich nicht abfällig, mir erscheint momentan nur alles so fremd. Schließlich bin ich eine ganze Weile nicht mehr aus dem Haus gegangen. Eine schwindelerregende Menge von Menschen schwirrt umher, Kinder an Laufgeschirren rennen mir um die Beine, die Eltern dicht auf den Fersen. Andere trinken am Rand der Festivitäten, am Ufer des Sees, Apfelwein aus Dosen.

Aber es ist alles harmlos und nett. Es fühlt sich an wie eine Gemeinschaft. Ich denke an die Familie, die Aiden und ich gründen wollten. Eine Weile verliere ich mich in dieser Phantasie und schaue den Kindern nach, die mit pinkfarbenen Sonnenbrillen und maritimen T-Shirts an mir vorüberschlendern.

Schon von ferne entdecke ich das Hoverboard. Die schlimmen Kids, weit weg. Ich möchte dir nicht sagen, dass wir bei ihnen beginnen sollten, denn es ist höchstwahrscheinlich nicht die freundlichste Stelle für den Anfang. Aber ich will es möglichst schnell hinter mich bringen.

Ich zupfe dich am Arm und zeige auf sie. Wir schlendern durch die Menschenmenge zu ihnen hinüber. Vorbei an Kindern mit geschminkten Tigergesichtern. Vorbei an Tofu-Ständen und Buchclubs, die neue Mitglieder anwerben.

Die Kids kicken einen Stock durch die Gegend. Eigentlich sind sie zu alt, um Spaß daran zu haben, der Natur mit dummen Spielchen zu schaden. Ameisen mit Vergrößerungsgläsern zu verbrennen. Ratten totzutreten, Tauben zu morden.

Andererseits machen sie wahrscheinlich noch viel krassere Dinge. Dinge, von denen ich keine Ahnung habe. Ich bin lieber vorsichtig, ich möchte mich mit solchen Kids nicht anlegen. Unsere letzte Begegnung hat kein gutes Ende genommen.

»Hey. Hallo? Entschuldigung?«, sage ich in die Runde und versuche, klein und unwichtig zu wirken, eine andere Person zu sein als damals im Café. Wahrscheinlich würden sie hier nicht fies werden. Aber wer weiß.

»Hey. Hört mal, ich wollte sagen, dass es mir leidtut.«

In Wirklichkeit möchte ich das überhaupt nicht sagen. Aber es dient mir sozusagen als Eisbrecher.

»Sorry, was meinst du, Süße?«, erwidert einer mit einem frisch rasierten Undercut.

»Ich hab euch neulich im Café gesehen und wollte mich für meinen Wutanfall entschuldigen. Weiter nichts.«

»Sorry, ich hab echt keine Ahnung, wovon Sie sprechen. Aber egal.«

Sie benehmen sich so gut wie nie, aber ich könnte sie ja ein bisschen reizen, vielleicht lassen sie sich provozieren. Ein bisschen von ihrer alten Art zurückholen. Aber ich tue es nicht. Ich bin nett.

»Alles gut. Ich wollte nur sagen, was immer ihr mir ans Fenster geschmissen habt, ich hab alles weggeräumt. Eine nach der anderen. Lassen wir es momentan dabei bewenden. Es tut mir leid. Schönen Tag noch.«

Einer der Jungs fängt an zu lachen. Aber nicht gemein. Irgendwie haben sie sich verändert. Sie lächeln einander zu. Tun ganz harmlos. Wahrscheinlich versuchen sie, sich auf diese Weise Ärger vom Hals zu halten. Damit sie nicht doch irgendwann im Gefängnis landen. Oder Schlimmeres. Auf einmal sind sie zuckersüß. Wahrscheinlich könnte ich mir von ihnen etwas beibringen lassen, was meine Haltung gegenüber Autoritätspersonen angeht.

»Sorry, Süße. Aber Sie verwechseln uns bestimmt. Ich wünsche Ihnen auch einen schönen Tag. Viel Spaß. Und alles Gute.«

Ich wende mich an Dad. Er weiß, dass ich mir das alles nicht eingebildet habe. Ganz sicher weiß er das. Die toten Vögel an meinem Fenster könnten ja wie eine Übertreibung wirken, aber ich erinnere mich genau, wie ich sie von der Scheibe entfernt habe. Das habe ich alles gemacht, jetzt erinnere ich mich wieder. Ich kann beinahe das Blut in meinem Mund schmecken, wenn ich an den Geruch denke.

Ich drehe mich wieder zu den Kids um. Ich will keinen Ärger.

Wahrscheinlich sollte ich nicht hier draußen sein. Aber zurzeit bin ich überhaupt nie sicher, was ich tun soll. Schließlich war ich auch noch nie eine Verdächtige in einem Mordfall.

Ich starre sie an. Die Kids erwidern meinen Blick mit einem Lächeln. Einer geht, um sich eine Zigarette anzuzünden. Der andere gibt ihm mit Zeichensprache zu verstehen, dass er es lassen soll, weil Kinder in der Nähe sind, und legt ihm nahe, die Kippe wieder in der Packung verschwinden zu lassen. Freundlich und gelassen gibt der andere nach. Dann drehen sich alle wieder um und grinsen mir zu.

»Bis dann, junge Frau. Alles Gute.«

Ohne die leiseste Spur von Bosheit. Ich höre die Worte und könnte vielleicht passive Aggression in sie hineinlesen, aber dafür gibt es keinerlei Anhaltspunkte. Völlig kompromisslos spielen sie die Netten.

Also erwidere ich das Lächeln. Sie haben gewonnen. »Ja.

Sorry. Muss wohl jemand anderes gewesen sein. Schönen Tag noch«, sage ich noch einmal.

Du wirfst mir einen Blick zu. Sag es nicht.

»Die scheinen ganz nett zu sein.« Du sagst es trotzdem.

»Fang nicht damit an.«

»Womit denn?«

Wir wandern zu den Wohnblocks hinüber. Ich muss noch ein paar andere Leute besuchen.

»Natürlich wollten die sich keine Blöße geben, richtig? Oder, Dad? Sie sind kriminell. Sie haben mich attackiert. Sie wollen nicht, dass jemand rauskriegt, was sie so treiben. Oder? Dad?«

»Natürlich, Liebes, ich verstehe. Bleib entspannt. Wir reden nachher darüber.«

Schon jetzt kommen dir Zweifel, du glaubst mir nicht mehr richtig. Aber ich möchte Chris sehen. Er vertraut mir. Er weiß, dass ich mir das alles nicht bloß eingebildet habe.

28. September. 12 Uhr 45. Nathan.

Wir stehen vor dem großen Gebäude. Es sieht immer noch dreckig aus, ich finde es aber nicht mehr so beängstigend wie früher. Du bist in einer Sozialsiedlung aufgewachsen und hast sicher Schlimmeres gesehen als das hier. In den Fünfzigern. Du wartest geduldig, wie es sich für einen Vater gehört.

Väter sind es gewohnt zu warten. Im Auto warten sie, wenn sie ihre Kinder irgendwo abholen. Bei der Arbeit warten sie, dass der Chef sich meldet, weil sie einen Bericht für ihn geschrieben haben. In alten Zeiten haben sie neben dem Telefon gewartet, dass es endlich klingelt. Sie sind professionelle Wärter, sie sind daran gewöhnt. Mit dem Älterwerden wird das Warten leichter. Die Relativitätstheorie, kurz und knapp auf den Punkt gebracht.

Ich rufe Chris auf dem Handy an. Aber es klingelt nur endlos.

Du schaust dich um. Anscheinend findest du es nicht so beängstigend. Längst nicht so schlimm wie das, was ich beschrieben habe. Aber es ist ja auch helllichter Tag. Jetzt wirkt alles nur verlassen, aber letztlich harmlos. Hier gibt es keine verborgenen Geheimnisse. Aber du warst ja auch noch nicht drinnen. Ich würde dich gern hereinbitten, aber ich glaube nicht, dass du darauf großen Wert legst. Beim ersten Mal war es für mich jedenfalls keine nette Unternehmung. Außerdem ist das Gitter, das ich aus den Angeln gezerrt habe, nicht mehr locker, sondern wieder ordentlich befestigt. So, wie es vorher war. Keine Ahnung, von wem.

Das Klingeln hört auf, der Anrufbeantworter springt an. Aber es kommt nicht mehr Jeans Stimme, sondern diese übliche Computerstimme, die nur betont munter die Nummer verliest. Die Dinge werden dorthin zurückgerückt, wo sie waren. Die Steine wieder an die Stellen geschubst, an der sie lagen, ehe ich sie gefunden und umgedreht habe. Alles scheint sich gegen mich verschworen zu haben, ich soll unzuverlässig wirken. Aber nicht ich bin unzuverlässig. Das sind die anderen.

Wieder keine Antwort. Ich versuche es noch einmal.

»Komm schon, Lil, hier ist doch niemand.«

»Doch. Das schwör ich dir. Ein paar von den Kids haben sich wieder eingenistet und wollen auch bis zur letzten Minute hier bleiben. Bis die Bulldozer anrücken. Es hängen Schilder rum, wann mit dem Abriss begonnen wird, also wissen sie genau, wie viel Zeit sie noch haben. Sie haben da drin ihre eigene kleine Gemeinschaft.«

»Das hab ich alles gelesen, Lil. Ich weiß, was du darüber geschrieben hast. Lass uns später noch mal wiederkommen, ja? Sie könnten doch grade kurz weggegangen sein.«

»Nein, *die sind da drin.*«

Ich trete ein paar Schritte zurück und spähe zu den Fenstern hinauf. Dann lege ich die Hände an den Mund wie ein Megaphon.

»Hey! Komm raus, Chris! Hallo, Jungs! Ich bin's. Kommt schon!«

»Lil, lass es uns später versuchen, ja? Ich behaupte ja gar nicht, dass sie nicht hier sind.«

Du legst die Hand auf meine Schulter und versuchst, mich wegzuführen. Aber ich mache mich los.

»Jungs! Ich bin's! Caroo! Caroo!«, rufe ich. *Pishing*.

»Jetzt komm schon, Lil«, sagst du und läufst mir nach.

Einen Moment ist es so wie damals, als ich sechs war und du Mitte vierzig. Du hast mich durch den Garten gejagt, wir haben komische Spiele gemacht. Wir beide.

Ich rufe wieder. »Caroo! Caroo!« So laut ich kann.

Dann sehe ich etwas. Im Fenster öffnet sich eins der Metallgitter, schließt sich aber sofort wieder. Es glitzert im Licht. Sein rostiges Grün blitzt einen winzigen Moment in der Sonne.

»Dad! Hast du es gesehen? Da oben ist etwas. Hast du es gesehen?«

»Nein, ich hab nichts gesehen. Komm, wir gehen.«

»Nein. Ich hab es gesehen. Ich hab gesehen, wie es sich bewegt hat. Sie sind da oben. Ich hab sie *gesehen*.«

Aber du glaubst mir nicht. Das ist so frustrierend. Ich kann dich einfach nicht überzeugen. Wenn du das erste Mal mit dabei gewesen wärst, hättest du alles gesehen, aber du warst ja nicht da. Aber ich. Ich hab es gesehen.

»Jetzt kommt doch endlich!«, rufe ich noch einmal zu dem Fenster hinauf. Aber nichts passiert.

Chris zeigt sich nicht, obwohl ich genau weiß, dass er da oben ist. Offenbar hat auch er sich von mir zurückgezogen. Auch er lässt mich schlecht dastehen. Führt mich vor. Und das vor meinem Dad. Auf einmal höre ich das Geräusch eines hüpfenden Fußballs hinter mir. Das ist Nathan, der Kleine. Der Ball ist beinahe so groß wie er. Vermutlich ist er gerade erst alt genug, dass er zum Spielen allein rausgehen darf. Da ist er, ich habe ihn.

»Nathan.« Aber er dreht sich nicht um. Ich habe fest damit gerechnet, dass er sich umdrehen würde, wenn nicht aus anderen Gründen, dann zumindest instinktiv. Selbst wenn er eigentlich nicht gesehen werden will. Anscheinend lernen diese Kids früh, cool zu bleiben. Diese Kids sind geborene Schauspieler.

Er prellt den Ball und geht weiter. Entfernt sich vom Haus. Von seiner Wohnung. Kluges Köpfchen, ganz schön schlau. Aber ich lasse mich von ihm nicht so leicht austricksen. Er wedelt mit seinen dünnen Armen, wirft den Ball auf den Boden und kickt ihn vor sich her.

»Komm schon, Nathan, ich bin es, du kennst mich doch«, sage ich und laufe zu ihm.

Er starrt mich an. Kein Zeichen des Erkennens erscheint auf seinem Gesicht. Er reibt sich den Kopf, nicht ängstlich, eher verwirrt. Was will diese fremde Frau von ihm?

»Was? Nee, ich kenn Sie nicht«, sagt er.

Dann ist er weg, weg vom Haus, er wird eine Runde ums Gebäude drehen und lange genug wegbleiben, bis wir verschwunden sind und er sicher sein kann, dass du nicht zum Amt gehst.

Er muss dafür sorgen, dass er nichts verrät. Für seinen Bruder. Und den Rest von denen, die dort drinnen wohnen. Sonst werden sie rausgeschmissen oder Gott weiß wohin umgesiedelt. Sein Bruder hat ihn gut trainiert. Ich versuche, ihm zu folgen, aber er rennt weg, den Ball vor sich her kickend. Und ich bin wieder mal die Irre.

»Ach Nathan, warte! Komm doch her!«, rufe ich ihm nach.

Meine Finger schlingen sich um meinen Kopf, und ich raufe mir vor lauter Frust die Haare.

Ich gebe auf. Drehe mich um und lächle dich reumütig an. »Dad, ich schwöre dir, ich bin nicht verrückt. Ganz ehrlich.«

»Komm. Gehen wir ein Weilchen nach Hause.«

Aber ich wende mich noch einmal um.

Das Gebäude ist ganz ruhig, verlassen, störungsfrei.

Als wäre in seinem Innern nichts anderes zu sehen als alte Backsteinmauern, die demnächst niedergerissen werden.

28. September. 13 Uhr 10. Sandra.

Schweigend gehen wir am Z Café vorbei, dann am Laden.

Ich stehe ein bisschen unter Schock. Ich kann nicht glauben, was da passiert. Dann erscheint ein Gesicht, das ich nicht sehen will. Es ist fast, als würde mir diese Frau auflauern. Dabei kann sie meiner Sache ganz sicher nicht hilfreich sein.

»Hallo, Frau Doktor. Ist das Ihr Freund?«, fragt sie.

»Ha, nein. Das ist … ein Kollege«, erwidere ich.

Ich habe keine Lust, ihr zu sagen, dass du mein Dad bist. Keine Ahnung, warum. Ich will nicht, dass sie irgendetwas Persönliches über mich weiß.

Ich wünschte, sie wäre nicht meine einzige Freundin. Diese Art von Gesellschaft kann ich nicht brauchen, sie macht nur einen schlechten Eindruck. Du schweigst. Du weißt von der Arzt-Geschichte, aber du warst noch nie ein guter Schauspieler. Jetzt tust du so, als interessierst du dich für deinen Schuh, und dann starrst du zu dem Fest auf der anderen Seite des Sees hinüber und wartest, bis die Situation vorbeigeht.

»Na, wie auch immer, Frau Doktor, schöner Tag heute. Bis bald dann«, sagt Sandra munter.

Ich halte sie auf. Vielleicht ist sie doch gar nicht so übel. Vielleicht kann sie mir doch nutzen. Mir wenigstens einen kleinen Schimmer von Glaubwürdigkeit geben.

»Warten Sie. Einen Moment. Erinnern Sie sich an die Nacht, in der ich Ihnen etwas gegen Ihren Ausschlag gegeben habe? Erinnern Sie sich daran?«

»Ich glaube, Sie haben sich den Ausschlag angeschaut. Ja. Das haben Sie. Aber Sie haben mir nichts gegeben, Frau Doktor«, entgegnet sie stockend.

»Doch, doch, Sandra, das habe ich. Pillen konnte ich Ihnen natürlich nicht geben, aber eine Salbe. Die hab ich Ihnen geschenkt.«

Sie starrt dich an. Ich möchte so sehr, dass wenigstens eine einzige Sache klappt. Das etwas genauso ist, wie ich es erzählt habe. Sandra lächelt dich an. Schluckt. Schaut dann zu mir.

»Nein, das könnte man Ihnen als Behandlungsfehler auslegen, glaube ich. Wenn Sie mir ohne Verschreibung ein Mittel gegeben hätten. Außerhalb der Sprechzeiten. So etwas würden Sie niemals tun. Sie haben mir gesagt, ich soll mich wieder ins Bett legen und am nächsten Morgen würde es mir bestimmt bessergehen.«

»Ich war in Ihrer Wohnung. Ich habe in Ihrer Wohnung mit Ihnen gesprochen.«

»Nein, nein. Sie waren nicht bei mir, das wäre nicht korrekt. Und Sie sind doch so eine gute Ärztin, Frau Doktor.«

Wieder lächelt sie dich an. Als würde sie mir eine perfekte Empfehlung aussprechen. Bestimmt denkt sie, du bist mein Vorgesetzter oder so. Ich schließe die Augen. Du legst eine Hand zwischen meine Schulterblätter. Ein sanftes »Beruhige dich«.

Am liebsten möchte ich diese Frau packen und anbrüllen. Ich möchte sie am Revers hochheben und sagen: »Komm schon, sei doch einfach mal eine Sekunde normal! Sag, wie es war, genauso, ohne etwas hinzuzudichten oder wegzuleugnen.« Aber ich bezweifle, dass das irgendetwas besser machen würde.

Dad, du hast dich als echter Abtörner erwiesen, als es darum ging, die Dinge beim Namen zu nennen. Erst hat man dir misstraut. Dann hat man mir misstraut. Ich gebe dir nicht die Schuld. Aber all das beruht doch auf Hörensagen. Geheimnisse auf Korridoren, Nicken auf der Straße.

Was hast du denn erwartet? Dass alles ganz leicht sein würde? Dass alle sich bedingungslos hinter mich stellen und mich unterstützen? Nein. Das war nie eine Option.

»Schauen Sie, Sandra, ich möchte Sie nicht in Verlegenheit bringen. Aber ich habe meinem Dad gerade von dem Freund der Studentin erzählt.«

Erneutes Schweigen. Sie tritt von einem Fuß auf den anderen.

»Sie erinnern sich doch bestimmt. Sie haben das vermisste Mädchen von Zeit zu Zeit mit einem Mann aus den Apartments gesehen. Nicht wahr?«

Sie sieht mich an, mit großen, hilflosen Augen. Dann wandert ihr Blick zu dir und zurück zu mir. Unsicher, was die richtige Antwort ist.

»Habe ich das gesagt?«, fragt sie schließlich.

»Ja, das haben Sie.«

Inzwischen sieht man mir den Stress vermutlich an. Ich bin erhitzt, ich muss mich anstrengen, nicht die Kontrolle zu verlieren. Aber es ist einfach schwer. Es ist schwer, wenn alle Leute um einen herum es darauf abgesehen zu haben scheinen, dass man schlecht dasteht, und keiner mehr fair spielt.

»Na ja, Frau Doktor, ich sage viel. Darauf dürfen Sie nicht so viel geben. Ich müsste regelmäßig zum Arzt gehen. Verstehen

Sie? Wegen meiner seltsamen Ideen. Also hören Sie nicht auf mich. Nein. Hören Sie nicht auf mich.«

Sie verschwindet um die Ecke. Diese Begegnung hat mich von Platz eins der seltsamsten Menschen verdrängt. Vor sich hinplappernd entfernt sich Sandra, sie wirkt genau wie eine von denen. Hoffentlich wirke ich nicht so, denke ich, obwohl ich es nicht will. Ich hätte die Sache nicht so forcieren dürfen. Du drückst beruhigend meine Hand. Ein Mann winkt mir zu. Er kommt von der anderen Seite des Sees. Ein großer dünner Mann. Auf einmal habe ich Angst. Angst vor dem, was womöglich jetzt passiert.

28. September. 13 Uhr 40. Thompson.

»Da ist sie ja! Die Liebe meines Lebens!«, ruft der Mann.

Ich frage mich, ob er irgendetwas genommen hat. Um Gottes Willen, ich habe meine Zeit mit einer reichlich komischen Truppe verbracht. Thompson ist so lang und zerfasert wie ein Stück Schnur. Aber mit seiner Dose Strongbow Cider in der Hand ist er die Stimmungskanone schlechthin, und er kommt direkt auf uns zu. Als wäre er ein alter Freund.

Ich frage mich, was du in diesem Moment gedacht hast, Dad. Das war nicht mein Lückenbüßer. Ganz egal, was mit mir passiert, egal, wie klein ich mich mache, so schlimm wird es nicht.

»Lucy, stimmt's?«, sagt er und stellt sich viel zu dicht neben mich.

»Lily.«

»Lucy, richtig. Ist das dein alter Papa?«

Du lächelst. Ich auch. Wenigstens nimmt dieser Mann mich zur Kenntnis. Wenigstens weiß er, wer ich bin. Und denkt nicht, du bist mein Liebhaber. Aber er klopft dir ein bisschen zu heftig auf den Rücken.

»Kommt ihr rüber? Mal die Sau rauslassen auf der Hüpfburg? Also, ich meine das natürlich nicht wörtlich, woher solltet ihr die auch haben«, brabbelt er.

Ich weiß nicht recht, was ich seinem genuschelten Wortschwall entnehmen soll. Er schwankt wie ein Rohr im Wind.

»Nein danke, wir haben uns schon alles angesehen. Sehr nett. Alle sind da.«

»Jawoll. Alle sind da. Normalerweise bin ich nicht gern in Gesellschaft, das weißt du ja, Becky, aber ich bin trotzdem hingegangen. Und amüsier mich. Musste nur bisschen Mumm zusammennehmen, schon gehör ich dazu.«

Ich mustere ihn und denke, dass es wahrscheinlich besser wäre, mit ihm zu reden, wenn er wieder nüchtern ist. Aber dann ergreifst du das Wort.

»Ich glaube, Lily hat erzählt, dass ihr euch im Café kennengelernt habt, richtig?«

Thompson hält inne. Legt die Hand an die Stirn. Atmet schwer. »Ja. Ja. Stimmt. Da sind wir uns das erste Mal begegnet. Bei einem heißen Cappuccino, wie konnte ich das vergessen?«

Er sagt »Cappuccino«, als wäre es das Exotischste der Welt, ungefähr wie »Kaviar« oder »Sansibar«. Kurzentschlossen reiße ich das Gespräch an mich.

»Ich habe Dad gerade von dem Typen erzählt, den Sie gesehen haben. Der in der Nacht, als Jean getötet wurde, zu den Apartments zurückgelaufen ist.«

Obwohl ich mir Mühe gebe, einen lockeren Plauderton anzuschlagen, haben die Worte plötzlich eine unglaubliche Wucht. Es kommt mir vor, als wäre ihr Widerhall überall zu hören, und wenn ich es nicht besser wüsste, würde ich sagen, dass sämtliche Köpfe der Festteilnehmer sich in diesem Augenblick zu uns umdrehen und uns anstarren. Hier stehe ich neben dem betrunkensten Menschen in Nord-London, aber ich bin diejenige, die das Gefühl hat, einen Fauxpas begangen zu haben.

»Keine Ahnung, wovon du sprichst, Schätzchen.«

Du nickst. Genau das hast du dir gedacht. Vermutlich.

Mit Nachdruck verschwinden deine Hände in deinen Taschen. Aber du wirkst immer noch geduldig. Alle Gelegenheiten, bei denen du Geduld mit mir gezeigt hast, scheinen sich bildlich vor mir aufzureihen.

Du starrst Thompson an. Einen Augenblick denke ich, dass du es genießt. Einen Augenblick denke ich, dass du ihm möglicherweise einen Schlag in den Magen verpasst, dich über ihm aufbaust und ihn fragst, was er wirklich weiß. Aber ich gehe hastig dazwischen.

»Ach, lassen Sie das doch.«

»Nein, lass du das, Schätzchen.«

»Das ist mein Dad. Er erzählt es nicht weiter. Er ist nicht bei der Polizei oder so. Ich hab ihm alles erzählt. Er will helfen. Damals im Café wollten Sie doch reden, oder nicht?«

Jetzt verändert er sich, der Ärger macht seinen Kiefer starr, er beugt sich noch näher zu mir. Berechtigterweise bist du sofort auf der Hut.

»Ja, hmm, leichtsinniges Gerede kann Leben kosten. Was immer ich gesagt oder nicht gesagt habe, kann ja ruhig unter uns bleiben, aber ich werde nicht dir zuliebe am helllichten Tag das Maul aufreißen. Du glaubst doch sowieso bloß, was du glauben willst. Das merke ich dir an. Du erfindest so was ganz nebenbei, Schätzchen, stimmt's? Stimmt's?«

Auf einmal habe ich ein sonderbares Gefühl in der Magengrube. Er konfrontiert mich mit seinen gelblichen Zähnen. Seinem eigentümlichen Äußeren. Ich weiß nicht, ob sein Atem mich betrunken macht oder ob es immer noch der Schock ist, jedenfalls fängt meine Umgebung plötzlich an zu beben. Ich habe das Gefühl, ich bin auf hoher See. Es klingelt in meinen Ohren. Ich könnte ihn erwürgen. Wie gebannt starre ich auf seinen Mund, sehe zu, wie seine aufgesprungenen Lippen sich zu einem Lächeln nach oben ziehen.

»O sorry, Liebling! Ich nehm dich doch bloß auf den Arm. Ich mach nur Witze. Komm her, drück mich mal. Tut mir wirklich leid.«

Er umarmt mich. Ich kann es nicht verhindern.

Ganz gegen meinen Willen lächle ich, denn jetzt wird er garantiert alles ausplaudern.

»Dann mal los. Der Typ. Im Anzug. Blonde Haare?«, sage ich.

»Ja, ja. All das. Darüber haben wir uns im Café unterhalten. Ich hab gesagt, dass ich den Kerl zu den Riverview Apartments hab zurückgehen sehen, nachdem es passiert ist. Klar hab ich ihn gesehen.«

Ich strahle dich an. Du weißt nicht, ob das wichtig ist. Es fühlt sich sicher nicht so an. Für dich. Aber für mich ist es eine große Sache. Die Goldader. Der große Wurf. Es ist entscheidend. Dann überlege ich noch einmal, was er gerade gesagt hat.

»Sie meinen die Waterway Apartments. Richtig? Da drüben.« Ich zeige auf das Gebäude gegenüber von meinem. Das, in dem Brenner wohnt. Ich nenne ihn nicht mehr Rich. Er ist definitiv ein Brenner.

»Nein, nein, nein. Hör zu. Ich bin nicht hundertprozentig sicher, welches Haus es war. Jetzt bin ich ganz durcheinander. Aber ich schwöre, eins von beiden war es. Hundertprozentig.«

Es könnte das auf der anderen Straßenseite sein. Oder der

Mann wohnt in meinem Gebäude. Das will er damit sagen. Scheiße.

»Nein, nein, nein, Sie haben das ausdrücklich gesagt. Nachdem ich Sie gebeten habe, gründlich nachzudenken. Sich zu vergewissern. Und da haben Sie eindeutig Waterway gesagt.«

»Na ja, ich hab versucht, mich klar auszudrücken, oder? Hör zu, ich kann dir das verflucht nochmal nicht bestätigen. Weil ich nämlich nicht mit Bestimmtheit weiß, welches verfluchte Haus es war. Ich bin durcheinandergekommen. Aber er wohnt hundertprozentig in einem von den beiden.«

»Und da sind Sie absolut sicher, Mr Thompson?«, fragst du ihn.

»Jawoll, mein Freund. Hundertprozentig. Verband um die Hand. Blonde Haare. Er ist ein Halunke. Und er wohnt in einem von den beiden Häusern. Verlassen Sie sich auf mich. Aber jetzt bon voyage, die Hauptband ist gerade auf die Bühne gekommen, und ich hab das Gefühl, gleich wird getanzt. Viel Glück, mein süßes Schätzchen!«, sagt er und macht sich auf den Weg zurück zum Festplatz.

Meine Gedanken rasen. Ich war so sicher, dass mein Raster alle Möglichkeiten enthält. Aber jetzt muss ich mich der Möglichkeit stellen, dass noch einige neue Gesichter dazukommen.

Und das Schlimmste daran: die einzige Stelle, die du an einem Ort wie diesem nicht sehen kannst, ist der Platz direkt neben dir. Was bei deinem nächsten Nachbarn passiert, siehst du nicht, und auch das beste Fernglas ist da keine Hilfe. Das ist dein blinder Fleck.

Mir reicht es, ich will nicht mehr draußen sein. Ich spüre wieder die Blicke. Ich fühle, dass die Zeit knapp wird.

Vielleicht ist er betrunken und hoffnungslos, und heute war

alles in allem auch nicht gerade eine eindringliche Bestätigung meiner geistigen Gesundheit, aber ich glaube, Thompson weiß, was er gesehen hat. Frag mich nicht, warum. Ich vertraue meinen Quellen. Vertrauen ist immer der beste Ausgangspunkt.

Aber es bedeutet, dass es immer auch noch Brenner sein könnte. Ich denke, er hat versucht, mich so zu beschämen, damit ich ihn nicht mehr verdächtige. Er hat versucht, über mich zu bestimmen. Aber egal, was irgendjemand sagt, ich schließe ihn nicht aus.

Ich habe immer noch das Gefühl, dass ich ganz nahe dran bin. Genau genommen bin ich sogar sicher.

Ich muss dich nur noch davon überzeugen.

28. September. 15 Uhr. Mein Retter.

Ich habe früher schon erwähnt, dass Leute wie Gespenster durch dieses Gebäude wandern. Gerade noch sind sie da, im nächsten Moment schon verschwunden.

So genau ich inzwischen die Leute von gegenüber kenne, habe ich von denen in meiner direkten Umgebung keine Ahnung. Von denen, mit denen ich mir die Luft zum Atmen teile. Und das Dach. Unter dem womöglich auch der Mörder haust.

Aber Lowell kennt die anderen Bewohner, er ist mein Verbindungsmann. Er geht zu den Meetings. Er fungiert als Verbindungsperson zum Concierge. Er ist Gebäudevertreter, oder wie man das nennt. Eine Art Mittelsmann. Er kennt jeden. Ich weiß, dass er mir helfen kann.

Als du rausgehst, um ein bisschen frische Luft zu schnappen und Terrence auszuführen – vielleicht auch, um dir mal eine Pause von mir zu nehmen –, gehe ich hinüber und klopfe an Lowells Tür. Das habe ich noch nie gemacht. Ich habe seine Wohnung noch nie von innen gesehen. Aber wir sind uns in letzter Zeit nähergekommen. Ich klopfe.

»Ja?«, ruft er hinter verschlossener Tür.

»Ich bin's, Lily«, antworte ich. Wobei ich versuche, nicht zu klingen, als wollte ich mit ihm flirten. Trotz unserer Begegnung neulich. Ich möchte nicht, dass er denkt, ich komme deswegen rüber.

»Sekunde!«, ruft er.

Während ich warte, wendet sich mein Kopf dem kühlen sauberen Korridorfenster zu, seinen geraden Linien und der glatten Oberfläche, die heute Vormittag erst geputzt worden ist. Von dort kann man nach unten zum Eingang sehen, und ich beobachte einen Mann mit einer flachen Mütze, der gerade das Gebäude betritt. Obwohl ich schwören könnte, dass es Brenner ist, zweifle ich dennoch an mir. Alle vermitteln mir den Eindruck, dass ich nichts richtig weiß. Er könnte einen Schlüssel zu diesem Haus haben. Oder nicht? Vielleicht hat er sich einen beschafft. Vielleicht will er zu mir. Unwillkürlich balle ich die Fäuste. Er muss die Tür öffnen. Ich beiße mir auf die Lippe und will gerade noch einmal nach Lowell rufen, als seine Wohnungstür aufgeht.

»Hi«, sagt er. Steht da und wirkt seltsam förmlich in einem langen Mantel und einem roten Schal. Leider wird es draußen allmählich kälter, aber seine Aufmachung kommt mir doch ein bisschen übertrieben vor. Das sind Wintersachen. Aber er sieht gut aus, so elegant gekleidet. Ein perfekter Watson, Samwise, Cosmo, Goose, Jem, Hastings.

»Ich müsste mal kurz zu dir reinkommen«, sage ich eindringlich.

»Ich war grade auf dem Weg nach draußen«, entgegnet er. Vermutlich sollten seine Klamotten mir das bereits verdeutlicht haben. Aber wenn das da unten Brenner ist, muss ich schnell in die Wohnung, sicherheitshalber. Dad ist nicht da. Und ich möchte nicht allein zu Hause sein. Heute nicht.

»Bitte, ich muss über ein paar Dinge mit dir sprechen.«

Lowell sieht nicht aus, als wäre er scharf darauf, aber ich lasse mich nicht abwimmeln, da hat er keine Wahl. Ich bin aufgeregt, und das merkt er auch.

»Na klar, dann komm. Komm rein«, sagt er endlich, wieder ganz locker und charmant.

Die Tür schließt sich hinter mir, ich bin in seiner Wohnung. Vorerst werde ich Brenner nicht erwähnen, sonst hält er mich womöglich für verrückt. Ich will erst mal ein paar Dinge herausfinden, dann weihe ich ihn ein. Sobald ich merke, dass er dafür zugänglich ist.

Für einen Moment packt mich der Wohnungsneid. Lowells Apartment ist eindeutig besser ausgestattet als unseres. Es gibt mehr Platz und jeden modernen Komfort. Eine gut bestückte Küche mit einer Marmorplatte, einem riesigen Kühlschrank mit einer separaten geräumigen Tiefkühltruhe. Ich habe nur einen winzigen Kühlschrank mit einem winzigen Gefrierfach oben, gerade groß genug für einen Beutel gefrorener Erbsen. Seltsam, wodurch man sich manchmal kleiner fühlt.

Allerdings riecht es ein bisschen. Wodurch ich mich gleich wieder besser fühle. Ich weiß nicht, was für ein Geruch es ist, denke aber, es riecht einfach nach Mann. Außerdem fällt mir auf, dass da ein großer Rollkoffer herumsteht. Im Wohnzimmer. Vielleicht will er in Urlaub fahren. Kurz überlege ich, ihn danach zu fragen, aber ich habe keine Zeit für Smalltalk.

»Wie oft finden diese Meetings, bei denen Hausangelegenheiten und so besprochen werden, eigentlich statt? Das wollte ich mal wissen«, sage ich und schaue ihm in die Augen.

»Äh. Einmal im Monat. Ist keine große Sache. Hast du irgendwas, was du besprechen möchtest? Du kannst beim nächsten Mal gerne mitkommen«, meint er und versucht, ein ganz normales Gespräch aus unserer Unterhaltung zu machen.

»Ja. Vielleicht. Vielleicht.« Ich höre meinen Herzschlag in den Ohren, während ich spreche. Möglicherweise ist Brenner ganz in der Nähe, irgendwo auf dem Korridor draußen.

Eigentlich könnte ich an Lowells Stelle Gebäudevertreter werden. Dann lerne ich alle Bewohner kennen, einen nach dem anderen.

»Bei diesen Meetings hast du vermutlich die meisten Leute im Haus kennengelernt, richtig?«, pirsche ich mich vorsichtig an. Ich bin unsicher, wie viel ich jetzt schon preisgeben will. Auch Lowell scheint auf der Hut zu sein.

»Ja, man trifft alle möglichen Leute. Mit Beschwerden über die Heizung. Lauter solche Sachen. Echte Hardcore-Politik«, antwortet er und grinst.

Der gute alte Lowell. Für solche Aufgaben ist er geboren. Den Mist anderer Menschen zu erledigen. Immer derjenige zu sein, der die Hand hebt und für alle anderen die Prügel einsteckt.

»Bist du da schon mal Leuten begegnet, die dir verdächtig erschienen sind?«, frage ich plötzlich doch ganz direkt.

Ich überlege, wie nahe Brenner wohl ist.

»Jeder Menge. Die Leute bleiben für sich, bis sie denken, du kannst etwas für sie tun. Die beiden Lehrer im zweiten Stock, die immer behaupten, in ihrer Wohnung riecht es nach Schimmel – kein anderer Mensch kann den Schimmel riechen, nicht mal die Leute von der Gesundheitsbehörde. Der Brasilianer im sechsten, der eine Tonne Gras raucht und sich beklagt, dass er, wenn er high ist, befürchtet, sein Balkon könne abbrechen. Da klopft es dann abends um zehn bei mir an der Tür – ich liebe solche Besuche.«

Aber ich brauche keine Anekdoten. Ich brauche mehr. Und zwar schnell.

»Was ist mit dieser Jurastudentin? Aus dem Canada House? Hattest du je mit ihr zu tun?«

Lowell schaut zum Himmel empor. Verzieht den Mund. Auf einmal ist er ganz still. Nach einer Weile schüttelt er nachdenklich den Kopf. Dann will er etwas sagen, murmelt aber nur etwas Unverständliches vor sich hin. Kratzt sich am Kopf. Und zeigt mir, dass er sich bemüht.

Vermutlich ist es wirklich schwer, sich an jeden einzelnen Bewohner zu erinnern. Jedes Gebäude hat ein oder zwei Vertreter. Insgesamt sind es sechs Häuser, mit den neuen Apartments und den beiden alten Wohnblocks, die noch stehen. Sie treffen sich monatlich. Wahrscheinlich ist das eine kommunale Vorgabe. Die Illusion von Gemeinsamkeit. Von Integration.

»Tut mir leid, Lil, aber ich glaube, an so jemanden erinnere ich mich nicht. Nein.«

Was er nicht weiß, ist, dass ich ihm mit der Sache auf die Nerven gehen werde, weil meine Recherche im Netz ergeben hat, dass die Studentin regelmäßig bei den Meetings gewesen sein muss. Das war eine der Methoden, mit denen sie ihre Ansichten über die neuen Gebäude publik gemacht hat. Sie hat keine Möglichkeit ausgelassen, darauf aufmerksam zu machen.

»Bist du sicher? Wie ich gehört habe, hat sie ganz schön auf den Putz gehauen. Sie wollte überprüfen lassen, was die Leute von *Princeton Homes* mit der Gegend hier vorhaben, sie hat deren Vertrag mit der Regierung in Frage gestellt. Sie hat nach einer Möglichkeit gesucht, eine Pause in den Bauarbeiten zu erzwingen, ehe alle alten Gebäude weg sind und ›ein Mittelschichtsbiotop‹ entsteht, wie sie sich ausgedrückt hat. Ich hab darüber gelesen.«

»Hmm. Ja«, murmelt Lowell.

Ich glaube, ich helfe seinem Gedächtnis allmählich auf die Sprünge. Die kleinen grauen Zellen beginnen zu arbeiten. Also mache ich weiter. Vielleicht gehe ich ihm jetzt schon auf die Nerven, aber ich habe meine Recherche gemacht, also kann ich ihm auch zeigen, was ich alles habe, und mit offenen Karten spielen.

»Weißt du, sie wollte ganz genau wissen, wie viele Leute aus den alten Blocks Wohnungen in den Neubauten bekommen haben. Man hat den Bewohnern nämlich versprochen, dass es mindestens dreißig Prozent sein sollen. Deshalb wollte sie, dass alle Arbeiten ruhen und dass die Bagger verschwinden, bis Ermittlungen in Gang gesetzt werden. Das hab ich jedenfalls gehört.«

Ich zeige ihm meine Arbeit. Ich glaube nicht, dass er mich hinhält. Vielleicht ist es schwer, sich an alles zu erinnern, was in diesen Meetings vor sich geht. Aber ich bin eindeutig auf etwas gestoßen.

»Weißt du was – ja, natürlich!« Er schnippt mit den Fingern. Dann fährt er fort. »Ich hab wohl ein bisschen auf der Leitung gestanden. Ja. Jetzt erinnere ich mich. Mhmm.«

In diesem Moment fällt mir ein, dass du bald zurück sein musst, Dad. Ich muss Lowell dazu bringen, sich zu beeilen. Ich möchte nicht, dass du etwas von meinen nicht mit dir abgesprochenen Hausbesuchen mitkriegst.

Ich glaube, irgendwie kommt Lowell sich jetzt verhört vor. Er ist ein schlauer Kerl, er weiß, dass etwas in der Luft liegt.

»Ich meine, um ehrlich zu sein – ich bin nicht der Richtige, den du wegen all diesem Zeug fragen solltest. Es kommen eine Menge Leute zu den Meetings. Ich glaube, es wird auch immer Protokoll geführt. Aber ich glaube, ich erinnere mich an diese Studentin, das schon. Sie wollte alles überprüfen, was mit den Bauverträgen zu tun hatte. War schon eine ganze Weile damit zugange. Mhmm. Mit dem ganzen Thema. Sie hat Unruhe gestiftet, könnte man sagen.«

»Allerdings. Seltsam. Wollte uns wohl ein schlechtes Gewissen machen, weil wir unser Leben leben, was?«

»Mhmm. Stimmt, oder nicht? Ha.«

Von meinen weiteren Plänen will ich ihm noch nichts erzählen. Ich will ihn nicht vergraulen. Aber eines muss ich wissen. Ich und meine Impulskontrolle! Ich muss ihn einfach fragen.

»Also, Lowell, was war eigentlich dann dein erster Gedanke, als du gehört hast, dass das Mädchen verschwunden ist?«

Er steht an der Tür. Mit einem Blick, der mich anfleht, ihn gehen zu lassen. Er hat keine Lust mehr, mit der Verrückten rumzuhängen. Aber dann seufzt er tief und lehnt sich an den Türpfosten. Halb drinnen und halb draußen.

»Welches Mädchen meinst du denn jetzt?« Mal wieder schwer von Begriff. Er hat einfach keine Lust mehr.

»Die Anwältin. Sonya. Die, die verschwunden ist«, beharre ich.

»Davon hab ich nichts gehört.«

Das kommt mir sehr unwahrscheinlich vor. Eine Sekunde bin ich sprachlos und kann nur den Kopf schütteln. Ich möchte ihm nicht zeigen, was ich denke. So wenig neugierig ich auch war, als ich mich in meine eigene Welt zurückgezogen habe –, die Vermisstenplakate habe ich trotzdem gesehen, sie waren überall.

Ich hab sie mir nicht so genau angeschaut, weil ich damals zu nichts und niemandem Kontakt hatte. Aber Lowell muss doch voll auf dem Laufenden gewesen sein. Und er kannte das Mädchen. Er war mit ihr auf den Meetings. Mindestens beim jüngsten Treffen muss das doch zur Sprache gekommen sein. Irgendwas stimmt hier nicht. Ich sehe mich gezwungen, die Gesprächspause zu füllen.

»Na ja. Aber das ist sie. Verschwunden, meine ich. Komisch.« Natürlich nicht »ha-ha«-komisch.

»Ja. Das ist verrückt. Hör zu, ich muss los. Aber ich bin bald zurück.«

Doch ich lasse ihn nicht gehen. Nicht bevor Dad wieder da ist. Ich kann jetzt nicht alleine sein.

»Nein, nein. Bitte. Ich möchte dir meinen Vater vorstellen«, bettle ich.

»Ah. Besucht er dich gerade, aus Frankreich?«

Ich hatte ganz vergessen, dass ich ihm davon erzählt habe. Für manche Dinge hat er ein sehr gutes Gedächtnis.

»Dann sag ich ihm Hallo, sobald ich zurück bin, Lil.«

Nein, ich will ihn bei mir haben. Zum Schutz. Ich möchte, dass er in meiner Nähe bleibt, bis du wieder da bist. Und ich möchte nicht, dass du denkst, ich laufe rum und gehe den Leuten auf die Nerven. Ich muss ihn dazu bringen, mit mir in meine Wohnung zu kommen. Er könnte mein Retter sein.

Kurz denke ich daran, ihn noch einmal zu küssen. Aber dann geht mein Mund auf, und alles, was ich nicht sagen wollte, kommt heraus. »Ich glaube, jemand hat dieses Mädchen umgebracht. Und ich glaube, danach hat derjenige noch einen Mord begangen. Und ich glaube, ich weiß, wer es war.«

Auf einmal wird sein Gesicht ernst. So habe ich ihn noch nie gesehen. Bestimmt findet er mich jetzt absurd. Aber dann stellt sich heraus, dass ich mich gründlich irre.

»Okay, ich höre dir zu. Kannst du mir sagen, woher du das alles weißt?«, meint er, und seine Körpersprache wirkt offen. Bereit, in Empfang zu nehmen, was immer ich bereit bin zu geben.

»Ich weiß etwas Besseres. Ich zeige es dir.«

Ich nehme seine Hand, und wir gehen nach nebenan.

28. September. 15 Uhr 30.

»O Gott. Verdammte Scheiße«, flüstere ich leise.

Ich führe ihn über den Korridor und in meine Wohnung, ziehe ihn durch die Tür und lehne mich dahinter an die Wand. Eine Hand auf seinem Handgelenk.

»Was ist los, Lil?« Jetzt sind seine Augen wild, sein Gesicht voller Sorge.

»Das war er – Brenner. So nenne ich ihn.«

Als wir von Lowells Wohnung zu meiner unterwegs waren, habe ich Brenners Gesicht gesehen, von der Seite. Er hat mit jemandem am anderen Ende des Korridors gesprochen.

»Was meinst du denn, Lil?«, fragt Lowell mit leiser Stimme. »Glaubst du, der Typ ist so eine Art Psychopath? Bist du sicher, dass es nicht …«

»Warte. Du musst mir erst mal zuhören.«

»Okay, aber beruhige dich bitte.«

Ich bin nicht sicher, ob er mich beruhigen oder auf die Palme bringen will. Jedenfalls macht er mich auch nervös, und das brauche ich von ihm wirklich nicht. Ich mache einen Schritt zurück und schüttle die Hände aus. Versuche, die Spannung loszuwerden, bevor ich antworte.

»Er wohnt im Gebäude gegenüber. Ich habe ihn beobachtet, ich habe alle da drüben beobachtet. Weil ich glaube, dass die Person, die diese beiden Frauen umgebracht hat, in einem der beiden Gebäude lebt. Ich habe ihn damit konfrontiert. Ihn verärgert. Und jetzt ist er hier. Was hat er hier zu suchen? Ich vermute, dass er meinetwegen gekommen ist.« Völlig atemlos sprudelt es aus meinem Mund. Ohne dass ich darüber nachdenke.

»Und wie kommst du auf diese Idee, Lil? Warum denkst du, dass er es war?«, fragt er und hält meine Hand. Auf einmal wieder ganz weich.

Ich hatte überlegt, ihm mein Raster zu zeigen. Die Namen, die ich durchgestrichen habe. Die Leute, die ich in Betracht gezogen habe. Die Beschreibung des Mannes, das Merkmal, nach dem ich Ausschau halte, die Narbe auf der Hand. Aber ich tue es nicht. Ich denke an meinen Besuch bei der Polizei und daran, wie sie dort über mich gekichert haben. Der Porzellanaffe. Der Schürhaken. Ohne Zusammenhang erscheinen sie albern. Aber ich glaube von ganzem Herzen an sie.

Ich frage mich, was du denken wirst, wenn du zurückkommst und uns hier total aufgeregt vorfindest.

Ob Brenner noch draußen auf dem Korridor ist? Ich versuche einen anderen Kurs.

»Lowell. Ich war dort. In der Nacht, bevor sie gestorben ist. Die alte Frau, meine ich. Sie ist das zweite Opfer. Und dann, am nächsten Tag, da … hab ich ihre Wohnung gesehen. Vor dem Haus hatte sich eine Menschenmenge versammelt, und ich bin reingegangen. Jemand hat mich darum gebeten. Und da hab ich gesehen, dass eine Porzellanfigur fehlt. Und eine Waffe, die Jean benutzt hat, zur Selbstverteidigung. Ich glaube, jemand ist bei ihr eingebrochen. Bei dem Kampf ist die Figur kaputtgegangen, und Jean hat dem Eindringling einen Schlag mit dem Schürhaken verpasst. Am Ende hat Brenner die Scherben weggeräumt und den Schürhaken entsorgt, vielleicht war sein Blut darauf oder sonst etwas Derartiges …«

»Lily, ich mache mir Sorgen.« Er nimmt mein Gesicht in beide Hände. Wir stehen an meiner Tür. Er hat mich in der Zange.

»Worüber machst du dir denn Sorgen?«, frage ich, kaue auf der Unterlippe und atme möglichst ruhig.

»Hattest du schon mal irgendwelche Anfälle? Oder Blackouts? Irgendetwas in der Art?«

Die Frage erscheint mir seltsam. Ich glaube nicht, dass er mir richtig zugehört hat. Vielleicht will er das auch gar nicht.

»Ja. Einmal. Oder zweimal. Warum?«, antworte ich. Mein Gesicht ist immer noch zwischen seinen Händen. Unter seiner Kontrolle.

»Ich habe Angst, dass du irgendetwas getan hast. Du selbst. Dass das eher Erinnerungen sind als Anschuldigungen. Es gibt jetzt schon Dinge, an die du dich nicht erinnerst. Versionen der Realität, die nicht ganz richtig sind.«

Ich bin von den Socken. Ich möchte ihn anspucken.

»Ich sage ja nicht, dass du das alles getan hast. Das behaupte ich nicht. Wirklich nicht. Aber ich mache mir Sorgen –, weil du so involviert bist in die Geschichte, weil du so bist, wie du bist, könnten die Leute … könnte das die Leute auf falsche Ideen bringen.«

Die Tür wird aufgerissen. Wir drehen uns um. Mein Kopf immer noch zwischen Lowells Händen, meine Augen immer noch ohne Tränen. Aber nur knapp. Und wir sind ertappt worden.

Da stehst du. Und hast keine Ahnung, was hier vor sich geht. Ich übrigens auch nicht.

* * *

Ich kenne kaum jemanden, der Dinge, die er nicht sehen will, so gut ignorieren kann wie du. Im Guten wie im Schlechten. Ich finde das eher positiv. Wirklich. In mancher Hinsicht war es schwierig für uns. Aber in anderer war es unsere größte Stärke. Du hältst allem stand, was man dir zumutet. Was *ich* dir zumute. Du machst einfach weiter.

»Schön, dass wir uns endlich kennenlernen. Wenn ich mich recht erinnere, hat Lily gesagt, dass Sie im Ausland leben?«

»Ja, das ist richtig«, antwortest du. Der Mann, der nicht viele Worte macht. Aber alles im Auge behält. Und registriert. Der aber, als wir auf dem Sofa sitzen, so tut, als wäre es eine ganz normale Situation. Obwohl so viel zwischen uns in der Luft hängt. Fast greifbar.

»Sind Sie für länger hier?«, erkundigt sich Lowell.

»Das weiß ich noch nicht. Ich hab nichts Bestimmtes vor, ich schau nur mal rein. Um mich zu vergewissern, dass es meinem kleinen Mädchen gutgeht«, antwortest du.

Ich mag dich, Dad, aber diese Höflichkeitsfloskeln stören mich. Columbo hat nie seinen Vater mitgebracht. Poirot auch nicht. Ganz zu schweigen von Ironside. Klar, ich bin kein Detektiv. Aber du weißt trotzdem, was ich meine.

Ich bin auch eine große Ignoriererin. Ich sehe Lowell an und zwinge mich, alles zu vergessen, was er mir gerade gesagt hat. Wenn ich mich darauf konzentriere, zerreißt es mich von innen her. Ich kann nicht glauben, dass er diese Möglichkeit überhaupt in Betracht zieht. Also ignoriere ich sie.

Dann gibt es eine kleine Verzögerung. Von der Art, dass jemand reagieren muss. Ich atme ein, bereit, das Steuer zu übernehmen. Es gibt ein paar Sachen, die ich den beiden erklären will. Ich muss sie auf meine Seite bringen. Aber Lowell beginnt als Erster zu reden.

»Ich glaube, er heißt Rich. Der Typ, den du am Ende des Korridors gesehen hast, Lily. Und ich glaube, er hat einen elektronischen und vielleicht sogar einen richtigen Schlüssel. Weil ihm die Wohnung am Ende des Flurs gehört. Er vermietet sie. Deshalb vermute ich, dass er nach seinen Mietern geschaut hat.«

Ich schüttle den Kopf und blicke zu Boden. Sein Immobilienbestand interessiert mich nicht die Bohne. Egal, was er besitzt, nichts davon bedeutet, dass er kein Mörder sein kann. Es verkleinert nur die Entfernung zwischen ihm und mir. Und das heißt, er hat es wesentlich leichter, mich zu behelligen, wann immer er will. Er muss nur mein Schloss aufbrechen. Wie ich es bei seinem getan habe. Er kann zu mir reinkommen. Und mein Leben auslöschen.

»Ich will Lily nur wegen einer Sache beruhigen, Mr Gullick. Lil, er war bei ein paar von den Bewohner-Meetings. Ich glaube, ich erinnere mich an ihn, ich glaube, er hat zwei Wohnungen gekauft, als sie noch im Bau waren. Eine, in der er selbst wohnen wollte, eine zum Vermieten. Damit hat es sich.«

Aber damit hat es sich keineswegs. Überhaupt nicht. Ständig drängelt er mich. Vielleicht meint er es nicht so, aber er tut es. Ich verdrehe die Augen und mache meinen Gefühlen Luft.

»Also, ich finde, es ist Zeit, dass ich auch mal wieder was sage. Mir ist bewusst, dass ihr mir womöglich kein Wort davon glauben werdet, aber ich sage es trotzdem. Lowell, ich habe aus zuverlässiger Quelle erfahren, dass die Studentin mit dem Mann gesehen wurde, nach dem ich suche.«

Lowell hält inne, ein Standbild mitten im Film. Anscheinend interessiert ihn das.

»Also – willst du wissen, was ich glaube? Rich – oder Brenner, wenn du willst – hat dieses Mädchen gekannt. Diese ehrgeizige junge Frau aus einfachen Verhältnissen. Sie sind sich bei einem dieser Meetings begegnet. Er hat sie gesehen, er hat sie gleichzeitig gemocht und gehasst. Die Kleine aus den Sozialblocks drüben – für wen hält sie sich? Er wusste nicht, ob er sie ficken oder umbringen wollte.«

»Achte bitte auf deine Wortwahl«, wirfst du tadelnd ein.

Aber Lowell lehnt sich nur zurück und starrt, als beobachte er einen Stern beim Implodieren.

»Also versucht er beides. Er kann doch das eine tun und das andere nicht lassen, oder? Er beschließt, das Mädchen zum Schweigen zu bringen. Dieses dumme Mädchen, das zu seinen Meetings kommt und ihm, dem kompetenten jungen Mann, erklären will, wo es langgeht.«

Ich möchte den beiden nicht von meinem Einbruch erzählen. Auch nicht von der Frau im Fenster. Inzwischen bin ich mir auch gar nicht mehr so sicher, ob ich das alles wirklich gesehen habe. Das ist es, was mir immer wieder Kopfschmerzen bereitet. Nein, ich darf ihnen nichts davon erzählen.

»Er ist ein klassisches Alphamännchen. Ich hab ihn in seiner Wohnung gesehen, er wandert herum wie ein Raubtier. Und er hat ein Samurai-Schwert!«

»Das heißt doch noch lange nicht, dass er ein Mörder ist, Herrgott nochmal!«, ruft Dad, ganz untypisch laut.

»Aber irgendwas stimmt nicht mit ihm. Ich spüre das!«

Meine Gedanken rasen. Ich stehe auf und gehe aufgeregt in der Küche auf und ab. Du versuchst, mich zu bremsen, aber Lowell sitzt einfach nur da. Vielleicht überlegt er, ob doch etwas dran ist an meinem Verdacht. Vielleicht ist ihm die Situation auch schlicht peinlich. Ich wünsche mir so, dass wenigstens du mir glaubst. Ich brauche dich auf meiner Seite. Euch beide, dich und Lowell.

»Hört zu, die Details kenne ich nicht so genau, aber ich weiß, dass etwas nicht stimmt. Brenner ist mein Hauptverdächtiger.«

»Und wofür hältst du diesen Mann?«, meldet sich Lowell nun doch wieder zu Wort. Seine Stimme ist purer Zweifel in Klangform. »Für einen Psychopathen?«

»Ich weiß nicht. Vielleicht. Ein Frauenhasser? Ein Frauenmörder? Allerdings. Sonya. Jean. Vielleicht auch noch andere.« Ich sage das, ohne ihn anzuschauen. Dafür reichen meine Nerven gerade noch.

»Das ist ein ziemlicher Schuss ins Blaue, Lil. Warum sollte er dieses Mädchen umbringen? Weil es ihm nicht gefällt, dass sie zu seinen Meetings kommt? Das erscheint mir echt ein bisschen weithergeholt«, meint Lowell. Jetzt klingt er fair, er will es sich nicht mit mir verscherzen, deshalb kommt er mir ein kleines Stückchen entgegen.

»Nicht, wenn er Sonya für eine Bedrohung gehalten hat. Für sich. Seinen Lebensunterhalt. Seine …« Ich verstumme und blicke zu Boden. Auf das Laminat in Holzoptik, mit dem meine Wohnung ausgelegt ist. Es ist die gleiche Sorte wie überall in diesen Gebäuden.

Die Sache ist doch ganz einfach. Sicher, immer noch ziemlich krass. Aber auch ganz einfach.

»Lily …?«, sagt Dad in das Schweigen hinein. Ich brauche eine Weile, um meine Gedanken zu sortieren.

»Aiden hat beinahe eine Wohnung in Manchester gekauft. Erinnerst du dich, Dad?«, frage ich ihn.

»Ja. Ja, ich glaube schon«, antwortest du.

»Das war vor ein paar Jahren. Er hatte gerade sein drittes Buch verkauft und damit ganz anständig Geld verdient, und ehe wir beschlossen haben hierherzuziehen, hat er überlegt, sich etwas im Norden zu kaufen, weißt du. Als Investition. Die Wohnung gehörte zu einem neuen Bauprojekt – es sollten jede Menge Läden dort entstehen, mindestens zehn neue Wohnblocks, Restaurants, das ganze Gedöns. Es sollte der Gegend ein gänzlich neues Gesicht verleihen. Sie regenerieren.«

»Genau das Gleiche wie hier«, sagt Lowell und stützt das Kinn auf die Faust.

»Ja. Nur war es so, dass alles zum Stillstand kam, nachdem die ersten beiden Häuser hochgezogen worden waren. Hatte irgendwas mit den Kräften des Markts zu tun, jedenfalls sind alle Arbeiten dort komplett eingestellt worden. Erst sollte es nur für ein paar Monate sein, höchstens für ein Jahr, nur bis die Baufirma die Finanzen regeln und alles wieder in Gang bringen konnte. Aber je länger sich die Pause hinzog, desto mehr schwand die Zuversicht, dass es jemals weitergehen würde. Allmählich verloren diese Gebäude, die anfangs so populär gewesen und immer teurer geworden waren, mehr und mehr an Wert, bis der Preis schließlich total abstürzte. Und das erlahmende Interesse der Käufer führte zu der bekannten Kettenreaktion – selbst wenn die Firma den Weiterbau riskierte, würde ihre Gewinnrate für die neuen Wohnungen deutlich geringer ausfallen als veranschlagt.«

»Also hat das Unternehmen sich aus der Sache zurückgezogen?«, fragst du.

»Ja. Und am Ende sogar pleitegemacht. Alles wegen dieser kleinen Verzögerung im langfristigen Plan. Wegen des daraus resultierenden Vertrauensmangels. Jetzt ist die Gegend ein großes Loch mit zwei stinkvornehmen, aber sehr billigen vielgeschossigen Apartmentgebäuden.«

»Das ist das Risiko, auf das man sich einlässt. Genau das habe ich ja schon in Bezug auf unsere Situation gesagt. Fünfundzwanzigjahres-Projekte sind gut und schön, wenn sie funktionieren. Aber das klappt eben nicht immer«, meint Lowell weise und nachdenklich.

»Ja. Und wenn es die Studentin geschafft hätte, das Projekt hier auf Eis legen zu lassen, und sei es auch nur für ein paar Monate, hätte eine gute Chance bestanden, dass alles rapide an Wert verliert. Es war gut, dass Aiden die Wohnung damals nicht gekauft hat. Nach seinem dritten Buch hat er eine ganze Weile nichts geschrieben. Er hatte eine furchtbare Schreibblockade. Es kam kaum Geld rein. Was ich damit sagen will: Brenner besitzt zwei Wohnungen hier. Sie sind nicht billig. Vielleicht hat er seine ganze Lebensgrundlage reingesteckt. Was meint ihr dazu?«

Damit ist mein Vortrag beendet, und wir starren alle nachdenklich aus dem Fenster, hinunter zum Eingang des Gebäudes. Brenner kommt aus der Tür und schaut sich um. Unter dem Arm eine Zeitung. Vorsichtig treten wir einen Schritt näher ans Fenster. Brenner haucht sich in die Hände und reibt sie aneinander. Es ist fast Oktober. Noch einmal schaut er sich um, und wir drei weichen gleichzeitig vom Fenster zurück. Und sehen uns an.

»Lily«, sagt Lowell mit einem betroffenen Kopfschütteln. »Ich glaube, ich muss dir recht geben.«

Ein kleines Licht flammt in mir auf.

»Wenigstens sage ich nicht hundertprozentig Nein. Es könnte etwas dran sein. Ich weiß es nicht. Aber lass mich der Sache nachgehen, ja? Lass mich in der Umgebung ein paar Fragen stellen. In Ordnung?«

Ich nicke, und er steht auf, um zu gehen. Seine Stimme klingt fest, sie tut mir gut. Sie macht mir Hoffnung. An der Tür dreht er sich noch einmal um.

»Ich meine es ernst. Erzähl das niemandem sonst. Niemandem. Verstehst du? Es könnte gefährlich sein. Du solltest das wirklich lassen.«

Das kommt übertrieben streng bei mir an. Plump. Beinahe fies.

Sein Ton ist völlig verändert, du merkst es auch. Wieder vergräbst du die Hände tief in den Taschen. Ein typisches Zeichen väterlichen Unbehagens.

»Also, wir sprechen bald. War nett, Sie kennenzulernen, Mr Gullick.«

Du gehst zu ihm, ein bisschen förmlich, streckst ihm die Hand hin. Eine Geste von Mann zu Mann. Händeschütteln finde ich immer komisch. Das gibt es in meiner Welt kaum.

Lowell starrt auf deine Hand. Anscheinend kennt er so etwas auch nicht. Aber er ist ein kompetenter Mann, er tätigt Geschäfte, er kennt Männergesten. Bestimmt hat er einen festen Händedruck.

Seine Hand umfasst deine. Sie zittert. Und ich sehe es.

* * *

Dann ist Lowell weg. Ich lehne mich an die Wand neben der Tür. Stocksteif. Eine Weile sagen wir nichts. Bis du das Schweigen brichst.

»Hast du das gesehen?«, fragst du mich. Beinahe unwillig. Beinahe ängstlich.

»Ja. Ich hab es gesehen«, sage ich, ohne mich zu rühren.

Du sprichst es nicht aus. Du willst das Feuer nicht schüren, um es mal so auszudrücken. Aber du weißt, was du gesehen hast. Eine ziemlich frische Narbe zieht sich zwischen Lowells Daumen und Zeigefinger am Handgelenk entlang ungefähr den halben Unterarm empor. Von einem tiefen Schnitt. Nicht sauber wie von einem Chirurgen. Sondern ganz eindeutig von einem scharfen Gegenstand verursacht.

Außerdem ist Lowell ungefähr eins achtzig. Vielleicht ein bisschen drüber. Und er hat blonde Haare. Ich weiß nicht, warum mir das bisher nie aufgefallen ist.

Als ich mir unsere Begegnung vor ein paar Wochen, im Flur mit diesem Mädchen, noch einmal durch den Kopf gehen lasse, glaube ich, dass der Verband auch schon da war. Aber damals wusste ich von nichts. Aber er schon. Denke ich. Manchmal hat er seine Kletterhandschuhe angelassen. Ist mir kaum aufgefallen. Ich wusste ja nicht, wonach ich Ausschau halten musste.

An dem Abend, als ich ihn das erste Mal mit einer Frau gesehen habe, hat er ständig seine Hand auf ihren Rücken gelegt, so dass sein Arm fast immer verdeckt war. Aber ich kann mir den Verband deutlich ins Gedächtnis rufen. Ich glaube nicht, dass es Einbildung ist. Oder eine falsche Erinnerung.

Eins weiß ich sicher: Du hast die Narbe heute ebenfalls gesehen. Denn deine Laune hat sich verändert. Ziemlich dramatisch sogar.

Unbehaglich gehst du im Zimmer auf und ab. Du hast es auch gesehen.

Du hast es auch gesehen.

28. September. Abend. 18 Uhr 30.

»Ich weiß nicht, Lily. Das könnte auch ein Test sein. Für uns beide. Du stellst so viele Theorien auf, da ist es naheliegend, dass ein paar davon wieder auftauchen und plötzlich zu passen scheinen.«

»Ein paar? Wir suchen einen Mann mit einer Schnittwunde oder einer Narbe an der Hand. Der wahrscheinlich in diesem Gebäude wohnt. Der so groß ist wie Lowell, auf den auch die übrige Beschreibung passt! Vor einer Weile habe ich ihn nach der Studentin gefragt und genau gemerkt, dass er sie kennt. Was er bestreitet.«

»Aber wir müssen vernünftig sein. Ich kann nicht zulassen, dass du dem intensiver nachgehst. Vielleicht erinnert er sich einfach nicht mehr an die Studentin.«

»Er erinnert sich nicht mehr? Jeder hier weiß, dass das Mädchen verschwunden ist. Also kommt das Thema auf, notgedrungen. Ich nehme ihm diese Version nicht ab.«

Du schaust mich an, schulterzuckend, fordernd, aber nicht strafend. Ich habe das Gefühl, du fragst mich diese Dinge, um dich selbst zu überzeugen. Du bist offen und bereit, mir zuzuhören. Ich glaube, du gibst mir eine Chance. Die ergreife ich. Und zwar von ganzem Herzen.

»Ach komm! Ich habe alles genau erklärt, und nicht mal er

konnte es in Abrede stellen. Ich möchte ja gar nicht, dass es stimmt. Aber du hast selbst gesehen, wie sein Gesicht sich verändert hat. Er war weiß wie ein Laken. Er ist es, ganz sicher. Ich muss mich bei Brenner entschuldigen. Wir hatten den falschen Mann. Aber das richtige Motiv.«

»Ach so, plötzlich ist es also er. Du brauchst nur jemanden, den du verdächtigen kannst.«

»Natürlich will ich jemanden verdächtigen. Was sagst du denn da? Natürlich brauch ich das! Sonst bin ich nämlich die Verdächtige. Verstehst du?«

»Ja, klar«, sagst du, drehst dich um und schaust zum See hinüber.

Aber du weißt ja nicht, dass die Polizei genau das auch denkt.

»Er ist ein komischer Typ. Ich habe ihn nur einmal mit einer Frau gesehen. Ein einziges Mal! Die ganze Zeit, die ich hier schon wohne. Und in letzter Zeit ist diese Frau nicht mehr aufgetaucht. Vielleicht hat er sie auch umgebracht.«

»Jetzt hör dir aber mal selbst zu. Als du dachtest, es wäre dieser Rich, da hast du ihn verdächtigt, weil er ein Alpha... ein Frauenschwarm sei. Jetzt muss es Lowell sein, weil er so ein übertrieben zurückgezogener Außenseiter ist.« Wieder wendest du dich mir zu und bietest mir direkt die Stirn.

»Ja. Weil sie beide in das Profil eines verdammten Mörders passen!«

»Ah! Du denkst nicht logisch. Du bist besessen.«

»Ja, ich bin besessen!«, schreie ich ihn an.

Plötzlich ist es ganz still. Ich weiß nicht, warum ich nicht leiser geredet habe. Lowell ist doch direkt nebenan. Nur eine Wand trennt uns. Ich glaube nicht, dass er tatsächlich weggegangen ist, bestimmt ist er in seiner Wohnung geblieben. Ich habe ihn dort gehört. Er hat seine Pläne geändert.

Stille. Du bist auch schon paranoid. Und gibst mir mit Handzeichen zu verstehen, dass ich leise reden soll.

Mit gedämpfter Stimme fahre ich fort: »Ja. Ich bin besessen. Aber jetzt stecke ich tief drin. Ich kann nicht mehr zurück. Man hat mich des Mordes verdächtigt.«

»Was? Wer? Die Polizei? Davon hast du mir nichts erzählt.«

Ein Schauder durchläuft mich. Ich wollte es dir doch verheimlichen. Mein letztes Geheimnis. Schließlich will ich dich jetzt nicht verlieren. Nicht jetzt, wo du endlich siehst, dass ich wirklich etwas in der Hand habe.

»Ja, die Polizei. Sie haben mich beim Schnüffeln erwischt. Alle anderen ducken sich weg, aber ich will die Sache klären. Ich habe angefangen, Fragen zu stellen, und jetzt bin ich für die eine Verdächtige.«

»Das hättest du nicht tun sollen«, flüsterst du. »Du hättest die Finger davon lassen sollen.«

»Na ja, das ist jetzt egal, richtig? Ich stecke bis über beide Ohren mit drin. Jetzt muss ich es durchstehen. Eine Frau ist ermordet worden. Also, ja, ich bin besessen.«

Du schaust mich an, Dad. Du weißt, dass Mum manchmal »besessen« war. Du kennst die Gefahren. Du hast sie alle erlebt. Du hast alles bei ihr gesehen. Und du konntest nichts dagegen machen, so sehr du es auch versucht hast. Du konntest ihr Ende nicht verhindern.

Deshalb willst du mich ganz bestimmt nicht weiter aufregen. Aber du weißt auch, dass es nicht mehr viele Optionen gibt.

»Sag mir, wie hat er sich diese Verletzung zugezogen? An seiner Hand«, fragst du mich.

Ich lächle, verkneife es mir aber sofort wieder. Ich möchte dir zeigen, dass es mir keinen Spaß macht, darum geht es jetzt nicht.

»Ich weiß es nicht mit Sicherheit. Die haben gesagt, er habe sich in der Sozialsiedlung rumgetrieben. Dann habe er sich mit Chris angelegt und dafür mit dieser Wunde bezahlt.«

Plötzlich bekommst du leuchtende Augen, Dad. Du führst mich auf die andere Seite des Zimmers. Die am weitesten von der Wand zu Lowells Wohnung entfernt ist. Du hast ganz recht damit. Hier fühlt man sich sicherer. Wir sind einander nah. Unsere Stimmen weich und leise. Aber wir können trotzdem hören, falls unser Nachbar irgendwelche plötzlichen Bewegungen macht.

»Und was ist damit, dass diese Kids etwas gesehen haben? Oder zumindest dachten, sie hätten. Die Augen, die ich drüben im Fenster gesehen habe. Der Ältere glaubt, dass er gesehen hat, wie er die Studentin abservierte. Und die alte Frau. Deshalb war der Täter hinter ihnen her.«

»Oh, ja. Da könntest du recht haben«, murmelst du.

Jetzt bin ich total aufgeregt, schaffe es aber, mich etwas zu zügeln.

»Dad. Glaubst du, er könnte es getan haben? Glaubst du, er war's?«

Während du überlegst und dir damit reichlich viel Zeit lässt, wird mir klar, dass Lowell mich kaum aus den Augen gelassen hat, seit er mich mit der Polizei sah. Mir fällt jetzt auch ein, wie sehr er sich verändert hat, als ich ihm gesagt habe, dass ich der Polizei von Jean erzählt habe. Das Unbehagen in seiner Stimme, in seiner Körperhaltung. Seither scheint er sich ständig in meiner Nähe aufgehalten zu haben.

»Lowell hat seinen Job verloren«, sage ich abrupt.

Du kneifst die Augen zusammen und reibst dir übers Gesicht. Dann holst du tief Luft.

»Aber selbst wenn er bis über beide Ohren drinsteckt, selbst wenn überhaupt kein Geld mehr reinkommt, wird ihn der Wertverlust seiner Wohnung doch nicht umbringen, oder?«

»Aber wenn er nicht nur eine, sondern vier davon hat?«

Du schaust dich um, dann gehst du zum Küchenschrank. Auf einmal wird mein Dad aktiv. Du nimmst ein Glas heraus, füllst es aber nicht mit Wasser. Dann holst du ein zweites und gibst es mir.

Du ziehst die Jalousien ganz nach oben und blickst hinaus über die Nachbarschaft. Du lässt dir alles, was ich dir gesagt habe, noch einmal gründlich durch den Kopf gehen. Dann blickst du hinüber zu der Wand, die meine von Lowells Wohnung trennt. Wir starren beide dorthin. Und wünschen uns, wir könnten durch sie hindurchsehen.

Was du jetzt vorhast, kenne ich eigentlich nur aus Filmen. Du ja vermutlich auch. Wir wissen beide nicht, ob es funktioniert. Doch wir nehmen unser jeweiliges Glas, halten es ans Ohr und drücken die Öffnung an die weiße Wand. Und dann lauschen wir.

TEIL 10:

DIE HASTINGS-RARITIES-AFFÄRE

28. September. 19 Uhr 15.

WMS – Lowell: Riverview Apartments · schlechte Sicht, starker Wind, 15 °C · einzeln – blond, weiß, männlich, singulär, etwa 180 cm · sozial, dominant

Vielleicht sollte ich dich an ein paar Details der Hastings-Rarities-Affäre erinnern.

George Bristow, ein Büchsenmacher und Tierpräparator aus der Gegend von Hastings, hatte zwischen 1892 und 1930 eine Reihe von Vogel-Sichtungen protokolliert, was dazu führte, dass die British Birds List um unglaubliche neunundzwanzig Arten oder Unterarten reicher wurde.

Viele Jahre später gerieten diese Sichtungen jedoch heftig ins Kreuzfeuer der Kritik. Der Mathematiker John Nelder plädierte dafür, alles, was in dieser Zeit innerhalb eines Zwanzig-Meilen-Radius von Hastings registriert worden war, aus Protokollen und Nachschlagewerken zu streichen. Er nannte George Bristow einen schamlosen Lügner. Die Sache wurde sehr ernst.

Das Ende vom Lied war, dass fünfhundertfünfzig Einträge, die sich auf achtzig bis neunzig Vogelarten bezogen, gestrichen wurden. Denn wir wissen alle, wenn jemand behauptet, etwas gesehen zu haben, tendiert die Phantasie dazu, mächtig aufzublühen.

George Bristow wurde tatsächlich als heilloser Betrüger entlarvt. Er importierte ausgestopfte Vögel aus fernen Ländern und hielt dann in der Gegend von Hastings eine Sichtung dieses Vogels fest, was ihm die Gelegenheit verschaffte, das ausgestopfte Tier als seltenes Exemplar der Art zu verkaufen, das weit außerhalb seines üblichen Lebensraums entdeckt worden war.

Auf diese Weise machte er einen ordentlichen Profit, u. a. bei dem äußerst wohlhabenden Ornithologen Walter Rothschild.

Doch dank der Informationen, über die wir heute verfügen, nimmt die Geschichte eine überraschende Wendung. Fast unmittelbar nach den erwähnten Ereignissen wurden diese achtzig bis neunzig Arten tatsächlich durch solide Sichtungen in der Gegend bestätigt.

Und die Moral aus der Geschichte? Es lassen sich zwei Lehren daraus ableiten.

Eine Denkrichtung geht davon aus, dass George Bristow einige oder vielleicht sogar alle von ihm behaupteten Vogelarten tatsächlich gesehen hat. Aber die Art, wie er dabei vorgegangen ist und wie er seine unglaublichen Entdeckungen ausnutzte, hat dazu geführt, dass ihn alle für einen Lügner hielten.

Die zweite Lehre ist, dass manche Lügen, Irrtümer und falsche Annahmen sich etwas später als wahr herausstellen können.

* * *

Wir lauschen. Auf ein gelegentliches Knarren. Schritte. Lowells Schuhe, die über den Laminatboden schlurfen. Oder sind es die Wasserrohre? Wir spitzen die Ohren nach etwas Aufschlussreichem.

»Er wandert herum, das heißt, er fühlt sich unbehaglich«, spekuliere ich.

Ich schaue dich an. Wir beide mit einem Glas am Ohr. Ich fühle mich jung. Schön, dass du wieder da bist. Und mit mir spielst. Es ist nett, nicht allein zu sein. Wir sind wieder in der Hütte und beobachten Vögel.

»Wenn er telefonieren würde, ein Gespräch führen, in dem er alles verrät. Stichhaltige Beweise liefern. Das wäre was, aber …«

»Ich habe schon mal eine Wohnung verwanzt, Dad. Das ging gar nicht gut aus.«

»Himmel, ja. Das war auch nicht mein Vorschlag. Nichts dergleichen. Wir wollen ja keine Dummheiten machen, Lily Anna«, sagst du, immer noch so, als müsstest du mich mit Samthandschuhen anfassen. Bloß nicht das Feuer schüren, nur versuchen, ein Problem zu lösen. Als würdest du für mich einen Stecker neu verkabeln. Oder einen Heizkörper entlüften, um seine Leistung zu verbessern.

»Ich weiß, Dad.«

Ich hatte solche Angst, dir das alles zu erzählen, ich wusste ja nicht, wie du reagieren, was du tun oder sagen würdest. Aber bitte schön – du bist absolut pragmatisch. Ziehst alles zumindest in Erwägung. Bleibst auf meiner Seite. Mein Dad.

Ich gehe nervös im Zimmer umher. Ich wette, Lowell tut das Gleiche in seiner Wohnung. Wahrscheinlich lässt er sich unser letztes Gespräch noch einmal durch den Kopf gehen. Rollt es wie eine Murmel in Gedanken hin und her.

Auch er könnte uns belauschen, mit einem an die Wand gedrückten Glas. Und herauszufinden versuchen, was wir wissen. Und ob er deswegen etwas unternehmen muss.

»Also, ich hätte da ja schon eine Idee«, sagst du aus dem Schlafzimmer.

Inzwischen hast du das Fernglas wieder in der Hand und wanderst in der Gegend herum. Schaust dir an, was man aus den verschiedenen Fenstern so alles sehen kann.

»Ich kriege einfach nicht den richtigen Winkel«, beklagst du dich und drehst hochkonzentriert am Einstellungsrädchen.

Dann kauerst du dich hin, immer auf der Suche nach einem günstigen Blickwinkel. Das kommt mir komisch vor. Ganz egal, wie du dich verbiegst, wie geschickt du bist, wie viele alte und neue Tricks du ausprobierst, du kannst nicht in die Nachbarwohnung sehen. Das ist eine geometrische Unmöglichkeit.

»Was machst du denn da, Dad?«

»Siehst du das Fenster dort? Sechster Stock, Rollläden geschlossen?«

»Ja.«

»Das Glas reflektiert. Wenn ich also den richtigen Winkel kriege, kann ich Lowells Silhouette sehen. Größtenteils Licht und Schatten, aber das ist besser als nichts. Um rauszukriegen, was wir sehen können, verstehst du. Aus Interesse. Um einen Blick auf ihn zu werfen. Verstehst du?«

»Ja, ich verstehe.« Aber so sehr ich mich auch anstrenge, meine Aufregung im Zaum zu halten, ich schaffe es nicht. Meine Finger zucken.

Du nistest dich an der Wand ein, die rechte Schulter angelehnt, geduckt, um stabil zu bleiben. Wie aus dem Lehrbuch. Als hättest du das schon öfter gemacht. Ich warte geduldig und plane dabei schon meinen nächsten Schachzug. Da fällt mir ein, dass ich Lowells Nummer habe, die hat er mir neulich gegeben. Für den Fall, dass ich sie brauche. Sicherheitshalber.

»Da ist er«, stellst du gelassen fest.

»Du kannst ihn sehen?«

»Ja. Er geht durchs Zimmer. Immer hin und her«, antwortest du, vernünftig, ruhig, undramatisch. Schlichte Tatsachen für unser Tagebuch.

Ich male mir ein seltsames Ritual aus. In der Wohnung drüben. Ein geräuschloses Ritual. Eine Pantomime. Eine geräuschlose Darbietung in seinem geräuschlosen Apartment. Mein Schlafzimmer grenzt an seines. Wenn man sich die Wand wegdenkt, könnten wir im selben Bett liegen. Ich rufe mir ins Gedächtnis, wie lange ich hier schon wohne, all die vielen Stunden. Ganz so an den Haaren herbeigezogen sind meine Phantasien gar nicht, wenn man sich das überlegt. Denn Lowell war immer nebenan. Geräuschlos. Vielleicht hat er irgendwas gebastelt. Aber was? Ein Folterinstrument? Eine Waffe? Vielleicht hat er eine Säge. Vielleicht sägt er da drin etwas in Stücke.

»Ich glaube, er bügelt ein Hemd«, verkündest du.

»Das klingt nicht besonders verfänglich«, erwidere ich etwas enttäuscht. »Da sind wir ja nicht gerade auf Gold gestoßen, Dad«, sage ich. Wir sitzen wieder in der Beobachtungshütte, kriegen aber nichts zu sehen. Trotz stundenlangen Wartens.

»Warte mal, jetzt kommt er ans Fenster.« Du setzt dich ein bisschen anders hin.

»Solltest du nicht aufpassen, dass er dich nicht sieht?« Ich ziehe dich am Arm. »Bist du in seinem Blickfeld? Durch die Reflektion?« Jetzt mache ich mir ernsthaft Sorgen. Wir wollen uns doch nicht verraten. Nicht jetzt, wo wir so dicht dran sind. Nicht, wo er so nahe ist.

»Ich bin nicht sicher. Nicht ganz sicher.«

»Dad!«, sage ich, nehme dir das Fernglas ab und ziehe dich zur Seite. »Wenn wir ihn sehen können, dann kann er uns auch sehen.«

Aber du lässt nicht locker. Du gibst nicht auf.

»Ich bleibe auf dem Posten. Aber ohne Fernglas. Das ist weniger verdächtig.«

»Aber lass dich nicht von ihm erwischen«, ermahne ich ihn.

»Jetzt ist er am Fenster.«

»Was tut er denn da?«

»Ich hab ihn direkt vor mir.«

»Sei vorsichtig, Dad.«

»Er hat den Rollladen runtergelassen.«

Wenn du bei mir bist, fühle ich mich sicherer. Aber das bedeutet nicht, dass wir nicht in Gefahr sind.

»Hat er dich gesehen? Dad? Hat er dich gesehen?«

Wir müssen etwas tun. Ich umklammere mein Handy fest in meiner Tasche.

28. September. 20 Uhr 55.

Ich habe eine SMS verschickt, bekomme aber keine Antwort. Noch nicht. Beim vorigen Mal haben sie auch nicht reagiert, sie haben sich nicht mal gezeigt. Man kann nicht behaupten, sie wären zuverlässig. Aber ich hoffe, dass sie sich diesmal bei mir melden. Weil ich sie jetzt echt brauche.

Ich hatte Angst, dir von der SMS zu erzählen, also habe ich es lieber nicht getan. Aber momentan bin ich eine Meisterin der Verdrängung. Ich dachte, du willst bestimmt nicht, dass ich diese Nachricht verschicke. Ich dachte, du glaubst sowieso nicht, dass es etwas bringt. Denn bei Licht betrachtet bist du ja nicht mal sicher, ob die Leute, an die ich die SMS geschickt habe, überhaupt existieren.

»Checkt die angefügte Nr. Das ist der Typ, den ihr gesehen habt. Ich hab ihn und will ihn aus seiner Wohnung locken. Schreibt ihm von dieser Nr. Droht ihm. Erzählt ihm irgendwas. Muss für 10 Min da rein. Bitte.«

Das hab ich vor einer Stunde verschickt. Ich starre auf mein Handy. Es weigert sich hartnäckig zu piepen. Womöglich muss ich noch eine hinterherjagen, um die Sache zu beschleunigen. Es muss heute Nacht passieren.

Du hast es dir auf dem Sofa bequem gemacht, sitzt gedankenverloren da, lässt dir alles durch den Kopf gehen, wie ein zögernder Detektiv. Ich bin nicht ganz sicher, ob du meinen Wünschen nachgibst, um mich zu beruhigen. Oder ob du auch einen eigenen Plan hast. In unregelmäßigen Abständen schaust du zur Wand und dann zu mir.

Den zweiten Teil meines Plans würdest du nicht mögen. Du hättest mehrere Vorbehalte. Du würdest denken, dass es gefährlich ist. Dass es gesetzeswidrig wäre. Du möchtest nicht, dass ich zur falschen Zeit am falschen Ort erwischt werde. Du würdest nicht wollen, dass ich echte Schwierigkeiten kriege. Ich habe auch Angst vor all diesen Dingen. Aber ich glaube, wir haben keine andere Wahl mehr. Wir warten.

Ich verschicke noch eine SMS. Damit sie sich beeilen. Und für den Fall, dass meine letzte Nachricht verlorengegangen ist. Oder für den Fall, dass sie eher auf Betteln reagieren als auf simple Fragen. Vielleicht schreibe ich die SMS aber auch nur, weil ich mich dadurch ein bisschen weniger hilflos fühle.

»Bitte. Ich brauche euch. Bin sonst in Gefahr. Wir sind ganz dicht dran.«

Ich lege das Handy wieder auf den gläsernen Couchtisch. Nach einer Weile kontrolliere ich, ob es womöglich auf *Nicht stören* steht. Zweimal. Ich warte zehn Minuten. Dann überprüfe ich es erneut. Ob ich ein Netz habe. Ich schaue zu Terrence. Der von nichts etwas mitkriegt. Dessen schlichtes Gesicht weder wunderbare Höhenflüge noch tiefe Abgründe kennt. Für den Zufriedenheit bedeutet, dass Futter im Napf ist. Und Wasser in der Schüssel.

Du kraulst seinen Kopf. Wir schweigen noch immer. Geben nichts preis. Für den Fall, dass Lowell uns belauscht. Vielleicht wissen wir auch einfach nichts mehr zu sagen. Wir warten.

28. September.
In den frühen Morgenstunden.

Das Geräusch von Lowells Wohnungstür, die ins Schloss fällt. Ich wache auf und schaue auf mein Handy. Es ist sechs Uhr morgens. Wir sind beide auf dem Sofa eingeschlafen. Behutsam breite ich eine Decke über dich und halte das Auge an den Spion. Ich warte. Terrence rührt sich. Ich lege den Finger an die Lippen und ermahne ihn, leise zu sein. Als würde er das verstehen. Schritte auf dem Korridor. Wir verhalten uns mucksmäuschenstill. Du schläfst tief und fest, und ich möchte, dass es so bleibt. Ich suche meine Tasche, mein Einbruchswerkzeug ist schon gepackt und bereit zum Einsatz.

Dann wieder Schritte. Er kommt zurück. Diesmal sind seine Schritte hastiger. Wir warten. Terrence und ich. Ich fühle, dass er gleich anfangen wird zu bellen, lege schnell meine Hand über seine Schnauze und halte sie zu. Er schaut mich voller Verachtung an. Bleibt aber still. Ich möchte nicht, dass Lowell auch nur einen Piep von uns hört. Ich möchte nicht, dass er sich Gedanken darüber macht, was wir vorhaben könnten.

Er war nicht lange draußen. Geräusche. Etwas wurde geöffnet. Rascheln. Dann kommt er wieder an unserer Tür vorbei. Ich sehe ihn durch den Spion. So nahe, dass ich unwillkürlich nach Luft schnappe. Sein verschwommenes Bild. Sein Gesicht, so groß wie auf einer Kinoleinwand. Dann höre ich, wie seine Tür zuschlägt. Er ist wieder in seinem Versteck. Ich greife nach meinem Glas, halte Terrence aber weiter fest. Dann drücke ich das Ohr ans Glas und das Glas an die Wand.

Lowell stöbert herum, als suche er etwas. Ich höre bloß ein Rumoren. Könnte alles sein. Möglicherweise wirft er Taschen durch die Gegend. Aber das Rumoren könnten auch die Rohrleitungen sein. Weit entfernte Bagger. Oder Lowell, der nach einem Messer sucht. Ich kann es nicht mit Sicherheit sagen.

Stocksteif stehe ich da. Wie beim Stopptanz früher auf den Kindergeburtstagen. Mein Telefon piept. Ziemlich früh für einen Nachrichtenaustausch.

Ich greife danach, um es auszuschalten. Sicherheitshalber.

Aber dann lese ich die SMS. »Erledigt. Weiß nicht, ob er es schluckt. Ist aber erledigt.«

Keine Ahnung, warum er so lange gebraucht hat, aber er hat sich für mich eingesetzt.

Irgendetwas geht in der Nachbarwohnung vor. Ob Lowell anbeißt? Ich frage mich, wie viel er durch die Wand hören kann. So dick können die Wände in diesen Neubauten ja eigentlich nicht sein. Ich bin sicher, wenn jemand sein Ohr von der anderen Seite an unsere Wand drückt und sich genügend anstrengt, könnte er uns atmen hören.

Ich horche weiter.

Eine Tür fällt ins Schloss, mit Schwung. Ich zucke zusammen und befürchte schon, dass du aufwachst, aber nichts dergleichen. Terrence legt sich seelenruhig hin. Lowells Silhouette rast vorbei, ich kann sie sehen. Ich höre seine Schritte, die den Korridor entlanggehen. Dann die Treppe hinunter. Den Lift benutzt er nicht, er hat es eilig. Die Schritte verhallen. Und verstummen.

Ich spähe weiter durch den Spion. Sicherheitshalber.

Es ist Zeit. Während ich meine Sachen einsammle, mache ich mit den Fingern einen Countdown.

Zehn, neun. Eine langsame Zehn. Nur um sicherzugehen, dass er wirklich weg ist. Ich greife meine Tasche.

Acht, sieben. Ich gebe Terrence einen Knochen.

Sechs, fünf. Ich atme. Los geht's. Showtime.

Vier. Ein Geräusch auf dem Korridor.

Es ist eine indische Familie mit ihrem Kind im Buggy. Ich kenne sie nicht, ich habe mir keine Namen für sie ausgedacht. Vielleicht sind sie neu hier. Vielleicht machen sie Urlaub. Wie nett. Normale Leute beginnen ihren Tag noch nicht. Hoffentlich machst du dir einen netten Tag. Jetzt aber los. Ich beobachte, wie die Familie den Korridor entlanggeht und dann auf den Lift wartet.

Drei, zwei. Ich nehme den Countdown wieder auf. Pling! Der Lift ist da. Die Türen gehen auf.

Eins. Sie steigen ein. Ich höre, wie die Türen sich schließen.

Ich öffne die Wohnungstür und gehe nach rechts. Zu Lowells Wohnung.

Dann stecken meine Metallstäbchen im Schlüsselloch. Ich bin geduldig. Und froh, dass du mir nicht zuschaust, denn das würde mich bloß nervös machen. Wenn einem der eigene Vater über die Schulter schaut, muss alles richtig gut werden. Sogar ein Einbruch.

Inzwischen habe ich Übung, meine Bewegungen sind flink und geschmeidig. Ich möchte, dass alles lautlos abläuft, ich will ja niemanden aufwecken.

Dann höre ich den Lift. Hastig mache ich mich bereit, das Manöver abzubrechen.

Doch da gibt das Schloss nach, und ich bin drin. Blitzschnell drücke ich die Tür auf, trete ein und mache sie hinter mir wieder zu.

Ich trage Handschuhe, für den Fall des Falles. Schließlich habe ich schon in zwei fremden Wohnungen Fingerabdrücke hinterlassen, hier soll keine Spur von mir bleiben.

Ich schaue mich um. Schon so lange will ich das Innere dieser Wohnung kennenlernen, und jetzt bin ich in vierundzwanzig Stunden schon das zweite Mal hier.

Offenbar liest Lowell gerne. Überall sind Bücher. Gewöhnliche und außergewöhnliche. Moderne amerikanische Romane. Eine Menge über Ägypten. Ein paar medizinische Sachbücher. Ein bisschen Philosophie. Kochbücher und ein Buch zum Spanischlernen. Ich müsste mich nach etwas Belastenderem umschauen als nach dieser seltsamen Büchermischung, aber ich kann nicht anders. Ich bin neugierig. Alte Gewohnheiten sind schwer abzulegen.

Schließlich drehe ich mich um, öffne die Tür zum Schlafzimmer und fange an, seine Garderobe durchzugehen. Und zwar gründlich. Reihe um Reihe, Hemden und Hosen. Alles die gleichen Hosen. Und die gleichen weißen Hemden. Ordnung ist ihm eindeutig wichtig. Ich mache mich auf den Weg zum Gästezimmer.

Doch ich bin jederzeit bereit, mich in seinem Schrank zu verstecken. Falls er plötzlich heimkommt. Ich halte Ausschau nach möglichen Schlupfwinkeln, sicher ist sicher. Ja, der Kleiderschrank ist die beste Möglichkeit, sollte er reinplatzen.

Ich durchsuche seine Schubladen. Stapelweise weiße Unterwäsche. Schubladenweise weiße Socken und T-Shirts. Aber nichts weiter.

Ich kann nicht umhin festzustellen, dass Lowell ein Hamsterer ist. Überall herrscht akribische Ordnung, aber der Inhalt seines Kleiderschranks könnte dem der Kardashians das Wasser reichen. Nicht in puncto Stil, nur in puncto Umfang – hier sieht es aus, als hätte er in seinem ganzen Leben nie etwas ausrangiert. Alte Hemden und Jeans ganz unten im Schrank. Ungefähr eine Tonne davon. Außerdem gibt es ordentlich gefaltete Zeitungen, die Kreuzworträtsel auf jeder einzelnen vollständig mit Bleistift ausgefüllt. Stapelweise. Katalogisiert.

Ich mache mich auf den Weg ins Badezimmer und schaue unters Waschbecken. Nichts. Fünfzig verschiedene Aftershaves. Eine Schublade mit perfekt sortierten Männerkosmetika. Es ist, als wüsste er, dass Gäste kommen. Ich wünschte, ich könnte meine Wohnung so hübsch in Ordnung halten.

Ich hebe den Deckel vom Spülkasten ab, um zu sehen, ob er dort, wo der Griff mit dem Pumpensystem verbunden ist, womöglich etwas reingestopft hat. Innen. Aber da ist nichts. Ich habe nicht endlos Zeit, und wir brauchen einen eindeutigen Beweis. Blut auf dem Flur. Achtlos in den Müll geworfene Handschuhe.

Ich klappe den Mülleimer auf. Alles, was ich dort entdecke, ist ein leerer Müllbeutel.

Er könnte sie gerade mitgenommen haben, die Leiche. Genau genommen könnte er sich ihrer jederzeit entledigt haben. Vielleicht damals, als ich ihm im Recyclingraum begegnet bin. Direkt unter meiner Nase könnte er sie entsorgt haben.

Allmählich überkommt mich Verzweiflung. Ich stöbere hinter Büchern und auf einem großen Eichenregal herum. Ich suche hinter den Lautsprechern und unter dem Sofa. Ich kontrolliere den Couchtisch. Ich überprüfe die modische Stehlampe. Lowell hat einen exzellenten Geschmack. Skandinavische Möbel. Sauber und seidig glänzend. Holz und Keramik. In den Schubladen finde ich eine exzellente Auswahl an Kräutertees und Designer-Besteck. Doch plötzlich höre ich ein Geräusch und drehe mich um.

»Ahhh!« Der Schrei ist fast in voller Lautstärke draußen, ehe ich ihn unterdrücken kann.

Du bist es, offenbar bist du doch aufgewacht. Und hast gleich geschaltet. Bist raus auf den Korridor und hast gesehen, dass Lowells Tür nur angelehnt ist. Hast dir den Rest zusammengereimt und bist reingegangen. Du hast schon immer gesagt, dass du in mir lesen kannst wie in einem Buch.

Ich strecke die Hand aus. Wie du früher, wenn du mich davon abhalten wolltest, über die Straße zu laufen, wenn viel Verkehr war. Mit der Geste bitte ich dich, mir noch ein paar Sekunden Zeit zu geben. Als ich mich umwende, fällt mein Blick auf den Koffer. Ich will zu ihm, du versuchst, mich mit aller Kraft zurückzuhalten, aber ich bin inzwischen stärker als du. Ich mache mich los, du kannst nichts dagegen tun.

Ich hebe den Koffer an. Darunter kommt eine dunkle Flüssigkeit zum Vorschein. Träge quillt sie heraus und tropft auf den Laminatboden.

Du hebst die Stimme zu einem eindringlichen Flüstern und versuchst, mich zum Verlassen der Wohnung zu bewegen.

Doch dann, als ich anfange, den Reißverschluss des Koffers zu öffnen, schlägst du dir die Hand vor den Mund. Hier befindet sich definitiv der Ursprung des Geruchs, der mir schon beim letzten Besuch aufgefallen ist. Er dringt unter meinen Füßen hervor, während der Reißverschluss langsam aufgeht. Ich bin sicher, dass es Blut ist. Bestimmt hatte Lowell sein Opfer in der Gefriertruhe verstaut, um den Gestank auf ein Minimum zu reduzieren. Um zu verhindern, dass die Verwesung einsetzt, bevor er entschieden hatte, wie er die Leiche entsorgen kann.

Während ich noch mit dem Reißverschluss kämpfe, wandert mein Blick zu dir.

Erst jetzt sehe ich, dass Lowell hinter dir steht.

Er verpasst dir einen Schlag auf den Schädel. Dann will er nach einem Küchenmesser greifen, aber ich ahne seine Bewegung voraus und strecke ebenfalls die Hand danach aus. Währenddessen kriechst du auf den Korridor hinaus, Blut quillt aus deiner Kopfwunde und läuft dir über den Nacken.

Ich kämpfe mit Lowell. Er hat uns auf frischer Tat ertappt. Jetzt weiß er, dass wir alles gesehen haben, jetzt weiß er, dass er uns loswerden, uns so bald wie möglich beseitigen muss. Wir halten uns an den Händen, die beide den Griff des Messers umklammern.

Kurzentschlossen beuge ich mich nach vorn und beiße ihn ins Handgelenk, so fest ich kann. Er lässt das Messer fallen, und ich schaffe es, mich an ihm vorbeizudrängen, hinaus auf den Flur. Aber er hat die Tür abgeschlossen. Als ich das Schloss öffne, sehe ich, dass du im Schlafzimmer verschwindest und die Tür hinter dir zuschlägst. Meine Hand liegt schon auf dem Türgriff, als ich von hinten einen Tritt in den Rücken kriege.

»Schlampe«, schreit Lowell. »Komm her, du blöde Schlampe!«

Er hat mich gepackt und versucht, mich zurück in die Küche zu zerren. Auch ich soll in der Gefriertruhe enden. Zuerst wird er mich bewusstlos schlagen, dann wird er mir die Kehle durchschneiden. Ich sehe es kommen. Aber jetzt ist keine Zeit für Tagträume. Was auch immer passiert, es wird schnell genug passieren. Lowell schwingt seinen Totschläger und trifft mich am Kopf. Mein Adrenalinspiegel ist so hoch, dass ich den Schlag kaum spüre, aber meine Beine knicken ein.

Er schlägt noch einmal zu, streift mich aber nur. Ein schlampiger Schlag, unter dem ich mich durchducke und ihm dann mein Knie zwischen die Beine knalle. Er schreit auf.

Wieder bin ich fast an der Tür, wieder packt er mich von hinten, diesmal an der Gurgel.

Er drückt zu, hebt mich ein Stück vom Boden und presst mich gegen die Tür. Ich höre meinen Nacken Geräusche hervorbringen, die absolut nicht meiner Kontrolle unterliegen. Lowell ist stark. Voll darauf konzentriert, das Leben aus mir herauszuwürgen.

Meine Augen rollen zurück. Ich habe das Gefühl, dass ich meine Schädelknochen sehe.

Dann plötzlich taucht er wieder auf. Er nickt. Ja.

Noch immer stemmt er mich hoch. Er schaut mir in die Augen.

Stück für Stück verliere ich das Bewusstsein. Mein letzter klarer Gedanke gilt dir. Dass ich dich hierhergebracht habe. Wie dumm ich war. Hoffentlich kannst du fliehen.

Ich wehre mich und krächze. Aber ich habe keine Kraft mehr.

Da meine Beine über dem Boden hängen, kann ich ihn nicht ordentlich treten. Und nur schwach gegen seine Wohnungstür klopfen. Dieses Geräusch begleitet mich, während ich langsam das Bewusstsein verliere.

Tapp, tapp. Klopf, klopf.

29. September. 6 Uhr 35.

Man könnte das jetzt als Grabschrift ansehen. Ich schreibe alles für dich auf, denn du warst mein Komplize.

Du hast an mich geglaubt. Ohne dich hätte ich es nicht geschafft. Deshalb ist dies alles für dich.

Als Nächstes tue ich etwas, was ich überhaupt nicht plane. Ich ziehe meinen Kopf nach hinten. Es ist kein Nachahmungsverhalten, ich weiß nicht, woher es kommt. Ich habe es definitiv noch nie bei jemandem gesehen. Nicht im wirklichen Leben. Und dann starre ich in sein geiferndes, grimassierendes Gesicht und schmettere meine Stirn mitten hinein.

Ich treffe seine Nase. Die meiner Stirn sofort nachgibt. Ich kann es fühlen.

Es ist, als zerschlage ich ein Ei. Mühelos.

Aber es ist kein sauberer Schlag, und er tut auch mir weh. Aber ihm wesentlich mehr. Ich habe wirklich keine Ahnung, was ich mache. Inzwischen gehorche ich nur noch meinen tierischen Instinkten.

Mein Schädel dröhnt. Auf seinem zeigt sich Blut, und er greift sich mit den Händen ins Gesicht und lässt mich los. Ich dränge mich durch den Türspalt und renne los. Dann höre ich, wie sie aufgerissen wird, und weiß, dass er nicht weit hinter mir sein kann.

Er ist mir so dicht auf den Fersen, ich kann jetzt nicht stehen bleiben. Er hätte mich wieder in seiner Gewalt, ehe ich meinen Schlüssel auch nur in der Hand halte. Ich laufe an meiner Tür vorbei. Ausgerechnet in dem Augenblick, in dem ich mein Messer wirklich brauche, habe ich nicht genug Zeit, um es aus der Tasche zu fischen. Ich renne die Treppe hinunter. Völlig planlos. Ich höre ihn rufen, aber ich achte nicht auf seine Worte. Sein Blut tropft von seinem Kopf auf die Treppenabsätze, bis hinunter auf den Teppichboden im Erdgeschoss.

Im Vorbeilaufen klopfe ich an ein paar Türen, in der verzweifelten Hoffnung, dass jemand die Unruhe bemerkt hat und herauskommt. Das würde ihn wenigstens aufhalten. Ich will ins Concierge-Büro. Das ist mein Versteck, wenn ich da erst mal drin bin, kriegt er mich nicht mehr.

Aber niemand reagiert. Niemand regt sich. In diesem Haus bleibt jeder für sich. Die meisten Apartments sind nicht mal bewohnt, und die anderen beherbergen Menschen, die für niemanden auch nur einen Finger krumm machen würden. Die ihr einsames Leben leben. Mit Kabelfernsehen und Netflix. Ich drücke auf den grünen Knopf. Und renne. Verzweifelt. Um mein Leben.

Ich fliege. Ich rufe und schreie, aber Lowell ist schon wieder ein Stück näher gekommen. Irgendjemand muss den Lärm doch hören. Ein guter Samariter vielleicht. Oder ein Sicherheitsmann. Am helllichten Tag haben sie mich schnell genug erwischt. Aber Lärm bedeutet Ärger. Er bedeutet: »Hat nichts mit mir zu tun.« Bedeutet: »Bestimmt beruhigt sich alles im Lauf des Vormittags wieder.« Wie der Lärm von Katzen, die kämpfen, und Füchsen, die Sex haben.

Wenn ich direkt auf das Concierge-Büro zuhalte, schneidet

er mir vorher den Weg ab. Also laufe ich nach links. In Richtung Dunkelheit. In Richtung Sozialsiedlung. Eine Art von Entscheidung, die oft nicht gut ausgeht, denn jetzt betreten wir Lowells Territorium. Hier hat er seine letzten Morde begangen. Aber so habe ich wenigstens einen kleinen Vorsprung. Vielleicht kann ich ihn abhängen. In der Dunkelheit.

Ich laufe am Alaska House vorbei. Ich möchte rufen. Und sehen, ob jemand rauskommt und mir hilft. Aber vielleicht sind sie inzwischen weg. Wenn ich mich recht erinnere, kommt in ein paar Stunden die Abrissbirne. Als die Straßenlaternen aufhören und wir in den Teil der Siedlung kommen, der völlig im Dunkeln liegt, drehe ich mich um, weil ich Lowell noch einmal sehen will. In seinem roten, gehetzten Gesicht ist nichts mehr von dem Lächeln, das ich bei meinem Besuch in seiner Wohnung wahrgenommen habe. Kurz darauf ist es in der Dunkelheit verschwunden. Und meines auch.

Ich schleudere die Schuhe von den Füßen, um meine Schritte zu dämpfen. Er ist dicht hinter mir. Etwas Scharfes, vielleicht Glas, knirscht unter meinen Füßen, aber ich wage nicht aufzuschreien. Ich muss weiter. Dann sehe ich einen Container, den die Arbeiter zurückgelassen haben. Ich überlege, wie ich ihn erreichen könnte.

»Lily! Lily!«, brüllt Lowell.

Guttural, grob. Tief aus seinem Inneren. Teuflisch. Es macht mir eine Höllenangst.

»Komm zurück, du verrücktes Biest!«

Durch die Nase einatmen bis fünfzehn. Durch den Mund aus. Bis zehn. Ruhig bleiben. Ich fühle, wie das Blut aus meinen Füßen auf den Beton läuft.

Und dann packt seine Hand von hinten meine Taille. Er bekommt mein T-Shirt zu fassen. Jetzt hat er mich. Ich fühle seine feuchte, blutige Haut. Seine Stimme hallt von den umliegenden Gebäuden wider, ich bin sicher, man hört uns meilenweit. Aber niemand kommt.

Ich werde hier sterben. Nur wenige Meter entfernt von bewohnten Häusern. Von Penthäusern, die eine Million Pfund wert sind. Von den Neue-Medien-Mittelschichts-Menschen in ihren ersten eigenen Apartments. Von den Leuten, die ihre Sozialwohnungen nicht verlassen wollen. Direkt vor dem Canada House. Dessen verbliebenen Bewohnern nicht mehr viel Zeit bleibt. Die meisten Wohnungen sind bereits geräumt. In ein paar Tagen wird ein Vermisstenposter auftauchen. Daran werden die Leute vorbeikommen. Aber niemand wird sich dafür interessieren.

Lowell ringt mich zu Boden. Wir rollen über den Asphalt. Wieder versucht er, mich an der Gurgel zu packen, schafft es mit der linken Hand und drückt zu. Mein Hals ist noch empfindlich und zerschrammt von vorhin. Lowell sitzt rittlings auf mir. Meine Hände drückt er auf den Boden, sein Unterarm liegt quer über meiner Kehle, alles mit links. Er ist so viel stärker als ich.

Ich liege unter ihm. Hilflos. Er packt mit der rechten Hand den Totschläger, aber in diesem Moment fährt in der Ferne ein Auto vorbei und beleuchtet sein Gesicht. Er sieht glücklicher aus als vorhin. Er denkt, jetzt hat er alles geschafft. Bestimmt hat er die Studentin auch auf diese Art zum Schweigen gebracht. Sonya, die ihm so übel mitgespielt hat, die sein Leben versauen wollte. Diesen kompetenten Mann in den Bankrott treiben. Ihn zerstören. Tja, Lowell ist der pragmatische Typ. Ein Problemlöser.

Wieder fährt ein Auto vorbei. Ich sehe den Totschläger in seiner erhobenen Faust. Ich möchte wetten, dass er den bei Jean und der Studentin auch benutzt hat. Mit einem Ruck gelingt es mir, meine linke Hand zu befreien. Aber er lässt den Totschläger niedersausen.

Blitzschnell weiche ich aus, und die Keule kracht mit unglaublicher Wucht auf den Beton neben mir. Es ist ein langer, harter Lederriemen, der sich am Ende zu einer großen Kugel formt. Gut zu halten. Mit schweren Gewichten im Innern. Wahrscheinlich hat Lowell ein Buch über solche Waffen gelesen und sich dann eine bei eBay gekauft. Für ihn gehört das sicher alles dazu. Die Ausrüstung. Und er hält mich immer noch fest.

Er murmelt, und ich kreische. Wir kämpfen miteinander. Wieder hebt er den Knüppel. Ich sehe ihn, er hat Blutflecken, von deinem Kopf. Und Gott weiß, von wem sonst noch. Auf der Straße hinter uns nähert sich wieder ein Auto, und die fernen Scheinwerfer leuchten wie vorhin auf Lowells Gesicht. Ich ziehe etwas aus meiner Tasche.

Er holt aus. Aber ich bin schneller und stoße den Gegenstand in seine Seite, so hart ich kann, direkt unterhalb der Rippen. Einen *Princeton-Homes*-Stift. Die werden ständig verteilt, was für ein Glück, dass ich einen mitgenommen habe. Lowell zieht sich stöhnend den Stift aus der Seite, und ich schiebe ihn von mir herunter.

So schnell ich kann, springe ich auf und renne zur anderen Seite des Canada House. Auf die verlassene Seite. Aber ich höre schon das Echo von Lowells Schritten. Anscheinend ist er wieder aufgestanden, aber ich sehe ihn nicht. Er könnte links von mir sein oder rechts. Jetzt hört es sich an, als hätte ich zwei Verfolger, aber vielleicht spielt meine Wahrnehmung mir auch einen Streich. Das Geräusch scheint von beiden Seiten auf mich zuzukommen. Ich taste nach den Schlüsseln in meiner Tasche. Meine Taschenlampe will ich nicht benutzen, denn sie würde mich verraten.

Dann sehe ich den Container. Ich renne hin und packe mit den Händen den oberen Rand. Normalerweise wäre ich sehr vorsichtig, denn wer weiß, was da drin ist. Aber momentan bin ich nicht in einer idealen Situation, ich weiß nicht, wie lange ich meinem Verfolger noch entwischen kann. Ich muss auf Verstärkung warten. Also ziehe ich mich hoch und lasse mich in den Container rutschen, so leise ich kann.

Und tauche in den ganzen Dreck hinunter. Sägemehl, Matratzen. Nägel und abgesägte Holzreste. Ich versuche, ruhig zu atmen. Er kommt näher.

29. September. 6 Uhr 45.

Ich lege die Wange an das kalte Metall im Innern des Containers. Ich habe nicht das Gefühl, weinen zu müssen, ich empfinde kein Selbstmitleid. Aber ich will lebend hier rauskommen. Einen Moment glaube ich, in der Ferne Sirenen zu hören, aber vielleicht ist das auch nur Einbildung. Vielleicht sind sie ohnehin nicht meinetwegen unterwegs, sondern fahren nach Green Lanes oder die Seven Sisters Road runter. Schließlich sind wir in London.

Ein Stück Holz bohrt sich in mein Schienbein. Das ist unangenehm, aber zum Glück hat es die Haut nicht verletzt. Unter mir ist eine Matratze, und ich halte mich, so gut es geht, von den scharfen Metallfedern fern. Nach einer Weile fange ich an zu zittern – es ist nicht leicht, diese Position über längere Zeit beizubehalten. Aber leider gibt es hier nicht so viele Verstecke, und wenn ich weggelaufen wäre, hätte er meine Schritte gehört. Genau wie ich seine.

Irgendwo über mir ist das Canada House. Auf einmal fällt mir auf, wie seltsam es ist, dass die eine Hälfte des Gebäudes noch bewohnt ist, während die andere Hälfte leersteht, Schimmel ansetzt und nur noch auf den Henker wartet. Wie siamesische Zwillinge – einer lebt noch, der andere ist schon lange tot. Ich rieche etwas. Läuft unter mir etwas aus? Oder blutet etwas? Ich taste mit der linken Hand ein bisschen herum und berühre etwas, was sich anfühlt wie Haut. Ich schaudere. Ich glaube, da ist jemand neben mir. Ich will nachschauen, aber auf gar keinen Fall schreien. Vorsichtig greife ich nach meiner winzigen Taschenlampe.

Meine Hand tastet sich weiter nach oben, und jetzt stoße ich auf Klamotten. Ein Kleid. Ich glaube, ich fühle ein Bein. Es ist kalt. Wenn ich es mir recht überlege, ist der Geruch der gleiche wie der in Lowells Wohnung. Es muss menschliches Fleisch sein. Ich versuche, es zu ignorieren, aber das ist schwierig.

Schau nicht hin, sage ich mir. *Schau nicht hin.* Jetzt höre ich wieder die Schritte. Zwei Paar Schritte. Oder eines? Ich weiß es nicht. Ich muss ganz still sein.

Aber ich muss hinschauen. Bestimmt wird er das Licht meiner winzigen Taschenlampe nicht sehen, ich bin ja so tief unter Holzbrettern und einer Matratze vergraben. Ich wende den Kopf, um dem, was immer neben mir sein mag, die Stirn zu bieten. Dann drücke ich auf den Schalter. Der Schein der Taschenlampe fällt auf ein Gesicht.

Ich kneife die Augen zusammen und versuche, ruhig zu atmen. Vorsichtig strecke ich die Hand aus. Wer ist das? Die Frau, mit der ich Lowell damals gesehen habe? Ein weiteres Opfer? Meine Gedanken rasen. Ich berühre das kalte Gesicht. Es ist so nahe. Die Schritte kommen näher. Vielleicht sind sie auch schon vorbeigegangen.

* * *

Es ist Plastik. Ich klopfe leise auf die kalte Wange. Um mich zu vergewissern. Es ist eine Puppe. Ohne Beine. Nur ein Torso. Über den ein rotes Samtkleid gezogen ist. Ich seufze erleichtert. Hier ist es ungemütlich genug, auch ohne dass man eine Leiche neben sich hat. Ich ziehe meine Hand zurück und entspanne mich einen Moment. Stütze mich auf die Matratze, ziehe mein Bein von dem Holzstück und meine Seite von der Metallwand zurück. Und seufze lautlos. Aber dann wird die Holzplatte plötzlich weggezogen.

Ich richte mich auf, in der Hand das Holzstück, das wohl früher zu einem Doppelstockbett gehört hat, und schlage es dem Unbekannten über den Schädel. Er taumelt erschrocken zurück, und einen Moment frage ich mich, wen ich wohl getroffen habe. Es könnte ja ein Sicherheitsmann sein oder irgendein Fremder, der mir helfen will.

Aber es ist Lowell. Ich blicke ihm in die Augen, schleudere meine provisorische Waffe auf ihn, springe aus dem Container, während er sich von dem Schlag erholt, und renne wieder los. Falls noch jemand anderes da war, ist er jetzt jedenfalls verschwunden.

Ich laufe zu der verlassenen Seite des Canada House, sehe, dass ein Gitter aufgerissen ist und klettere hinein. Als ich mich umdrehe, um das Gitter wieder zuzuschieben, merke ich, dass Lowell die Finger rechtzeitig daruntergeschoben hat. Ich sehe ihn durch die Lücke, seine Augen glotzen mich an, sie sehen nicht mehr menschlich aus, von meinem alten Nachbarn ist nichts übrig. Sein Gesicht eine blutige Schweinerei. Ich schlage mit der Faust auf seine Finger und renne wieder los.

»Verfluchtes Biest!«, brüllt er.

An der Biegung zur Treppe zögere ich kurz, aber dann leuchte ich mit der Taschenlampe vor mich und beginne den Aufstieg. Es gibt kein Zurück, nur ein Hinauf. Auf der anderen Seite des Gebäudes müssen noch Leute sein, die sich für den

Start in den neuen Tag bereitmachen, es fängt schon an, hell zu werden. Ich laufe weiter nach oben. Aber ich höre, wie Lowell das Gitter unten öffnet.

Ich rutsche aus. Meine blutigen Füße schmatzen auf Moos und dem Unkraut, als ich mich wieder aufrichte. Vielleicht schaffe ich es, meinen Vorsprung so weit auszudehnen, dass ich mich in einem der Zimmer verstecken kann. Vielleicht kann ich auch aufs Dach klettern.

»Komm her! Lily!«, schreit er hinter mir.

Auf einmal kommt mir das Gebäude vor wie ein Irrenhaus. Zwei Menschen von zumindest fragwürdiger geistiger Verfassung jagen sich auf einem Betonspielplatz. Allmählich werde ich müde. Lowell scheint weit hinter mir zu sein. Ich steige weiter, immer weiter hinauf. Im achten Stock gehe ich durch die Korridortür und schließe sie hinter mir.

Ich schaue mich nach einem Stock oder etwas Ähnlichem um, mit dem ich sie blockieren kann, finde aber nichts. Hier sind alle Fenster zerbrochen, schwaches Licht sickert herein. Hier gibt es keine Metallgitter.

Licht, ein schwacher Schimmer von den fernen Straßenlaternen. Genug, dass ich die trostlose Umgebung in Augenschein nehmen kann. Teile sind schon eingerissen. Zwischen den Steinen lugen Kabel hervor, wie Unkraut. Ich verkrieche mich im letzten Zimmer auf der linken Seite, mit dem Rücken zur Wand.

Dann geht die Tür auf. Er kommt herein. Es gibt keinen Ausweg, ich kann nicht weglaufen.

Ich halte meinen Schlüssel fest in der Faust.

29. September. 6 Uhr 55.

Mein Rücken lehnt an der kalten, feuchten Wand. Ich fröstle. Der Sommer ist vorbei. Balkonmöbel werden wieder drinnen verstaut. Grills, die sowieso nicht wirklich erlaubt sind, kommen in die Abstellkammer. Sommerklamotten verschwinden in Koffern, Pullover werden in die Schubladen gestopft. Ich atme die Feuchtigkeit ein.

Die Schritte sind träge. Ich flehe sie an, näher zu kommen, ich ertrage das Warten nicht mehr. Dann scheinen sie sich zu entfernen. Eine Pause. Stille. Draußen hat es angefangen zu regnen. Ich höre es. Und sehe es auch, wenn ich das Risiko eingehe, durch das Loch neben mir nach draußen zu spähen. Durch das Loch, das früher ein Fenster war. Im Halblicht treibt der Wind den Regen herein. Und ich höre, wie die Tür sich schließt.

Ich zähle bis zehn. Er muss die Treppe heraufgekommen sein. Wenn ich es schnell genug schaffe, nach unten und aus dem Gebäude zu schleichen, kann ich vielleicht doch noch das Concierge-Büro erreichen, und die Leute dort können die Polizei verständigen. Wir haben alles, was wir brauchen. Eine Leiche in einem Koffer. Narben. Blut. Meines und deines.

Neun, zehn. Ich raffe mich auf und gehe zur Tür. Vorsichtig, ganz langsam spähe ich hinaus auf den Korridor. Aber da greifen plötzlich seine Hände in mein Gesicht, und er schiebt mich zurück ins Zimmer. Jetzt hat er mich. Ich versuche zu schreien, kann aber nicht. Und selbst wenn ich könnte, würde niemand es hören. Das war's dann. Ich bin Lowell in die Falle gegangen. Ich denke an dich. Ob du schon die Polizei gerufen hast. Aber ich höre keine Sirenen mehr.

Er hat mich. Schüttelt den Kopf, drückt mich zu Boden. Diesmal ist es das letzte Mal, mein Körper hat aufgegeben. Lowell blutet, aber er scheint nicht geschwächt. Er wird mich nicht gehen lassen, er hat mich ja genau dort, wo er mich haben will. Jetzt könnte er alles mit mir machen. Würgen ist schwierig, habe ich gehört. Aber möglicherweise hat er sogar noch dafür Energie. Vielleicht erledigt er mich auch mit seinem Totschläger. Er hält ihn hoch. Ich habe solche Angst.

Auf einmal fange ich an zu zittern. Ein Anfall ergreift meinen Körper. Lowell hält inne und starrt mich an. Wahrscheinlich fragt er sich, ob weitere Gewalt überhaupt nötig ist. Oder ob ich womöglich mein Leben aushauche, ohne dass er sich noch anstrengen muss. Mein Körper krümmt sich, ich starre zu Lowell empor. Einen Augenblick denke ich, er lächelt, aber er ist auch verwirrt. Angewidert. Seine Nase ist gebrochen, glaube ich. Sein rechtes Nasenloch ist schlaff. Es blutet. Er hat gesagt, die Kids sind Tiere. Aber jetzt sieht er selbst aus wie eines.

Alles an und in meinem Körper zittert. Mein Kopf schlägt auf den Betonboden. Womöglich verschlucke ich meine Zunge. Ich würge. Ich spucke. Er sieht alles. Fasziniert beobachtet er mich. Ich kann mich nur bemühen, am Leben zu bleiben. Und hoffen, dass es aufhört. Aber selbst wenn es aufhört, wird er immer noch da sein. Mein Körper stürzt zu Boden.

Meine Augen rollen zurück, wie beim letzten Mal. Ich schließe sie und frage mich, ob der Tod jetzt zu mir kommt.

Schwarze Finsternis.

Als ich die Augen wieder aufschlage, hat der Anfall nachgelassen. Lowell steht noch immer über mir, ich befinde mich noch immer in einem Albtraum. Aber jetzt kann ich mich nicht mehr bewegen. Ich muss mich anstrengen, um atmen zu können, ich bin wieder gelähmt. Ich möchte aufschreien, aber es kommt kein Laut aus meinem Mund. Die Taschenlampe an meinem Schlüssel flackert irgendwo neben mir und beleuchtet uns beide. Mich. Reglos. Gelähmt. Ihn. Der einfach nur zuschaut.

»Du wirst hier sterben«, sagt er.

Ich versuche zu sprechen. Schaffe es sogar zu blinzeln. Ich versuche, ihn anzuschreien. Aber ich kann nicht.

Er kniet über mir. Er hält mein Gesicht in seinen Händen. »Du wirst hier sterben, weil du dich nicht unter Kontrolle hattest.«

Er berührt meine Haare. Er küsst meinen Mund. Salzig. Blut und Schweiß. Ich liege ganz still.

»Es tut mir leid. Es tut mir ehrlich verdammt leid, Lily. Aber du hättest nicht in meine Wohnung kommen dürfen! Was soll ich denn jetzt tun, außer dich töten?«

Er legt sich neben mich und redet leise auf mich ein. Es ist, als lägen wir nebeneinander im Bett. »Ihr Frauen könnt einfach nicht tun, was man euch sagt, stimmt's, verdammt? Sonya konnte den Mund nicht halten. Alle anderen haben einfach weitergemacht. Haben uns alle hier wohnen lassen. Der freie Markt. Richtig. Aber nein! Sie konnte das nicht. Sie musste stänkern. Was hätte ich denn machen sollen? Sag es mir. Was soll ich machen? Mir sind die Hände gebunden.«

Das ist intim. Wie Therapie.

»Du bist still. Das ist schön. So ist es viel besser.«

Sein Lächeln verblasst.

»Ich werde kriegen, was ich verdient habe. Ich habe zu hart dafür gearbeitet, als dass ich mir alles wegen einer Formalität von ein paar dummen, schwachen Fotzen wegnehmen lasse. Von diesen Tieren hier. Du weißt, wie die drauf sind, diese Ratten. Du hasst diese Kakerlaken doch genauso sehr wie ich, richtig? Die haben sich nicht im Griff! Sie haben mich gestört, als ich versucht habe, da drüben ein paar Dinge zu erledigen. Ich bin den Koffer einfach nicht losgeworden … verstehst du? Deshalb sind die schuld, dass du jetzt in der Klemme steckst. Nicht ich! Ein paar von denen muss ich irgendwann auch noch wegschaffen.«

Seine Augen sind feucht. Er möchte, dass ich ihm verzeihe. Er will meinen Segen. Als Freund.

»O Lil. Schau dich doch an.«

Er hält meine Schenkel fest, beugt sich über mich, schaut in mich. Es ist sehr intim. Ich würde ihn packen, wenn ich könnte. An den Eiern. Oder am Gesicht, ich würde an seiner Haut ziehen, bis sie reißt. Aber ich kann nicht.

»Jeder würde das tun. Wenn er in meiner Lage wäre. Glaubst du vielleicht, die alte Nachbarin würde es sich zweimal überlegen? Ich meine, sie ist mit dem Schürhaken auf mich losgegangen. Schau her!«

Er hebt das Hemd ein Stück hoch, und dort, unter den Rippen auf der rechten Seite, gegenüber von der Stelle, in die ich den Stift gerammt habe, ist eine verschorfte heilende Wunde.

»Bald ist es vorbei. Es wird nicht weh tun, das verspreche ich. Du wirst nichts merken.«

Er richtet sich auf und packt den Totschläger. Jetzt. Ich kann nur fühlen und hören.

Seine Stimme. Die Autos in der Ferne.

»Weißt du, ich wünschte wirklich, ich hätte dich in der Nacht damals nicht von ihrem Haus zurückkommen sehen. Weil ich von da an nicht mehr sicher sein konnte, was dich angeht. Das hat mich echt erschüttert, ganz ehrlich.«

Eine Träne rollt über mein Gesicht. Es ist so lange her, dass ich so etwas gefühlt habe. Ich sage dir in Gedanken Lebewohl. Dir und Aiden. Und diesem Ort.

»In gewisser Weise hast du die alte Frau umgebracht, als du zu ihr rübergegangen bist. Du hast mich misstrauisch gemacht. Also ist es auch deine Schuld … wenn man es sich recht überlegt … stecken wir beide in der Sache. Aber ich verzeihe dir. Verzeihst du mir auch?«

Er greift nach seiner Waffe. Und hebt sie. Ich schließe die Augen. Ich mache sie zu.

»Weißt du, ich sehe alles, was hier los ist. Absolut alles.«

* * *

Es geht so schnell. Er atmet ein, um es zu tun. Dann greife ich nach meiner Taschenlampe. Packe sie fest. Und ramme meinen Schlüssel in sein rechtes Auge. Er bleibt ganz fest darin stecken. Wie ein Nagel in der Wand. Nur dass es viel leichter ging. Wie die Markierung für den Abschlag beim Golfen. Er stürzt nach hinten. Blut strömt aus ihm heraus.

Seine Beine zucken. Ich sehe sie, als ich aufstehe. Er scheint mir zuzuzwinkern. Er zwinkert tatsächlich, Dad. Ich hab das nicht erfunden. Ein Auge ist tot, das andere starrt mich an. Er will mir zeigen, dass er immer noch alles beobachtet.

Ich schaue hin. Es ist faszinierend. Aber grotesk. Sogar ich muss mich abwenden. Weißt du, als ich die Augen geschlossen habe, wusste ich, dass ich mich wieder bewegen kann. Und jetzt fühle ich mich viel besser.

Er versucht aufzustehen, kann aber nicht. Jetzt ist er derjenige, der sich nicht bewegen kann. Keine Ahnung, ob er noch bei Bewusstsein ist oder nicht, aber ich spreche trotzdem.

»Sie werden dich einsperren. Jetzt werde ich die Leiche finden, Lowell.«

Ich wende mich zum Gehen. Aber dann höre ich ihn antworten.

Ganz ruhig drehe ich mich wieder um. Ich weiß, dass er nicht aufstehen kann. Sein Körper steht unter Schock. Er hat große Schmerzen.

»Was hast du gesagt?«, frage ich und bleibe über ihm stehen.

Sein Gesicht ist halb Lächeln, halb Angst. Vom Boden schaut es herauf zu mir. Er stößt einen Laut aus, der fast klingt wie ein Lachen. Durch das Blut.

»Es gibt keine Leiche«, lallt er. Schlangengleich.

Dann fällt sein Kopf zurück und schlägt auf den Boden. Er verliert das Bewusstsein. Ich mache mich auf den Weg zur Tür. Eilig. Ich muss den Koffer holen. Das muss ich. Ich gehe zurück in seine Wohnung. Ich bin nicht verrückt. Ich weiß, was ich gesehen habe.

Da fällt mir ein, dass meine Schlüssel in seinem Auge stecken. Aber ich habe keine Zeit zu verlieren, ich beuge mich über ihn und ziehe sie heraus. Das Geräusch erinnert mich an einen Kuss. Dann wische ich die Schlüssel ab und mache, dass ich wegkomme.

Draußen ist es mittlerweile Tag geworden. Die Frühaufsteher steigen auf ihre Klappräder oder gehen zur U-Bahn. Ich komme an den Arbeitern vorbei, die unterwegs sind zum Alaska House. Zum nächsten Abbruch. Ich passiere die Schilder. Die Straße ist abgesperrt. Ich erinnere mich, dass heute die große Aktion bevorsteht. 29. September. Der größte Abbruch von allen.

Ich renne in mein Haus und wieder hinauf in meinen Korridor. Als ich Lowells Tür versuche, stelle ich fest, dass sie offen ist. Drinnen sitzt du, ans Bett gelehnt. Aber ich lasse dich einfach sitzen. Noch immer drängt die Zeit. Ich gehe zu der Stelle, wo ich den Koffer gesehen habe.

Der Koffer. Aber er ist nicht da. Auch nicht die Flüssigkeit, die herausgetropft ist. Das ist unmöglich.

»Dad? Dad? Wo ist der Koffer?«, frage ich beschwörend.

»Was?«

»Der Koffer, Dad. Der Koffer, der hier stand. War hier jemand drin und hat ihn mitgenommen?«

»Ich weiß es nicht«, murmelst du.

Keine Spur von dem Koffer, nirgends. Jemand muss ihn weggetragen haben, während du bewusstlos warst.

»Ich hab versucht, die Polizei zu rufen«, sagst du und bewegst dich ein bisschen. »Aber ich hab hier kein Netz.«

Ich müsste innehalten und nachschauen, wie es dir geht. Das will ich auch. Ich beuge mich zu dir und inspiziere deine Kopfwunde.

Da fängt es an.

Rumpel. Rumpel. Rumpel. Rumpel.

Ich stehe auf. Wo versteckt man eine Leiche, wenn man sichergehen will, dass sie nicht entdeckt wird? Um sicherzugehen, dass sie unter einer Tonne von Schutt verborgen ist? In einem Koffer. Der wird in einen Container geworfen und auf die Deponie gebracht. Wie ein vergessenes Familienerbstück einer vergessenen Familie. Wie ein Kruzifix. Sie machen die Maschinen bereit. Bald beginnt der Abriss.

Ich gebe dir mein Handy.

»Dad. Dad! Wenn du rausgehst auf den Balkon, dann müsste das Signal stark genug sein, dass du die Polizei rufen kannst. Verstehst du mich?«

»Ja. Geh. Finde ihn. Geh.«

»Ruf die Polizei. Erzähl denen, was passiert ist. Sag, sie sollen sofort zur Baustelle kommen.«

Dann drücke ich dir das Handy in die Hand und renne zum Alaska House.

29. September. 7 Uhr 35. Sonnenaufgang.

Ich renne an den langsamen Pendlern vorbei. Heute Morgen bin ich die Einzige, die es eilig hat. Unterwegs schaue ich zu der Siedlung hinüber und lasse mir alles noch einmal durch den Kopf gehen.

Mir gefällt es hier. Alles, was zum Leben gehört, ist hier. Ich würde nicht wegziehen wollen. Aber ich bezweifle, dass ich und Lowell gute Nachbarn wären, wenn er irgendwie mit dieser Geschichte durchkommt. Was recht wahrscheinlich aussieht. Denn ich weiß nicht hundertprozentig, ob ich recht habe. Damit, wo der Koffer ist. Da bin ich nicht ganz sicher.

Mir saust der Gedanke durch den Kopf, dass ich abhauen könnte. Ich weiß, dass es normalerweise die Schuldigen sind, die abhauen, aber ich könnte ja vielleicht mit dir kommen, nach Frankreich, und dort von vorn anfangen. Die ganze Geschichte vergessen. Die Konsequenzen. Die Nachwirkungen und was nicht alles. Ich könnte jetzt einfach die Suche abbrechen und weglaufen. Ich habe genug Bargeld, um mir ein Last-Minute-Ticket nach Calais zu besorgen. Da könnte ich dann auf dich warten. Und du könntest mir helfen, ein neues Leben anzufangen.

Aber nein. Ich mag es hier. Ich mag die Bäume. Ich mag die

Typen, die hier wohnen. Obwohl sie so mundfaul sind. Obwohl sie ständig auf ihre Handys starren. Trotz der Schlange an der Rolltreppe. Ich mag die Variationen des Alltags. Ich liebe diese Stadt. Die große Stadt, ich habe als Kind davon geträumt, hier zu wohnen. Londons Atem sind die Menschen, ich möchte nicht ausgestoßen werden.

Diese Stadt verlassen zu müssen wäre sowieso mein Tod, also kann ich doch genauso gut bleiben und kämpfen.

Rumpel. Rumpel. Rumpel. Rumpel.

Dann sehe ich die Baustelle. Die Abrissbirne macht sich bereit, mit ihrer Arbeit zu beginnen.

Ich verlangsame meine Schritte und suche nach einer Einstiegsstelle. Die Baustelle ist größer als gewöhnlich. Aber manchmal bedeutet Überbesetzung auch Nachlässigkeit. Jeder denkt: »Jemand anderes wird sich schon darum kümmern.« Dadurch entstehen Lücken. Und es rechnet ja auch niemand damit, dass eine Verrückte in ein Haus rennt, das dabei ist, abgerissen zu werden.

Ich bleibe stehen und beobachte die Szenerie eine Weile. Suche mir einen Mann aus. Dann sehe ich einen – fast noch ein Junge –, der lakonisch irgendwelche Kegel zum Westteil des Gebäudes schleppt.

Das Rumpeln und Knirschen wird lauter. Bald wird die Abrissbirne auf das Mauerwerk treffen. Instinktiv spanne ich mich an. Mein ganzer Körper kribbelt vor Aufregung. Gleich werde ich es tun, und niemand kann mich aufhalten. Ein Gefühl überkommt mich, das so ähnlich ist wie bei einem Tier, das ein Unwetter ahnt. Gefahr droht, und ich werde direkt in sie hineinlaufen.

Rumpel. Rumpel. Rumpel. Rumpel.

Ich entdecke eine Lücke, im Erdgeschoss ist eins der Gitter aufgebogen.

Ich beobachte weiter. Alles, was dort drinnen früher einmal war, wird jetzt zerstört. Die Tapeten. Die Erinnerungen der Menschen, die hier gewohnt haben. Ich möchte sehen, wie alles zusammenbricht. Ich möchte in dem Wasser und dem Staub baden, die mir ins Gesicht geweht werden. Jetzt will ich das. Ich will alles. Also gehe ich hinein.

Rumpel. Rumpel. Rumpel. Rumpel.

Ich sehe, wie die Abrissbirne in Bewegung gerät und ihr Ziel anpeilt. Aber zuschlagen darf sie erst um 8, so will es das Gesetz. Das gibt mir Zeit. Der Junge lässt ein paar seiner Kegel fallen und bückt sich, um sie aufzuheben. Ich stürme los, an ihm vorbei, nicht allzu weit hinter ihm, aber in Lärm, Geschrei und allgemeinem Chaos verliert sich meine Route, ich schaffe es zu der Öffnung im Erdgeschoss und krabble schnell hindurch.

Mit meiner winzigen Taschenlampe durchsuche ich das Erdgeschoss. Sieht aus, als hätten sie heute Morgen schon mit der Arbeit angefangen und die Innenwände eingerissen, damit die Zerstörung schneller vonstattengeht. Ich klettere über den Schutt, kann aber in den Ecken dieses offenen Stockwerks nichts entdecken. Gerade als ich mich auf den Weg zur Treppe und zum zweiten Stock mache, wird das Rattern der Maschinen draußen lauter.

Ich stolpere in die zweite Etage. Ich habe in letzter Zeit nicht viel geschlafen. Aber ich treibe mich voran. Meine Zeit ist begrenzt. Niemand weiß, dass ich hier drin bin. Jeder Schritt, den ich mache, bedeutet, dass ich ihn nachher zurückgehen muss. Am Ende des Korridors im ersten Stock entdecke ich eine Gestalt.

Die Gestalt kommt auf mich zu. Dabei dürfte hier doch keiner mehr sein, alles ist evakuiert worden. Es ist Aiden. Ich drehe mich um und mache mich auf den Weg in den zweiten Stock. Aber er läuft mir nach, die Stufen hinauf.

»Jetzt komm schon, Schätzchen. Was machst du denn?«

»Sei still«, sage ich. Ich habe ihn hergeträumt. Aber ich möchte, dass er jetzt für immer verschwindet.

Ich erreiche den dritten Stock. Nichts. Weiter zum vierten. Die Rufe draußen werden lauter. Jetzt machen die Maschinen ernst. Ein ohrenbetäubender Lärm, wenn man ihnen so nahe ist. So nahe an allem, an der Zerstörung. Der Vernichtung. Auch im vierten Stock ist nichts. Aiden folgt mir noch immer.

»Wass iss los, Schätzchen? Komm nach Hause«, sagt er.

Jetzt weine ich. Die Tränen fließen ganz von selbst. »Du bist doch nicht real. Verpiss dich.«

Meine Augen sind voller Tränen, als ich den fünften Stock erreiche, und da endlich sehe ich etwas in der Ecke, ganz dicht an der Wand, und laufe hin.

Bestimmt ist es gleich 8 Uhr.

Rumpel. Rumpel. Rumpel. Rumpel.

Ich bin ganz nah. Da steht der Koffer. Ich muss ihn nach unten kriegen. Ich habe keine Zeit. Das Ding ist so schwer. Ich schleife es weg.

Der Lärm ist ohrenbetäubend. Und wird immer lauter. Und als ich denke, er kann nicht mehr lauter werden, wird er es trotzdem. Ich greife wieder nach dem Reißverschluss.

Im gleichen Moment schlägt die Abrissbirne zu. Vermutlich ein paar Stockwerke über mir. Ich falle hin, zerre den Koffer dicht zu mir. Selbst wenn es alles nichts nützt, selbst wenn ich hier nicht wieder rauskomme, ich muss Bescheid wissen. Ich will das Fleisch sehen.

Der Reißverschluss hakt. Der Koffer ist so voll. Ich ziehe mit aller Kraft. Gleich wird die Abrissbirne wieder in die Mauer donnern.

Krach. Sie tut es. Ich gehe zu Boden. Sie kommt näher.

Ich packe den Koffer und ziehe mit aller Macht am Reißverschluss. Und da ist sie. Eine violett verfärbte Leiche. Aufgedunsen. Von der Totenstarre und allem, was sonst noch passiert, wenn das Herz aufhört zu schlagen. Sie sieht nur noch vage aus wie sie selbst, das Gesetz der Verwesung, Casper's Law, ich habe mal darüber gelesen. Lowell muss sie ziemlich schnell in seiner Gefriertruhe verstaut haben. So dass sie nach ihrem Tod nicht mehr viel Luft abbekommen hat.

Ich schiebe sie zurück in den Koffer.

Krach. Betontrümmer schlagen neben mir auf. Verpassen uns nur knapp. Sonya und mich.

Ich möchte Dad anrufen, damit er den Männern sagt, sie sollen aufhören, aber ich habe ihm vorhin mein Handy gegeben. Ich möchte, dass sie von alleine aufhören, aber ich glaube, sie wissen nicht, dass ich hier bin. Ich möchte aus einem der Fenster hinausrufen, aber die sind alle verrammelt. Irgendwie muss ich es schaffen, mit ihnen Kontakt aufzunehmen.

Ich ziehe den Koffer mitten in den Raum, finde eine Stange und versuche damit, an einem der Fenstergitter eine Metallstrebe zu lösen. Aber sie gibt nicht nach. Irgendwo da draußen holt die Abrissbirne zum nächsten Schlag aus. Und der könnte mein Ende bedeuten. Ich nehme Anlauf und gehe noch einmal auf das Gitter los. Eine der Metallstreben gibt ein kleines Stückchen nach. Gerade genug.

Ich biege sie weg von der Mauer und strecke den Kopf hinaus.

»Stopp! Ich bin hier drin! Stopp!«, schreie ich. Aber ich bin so weit oben, ich glaube nicht, dass sie mich hören können. Unter mir sehe ich die Maschinen, und dann höre ich die Männer plötzlich rufen. In der Ferne.

»Stopp! Stopp«, wiederholen sie. Ich glaube, sie hören mich doch. Ich schaue wieder hinaus, sehe Leute auf die Baustelle laufen. Aber der Mann, der den Kran mit der Abrissbirne fährt, scheint sie nicht zu bemerken, denn er fährt auf mich zu. Direkt auf mich zu. Ich packe den Koffer und schleife ihn ganz nach hinten, und im gleichen Moment stürzt die Wand in sich zusammen.

Peng! Es ist ein brutaler Treffer. In meinen Ohren klingelt und brennt es, ein schrilles Geräusch, und ich gehe davon aus, dass ich als Nächstes den Sturz spüre, hinunter auf den Boden, wo meine Knochen zersplittern werden. Aber wenigstens wird man den Koffer finden. Wenigstens sind seine Fingerabdrücke überall darauf. Wenigstens kann Dad der Polizei alles erklären, wenigstens wissen sie dann Bescheid. Ich habe die Leiche. Übersät mit Lowells Spuren. Obwohl ich sterbe, habe ich dafür gesorgt, dass Jeans und Sonyas Mörder gefunden wird. Dass sie nicht einfach verloren sind. Dass der Gerechtigkeit Genüge getan wird.

Ich öffne die Augen und sehe, wie sich die dicke Staubwolke verzieht. Als Nächstes sehe ich blauen Himmel und die ganze Siedlung vor mir. Der Boden unter mir ist fast vollständig verschwunden. Aber ich liege auf einem schmalen Sims ganz hinten in einem ehemaligen Wohnzimmer und halte einen Koffer fest, aus dem Teile einer Leiche herausragen.

Ich sehe die Skyline. Die City, weit weg am Horizont. Aber darunter und viel näher sind die Arbeiter, die zu mir heraufrufen. Die rufen, dass sie einen Weg finden werden, mich herunterzuholen. Die mir sagen, ich soll bleiben, wo ich bin.

Der Himmel ist über mir, so blau. Er ist wunderschön.

Als ich zu den Punkten dort unten hinabschaue, sehe ich Streifenwagen ankommen. Anscheinend habe ich eine ziemlich große Menschenmenge angelockt. Ich sehe Gesichter aus der Nachbarschaft. Die ich kenne und liebe. Endlich sind sie nach draußen gekommen.

Vor mir scheint sich die Welt zu drehen, und ich lehne mich an die Wand hinter mir. Als meine Augen sich langsam schließen, denke ich, wie nett es ist, wieder ein bisschen Gemeinschaft zu spüren.

Ich halte mich fest, Staub und Wind wehen an mir vorüber.

In der Ferne sehe ich die Silhouette eines Schwalbenschwarms, eine Sichelformation, die sich deutlich vom Himmel abhebt.

Das waren ein paar seltsame Wochen.

Oder nicht?

TEIL 11:
DIE LEBENSLISTE

1. Dezember

SAN – Sanderling *(Calidris alba)*: kleiner rundlicher Watvogel aus der Gattung der Strandläufer · heiter, frisch und kalt, 6 °C, einzeln · weiß mit dunklem Schulterfleck, 18 cm · etwas einsam, von der Küste weit entfernt, umherwandernd

Ich reibe meine Hände aneinander. Die Winterkälte weht heftig über den Bahnsteig, als ich aus dem Zug steige und mich auf den Heimweg mache. Seit das alles passiert ist, habe ich mich sehr allein gefühlt. Vermutlich war das nicht anders zu erwarten. Ich habe meinen Mann verloren. Und meinen besten Nachbarn. Obwohl mir klar ist, dass »der Beste« in diesem Fall ein fragwürdiger Begriff ist.

Doch ich bin eigentlich gar nicht so alleine. Terrence ist bei mir. Ich wusste nicht, ob sie mich mit Hund überhaupt in den Zug lassen, aber es war kein Problem. Ich weiß, ich hätte es vorher überprüfen sollen. Aber so ist es eben – was Hunde-Etikette anbelangt, bin ich immer noch nicht gut informiert. Aber ich lerne dazu. Irgendwann weiß ich bestimmt richtig gut Bescheid.

Neulich war ich zum ersten Mal mit Terrence im Hundesalon, jetzt fühlt er sich wunderbar weich an. Er würde dir gefallen. Er sieht so schön aus. Sehr gepflegt. Wenn ich bei der Arbeit bin, hat er sogar eine Hundeausführerin.

Ich habe einen neuen Job. Die gleiche Scheiße. Natürlich in einem anderen Büro. Aber es gibt mehr Geld. Und es herrscht eine wesentlich dynamischere Atmosphäre. Na ja, eine etwas dynamischere Atmosphäre. Und es gibt einen Pingpongtisch. Aber es gefällt mir da. Ich hatte einen Neuanfang wohl dringend nötig.

Ich habe angefangen zu joggen. Das ist sehr eindrücklich, ich sehe sie fast alle da draußen. David Kentley, Mr Smith, Cary. Wir kennen uns vom Grüßen, und mit einigen habe ich auch schon im Park Kaffee getrunken. Ich bin jetzt sehr aktiv im Haus, weißt du. Ich bin die Gebäudevertreterin. Richtig. Ich habe Lowells alten Job übernommen. Das ist natürlich ein bisschen seltsam. Aber was hat er erwartet? Wäre ziemlich schwierig vom Gefängnis aus. Und ich habe eine Nachbarschaftswache organisiert. Im Ernst. Wir sind jetzt eine phantastische Gemeinschaft. Na ja, jedenfalls viel besser als früher. Also, ein paar von uns kennen sich beim Namen. Aber das ist doch immerhin ein Anfang.

Dieses Tagebuch dient auch einem anderen Zweck. Es ist ein Dankeschön, an dich. Für alles. Dafür, dass du alle meine Trugbilder ertragen hast. So lange. Dass du meinetwegen zurückgekommen bist. Dass du mich gerettet hast. Letztendlich.

Ich will jetzt nicht auf die Tränendrüse drücken. Das habe ich mir geschworen. Dafür ist dieses Tagebuch nicht da, jedenfalls nicht in der Hauptsache. Es ist da, um Dinge klar anzusprechen. Um ein Protokoll darüber zu führen, wo ich jetzt stehe. Wie ich zurechtkomme. Es ist eine gute Methode. Und ich werde damit weitermachen. Aber nicht, um mich in Traurigkeit zu suhlen. Trotzdem wünsche ich mir, du wärst da. Ehrlich. Es war so schön, dich zu sehen. Alles auf die Reihe zu kriegen. Ich wünschte, du wärst immer noch hier.

Aber du bist an einem besseren Ort. Einem viel besseren. In der Süd-Bretagne. Sorry, das hört sich jetzt ein bisschen so an, als ob du gestorben wärst. Was du nicht bist. Natürlich nicht.

Ich wette, es ist ein bisschen wärmer bei dir da drüben, hier ist es nämlich arschkalt, richtig eisig. Ich dachte, vielleicht komme ich im Februar mal rüber, das ist in London immer der beschissenste Monat. Der kälteste und tristeste. Aber ich dachte, möglicherweise gibt es da, wo du lebst, auch etwas, was mich interessieren könnte. Ein paar sonnige Plätzchen, wo ein kleiner Vogel sitzen könnte. Falls das Angebot noch steht natürlich. Es würde sogar jemand mitkommen. Aber schauen wir mal.

Das Gebäude ist jetzt ganz verschwunden. Das Alaska House, meine ich. Nichts mehr davon übrig. Kein Stein mehr auf dem anderen. Es ist einfach weg, nicht mal die Geister sind geblieben. Dann haben sie mit dem Bau des Nachfolgers angefangen: »Aqua View«. Mit Sauna und Dampfbad. In meinem Block gab es eine Verkaufsparty, es kamen Leute, die sich umschauen wollten. Innerhalb von vierundzwanzig Stunden waren achtzig Prozent verkauft. Stell dir das mal vor. Die Apartments gehen weg wie warme Semmeln. Das Gebäude ist ein ganz großes Geschäft.

Inzwischen warten die anderen weiter in ihren Wohnungen. Ich sehe sie nie, aber ich weiß, dass sie da sind. Wenn wir uns doch mal über den Weg laufen, diejenigen, die ich kenne – Chris, Sandra, Thompson –, reden wir nicht viel miteinander, sondern nicken einander nur weise zu. Ein stilles Einverständnis all derer, die es wussten. Die mir in irgendeiner Weise geholfen haben.

Die anderen sind entgegenkommender. Diejenigen, die ich vorher nicht gekannt habe. Die Mittelschichtstypen aus den Neubauten. Sie haben in der Zeitung über mich gelesen. Wie ich damals über Jean wahrscheinlich.

Also lächle und nicke ich ihnen zu. Beantworte Fragen, wenn sie mir welche stellen. Dinge, die mit dem »bösen Blick in seinen Augen« zu tun haben. Sie fragen mich, ob ich es »sofort wusste«. Ob ich eine Gänsehaut gekriegt habe, wenn er auf dem Korridor an mir vorbeigegangen ist. Ich sage Nein. Eigentlich schien er mir ganz nett zu sein. Normal. Einer wie du und ich.

Seltsam, man sollte doch denken, es wäre schlechte Publicity, aber die Leute hier sind ganz schön hart im Nehmen. Die meisten von ihnen würden einen Umzug nicht riskieren, solange die Immobilienpreise steigen. Ich glaube, sie haben gedacht, ich würde woanders hinziehen, aber das werde ich nicht tun. Mir gefällt es hier. Ich bin entschlossener denn je, ich will sehen, wie hier alles Gestalt annimmt.

Nach den ganzen Ereignissen habe ich Sonderurlaub aus familiären Gründen genommen. Erst dachte ich, ich fahre in Urlaub, aber dann bin ich doch hiergeblieben. Ich habe mir sämtliche Hitchcock-Filme noch einmal angeschaut. Jeden einzelnen. Ich weiß, das klingt nicht unbedingt gesund, aber ich werde mein Buch über Hitchcock fertigschreiben. Also habe ich meine Kenntnisse aufpoliert. Wenigstens hindert mich das daran, ständig zu meinem Fernglas zu schielen. Momentan jedenfalls noch.

Ich mache einen Freund mit den ganzen Filmen bekannt. Der

Arme. Er hatte noch keinen einzigen davon gesehen. Ist das zu glauben? Ich öffne ihm echt die Augen. Er liebt die Filme. Am ersten Abend, als er mich besucht hat, haben wir eine Doppelvorstellung mit *Vertigo* und *Chuck und Larry – Wie Feuer und Flamme* gemacht. Letzteres war natürlich sein Vorschlag. Wegen Adam Sandler und so

Du erinnerst dich doch bestimmt an Phil, oder nicht? Seit einer Weile sehen wir uns ziemlich oft. Er ist ein großartiger Typ. Na ja, er ist ganz in Ordnung. Nein. Er ist wirklich großartig. Echt. Und er war so gut zu mir. Er war für mich da. Er mag mich sehr, Dad. Aber wir lassen es langsam angehen. Ich glaube, das brauche ich. Ich glaube, dass es so definitiv das Beste ist.

Er fährt mich auch zu meinen Terminen bei Helen. Ich weiß nicht, warum. Ich könnte auch die U-Bahn nehmen. Aber er sagt, er will, dass ich in Sicherheit bin. Und mir zeigen, dass er immer da sein wird, wenn ich reingehe und wenn ich wieder rauskomme. Auf eine gute Art, nicht wie ein Stalker oder so. Obwohl ich gelegentlich schon daran gedacht habe, ehe ich in meinem Kopf alles geklärt habe. Ehe ich ihn wirklich sehen konnte, so, wie er ist.

Ich gehe jetzt jede Woche zu Helen. Um dafür zu sorgen, dass ich die Dinge so sehe, wie sie sind. Ich glaube, so gut wie jetzt ging es mir noch nie. Physisch und psychisch. Sie ist der gleichen Meinung. Keine Wahnvorstellungen. Nichts dergleichen. Und ich konnte auch einiges abschließen. Einiges in Ordnung bringen. Das ist einer der Gründe, weshalb ich dort war, von wo ich grade herkomme. Ich wollte Mum besuchen. Jetzt bin ich nicht mehr wütend auf sie. Dass sie sich so hat gehenlassen. Die Pillen, die zugesperrte Badezimmertür, das heiße

Bad. Das kann ich ihr jetzt alles verzeihen. Ich habe ihr Blumen gebracht und ihr die Meinung gesagt. Es hat sich so gut angefühlt, endlich alles zu akzeptieren. Richtig zu akzeptieren. Zum ersten Mal.

Das Einzige, mit dem ich noch nicht abgeschlossen habe, ist die Möglichkeit eines Komplizen. Dieses zweite Paar Schritte in der Dunkelheit. Der Mensch, der den Koffer in das Gebäude gebracht haben muss, bevor es abgerissen wurde.

Er könnte immer noch in der Gegend sein. Ich weiß nicht. Vielleicht ist er auch geflohen. Ich weiß es einfach nicht.

Aber wenn du mich fragst – ich denke immer noch, es war Brenner. Natürlich. Aber der Polizist – Detective Andrews, der Buchhaltertyp im braunen Anzug, der sich so ausgiebig entschuldigt hat für alles, was passiert ist, und auch die Möglichkeit eingeräumt hat, dass im Revier zu Anfang des Falls unprofessionell reagiert wurde –, er konnte keine weiteren Fingerabdrücke auf der Leiche oder dem Koffer feststellen. Oder sonst wo. Deshalb wurde die Sache trotz meines Einspruchs nicht weiterverfolgt.

Dieser Gedanke macht mir hin und wieder schon zu schaffen. Er schleicht sich besonders dann an mich heran, wenn ich mich gerade richtig sicher fühle. Ich frage mich, ob er mich im Auge behält. Mich überwacht. Auf eine Gelegenheit zum Zuschlagen wartet. Von einem der Gebäude gegenüber. Ob er jede meiner Bewegungen beobachtet.

Es könnte irgendeiner von ihnen sein. Jedes Gesicht, das an mir vorübergeht. Jeder, der mir auf dem Korridor begegnet. Jeder. Ich weiß es nicht.

Daran denke ich sehr oft. Wenn ich spätabends nach Hause komme. Wenn ich den Schlüssel ins Schloss meiner Wohnungstür stecke, und hinter mir öffnet sich plötzlich die Lifttür. Wenn ich im Haus jemanden sehe, den ich nicht kenne. Oder manchmal auch bei jemandem, den ich kenne. Aber ich würde nicht sagen, dass ich nur Angst habe. Das trifft mein Gefühl nicht ganz. Ich würde sagen, ich bin interessiert. Fasziniert. Neugierig.

Und wenn es ihn gibt, wenn er tatsächlich existiert, dann will ich, dass er zu mir kommt. Ich bin bereit.

Ich nehme mein Fernglas zur Hand, ich habe es eine ganze Weile nicht angerührt. Ich starre zu Brenner hinüber. Er ist gerade zu Hause. Ja, da ist er. Ich brauche das Fernglas nicht mal, um ihn zu sehen. Aber es ist symbolisch. Er soll wissen, dass ich ihn beobachte.

Ich schalte das Licht im Schlafzimmer aus. Und wieder an. Und aus. Und an.

Ich gebe ihm ein Zeichen. Dass ich hier bin. Wie ein Leuchtturm. Ein Zeichen, dass er sich zu mir umdrehen soll. Ich starre zu ihm hinüber.

Er steht auf und wandert herum. Er ist nicht leicht zu erschrecken. Aber ich habe ja auch keine Angst vor ihm. Ich will die Konfrontation. Ich sehne mich danach. Also warte ich.

Ein einzelner Sanderling fliegt über uns hinweg. Vielleicht hat er sich verirrt. Armer Vogel. Er ist doch ein Watvogel, er lebt an der Küste. Ein zirkumpolarer Brutvogel der Arktis. Sehr gesellig. Es ist seltsam, aber schön, ihn hier zu sehen.

Ich schalte das Licht aus. Und wieder an. Und aus. Und an.

Aus.

An.

Aus.

An.

Trotz allem. Alles sieht jetzt viel besser aus.

Wie gut es uns allen hier geht. Wie sehr wir uns verändert haben.

Ich schaue ihn an. Ein großes Geheimnis. Faszinierend.

Dann dreht er sich um und schaut mich direkt an. Wir wechseln einen ausdruckslosen Blick. Langsam hebt er die Hand.

Ich lächle, dabei hebt sich auch meine Hand. Und winkt.

Dank

Ich danke Catherine für ihre wundervollen Ideen, ihre Klugheit und noch für eine Unmenge anderer Dinge.

Ich danke Al und Antonia und vor allem ihren Kindern Evan und Darcy dafür, dass sie die beständigste Quelle echter Lebensgefahr und Aggressivität sind, und das regelmäßig.

Ich danke Jim dafür, dass er nicht an dem lange umstrittenen Roman *Lennon and Presley Detective Agency* weitergeschrieben hat, so dass ich bisher noch immer der einzige Autor der Familie bin.

Ich danke Juliet Mushens dafür, dass sie die beste Dreieinigkeit von Lektorin, Agentin und Freundin ist, die man sich vorstellen kann.

Ich danke allen in den Woodberry Wetlands dafür, dass sie mir so viel über Vögel beigebracht haben.

Ich danke allen bei HQ für ihre unfassbare Unterstützung, ihren Tatendrang und ihre harte Arbeit vom ersten Moment an, als wir uns begegnet sind.

Ich danke meinen Eltern für alles, vor allem dafür, dass sie fünfzig Jahre gearbeitet haben, um ihrem Sohn die unerhörte Chance zu verschaffen, zwei Bachelor-of-Arts-Abschlüsse zu erwerben, als das noch wirtschaftlich machbar war, die ihn aber lediglich dafür qualifizierten, eine Menge Bücher zu lesen und in Fernsehkrimis aufzutreten. Und dafür, dass sie meine größten Fürsprecher und meine besten Freunde sind.

In größerem und kleinerem Rahmen gab es viele Menschen, die so nett waren, meine Texte zu lesen oder mir zuzuhören, ohne mich dafür zu beschimpfen, dass ich ihre Zeit vergeudete. Jeder dieser Augenblicke war für mich unermesslich wertvoll. Dafür danke ich: Chris Farrar, John Hollingworth, Tom McHugh, Jules Stevens, David Hart, Fred Ridgeway, Jo Kloska, Richy Riddell, Natasha James, Jack McNamaram, Jane Boston, Alex Odell, Dan Ings und Ben McLeish.

Falls es noch weitere Personen gibt, die sich dafür verantwortlich fühlen, dass ich diese Geschichte, die mir so viel Spaß gemacht hat, schreiben durfte, die ich aber hier nicht erwähnt habe –, ich bin sicher, dass sie alle recht haben, und ich entschuldige mich von ganzem Herzen.